KB235386

광개토태왕정벌기
제1권

광개토태왕정벌기 _{제1권}

지은이 / 안병도
발행인 / 조유현
발행처 / 늘봄
편 집 / 이부섭 이다영
디자인 / 박준철

등록번호 / 제1-2070 1996년 8월 8일
주 소 / 서울시 종로구 충신동 189-11 동국빌딩 3층
전 화 / (02)743-7784
팩 스 / (02)743-7078

초판 1쇄 펴냄 2007년 8월 30일

ISBN 978-89-88151-79-2 04810
ISBN 978-89-88151-78-5 04810(세트, 전2권)

*가격은 표지에 있습니다.

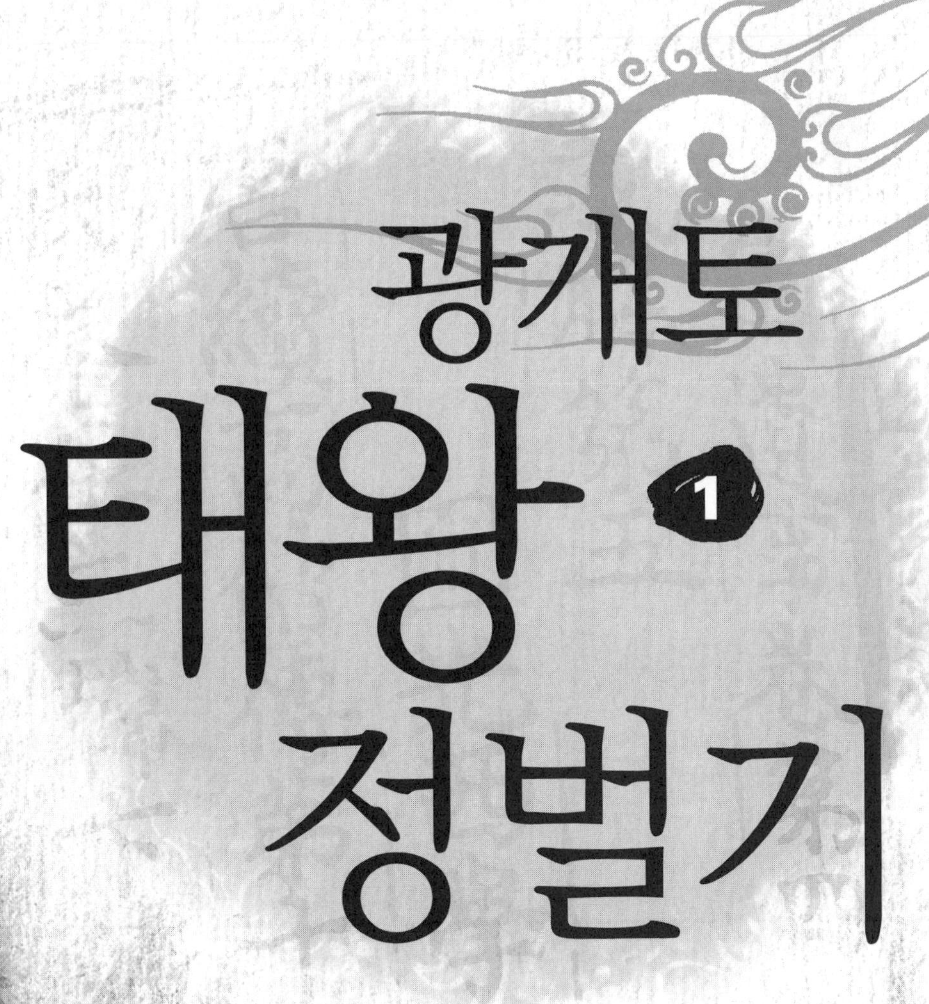

광개토
태왕
정벌기
1
늘봄

광개토태왕 시대 각국 영토 및 세력

차례

1권

2권

고구려(高句麗)는 우리 민족에게 있어 매우 중요한 역사입니다.

고구려는 드넓은 대륙 동쪽을 차지하고 같은 시기 나타났다 사라진 수 많은 중국 왕조들과 패권을 다툰 나라입니다. 그럼 고구려의 역사 가운데 가장 찬란했던 시기라면 언제일까요?

거의 모든 사람들이 광개토태왕(廣開土太王) 때를 꼽을 것입니다.

우리 민족사 가운데 최고의 정복자로서 광개토태왕은 비교적 짧은 재위 기간에도 불구하고 수많은 싸움을 치렀습니다. 남쪽으로는 전성기를 맞은 백제와 맞서 싸웠고, 북쪽으로는 거란족과 싸웠으며, 서쪽으로는 중국왕 조들과 싸웠고, 동쪽으로는 동부여를 복속시켰습니다.

이렇게 광개토태왕은 우리 역사상 유일한 정복군주입니다. 굳이 예를 들자면 알렉산더나 나폴레옹과 비슷합니다. 그런데 막상 시중에 출간된 서적들은 그가 쓴 전략이나 전술에 대해서 자세히 다루지 않습니다. '전 쟁'으로 한 사람을 다루면서 막상 그 '전쟁'을 생략하는 우를 범하고 있습 니다.

이 글은 철저히 광개토태왕이 치른 전쟁을 중심으로 썼습니다. 정치적인 음모라든가 궁중에서 벌어지는 암투 같은 부수적 이야기는 될 수 있는 대로 줄이고, 실제 전쟁터에서 피와 살이 튀고 전략과 전술이 교차하는 부분을 중심으로 했습니다.

광개토태왕은 참으로 다루기 어려운 소재입니다. 제대로 쓰기 위해서는 같은 시대 한반도에 위치한 백제, 왜국, 가야, 신라를 비롯해서 거란, 말갈족, 중원대륙에 난립한 5호 16국 등 주변의 무수한 나라의 역사를 공부해야 합니다.

그 때문인지 고증과 연구가 부족한 채 상상력만을 동원해서 쓰거나, 간략한 사실위주 서술로만 이어나간 글이 많습니다. 하지만 엄연한 '역사'인 광개토태왕을 굳이 '판타지'로 만드는 건 안타까운 일입니다. 때문에 될 수 있는 대로 고증에 충실하려고 노력했습니다.

고대사에서는 특별히 결정 난 것이 아닌 가운데 많은 논란이 있는 학설들이 있습니다. 이 책에서는 그 가운데 몇 가지 학설을 채택했습니다.

우선 당시 고구려의 수도로 '요양지역' 을 잡았습니다. 학계에서는 '집안지역—국내성' 설도 있으며 지금의 '평양' 이라고 보기도 합니다.

또한 '대륙백제설' 을 채택했습니다. 당시 백제가 요서, 산동반도와 양자강 이남에 걸친 영토를 장악했다는 주장입니다. 반면 학계 일부에서는 백제는 철저히 한반도에만 있었다는 '반도백제설' 도 있고, 대륙장악 시기에 대한 논란도 있습니다.

확실한 기록인 광개토대왕릉비 비문에 대한 여러 엇갈리는 해석 가운데서도 몇 가지 논란의 여지가 있는 해석을 채택했습니다.

이런 학설 채택으로 인해 신빙성을 의심하실 수도 있습니다만 합리적인 이유가 있는 상상력을 바탕으로 했습니다.

이 글의 제목은 '태왕정벌기' 입니다. 말 그대로 광개토태왕이 치른 주요한 전쟁을 시간 순으로 따라가며 서술했습니다. 그 과정에서 그가 얼마나 천재적인 전략가이며, 인간적인 매력이 가득 찬 왕이었는가를 그리고 싶었습니다. 이 글의 주인공은 단연 광개토태왕입니다.

　　그렇지만 이 글에서 나오는 시점은 다양합니다. 전쟁을 다룬 소설이기에 광개토태왕에 대항해 싸우는 주변 국가 군주의 시점부터, 창을 든 일반 창병, 활을 쏘는 궁수, 강철갑옷을 입고 적진에 돌진하는 철기병 등 다양한 인물의 시점에서 전쟁을 바라봅니다. 전쟁에 관련된 다양한 사람들이 느끼는 감정과 고민을 표현하려고 노력했습니다.

　　대한민국의 주인은 모든 국민입니다. 그렇듯이 고구려의 영광을 만든 사람은 모든 고구려인들입니다. 광개토태왕은 그들을 이끈 상징이자 지도자로서 선두에 섰을 뿐입니다.

　　이 글을 읽는 독자 분들은 단지 역사를 바라보는 관찰자가 아닙니다. 당시 시대를 살아갔던 모든 사람들의 숨결을 느끼고 그들과 한 몸이 될 수 있기를 바랍니다.

안병도

영락 2년(AD 392) 요서 출병

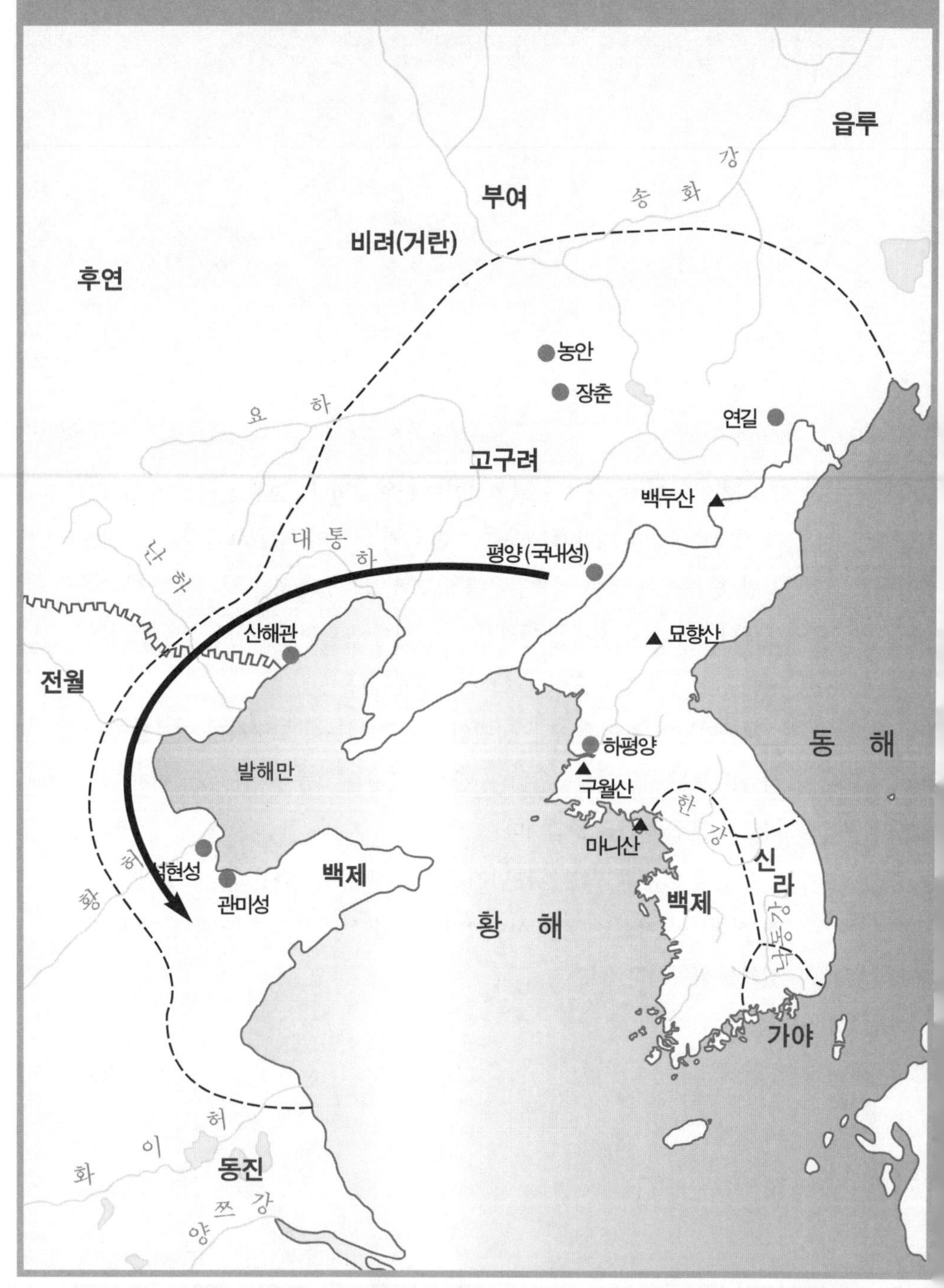

제1장

요서 출병

전장의 바람

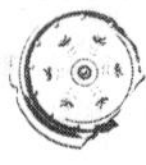

끝없이 펼쳐진 대륙의 너른 평원.

눈부신 햇살이 비치는 가운데 상쾌한 바람이 불었다. 푸른 초목들이 그
에 화답하듯 가볍게 흔들렸다.

어디선가 느릿느릿한 노랫소리가 들렸다.

하늘에서 내려온 천손이시여.

그 위대한 모습을 사방에 펼치시어

달리는 곳마다 굴복하지 않는 적 없고

멈추는 곳마다 찬양하지 않는 백성이 없으니

마치 떠오르는 태양과 같아

천하가 모두 그를 우러러 보는구나.

고운 옷을 차려입은 여인들이 풀밭 위에서 춤을 추며 노래를 불렀다. 하나같이 늘씬하고도 아리따운 이 여인들은 고구려의 시조(始祖) 추모(주몽)를 모시는 신궁의 신녀(神女)들이다.

울긋불긋한 비단소매가 현란하게 흩날리는 가운데 신녀들이 각자의 바구니에서 갓 따온 꽃잎을 공중에 뿌렸다. 신녀 수십 명이 그렇게 춤을 추자 바람을 따라 흩날리며 내리는 꽃잎이 마치 꽃비가 내리는 것만 같았다.

– 두두둥. 두두둥.

멀리 고구려의 수도 평양성(국내성)에서 은은한 북소리가 울렸다.

– 따각! 따각! 따가닥!

곧 대지를 진동시키는 힘찬 말발굽소리가 다가왔다.

신녀들의 노랫소리가 더욱 높아지고 춤사위도 점점 격해졌다. 지금 부르는 노래의 주인공이 나타났기 때문이다.

금빛 갑옷을 입고 화려한 투구를 쓴 젊은 무사가 질풍처럼 말을 달렸다. 그 갑옷위에 신녀들이 뿌린 붉은 꽃잎이 살짝 앉았다가 바람과 함께 날려갔다.

– 부웅! 부우웅!

진군을 알리는 나팔소리가 이어졌다.

"전진하라! 적은 남서쪽에 있다!"

무사는 뒤따라온 한 무리의 기마무사들에 둘러싸인 채 소리 높여 외쳤다.

그 무사의 이름은 담덕(談德). 겨우 17살 나이로 고구려 제19대 태왕이 되어 주변의 모든 나라를 쳐서 평정한 정복 왕이다.

훗날 광개토태왕(廣開土太王)이라 불린 영웅의 화려한 정벌이 시작되었다.

영락 2년(서기392년) 7월.

이글이글 타오르는 여름 햇살을 맞으며 고구려군 4만이 요수를 건너 전진했다. 갓 왕위에 오른 담덕이 이끄는 이들은 대륙에 있는 백제의 영토를 휩쓸며 나아갔다.

맨 앞에 척후를 맡은 기병(騎兵)이 빠른 속도로 앞서 나가는 가운데 긴 창과 방패를 든 창수(槍手)가 그 뒤를 따라 선두에 섰다.

이어서 활을 든 궁수(弓手)가 양 옆으로 두 개의 집단을 만들며 걸어갔고 그 뒤로 말과 사람이 전부 빈틈없이 갑옷을 입은 철기(鐵騎)가 기창(騎槍)을 들고 따랐다.

중앙에는 각종 공성기(攻城機)를 조작하는 병사들이 육중한 공성기를 끌고 전진했다. 후미에는 도끼를 멘 부월수(斧鉞手)들과 가벼운 무장으로 활을 들고 말에 탄 경기(輕騎)들이 뒤쪽을 경계하며 천천히 말을 몰았다.

간혹 더위와 피로를 느끼는 병사들이 있었지만 아무도 불만은 없었다. 왜냐하면 이들에게는 태양보다 더 강렬히 빛나는 태왕(太王)이 있었기 때문이다.

"기운 내라! 내가 앞장선다!"

건강미 넘치는 피부색에 기골이 장대한 체구, 길게 양쪽으로 흘러내린 흑발의 미소년 담덕은 말에 올라 대열 선두에서 병사들을 격려했다.

빈틈없이 차려입은 갑옷과 투구 사이로 마치 신이 빚어놓은 조각품 같은 얼굴이 병사들을 향했다. 오뚝한 콧날에 맑은 눈, 모양 좋은 입술은 바라보고 있기만 해도 기분이 좋아졌다.

얼굴만이 아니었다. 12살 때부터 부왕 고국양왕을 따라 전쟁터에 나가 각지에서 실전경험을 쌓았다. 18살이 된 지금은 이미 인근 여러 나라에까지 천재적 용병술을 가진 젊은 왕으로 명성을 떨쳤다.

"오오! 왕께서!"

"왕께서 선두로 나가신다!"

왕의 모습을 본 병사들이 환호성을 질렀다. 몇몇 병사가 지른 함성이 계속 이어지며 대열 전체로 파도처럼 퍼져나갔다.

이 아름다운 태왕은 병사들에게 있어 군신(軍神) 그 자체였다. 12살 태자 때부터 치른 싸움에서 담덕은 단 한 번의 패배도 없었다. 늘 귀신같은 용병술로 승리를 쟁취했고 특유의 쾌활함으로 병사들에게 활력소가 되었다.

전쟁터에서 그는 병사들과 같은 것을 먹었으며 편안한 곳을 마다하고 일부러 허름한 막사에서 잠을 청했다. 비가 내리면 함께 비를 맞으며 행군했고 눈이 내리면 앞장서서 길을 개척했다. 이러니 병사들이 진심으로 따를 수밖에 없다.

"폐하! 앞으로 나가시면 위험합니다!"

하지만 왕이 직접 지휘하는 친위대인 왕당(王幢) 기마무사들은 죽을 맛이었다. 그들의 임무는 왕을 경호하는 것인데 이렇듯 왕이 자꾸 움직이며 선두에 서게 되면 그만큼 위험해진다.

황급히 달려와 담덕을 둘러싼 무사들이 조심스럽게 사방을 살피며 대열을 정비했다.

"하하! 괜찮아. 여긴 아무도 없어. 아무도 없다고! 봐! 사방에 어디 개미 새끼 하나 없잖아?"

과연 주위에는 아무것도 없었다. 멀리 보이는 나지막한 산과 황량한 벌판이 있을 뿐이다.

하긴 누가 있더라도 상관은 없었다. 4만에 달하는 강대한 고구려군의 행렬 앞에 그 누가 섣부른 행동을 할 수 있을까.

"그렇게 생각하십니까?"

이때 뒤쪽에서 말을 몰아 천천히 다가선 자가 나지막이 물었다.

"부하들을 안심시키는 것도 중요합니다. 그렇지만 정말 아무도 없을 거라고 생각하시는 겁니까?"

갑옷을 입지 않고 거친 베로 만든 황색 저고리를 입은 노인이었다. 특이하게도 고(袴:바지)를 입는 고구려인과는 달리 중국풍으로 상(裳:치마)을 입었는데 머리에는 검은 두건을 푹 눌러써서 얼굴이나 표정이 전혀 보이지 않았다.

"언(彦). 그대인가? 쳇! 한참 기분 내고 있는데 너무 딱딱하게 굴지 말라고."

담덕은 뒤를 돌아보며 혀를 삐죽 내밀었다. 천재적인 전술가라는 전장의 평판과는 별개로 여전히 장난기 다분한 소년의 모습도 남아 있었다.

"진사왕(辰斯王)이 미처 방비를 갖출 시간을 주지 않고 곧바로 쳐내려와 벌써 보름 만에 백제의 아홉 성을 빼앗았다. 이제 남은 것은 오로지 가장 깊은 곳에 있는 석현성(石峴城)뿐이야. 그 누가 심의 앞을 막을 것인가!"

질풍처럼 쳐내려와 이틀에 성 하나를 넘게 떨어뜨린 셈이니 업적을 뽐내는 것도 무리는 아니었다.

"다른 사람 앞에서는 그렇게 자랑하셔도 됩니다. 그렇지만 제 앞에서는 안 통합니다."

두건을 쓴 노인은 어떻게 보면 매우 무엄하게 들릴 언사로 대답했다.

그렇지만 주위에 있는 왕당무사들 가운데 누구도 그 노인을 탓하지 않았다. 그들은 이미 이 노인이 누구인지 알고 있었다.

이 노인의 이름은 을지언(乙支彦)으로 여러 나라를 떠돌아다니며 용병술을 가르치는 을지 가문의 일원이라고 했다.

그런데 성씨 외에 모든 것이 정체불명이었다. 중국에서 건너와 과거 고구려를 매우 괴롭혔던 선비족 국가 전연(前燕) 모용황의 병법스승이었다가 다시 백제로 가서 근초고왕을 모셨다는 소문이 있었다. 그러다가 다시 백제 내부의 사정에 의해 고구려 땅으로 쫓겨난 것을 고국양왕이 받아들여 태자였던 담덕의 병법스승으로 삼았다.

　어쨌든 확실한 건 있었다. 내력에 따르면 이 노인이 가는 곳마다 그 국가의 왕은 전쟁에서 귀신같은 활약을 보였고 국가는 번창했다. 그걸 증명해주듯 고구려는 담덕이 즉위하자 중요한 전투에서 연이어 승리를 거두었다.

　"자신감은 승리를 부르지만 방심은 패배를 부르지요."

　"알았어, 알았다고 할아범. 거참 언제 들어도 귀가 따갑네."

　"보아하니 폐하께서는 심심하신 모양이군요. 그렇다면 가시는 길에 이 늙은이와 이야기라도 하시지요."

　"혹시 지루하게 설법이라도 할 작정인가? 요즘 서토(西土:중원)에서 온 불교를 전하는 중들이 많다던데."

　"이미 세 치 혀끝으로 수많은 목숨을 죽인 이 늙은이가 설마 극락에 가길 바라겠습니까?"

　을지언은 두건을 슬쩍 들추며 빙긋 웃어보였다.

　"중요한 말인가?"

　"그렇습니다."

　을지언은 담덕과 함께 말머리를 나란히 하고는 천천히 말을 몰았다. 그러자 안심한 왕당은 빈틈없이 주위를 감싸며 전투 진형을 갖추었다.

　"자랑은 아니지만 짐은 이미 웬만한 건 전부 알고 있다고 자부하는데?"

　"그렇다면 더욱 다행입니다."

　담덕과 을지언의 뒤로 각 부대가 질서정연하게 행군했다. 군기가 엄정한 탓인지 함부로 대열을 이탈하거나 잡담을 하는 자는 한명도 없었다.

　을지언은 담덕을 향해 고개를 한 번 조아려 신하의 예를 취했다.

　"곧 폐하께서는 스스로 모든 판단을 내리셔야할 테니까요."

　"그게 무슨 말인가?"

"다른 것을 돌아보지 않고 평생을 병법에 바치는 것이 을지 가문입니다. 흔한 부귀와 영화를 바라는 것이 아닙니다. 다리를 다친 자가 스스로의 힘으로 일어설 수 있게 된 후에 무슨 지팡이가 필요하겠습니까?"

은유적으로 말한 그 뜻은 매우 명확했다.

"언!"

그러자 담덕의 얼굴에서 장난기가 사라졌다. 12살 때부터 지금까지 5년 동안 옆에서 지도해준 스승이 사라지려는 순간이다.

"짐은….."

"이미 폐하는 병법가로 충분히 성장하셨습니다."

을지언은 말리려는 담덕을 무시하고 말을 이어나갔다.

담덕은 어느새 을지언을 처음 만났을 때의 모습으로 돌아갔다. 그것은 그가 갓 태자가 되었을 때였다.

"전쟁이란 결국 개인의 싸움과도 같습니다. 욕망과 이해관계가 충돌하여 평화적인 방법으로 더 이상 해결이 되지 않을 때가 있습니다. 그럴 때 결국 누군가는 폭력으로 상대를 제압하여 문제를 해결하게 되지요. 개인의 싸움이 주먹이나 흉기를 쓰는 것에서 그친다면 국가 간에는 군대라는 강력한 집단을 쓰게 됩니다."

첫 대면에서 난데없이 을지언은 바둑판을 놓고 담덕과 마주앉았다. 중국에서 시작된 이 바둑은 이 무렵 고구려에서도 태학의 학생들과 귀족들을 중심으로 한창 인기를 얻은 놀이였다.

"일단 싸움이 벌어지면 수단과 방법을 막론하고 이기는 것이 최상입니다. 때문에 각종 권각법이나 무기를 다루는 무술이 발달했습니다. 집단의 싸움 역시 보다 효율적으로 싸우는 방법이 고안되었으니 그것이 바로 병법입니다. 용병술을 잘 펼치면 단 한 명이 천 명을 막을 수도 있고, 적의 백만 대군도 낙엽처럼 떨어지니 전혀 두렵지 않습니다."

을지언은 흑(黑)돌 십여 개를 펼쳐 놓고 길게 한 줄로 세운 다음 그 끝에 백(白)돌 하나를 놓았다.

"흑이 많은 숫자지만 좁은 곳에 일렬로 무리지어 오면 결국 백 하나와 일대일로 상대하는 셈입니다."

"병법이란 결국 불가능을 가능하게 해주는 기술인가?"

담덕은 바둑돌을 신기하게 쳐다보며 물었다.

"아니오. 전혀 그렇지 않습니다. 세상에 기적 따위는 없습니다. 있다면 그저 약간의 천운(天運)이 있을 뿐이나 그것조차도 실력이 없는 자에겐 도움이 되지 않습니다. 전쟁은 결국 강한 자가 이깁니다."

"그건 상식 아닌가? 그렇다면 병법은 배울 필요도 없군. 그저 강한 부대를 만들어 싸우면 그 뿐이니까."

"아니요. 그렇지 않습니다."

을지언은 고개를 저었다.

"병법이란 원래가 가장 상식적인 것을 가지고 펼치는 사기술입니다. 바로 사기술이란 점이 중요하지요. 상대를 속이고 우리 편을 속여서 강한 자를 약하게 만들고 약한 자를 강하게 만드는 겁니다."

"도무지 알 수 없는 말이군."

"우선 이건 아실 겁니다."

을지언은 반상 위에 흑돌 세 개를 놓고 그에 맞서 백돌 세 개를 놓았다.

"다른 조건이 일체 없는 대등한 상황에서 흑이 적이고 백이 아군이라고 보고 서로 싸운다고 생각해보십시오. 어떨까요?"

"볼 것도 없어. 병력수가 같으니 똑같을 것 아닌가?"

그건 굳이 총명한 담덕이 아니라 세 살짜리 아이한테 물어도 같은 대답이 나올 터였다.

"맞습니다. 아무런 전력 차도 없으니 싸우면 비슷한 숫자로 죽고 죽일 겁니다. 그럼 이렇게 되면 어느 정도 불리해질까요? 이번엔 두 배가 많은 적입니다."

흑돌 세 개가 추가로 반상위에 놓였다.

"두 배의 병력이니. 두 배로 불리하겠지."

"그렇지 않습니다. 이 경우에 아군은 네 배로 불리합니다."

"어째서 그런가?"

"둘이 동시에 활을 쏜다고 생각해보십시오. 활의 명중률은 세 발당 하나가 명중한다고 치지요. 그럼 백은 흑 하나를 죽일 수 있습니다. 반대로 흑은 백 둘을 죽일 수 있지요."

을지언의 손이 죽은 돌을 치웠다.

"남은 돌을 보십시오. 백돌 하나와 흑돌 나섯이 남았습니다. 다시 같은 명중률로 한 번 활을 쏘아볼까요? 이번엔 흑이 백 하나를 죽이는 동안 백은 흑을 하나도 죽이지 못했습니다. 어떻습니까? 처음 시작할 때는 셋과 여섯의 싸움이었지만 최후에 남은 건 무(無)와 다섯입니다."

"엄청난 결과로군."

"심리적 요인이나 어떤 요인도 넣지 않은 결과만으로 그렇습니다. 그럼 이번에는 적이 세 배가 되면 어떨까요? 아홉 배로 불리해집니다. 적 9명과 아군 3명이 싸우면 단 한차례 공격으로 아군이 전멸할 동안 적은 단 한 명이 죽을 뿐입니다."

"그런…."

담덕은 침을 삼켰다.

"이런 전쟁을 다룬 산학(算學)은 이제까지 누구에게도 듣지 못했다!"

"그러실 겁니다. 보통 장수들이 주로 읽는 중국 병법서는 그저 음양오행이 어떠니 하늘과 땅의 섭리가 어떠니 하며 뜬구름 잡는 이야기를 하지요.

사람들은 대개 심오한 것을 좋아하니 그렇게 설명하는 편이 보다 고상하니까요. 하지만 저는 그런 말을 하려고 온 것이 아닙니다."

을지언은 바둑판의 돌을 정리했다.

"그렇지만 굳이 심오한 게 필요하다면 바둑을 배워보십시오. 방금 말한 병법의 이치를 아주 간단히 구현한 것이 바로 바둑이니까요. 이렇게 말입니다."

그의 손이 흑돌 하나를 중앙에 놓고는 그 사방에 백돌을 차례로 놓았다.

"적이 쳐들어왔다. 하지만 이렇게 아군이 적군의 사방으로 포위해버리면 결국 적은 간단히 제거됩니다. 이것이 바둑의 가장 기초적인 규칙입니다."

"그런 것인가? 이것 아주 재미있는 놀이인걸."

머리를 쓰는 걸 유난히 좋아하는 담덕의 눈에 광채가 일었다. 마치 재미있는 장난감을 가지게 된 아이 같았다. 아마도 당분간 바둑에 빠지게 될 것이 분명했다.

"하지만 이것만 가지고는 부족하다. 아까 그대가 말했지 않나? 병법이란 사기술이라고. 이래서야 숫자가 많은 쪽이 이기는 것뿐이니 무엇이 신기하겠나?"

"확실히 그렇게 보일 수도 있습니다. 그렇다면 이건 어떨까요?"

을지언은 바둑판 한쪽 맨 구석에 흑돌 하나를 놓았다. 그리고는 백돌 두 개를 집어 트인 양쪽 끝을 막았다.

"아까는 분명 적 하나를 잡기 위해 네 개의 돌이 필요했습니다. 그러나 이런 상황이 되면 단지 두 개 만으로도 잡을 수가 있지요. 이것은 지리적인 이점을 이용한 것입니다만 실제로는 좀 더 복잡한 방법들이 있습니다. 실제 전쟁터와 같을 수는 없겠지요."

"그럼 이건 무슨 쓸모가 있는가?"

"바둑은 전쟁터에서 펼쳐지는 전술이라기보다는 오히려 국가나 집단을 상대로 한 전략에 가깝습니다. 내가 한 수를 둘 때 상대도 한 수를 두지요, 둘이 서로 지혜를 짜내어 겨루며 상대를 막다른 궁지에 몰아넣어 세력을 제거하고 끝내는 항복하게 만든다는 점에서 완벽히 일치합니다."

"그럼 전쟁터에서는 무엇이 중요한가?"

"상식적으로 생각해 보십시오. 조건이 모두 같으면 병력수가 많은 쪽이 강합니다. 같은 병력이라면 무기가 우월한 쪽이 강합니다. 그럼 병력과 무기까지 같다면 어떨까요? 그 때는 위치와 시간이 승패를 가릅니다. 사람은 오로지 앞을 보고 싸울 수 있지, 등 뒤나 옆을 향해 싸우지는 못합니다. 또한 사람이기에 체력이 남아있는 쪽이 더 강하며 보다 싸우려는 의지와 용기가 높은 쪽이 강합니다. 전장이란 마치 살아서 움직이는 생물과 같아서 이런 모든 요인을 감각적으로 판단해 적절한 지시를 내려야 합니다. 그 방법이 바로 용병술이며 병법입니다."

"훌륭하다!"

여기까지 들었을 때 담덕은 자리에서 벌떡 일어섰다.

"정말로 감탄했다. 과연 아버님이 어째서 내력조차 분명치 않은 그대를 기꺼이 모셔왔는지 알겠다. 어째서 백제가 그대를 우대하고 잡지 않았는지 궁금할 정도야."

"과찬입니다. 저는 다만 병사를 부리고 전쟁을 치르는 기술을 가르치는 사람일 뿐이지요. 기본적으로 그릇을 만들거나 쇠를 두드리는 장인과 다를 것이 없습니다."

"하지만 여태까지 그대를 고용한 나라는 언제나 크게 국세를 떨치며 부흥했지 않는가? 그것이 어디 평범한 장인이 할 수 있는 일인가?"

"차라리 평범한 장인이었다면 크게 대우받았을 것입니다."

을지언은 쓸쓸하게 미소 지었다.

"하지만 불행히도 병법이란 그렇게도 위험한 기술인지라 어디를 가든 저를 경계하는 자들의 모략과 참소가 끊이지 않더군요. 그러기에 우리 을지 가문은 언제나 자기를 들어내지 않고 어둠속에서 조용히 모시는 자를 보필할 뿐입니다. 그러다 떠날 때가 되면 미련 없이 떠나지요."

비록 어린 담덕이었지만 더 이상 듣지 않아도 쉽게 짐작할 수 있었다. 전쟁이 끊이지 않는 시대에, 다른 곳에서 굴러들어온 자가 뛰어난 용병술을 가지고 업적까지 이룬다. 토착 귀족과 장수들이 얼마나 질시하고 견제하겠는가?

"나에게 병법을 가르쳐주게. 약속하건대 나는 분명 다를 것이다. 나는 절대로 그대를 실망시키지 않을 것이야."

"감사합니다, 태자전하."

을지언이 살짝 고개를 숙였다.

"그렇지만 그런 약속은 하실 필요 없습니다. 단지 하나만 약속해주십시오. 제가 떠나고 싶다고 할 때 언제든 조건 없이 보내주신다고 말입니다. 그것이면 충분합니다."

그것은 이미 여러 시대와 왕을 거치며 얻어진 혜안이었을까. 을지언의 말에 맺힌 진한 어둠이 아직 어린 담덕의 가슴에 비수처럼 파고들었다.

"보고합니다! 지금 석현성에는 약간의 수비병이 부산스럽게 움직이고 있습니다만 당황하는 기색이 역력합니다."

담덕은 멀리 선두에 척후기병을 보내놓았다. 몇 기 단위로 행동하는 그들은 가벼운 차림으로 날렵하게 움직이며 적 병력과 움직임, 방비상태와 지형을 끊임없이 살펴 보고했다.

담덕은 유난히 이런 정찰과 경계를 중시했는데 이것 역시 을지언의 가르침을 충실히 따른 것이다.

“역시. 제대로 준비가 안 되어 있군.”

석현성이 점점 다가오는 가운데 어느덧 해가 중천에 떴다. 담덕은 땀에 찬 투구를 잠시 벗고는 머리를 흔들었다.

“덥기도 무지 덥구나. 병사들을 생각해서라도 빨리 성을 떨어뜨려야겠다.”

하늘거리는 검은 머릿결이 마치 미녀의 그것처럼 출렁거렸다. 평소라면 간단한 건(巾)을 쓰고 좋아하는 닭 깃털을 꽂았겠지만 전쟁터라서 그렇게 하지는 못했다. 고구려 남자들은 모두 닭 깃털을 머리에 꽂아 멋 부리기 좋아했다.

“그런데 짐에게 할 말이 뭔가? 언. 중요한 말이라고 하지 않았나?”

“폐하께서는 지금 무엇인가 느끼는 게 없습니까?”

을시언의 시선이 석현성이 있는 남서쪽을 주시했다. 석현성은 요서지역에 진출한 백제가 요충지에 쌓은 커다란 성이다. 중국과의 중요한 교역로에 위치한 관미성을 고구려에게서 지키는 든든한 보루이기도 하다.

“석현성은 관미성과 함께 백제가 사력을 다해 지켜야 할 성입니다. 그런데도 적의 모습이 너무도 허술합니다.”

“그거야 당연한 일 아닌가? 우리 고구려군이 너무도 빨리 쳐들어와 방비도 갖추지 못했으니 방법이 없지. 앞서 아홉 성이 무너졌는데 석현성이라고 뾰족한 수가 있겠는가?”

“과연 그럴까요? 아까 말씀드리지 않았습니까? 방심은 패배를 부른다고 말입니다.”

“짐이 뭔가 방심하고 있다는 말인가? 그럼 말해보게. 적에게 무슨 계략이 있는가?”

“굳이 그걸 말로 할 필요도 없습니다.”

을지언은 갑자기 말을 멈췄다. 그러자 담덕도 따라서 말을 멈췄고 태왕을 따라 질서 있게 나아가던 수천 기의 왕당 모두가 그 자리에 정지했다.

"이 바람의 냄새를 맡아보십시오."

"냄새?"

"머리만으로는 전쟁을 이해할 수 없습니다. 병법을 배워서 전투 때 적용하는 이성은 누구나 가질 수 있지만 싸우기 전에 전장에 서서 형세를 느끼는 감각은 아무나 가질 수 없습니다. 폐하에게는 천재적인 감각이 있습니다. 직접 전장의 공기를 맡고 직감을 펼쳐보십시오."

"직감이라…."

금색 투구를 손에 든 담덕이 한쪽 손만으로 고삐를 잡은 채 눈을 감았다. 조용히 공기를 호흡하며 온 몸의 감각으로 주변을 느꼈다. 사방에서 간간이 불어오는 그 공기 속에는 약간의 피 냄새 같은 것이 섞여 있었다.

"피 냄새, 말울음소리도 들려. 쇳조각소리도 있고. 이것은?!"

담덕이 놀란 표정으로 눈을 떴다.

"이제 느끼셨습니까?"

을지언이 천천히 물었다.

"적들이 무엇을 꾸미고 있는지 말입니다. 우린 지금 위기에 빠진 셈입니다."

"알았어. 너무도 잘 알았다. 하긴 입장을 바꿔서 짐이 상대방이었다면 같은 방법을 썼겠지."

담덕은 잠시 생각하더니 곧 입가에 냉혹한 미소를 흘렸다.

"좋아. 그렇다면 오히려 상대의 그 생각을 역으로 이용해주지. 여봐라! 막리지는 어디 있느냐?"

막리지는 고구려 관등에서 2품인 태대형에 속하는 관직으로 모든 군사 업무를 관할하고 지휘한다. 태왕이 직접 이끈 이번 출정에는 막리지 해사우(解使友)가 따르고 있었다. 고구려에서 가장 오래된 성씨이자 해모수를 시조로 삼는 명문 해씨 가문 귀족이다.

"폐하! 신 해사우 대령했습니다."

중앙에서 철기를 살펴보던 막리지가 전령의 전언을 듣고는 급히 말을 달려왔다.

젊고도 경쾌한 담덕에 비해 해사우는 육십 나이에 중후한 느낌을 주는 노장이었다. 그렇지만 아버지 고국양왕 때부터 수완을 보인 이 노장의 병사운용은 매우 뛰어났다. 감각적이지만 자질구레한 일을 싫어하는 담덕에게는 반드시 필요한 인재이기도 했다.

"행군진형을 바꾸겠다. 이제부터 짐이 시키는 대로 모달 이상 각 장수들에게 지시하라. 한 치의 빈틈도 용서치 않겠다. 이리 가까이 오라."

"군령(軍令)을 받사옵니다."

해사우가 담덕에게 가까이 다가섰다.

함정

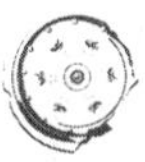

'잡는다! 우리가 고구려왕을 잡는다!'

백제의 젊은 무독(武督) 흑치상현(黑齒常玄)은 속으로 몇 번이고 되뇌었다.

갑옷과 투구를 갖추고 완전무장을 한 그의 등 뒤로 죽음을 각오한 석현성 기병 6백여 명이 전투준비를 갖추고 대기했다.

석현성으로 향하는 길 왼편에 위치한 약간의 수풀지대. 그 뒤편은 좁았지만 기병 6백을 숨겨주기에는 안성맞춤이었다. 커다란 수풀이라면 용병술에 뛰어나다는 담덕이 경계할 게 당연하지만 적당히 작은 이런 수풀이라면 무시할 것이다.

"절대로 큰 소리를 내지 마라. 수상한 기척을 내면 우린 모두 죽는다."

그는 휘하 병력들에게 연신 당부했다.

모든 말에 나무막대를 물리고 발굽에 천을 대어 발자국소리까지 없앴다. 덕분에 뻔질나게 주변을 오가던 고구려 척후기병도 이곳을 슬쩍 살펴고는 그냥 돌아갔다.

제대로 준비를 갖추지 못한 채로 기습을 받은 아홉 성이 무너지자 석현성에서도 항복을 주장하거나 저항을 포기하고 달아나는 자가 속출했다. 심지어는 석현성을 지키는 성주까지도 반쯤은 포기한 상태였다.

이곳 요서지역은 중국과의 교역으로 부를 축적해온 백제의 생명선과도 같은 곳이다. 한강유역을 거쳐 배로 이곳에 도착한 백제 교역선이 배마다 가득 물건을 싣고 와서 후연(後燕)을 비롯해 멀리 돌궐상인과 거래했다. 이곳을 방비하는 요충지가 내륙 깊숙한 석현성과 해안에 위치한 관미성이다.

"이곳은 우리가 목숨을 바쳐서라도 지켜야할 곳이다. 이곳을 잃으면 다음은 관미성을 잃을 것이고 결국 대륙의 영토와 교역로 전부를 잃게 된다."

굳이 말하지 않아도 알고 있겠지만 흑치상현이 다시 병사들에게 당부했다. 이들이야말로 그나마 석현성에 있던 최정예 철기(鐵騎)다. 또한 이들은 죽음을 각오하고 밀려드는 고구려 4만 대군을 막겠다고 나선 결사대였다.

"연이은 승리에 취한 고구려왕은 당연히 마음을 놓을 것이다. 석현성에서도 일부러 허점을 보이고 있다. 안심하고 여기로 들어올 때 우리가 나간다. 그뿐이다."

올해 26살의 흑치상현은 그야말로 피가 끓는 장수였다. 죽음은 두렵지 않았다. 오히려 다가올 먹잇감이 너무도 엄청나다는 것에 심장의 고동을 억제하지 못할 지경이었다.

"승산은 충분하다. 비록 원군을 보내주지는 못했지만 달솔 진가모(眞嘉謨)께서 보내주신 계책이다. 우리가 모두 단결하여 뜨거운 피를 뿌릴 각오만 한다면 반드시 성공할 것이다."

달솔 진가모가 누구인가. 백제 진사황제의 명을 받아 재작년에 고구려 도곤성(都坤城)을 함락 2백 명을 사로잡는 전과를 올린 명장이다. 이후 병관좌평으로 승진한 그는 은솔 두지와 함께 진사황제의 절대적 신뢰를 받았다.

— 쿠웅. 쿠웅. 쿵.

서서히 저 멀리서 한 무리의 거대한 그림자들이 다가왔다. 태양과 같은 광채를 뿌리는 태왕 담덕이 이끄는 고구려군대 4만이 세발까마귀 깃발을 높이 앞세우고 느긋하게 행군하는 모습이다.

"왔다! 고구려왕은? 왕은 어디 있느냐? 아! 저기 있다!"

수풀 옆에 몸을 숨기고 적정을 살핀 흑치상현은 탄성을 질렀다.

멀리서도 한눈에 알아볼 수 있는 화려한 금빛 갑옷과 붉은 장식이 붙은 투구를 쓴 담덕이 용감하게도 대열 선두에 서서 말을 몰고 있었다. 게다가 그 주위를 호위하는 왕당은 그 숫자가 십여 명도 되지 않았다.

"확실히 방심하고 있다! 이는 우리 백제에게 하늘이 준 기회다! 모두 돌격준비!"

너무도 일이 잘 풀리는 바람에 꿈만 같았다. 그 유명한 영웅왕이 이렇듯 단숨에 함정에 걸릴 줄이야. 입가에 웃음이 그치지 않았다.

백제 철기들이 서둘러 말에 물린 나무막대를 벗기고 고삐를 잡은 채 강철로 만든 기창을 단단히 쥐었다.

이들은 돌격을 위해 쐐기 형태로 대열을 만들며 막 수풀에서 살짝 앞으로 나왔다. 곧바로 흑치상현의 명령이 천둥처럼 떨어졌다!

"돌격! 목표는 저기 있는 고구려왕 담덕이다! 담덕의 목을 베어라! 그 외에는 아무 것도 필요 없다!"

"와아아!"

"고구려왕을 죽여라!"

우레 같은 고함이 울리며 철기 6백이 한 덩어리가 되어 돌진하기 시작했다. 그 가운데서 말을 달리는 흑치상현의 시선은 오로지 담덕을 노려보았다.

"오늘은 바로 왕을 사냥하는 날이다! 태왕은 오늘 우리 손에 죽는다!"

백제가 자랑하는 철기가 평원에 모래바람을 일으키며 무서운 속도로 달려들었다.

— 쿠르릉!

상대적으로 적은 숫자라 해도 기마대가 주는 위용은 상당하다. 숫자로는 6백이지만 말과 사람이 굉장한 소리와 먼지를 일으키며 돌진하는 모습은 보기에 따라 1천을 넘어보였다.

"더 빨리! 더 빨리 가자!"

화살을 막을 수 있도록 두툼한 찰갑(刹甲)을 입고 말에도 갑옷을 입힌 육중한 철기(鐵騎)다. 날카롭고 튼튼한 강철 기창(騎槍)을 거머쥐고 오로지 적을 향한 시선이 뜨거웠다. 이미 시작된 이 돌격을 막을 자는 아무도 없다.

"이랴! 이랴!"

전속력으로 달리는 말에 더욱 박차를 차하며 내뿜는 사나이들의 거친 숨결이 대기 위에 뿜어졌다.

"기습이다!"

"백제군의 기습이다!"

요란한 함성을 올리며 시작된 백제 철기군의 돌격을 가장 먼저 알아차린 각 부대 장수들이 크게 외쳤다.

당황한 기색이 역력하긴 했지만 결코 공포에 질려 이성을 잃어버린 건 아니다. 오히려 상황을 빨리 전군에 알려 대비하고자 함이었다.

― 두둥! 두둥! 두둥!

적의 기습을 알리는 북소리와 신호 깃발이 올라감과 동시에 각 당주(幢
主)들이 재빨리 부대를 멈추게 하고 신호를 기다렸다.

사졸 백 명을 거느리는 당주(幢主)는 백두(白頭)라고도 불리며 고구려
군 최일선 지휘관이다. 어떤 상황에서도 침착하게 군령을 기다려 부대를
통제하는 것이 임무다.

"전군 전투대형을 갖추어라! 주작(朱雀)은 두 패로 나뉘어 적 후방을 차
단하라!"

그들에게 바로 명령이 떨어졌다. 마치 기다리기라도 한 듯한 태왕 담덕
의 명이 천 명을 맡은 군두(軍頭)를 통해 전달되었다.

주작은 바로 담덕이 경기병을 이르는 애칭이었다. 젊은 태왕은 고구려
가 받드는 사신수(四神獸)를 스스로 거느리는 각 병종(兵種)에 붙이고 그
색깔에 맞는 깃발을 들게 했다.

후미에 있던 경기병이 활을 거머쥐고 신속히 두 개의 대열을 형성했다.
마치 학이 날개를 편 듯한 학익진(鶴翼陣)이었다. 붉은 깃발을 든 기수를
중심으로 갑옷에 붉은 천을 매달아 펄럭이는 모습이 정말로 주작의 붉은
날개가 펄럭이는 것 같았다.

"청룡(靑龍)은 그 자리에 대기하라. 현무(玄武)는 앞으로 나와 왕을 보호
하라! 궁수는 옆에서 즉시 적을 공격하라!"

푸른 깃발을 휘날리며 고구려 철기(鐵騎)는 대열을 가다듬었고 검은 깃
발을 든 보병 창수(槍手)들이 장대처럼 긴 창과 두툼한 나무방패를 들고
급히 뛰었다. 그들은 조금이라도 빨리 태왕을 보호해야 했다.

"빨리 뛰어! 이 자식들아! 서두르란 말이다! 태왕께서 위험하시다!"

적을 살피던 백두들이 버럭 소리를 쳤다.

군령은 침착했지만 막상 상황 자체는 매우 급박했다. 조금 떨어진 눈앞

에 위치한 수풀 뒤쪽에서 튀어나온 백제 철기는 먹이를 노리는 호랑이처럼 사납게 쇄도하고 있다. 그리고 그 앞에는 태왕 담덕이 가벼운 무장을 한 왕당 몇 명에 둘러싸여 있다! 상대가 될 리 없었다.

무거운 방패와 창을 들고 헐떡거리며 담덕이 있는 곳까지 뛰어가는 창수들이 미처 닿기도 전에 궁수들이 먼저 그 자리에서 긴 활을 들고 허리에 찬 화살 통에서 화살을 꺼냈다.

"준비! 조준!"

궁수들 사이에서 20명씩 나누어 선인(先人)들이 일사불란한 사격을 지시했다. 전쟁터에서 궁수의 위력이란 일치된 화력에서 나온다.

활을 쏘기 좋도록 왼쪽으로 트인 저고리를 입은 고구려 궁수들이 숙련된 솜씨로 화살을 메겼다. 날카로운 화살촉이 일제히 다가오는 철기를 향해 빛났다.

"쏴!"

구령에 따라 그 손끝이 일제히 화살 끝을 놓았다. 화살깃털이 파르르 떨리며 허공을 갈랐다.

— 쑤웅! 쑤우웅!

수천발의 화살이 마치 검은 새떼처럼 포물선을 그리며 하늘로 솟아올랐다.

— 퍼벅! 퍼버벅!

빗발치는 화살이란 표현이 딱 어울렸다. 말 그대로 화살비가 달려오는 백제 철기를 강타했다.

— 텅. 티익!

철기들이 입은 갑옷은 쇳조각을 물고기비늘처럼 빈틈없이 엮어서 겹쳐 만든 찰갑이다. 판금갑옷에 비해 가벼우면서도 화살에 대한 방어력이 더 우수하다. 선두에 있는 철기를 향해 무서운 기세로 날아오던 화살촉이 살짝 빗맞자 갑옷을 뚫지 못하고 튕겨져 나갔다.

"으랴! 으랴!"

지금 필요한 건 속도다. 미칠 듯이 속도를 내야만 하늘을 덮고 날아오는 화살을 한 대라도 덜 맞을 수 있다.

― 픽! 퍼억!

빗맞은 화살이라면 갑옷이 막아주지만 정통으로 날아온 화살 가운데 하나가 철기 한 명의 갑옷을 뚫고 살 속 깊이 박혔다.

"으윽."

크게 비명을 지를 여유도 없었다. 잔뜩 긴장하던 철기는 손에서 창을 떨어뜨리더니 말 옆으로 미끄러져 떨어졌다. 나무토막처럼 땅바닥에 떨어진 그의 몸은 곧바로 뒤에서 달려오는 말발굽에 차이고 밟혔다.

슬프지만 이것이 돌격 도중 화살에 맞은 철기의 최후다. 피를 뿜으며 아직 꿈틀거리는 몸이 몇 번 움직이더니 곧 조용히 굳어졌다. 주인 잃은 말은 대열에서 벗어나 한쪽에서 어쩔 줄 모르고 맴돌았다.

쐐기 모양으로 포진해 달리는 백제 철기의 선두는 무용(武勇)을 과시하는 정예무사들로 이루어졌다. 그들이 연이어 화살에 맞아 고꾸라져 죽어갔다.

"어서 가라! 어서!"

선두 바로 뒤쪽에서 돌진하던 흑치상현이 이를 악물었다.

이 정도 피해는 이미 예측했던 일이었다. 제 아무리 철기라고 해도 화살에 전혀 죽지 않는 건 아니다. 더욱이 이렇게 목숨을 내걸고 벌이는 작전에서 희생이 없을 수 있을까.

눌러쓴 투구 위쪽으로 이마에 땀이 송골송골 맺혔다. 자기가 달리는 것도 아니고 말이 뛰고 있을 뿐인데 숨이 가빠졌다.

- 피잉. 딱!

위에서 날아온 화살이 투구에 맞았다. 쇠로된 투구가 찌그러지고 화살이 튕겨나갔지만 머리가 띵 하고 울렸다.

그래도 흑치상현의 눈동자는 오로지 단 한 방향을 노려보았다.

'고구려왕 담덕! 기다려라! 내가 간다!'

손에 잡힌 기창을 으스러지도록 꽉 쥐었다.

'화살 따윈 상관없다. 맞아봐야 이걸로는 오십 명도 죽지 않는다. 문제는 상대 창수다. 그들이 대열을 갖추기 전에 돌파해야 된다!'

어차피 고구려군의 핵심은 태왕 담덕이다. 태왕이 없어진 고구려군은 아무것도 아니다. 따라서 4만 대군이라 해도 그 중심이 위협받는 상황에서는 전술이고 뭐고 왕을 지키기 위해 사력을 다할 게 분명하다.

'그게 비로 우리에게 주어진 기회다.'

- 쑤웅! 퍽! 우당탕!

화살을 맞아 선두에 선 철기병이 꽃잎처럼 차례로 떨어졌다.

"너희들의 희생은 결코 헛되지 않을 거다. 곧 너희들의 길동무로 아주 귀한 분을 데려다줄 테니까! 알겠느냐? 하하하!"

공포를 물리치고 사기를 북돋기 위해서 흑치상현은 미친 듯이 웃어대며 외쳤다.

'왔다!'

백제 철기는 화살 비를 뚫고 어느새 담덕이 있는 곳이 선명히 보이는 곳까지 도달했다. 그곳에는 이제 막 도착해서 황급히 밀집대열을 짜고 방어를 하기위해 방패를 이어든 창수 5백여 명이 있었다. 뒤에서 꼬리를 물고 창수 수천 명이 몰려왔지만 지금은 이것이 전부였다.

'됐다.'

흑치상현의 입가에 미소가 흘렀다.

‘뚫는다! 저 정도는 충분히 뚫는다!’

철기의 선두가 든 창날이 드디어 고구려군 창수의 창날과 닿을 듯한 거리에 접어들었다. 그러자 화살도 더 이상 날아오지 못했다. 이제부터는 그야말로 힘과 힘이 맞부딪치는 순간이다.

“야아아아!”

백제 철기가 일제히 고함을 지르며 고구려군 방진(方陣)에 충돌했다.

“대열을 지켜라! 물러서면 용서치 않겠다!”

선인들의 고함소리가 귀가 따갑게 퍼졌다. 나무방패를 몸 앞에 세워 막은 고구려 창수들이 장대처럼 긴 창을 비스듬히 치켜들고는 자루를 땅 끝에 깊이 박았다.

“와라!”

갓 스무 살이 된 고구려군 창수 묘치(苗治)는 이를 악물며 눈을 부릅떴다. 그의 손은 땅에 파묻힌 말뚝처럼 된 창을 양손으로 단단히 잡았다. 사졸이 되기 전부터 경당(皓   에서 혹독한 창법 훈련을 받은 터라 익숙한 동작이다.

“뻗어!”

“오옷!”

구령에 맞춰 창수들이 길게 뻗은 창날의 숲. 그 끝에 날카롭게 다듬은 금속 날이 다가오는 상대를 향해 죽음을 경고했다. 멈추든가 아니면 죽든가 선택을 강요한다.

“으으으…”

물론 상대도 결코 멈추지 않을 것이다. 육중한 철갑을 두르고 무서운 속도로 달려드는 말과 사람의 덩어리는 무슨 철벽이 해일처럼 밀려드는 것 같다. 묘치의 입에 침이 말랐다.

저것에 부딪친다면 살이고 뼈고 모두 박살이 날 것만 같다. 공포를 느끼지 않는다면 사람이 아니다. 더구나 이쪽은 그리 숫자도 많지 않다. 마침 태왕 가까이에 있었기에 급히 달려와 형성한 5백 창수일 뿐이다.

"도망가면 내 손에 죽는다! 자리를 지켜라! 적을 막아라!"

태왕을 지키고 승리를 얻어야 한다는 마음이 없는 건 아니지만 그보다 더 직접적으로 와 닿는 건 시퍼런 칼을 들고 뒤에 선 백두들의 독전(督戰)이다. 말객이라고도 불리는 그들은 고구려군의 주축이자 관등으로는 소형(小兄)에 해당한다.

"적을 막아야 한다. 절대로, 죽어도 뚫릴 수 없다!"

창수들은 세 겹으로 대열을 이루어 서로 빈틈없이 창을 내밀로 그 자리에 버티고 섰다. 묘치는 두 번째 줄에 섰다.

"충돌한다!"

백제철기가 바로 눈앞에 닿을 듯 가까이 다가오더니 함성을 지르며 창날이 이룬 방벽에 충돌했다.

― 우지끈! 콰앙! 두두두!

창대가 부러지고 나무방패가 날아갔다. 묘치 옆에서 필사적으로 창대를 부여잡던 동료가 바람에 날리는 가랑잎처럼 옆으로 나동그라졌다. 상대 철기병은 분명 창에 배를 찔렸음에도 그 속도와 무게로 밀고 들어왔다.

― 히이잉!

마갑을 입은 말이 옆으로 넘어지며 창수 두 명을 깔아뭉갰다.

"으아악!"

외마디 비명을 마지막으로 두 명은 납작하게 눌려 입에서 선혈을 콸콸 쏟았다.

"제길! 이 백제 놈들아!"

묘치 앞에 선 창수가 욕설을 퍼부으며 창을 곧바로 약간 숙여 달려드는 말을 노렸다. 타고 있는 기수가 맞아도 말은 멈추지 않는다. 차라리 말을 찌르든가 겁을 주면 살 확률이 높다.

― 푸우욱.

마갑의 틈새로 창날이 들어가며 창날 전체가 말의 목을 관통했다. 깜짝 놀란 말이 달리던 말굽을 멈추고 부르르 몸을 떨었지만 이번엔 타고 있던 기수가 갑옷채로 붕 날아올라 묘치를 향해 떨어졌다.

"이건 뭐야!"

묘치는 비명을 지르며 몸을 살짝 틀었다. 전신에 두꺼운 쇠갑옷을 두른 사람이 저런 속도로 날아들면 마치 투석기에서 발사된 돌덩이를 맞는 것과 같다. 스치기만 해도 어딘가 부러질게 분명했다.

― 쿠다당!

사람 형체를 하고 있는 쇠뭉치가 묘치 옆 창수를 깔아뭉갰다. 부들부들 떨면서도 그저 창자루를 잡고 전방을 노려보던 그는 허수아비처럼 쓰러져 버렸다. 곁눈질로 훔쳐보니 이미 목이 부러져 즉사했다.

고구려군 창병이 만든 방진 첫 번째 열이 붕괴됐다. 물론 백제 철기도 무사하진 않았다. 쏟아지는 화살에 맞아죽은 수십 명 외에 백여 명이 창병을 돌파하다가 말과 함께 쓰러져 다시는 일어나지 못했다.

묘치가 있는 두 번째 열도 무너지기 직전이었다. 완전히 동강나버린 첫 번째 열과 달리 반수 정도가 남아 대열을 형성했지만 모두가 지옥문턱을 밟은 느낌에 벌벌 떨었다.

"채워라! 어서 빈틈을 채우란 말이야!"

지휘하는 백두가 악을 썼다.

철기의 공격은 단 한 번이다. 말과 사람이 전속력으로 달려 적 대열을 뚫어서 무너뜨리는 데 성공하면 철기의 승리지만 저지되어 속도를 낼 수 없게 되면 그걸로 끝장이다. 제자리에서 보병과 혼전을 벌이게 되면 그것만으로 철기는 패한 것과 마찬가지다.

"죽는 게 두려우냐? 도망가고 싶으냐? 그래봤자 백년을 살 것이냐? 천년을 살 것이냐? 명예를 잃고 사람구실도 못한 채 살고 싶으냐?"

백두의 고함소리에 세 번째 창수들이 두려움을 억누르며 장창을 들고 앞으로 나와 철기와 맞섰다.

백제 철기도 필사적이었다. 이미 사람과 말이 쓰러져 듬성듬성 무너진 창수대열 사이로 파고들어 기창을 휘두르며 창수를 살상했다.

날카로운 쇠꼬챙이가 달린 말박차로 머리를 걷어차고 기창으로 목을 노려 후려쳤다. 낮은 위치에 있는 창수들은 위로 올려다보며 창을 찌르거나 허리춤에서 칼을 빼어 응전했다.

"하앗!"

묘치는 자기 목을 노리는 기창을 피하며 창을 휘불렀나. 고구려군의 긴 창은 창날 양 옆에도 예리한 날이 있어 찌르는 것만 아니라 후려쳐 베는 데도 유리하다. 하지만 막상 묘치는 다 그만두고 후려치는 데만 전념했다.

— 픽!

묘치의 창에 맞은 철기병이 충격을 받아 말에서 떨어졌다.

어차피 빈틈없이 갑옷을 두른 철기병을 상대로 급소를 찌르는 건 불가능에 가깝다. 살을 찌르거나 베려고 하기보다는 무식하게 몽둥이로 때려 죽이듯 공격하는 게 쉽다. 경당에서도 몇 번이고 배운 방법이다.

"하구려(下句麗) 도적놈아! 죽고 싶으냐?"

말에서 떨어진 철기가 욕설을 퍼부으며 몸을 버둥거려 일어서려했다. 하구려란 고구려를 낮춰 부르는 비하명칭이다. 나라 명칭에 있는 높을 고(高) 대신에 일부러 낮을 하(下)자를 쓴 것이다.

"흥! 백잔(百殘) 개자식아! 네가 죽을 차례다!"

묘치는 창을 놓고는 검을 뽑았다. 무거운 갑옷 무게 때문에 일어서지 못한 철기병의 몸을 밟아 누르고는 그 목덜미 쪽을 노려 검을 내려찍었다.

"에잇!"

백잔 역시 백제를 비하해 부르는 말이다. 구할 제(濟)대신 패할 잔(殘)을 넣어 비꼬는 의미다.

"으악!"

비명과 함께 붉은 선혈이 튀었다. 묘치는 어쩐지 아까 옆에 있다가 죽은 동료의 복수를 한 것만 같아 뿌듯했다.

그러나 이런 생각을 할 수 있는 건 아주 짧은 틈에 불과했다.

"다시 온다!"

"뭐야!"

다급한 선인의 고함이 들리자 반사적으로 땅에 떨어진 창을 주워들고 방패를 몸 앞에 세웠다. 선두에서 돌격이 저지될 것을 예상한 백제 철기는 공격 대열을 약간의 시간차를 두게끔 나누어 두었던 것이다.

쇠에 덮인 말과 사람의 잔해가 부러진 창대와 방패와 함께 널려진 살육의 공간에는 이미 아까 보였던 질서정연한 창날의 숲은 없었다.

"우와!"

묘치는 두 번째 몰려오는 백제 철기를 향해 창대를 땅에 박지도 못하고 들이댔다. 그가 어설프게 내민 창날이 해일처럼 몰려온 강철의 파도에 휩쓸렸다.

― 우지직! 콰르르릉!

드높은 해일이 모래로 만든 성을 허물듯 고구려군 창수들이 짚단처럼 우수수 쓰러졌다. 그 위로 백제 철기들이 사람과 시체를 가리지 않고 짓밟으며 지나갔다.

"폐하! 위험합니다! 어서 몸을 피하십시오!"

담덕을 지키는 왕당 호위무사 연무비(淵武備)가 다급하게 알렸다.

모두들 방심하고 있다가 완전히 당했다는 심정이었다. 태왕 담덕이 호위하는 왕당 무사 가운데 십여 명만 데리고 일부러 대열 최선두로 나선 건 이해할 수도 있다. 아무리 용병술의 명인이라도 아직 젊다 못해 어린 나이의 태왕이다. 방심할 수도 있다.

그러나 선왕이 일부러 초빙한 군사(軍師) 을지언이나 수많은 전쟁을 치른 막리지 해사우까지 아무런 대비도 하지 않은 건 이해할 수 없었다. 이들의 불찰로 오늘 태왕이 위기를 맞고 있다고 생각하니 화가 났지만 지금은 일단 이 상황을 넘겨야 했다.

"뭐가 위기냐? 하하! 이 정도면 재미있는 유흥이 아니냐? 우리에겐 4만의 병사가 있다. 겨우 저 숫자의 적병이 두렵단 말이냐?"

그런데 막상 담덕은 전혀 심각하지 않았다. 투구조차 다시 쓰지 않은 그는 유유히 다가오는 백제철기를 쳐다볼 뿐이었다.

"저들이 노리는 건 폐하의 목숨입니다! 왜 모르십니까? 설령 우리군 모두가 전멸한다고 해도 태왕 폐하의 목숨 하나만 못하다는 것을!"

일부러 힘주어 강조하지 않아도 그건 당연한 일이다. 고구려 태왕은 하늘에서 내려온 천손(天孫)이다. 동명왕(주몽)을 모시는 국조신앙의 정점에 선 신(神)의 후예가 죽는다면 그건 평범한 군사 수만보다 커다란 희생임이 분명하다.

"시간이 없습니다! 군사께서도 말 좀 해보십시오!"

연무비가 힐난하듯 담덕 옆으로 눈길을 돌렸다. 비록 왕당무사로 관등으로 치면 말객에도 못 미치는 연무비지만 고구려를 건국한 국모 소서노(昭西奴)의 집안인 소노부 출신 귀족이었다. 어디선 굴러들어온 뼈다귀인지 모를 을지씨 군사에게 감정이 좋지 않았다.

뒤에 있는 을지언은 아무 대꾸도 하지 않았다. 늘 그는 말수가 적은 편인데 그나마 태왕 담덕을 제외하면 거의 대화 자체를 하지 않았다.

안간힘을 쓰며 막으려던 창수들이 무참히 돌파 당하자 태왕 담덕이 머문 곳과 백제 철기사이에는 겨우 이십여 장 정도의 거리만 남았다. 그것조차 악귀처럼 달리는 백제 철기의 속도로 미뤄서 단 한순간이면 좁혀질 거리다.

"짐은 피하지도 달아나지도 않는다."

담덕은 눈동자 가득 결의를 띠우고는 일부러 말을 멈추고 백제 철기를 향해 정면으로 섰다. 그리고는 친히 활을 들고 화살을 메겼다.

"서, 설마 그 활로 싸우실 셈입니까?"

"그렇다. 연무비! 그리고 왕당무사들이여. 그대들은 어쩌겠는가? 달아나겠는가? 아니면 짐과 함께 여기서 죽기로 싸우겠는가?"

담덕과 을지언은 가벼운 갑옷에 활과 화살만 가진 상태였고 이곳 왕당무사 역시 경무장을 한 무사다. 숫자로도 겨우 수십에 불과한 이들이 제자리에 멈춰서는 악에 받쳐 미친 듯이 달려오는 백제철기를 맞아 싸우라니! 이건 죽으란 말이나 다름없다.

그러나 이 젊고 아름다운 태왕에게는 묘하게도 사람을 끌어들이는 매력이 있었다. 어떤 상황에서도 결코 패할 것 같지 않고, 심지어는 함께 죽더라도 영광스러울 그런 기품이 넘쳐흘렀다.

"저는 폐하를 따라 목숨을 바치겠습니다!"

"태왕이시여! 왕당은 폐하의 군대이니 운명을 함께 하겠습니다!"

아무도 불만이나 이의를 제기하지 않았다. 왕당무사들의 충성심은 절대적으로 결코 상황이나 감정에 따라 바뀌지 않았다.

"좋다!"

담덕은 빙긋 입가에 미소를 지으며 화살을 하늘로 향했다.

"그럼 나와 함께 여기서 철기를 박살내자!"

경쾌한 동작으로 담덕이 허공을 향해 화살을 날렸다. 그러자 화살이 날카로운 소리를 내며 솟구쳐 올랐다. 그것은 신호를 할 때 쓰는 화살인 효시(嚆矢)였다.

— 피이이잉!

"아니?"

전투에 쓰는 화살이 아닌 효시라니. 연무비는 그것이 무슨 의미인지 잠시 어리둥절했다. 하지만 곧 멀리서 옆쪽에서 울리는 육중한 소리를 듣고 깃발신호를 보자 경악에 가까운 탄성을 발했다.

"태왕 폐하!"

그것은 아무도 생각하지 못할 전술이었다. 거의 도박에 가까운 전술이지만 다가오는 철기를 확실히 박살낼 방법이기도 했다. 연무비는 젊은 태왕을 다시 쳐다보았다.

'역시 이 분은 고구려의 태왕이시다.'

다소 곱슬한 흑발에 고고한 표정의 담덕이 전장의 중심에서 태양처럼 빛났다. 마치 전쟁의 신이 천상에서 인간을 굽어보는 듯한 분위기였다.

"태왕이다! 태왕을 잡아라!"

다소 어려움은 있었지만 필사적으로 고구려 창수들의 대열을 무너뜨려 방진을 돌파한 백제 철기는 기운에 넘쳤다. 선두에 섰던 많은 무사들이 다시는 돌아올 수 없는 길로 갔지만, 돌격을 시작할 때 6백이었던 병력이 3백 정도로 줄어버렸지만 그런 건 아무래도 상관없었다.

'중요한 건 오로지 고구려왕이다. 마지막 한 사람만 남는다고 해도 고구려왕의 목숨만 빼앗을 수 있다면 우리가 이긴 것이다.'

욱신거리는 왼팔로 고삐를 부여잡은 흑치상현은 점점 목표가 눈앞에 다가오는 것에 흥분했다. 피로 물든 갑옷 속에서 뛰는 심장고동이 점점 커져서 가슴이 아플 정도였다.

'놓치지 않는다! 절대로 놓치지 않아!'

오른팔로 기창을 움켜잡은 그의 눈에 드디어 태왕 담덕의 모습이 크고 뚜렷이 보였다.

소수의 기마무사에 둘러싸인 담덕은 활을 들고 허공을 향해 화살 하나를 쏘았다. 꿈쩍도 하지 않는 그 움직임은 마치 목숨을 건 백제 철기를 향한 도발(挑發)같았다. 올 테면 와봐라. 와서 나 태왕의 목숨을 빼앗아봐라. 이런 의미 같았다.

"효시?"

하늘로 날아간 화살이 기분 나쁜 신호음을 냈다. 금방이라도 손에 잡힐 듯 다가온 거리를 무시하듯 담덕은 잔잔히 이쪽을 주시할 뿐이었다.

"담더어억!"

흑치상현이 순간 크게 외쳤다. 상대의 그 눈에서 기묘한 미소를 보게 되자 더 이상 참을 수 없었다. 태왕의 자존심인지 미친 광기인지 모르지만 감히 목숨을 걸고 혈로를 뚫어 다가온 백제철기에게 미소를 보내다니!

'마치 수고했다. 행운을 빈다는 뜻 같지 않은가!'

당장이라도 저 미소를 띤 얼굴을 몸통과 분리시켜 주고 싶었다. 그것이야말로 이번 작전에 모든 것을 건 백제 사나이들의 영혼을 위한 행동이 될 것이다.

철기가 다가오자 수십 기의 왕당무사들이 태왕 앞을 가로막았다. 그렇지만 그들은 가벼운 갑옷과 무장을 갖춘 경기(輕騎)다. 감히 중장갑을 두른 철기 수백을 상대할 수는 없다. 단 일격이면 짓뭉갤 자신이 있었다.

"죽어라! 태왕!"

승리를 확신한 흑치상현이 고함을 질렀다.

그때였다.

― 씨이잉! 씨잉! 씨잉!

귓가를 울리는 거대한 바람소리가 왼편에서 다가왔다.

― 투앙. 쿠아앙!

동시에 선두에 나아가던 백제 철기병 세 기가 거대한 물체에 부딪치면서 가랑잎처럼 부서지며 날아가 버렸다.

"뭐, 뭐냐!"

― 씨잉! 투앙! 투아앙!

단 한 번이 아니었다. 계속 나아가는 철기 대열을 옆에서 관통하는 거대한 물체가 한꺼번에 철기병 네댓 명씩을 날려버리며 대열을 엉망으로 만들었다.

"노포(弩砲)!"

흑치상현은 곧 그것이 무엇인지 깨달았다.

성을 공격하기 위해 보통 활보다 훨씬 커다란 활에 강한 쇠뇌를 매겨서 끌고 다니는 공성기(攻城機)인 노포다. 그것이 미리 완벽히 조준을 마치고 대기하고 있다가 백제 철기를 옆에서 강타한 것이다.

"제길! 달려라! 저 화살보다 더 빨리 달려라!"

겨우 이 말밖에 할 수 없었다.

'아마 미리 조준을 끝내고 대기하고 있었을 거다. 그게 아니라면 도저히 이렇게 빨리 우릴 노리고 쏠 수 없어.'

그렇게 생각하니 비교적 허술하게 보인 방비라든가 맥없이 부서진 고구려 창병방진조차도 함정처럼 여겨졌다.

'설마⋯. 이게 모두 고구려 태왕 담덕의 함정인가?'

얼핏 소름이 돋았다. 담덕은 열두 살 태자 때부터 전쟁터에 나가 각지에서 귀신같은 용병술을 보여주었다는 괴물이다. 그 괴물의 능력이 눈앞에서 펼쳐지는 듯했다.

"으아악!"

포차에서 쏘는 쇠뇌는 족족 백제철기 선두 대열만을 노려 쓰러뜨렸다. 그러자 쓰러진 자기편 말과 사람에 걸려 뒤쪽 철기까지도 넘어지고 엎어져 엉망이 되어버렸다.

물론 그래도 백제철기는 멈추지 않았다. 그들은 여전히 쓰러진 동료의 시체를 타넘어 앞으로 돌진했다.

"워어! 워어! 이랴!"

사람은 공포를 참을 수 있지만 말들은 그렇지 못했다. 굉음과 함성들에 놀란 말을 진정시키기 위해 철기병들은 안간힘을 쓰며 말을 몰았다.

─ 쿠웅! 쿠쿵! 콰앙!

그렇지만 숨 돌릴 새도 없이 다른 공격이 이어졌다. 마치 천재지변이라도 일어난 듯 이번에는 멀리 하늘에서 커다란 돌덩어리가 우수수 떨어졌다. 철기 앞에서부터 떨어진 돌은 달리는 철기 머리 위에 떨어져 그대로 말과 사람을 납작하게 으깨버렸다. 말로 형언하기 힘든 잔혹한 광경이 펼쳐졌다.

"이번엔 포차(抛車)냐!"

성을 공격하기 위해 거대한 돌을 날리는 투석기 포차까지 동원되었다. 흑치상현은 치를 떨었다. 날아오는 돌이 마치 장애물을 쌓듯 철기 앞을 가로막았고 이어서 기름에 적신 화염구(火炎球)들이 들판에 불을 질렀다. 비명과 선혈에 불길이 더해진 지옥 가운데서 백제 철기의 돌격은 완전히 멈춰버렸다.

"이, 이게 무슨 꼴이냐! 어서 가자! 어서 가서 태왕의 목을…. 커억!"

우왕좌왕하는 말과 점점 절망감에 싸인 철기병들.

그 속에서 끝까지 고함을 질러 철기를 지휘하려던 흑치상현은 별안간 옆구리에 강한 충격을 받았다. 몸이 붕 뜨며 말에서 날아가 허공을 날았다.

'맞았구나.'

아마도 쇠뇌일 것이다. 뜨뜻한 감각에 옆구리가 화끈거렸다. 몸 전체에 참을 수 없는 통증이 느껴졌다.

— 쨍.

그의 몸이 벌판에 떨어지며 쇳소리를 냈다. 말에 올랐을 때는 당당한 백제의 무관이지만 이젠 강철에 싸인 시체일 뿐이다.

"분하~다! 함정에 걸렸어…."

패기 넘치던 젊은 백제장수가 눈을 감기 전 남긴 한 마디였다.

어느새 기세등등하게 달려들던 백제철기는 하나 둘 녹아 없어지듯 벌판 위에 사그라졌다.

"어떻게 이런 일이!"

싸움에 패한 자는 말이 없다. 그러나 이긴 쪽에서도 경악했다. 특히 연무비는 벌린 입을 다물지 못할 지경이었다.

"설마 이 모두가 폐하께서 미리 준비하신 일입니까?"

태왕이 용병술의 귀재라는 건 유명하다. 을지언에게 가르침 받은 병법은 곧 인근 여러 나라를 진동시키는 위명(威名)을 떨쳤다. 하지만 이 정도일 줄은 몰랐다.

"물론이다. 매복하는 적을 위해 짐 스스로 미끼가 되어 유인했다. 적을 속이기 위해서는 아군부터 속이라는 말이 있으니, 미리 가르쳐주지 못해 미안하다."

담덕은 간결하게 상황을 설명했다.

"하지만 이 얼마나 위험한 일입니까? 자칫하면 고구려는 태왕을 잃을 뻔했습니다! 이런 사소한 싸움으로 말입니다!"

"사소한 싸움이란 없다, 연무비."

담덕의 눈동자가 잠시 슬프게 흔들렸다.

"우리에게 이곳 요서지역 백제의 아홉 성과 석현성은 단지 과정이자 일부겠지. 하지만 이들에게는 목숨과도 바꿀 값어치가 있었던 거다. 저들은 모두 결사대로 아마 죽음을 각오하고 달려들었겠지."

담덕의 시선은 완전히 혼란에 빠져 허우적대는 백제 철기에게서 떨어지지 않았다.

싸움은 이미 결판이 났다. 포차가 날린 돌 더미가 말을 놀래게 해서 길길이 날뛰게 만든 가운데 고립된 철기를 향해 다시 궁수들이 집중적으로 화살을 쏘았다. 화살이 갑옷과 투구 사이로 파고들어가며 철기병이 줄줄이 말에서 떨어져 맨땅을 뒹굴었다.

금쪽과도 같은 시간을 잃은 탓에 이미 담덕 주위에는 천 명이 넘는 정예 왕당 기마병들이 모여들었다. 그 앞에는 창수들이 늘어서 방진을 형성했고 양쪽 옆에는 도끼를 든 부월수까지 와서 대기했다. 이 정도로 단단하게 방비를 갖추고 나면 설사 적이 만여 명이라도 쉽게 달려들 수 없다.

"이미 승패는 결정됐습니다."

을지언이 뒤에서 메마른 목소리를 냈다. 마치 모든 걸 달관하는 것처럼 어떤 일이 벌어져도 눈 하나 깜짝하지 않던 그가 입을 떼자 담덕이 곧바로 반응했다.

"그래서?"

"저들을 전부 죽일 작정이십니까? 이쯤에서 투항을 권하시는 건 어떨까요?"

"투항? 이제 와서 무슨 말을! 결사대에게 항복이 가당키나 한가? 그건 오히려 적에 대한 모욕 아닌가?"

담덕이 이해할 수 없다는 투로 대답했다.

"물론 거절하겠지요. 그러나 해야 합니다."

"어째서?"

"그건 바로 폐하가 고구려의 태왕이기 때문입니다. 삼한의 맹주이자 동명태왕의 적통(嫡統)으로서 백제조차 품에 안아야 하니까요."

"그런 말인가. 다분히 정치적인 의도로군."

전쟁터에서 담덕은 전쟁 그 자체에만 몰입한다. 그러나 을지언은 그걸 뛰어넘어 더 먼 곳을 바라보았다. 용병술에 관해서는 이미 모든 걸 배웠지만 그런 정치 감각만큼은 아직 어린 담덕에겐 익숙지 않았다.

"공격을 멈춰라! 저들에게 투항권고를 하라!"

담덕이 명을 내리자 곧바로 군령이 전달되었다. 어느새 오십여 명도 남지 않은 백제철기들 주위가 갑자기 고요해졌다.

"이미 싸움은 결판났다. 들어온 백제무사들이여. 니희들은 충분히 용감히 싸웠다. 더 이상의 싸움은 무익하니 투항하도록 하라. 이것은 태왕 폐하의 명이다!"

우렁찬 목소리의 전령이 멀리서 거듭 외쳤다.

"항복? 항복이라고?"

그러나 돌아온 건 퉁명스러운 반응뿐이었다. 갑옷과 온 몸에 피칠갑을 하고 부러진 어깨를 늘어뜨리는 백제무사 한 명이 결코 굽히지 않고 대답했다. 수염이 덥수룩한 서른이 좀 넘은 무사였다. 그를 따르는 기수가 든 황색 깃발은 너덜너덜 찢어졌지만 아직 우뚝 서서 펄럭거렸다.

"고구려와 백제는 같은 부여의 후예이며 삼한민족이다. 태왕께서 너그러이 포용하실 것이다!"

전령이 거듭 설득했다.

"닥쳐라! 남의 땅을 노리는 도둑놈 주제에 무슨 혈통을 들먹이느냐? 더구나 부여의 진정한 후예는 바로 우리 백제다! 너희들이 도리어 우리에게 항복해야 할 것이다. 우하하!"

부여에서 나온 추모가 연타발의 딸 소서노와 혼인해서 졸본부여를 기반으로 고구려를 세웠다. 그러나 이후 소서노가 아들 비류와 온조를 거느리고 남하해서 세운 나라가 백제다. 같은 혈통이라는 걸 인정하는 두 나라는 바로 그 점 때문에 강렬한 경쟁의식이 있다. 서로가 고조선과 부여의 적통이라는 주체의식이다.

"투항하겠느냐? 안 하겠느냐?"

"당연히 거절이다! 그래도 죽기 전에 고구려 태왕의 얼굴을 이렇게 가까이 볼 수 있었으니 이것 역시 보람 있는 일이었도다!"

답변이 돌아오는 것과 동시에 백제무사는 자기편에게 외쳤다.

"어떻게 하겠느냐? 여기서 항복해서 구차하게 목숨을 보전하려는 자가 있느냐? 아마도 이들은 우릴 잡아 욕보일 속셈인 듯한데, 나 부여명고(夫餘明古)는 절대 그렇게 놔두진 않겠다. 차라리 여기서 결의를 보이겠다!"

그가 버럭 외치며 기창을 거꾸로 들었다. 그러자 남은 백제철기 전부가 기창을 거꾸로 드는 것으로 응답했다.

"진사대제시여! 부디 승리하소서! 백제 만세!"

제왕의 군대를 상징하는 황색 깃발이 땅에 떨어지며 그는 기창으로 자기 목을 찔렀다. 투항 대신 자결을 택한 것이다. 그러자 바로 다른 백제 무사들이 뒤를 이어 자결했다. 돌과 화살, 선혈로 뒤범벅이 된 땅을 6백 명 백제 철기군의 시체가 덮었다.

"삶을 택한 자는 하나도 없군요."

여전히 미동도 없이 지켜보는 을지언은 두건 속에서 눈빛만을 빛냈다.

"이게 바로 그대가 원한 건가? 언!"

다소 격앙한 듯 담덕이 고개를 돌려 을지언을 보며 추궁했다.

"짐은 저들에게 끝까지 명예로운 전사를 안겨주고 싶었다. 그런데 결국 이렇게 자결로 끝났다."

"자결이라고 덜 명예로울 것도 없지요."

을지언이 조용히 일깨웠다.

"당초에 저들의 기습을 예상하고 이 장소에 공성기를 조준하고 유인한 건 폐하십니다. 전쟁이란 어차피 승자가 있으면 패자가 있는 법이지요. 저들에게 정녕 명예를 안겨주고 싶었다면 간단합니다. 저들이 노리는 폐하의 목을 주시면 그만이니까요. 적에게 사정을 봐줄 여유 따위는 없습니다."

"그대의 용병술이란 이렇게 냉혹한 것인가?"

"그렇습니다."

"그렇다면 왜 항복 따위를 권했는가."

"말했듯이 이후를 내비한 포석입니다. 이렇게 직접 폐하의 목숨을 노린 적에게도 관용을 보여준다. 이 사실을 알게 되면 석현성에 남은 자들이 과연 무슨 생각을 하겠습니까? 쥐도 궁지에 몰게 되면 무는 법입니다만 폐하의 자비가 알려지면 차라리 스스로 성문을 여는 게 낫다고 생각하겠지요."

"만일 그래도 항전한다면?"

"적어도 사기는 크게 꺾이지 않겠습니까. 어느 쪽이든 고구려군은 전혀 손해 보지 않습니다."

"언. 그대는 정말 피도 눈물도 없군. 모든 것을 오로지 그런 목적을 위해 꾸민단 말인가?"

"전부터 말씀드리지 않았습니까."

을지언과 담덕의 말은 오늘따라 매우 긴 편이었다. 왕당들은 그저 듣는 수밖에 없었는데 아무도 그 무엄함을 탓하지 못했다. 심지어 막리지도 몇 마디 하다가 그만두곤 했다. 그만큼 둘의 논쟁은 언제나 을지언의 논리가 더 우세했다.

"용병술이란 결국 사기술이며 아무리 좋게 보아도 아군을 적게 죽이기 위해 적을 많이 죽이는 방법일 뿐입니다. 그것이 진실입니다. 회피하지 마십시오. 폐하는 지금 전쟁이란 말로 정당화된 살인을 하기 위해 나온 겁니다."

대대로 을지 가문은 협객을 자처하며 각국을 떠돌아다니며 병법을 전수했다. 그들을 받아들이고 병법을 배운 나라는 강성해지고 전쟁에서 연전연승했다. 그렇지만 그럼에도 이들은 환영받지 못하고 얼마가지 않아 쫓겨났는데 그건 바로 이런 이유다. 절대로 아첨하지 않고 있는 그대로 자기들의 기술을 표현하기 때문이다.

"흥! 말은 잘하는 군!"

담덕은 이 얄미운 군사에게서 고개를 휙 돌렸다.

아직 담덕은 어렸다. 머리로는 어른을 뛰어넘는 천재였지만 감성은 아직 소년의 그것을 간직했다. 때문에 머리로는 이해해도 가슴으로 받아들이지 못하는 일이 많았다.

"다음은 석현성입니다. 공성기에 준비된 돌과 화살을 많이 썼으니 다시 준비해야 할 겁니다."

이런 담덕의 마음과 태도를 무시하고 을지언은 의연히 자기 할 말을 했다. 참으로 대단한 군사였다.

"전장을 정리하라! 부상당한 아군을 치료하고 적의 무기와 갑옷을 노획하라."

막리지 해사우가 둘 사이의 긴장을 깨고 병사를 지휘했다. 태왕 담덕은 군사 을지언과 절친한 사이면서도 이렇게 종종 성격 차이로 충돌했다. 그러나 얼마 지나면 곧 회복될 게 분명하기에 큰 걱정은 하지 않았다.

담덕이 불쾌한 기색으로 말을 몰아 한쪽으로 벗어났다. 머리를 식히려는 의도인데 왕당무사들이 곧바로 따라붙었다.

태왕의 심기를 거스르고도 한 마디 사죄조차 않고 있는 을지언을 보며 해사우는 연무비에게도 들리도록 한 마디 했다.

"태왕 폐하가 타오르는 불(火)이라면 군사는 차가운 얼음(氷)이야. 스승과 제자 사이면서도 어떻게 저리도 다를 수 있는 지 모를 일이야."

그건 연무비를 비롯한 왕당무사 전부가 동감하는 사실이었다.

하늘의 아들

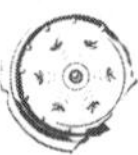

을지언의 계책은 그대로 적중했다.

석현성을 맡은 성주 진현시(眞賢施)는 태왕 담덕이 이끄는 4만 대군이 공성기를 앞세우고 성 앞까지 다가오자 저항을 포기했다.

물론 그가 항복한 건 아니다. 진현시는 지모로 유명한 백제 달솔 진가모의 일족이다.

"형세가 불리하다. 일시 후퇴하여 전력을 보존하여 복수할 기회를 노리자."

성을 버리고 도망가면서 그는 군량창고를 비롯해 여러 시설에 불을 질렀다. 담덕이 무거운 공성기를 이끌고 석현성에 도착했을 때는 불타고 텅 빈 성만이 있었다.

"하하! 이거 한 방 맞은 셈인가. 이렇게 되면 자라가 등껍질에 목을 숨긴 셈인데."

훤히 열린 석현성에 들어가 하룻밤을 보내게 된 담덕은 쾌활함을 잃지 않았지만 기회를 놓친 분함을 숨기지도 않았다.

날랜 경기병을 시켜 추격해보았으나 백제군은 재빨리 석현성 남쪽에 위치한 관미성에 들어간 후였다.

"관미성이라. 과연 탁월한 선택이군요. 그곳은 백제가 자랑하는 난공불락의 성이니까요. 사면이 바다와 협곡으로 둘러싸이고 많은 병사가 있으며 일 년 치가 넘는 양곡이 준비되어 있습니다."

을지언이 냉정하게 상황을 분석했다.

"어떻게 할까, 언. 이대로 관미성으로 가볼까?"

다음날 아침 숙소로 을지언을 호출한 담덕은 다짜고짜 말을 꺼냈다.

담덕의 눈이 무섭게 번뜩였다. 이미 거듭된 승리에 기세가 오른 고구려군은 무엇이든지 할 수 있다는 자신감으로 가득 찼다. 관미성이 비록 굳건하기로 유명한 성이지만 가능성은 있다.

"짐은 이대로 관미성을 공격해 함락시키고 싶다."

"폐하께서는 이번 정벌로 이곳 하북과 요서군 대부분을 얻었습니다. 대륙의 백제 세력은 이제 관미성에 외롭게 틀어박히게 된 셈이지요. 굳이 무리하실 필요는 없습니다."

을지언은 담덕에게 침착하게 현 상황을 알려주었다.

"무리라고?"

"폐하, 상황을 넓게 보셔야 합니다."

담덕이 전장에서 찬란히 빛나는 군신(軍神)이라면 을지언은 그 옆에 붙어있는 마귀(魔鬼)같았다. 군신은 당당하고 경쾌한 승리를 원하지만 마귀는 음모와 지모로써 조언한다.

"이걸 보십시오."

을지언이 가지고 온 커다란 지도 두루마기를 펼쳐 담덕 앞에 책상에 펼쳤다. 그곳에는 고구려를 중심으로 모든 주변국가가 담겼다. 남쪽으로는 백제, 신라와 왜국이 있었고, 북쪽으로는 후연과 거란, 부여를 위시해 전월, 동진 등 많은 중원 대륙 국가가 포함됐다.

"이번 전투는 아주 작은 과정일 뿐입니다. 바둑으로 말하자면 첫 번째 포석일 뿐이지요. 폐하가 품은 큰 뜻은 이런 작은 성 몇 개가 아니지 않습니까?"

을지언은 담덕을 향해 힘주어 강조했다.

그의 손가락이 지도에서 서쪽을 가리켰다.

"지금 나라 밖 정세는 극도로 어지럽습니다. 서쪽을 보십시오. 서토에서는 전진이 멸망한 이후 후진, 후연, 서진, 후량 등 우후죽순처럼 나라가 생겨나고 쇠퇴하고 있습니다. 남쪽에서는 동진이 꾸준히 영토를 확대하고 있지요."

이번에 그의 손가락이 북쪽을 향했다.

"북쪽은 비려(거란족)가 말썽입니다. 그들은 국경지역에서 고구려 백성을 약탈하고 성을 공격하고 있습니다. 다만 이들은 근본적으로 아직 도적떼에 불과하니 국가적인 위협이 되진 못합니다."

을지언의 시선과 손가락이 지도 남쪽을 향했다.

"남쪽에선 급속히 세력을 확장한 백제가 이곳 대륙까지 진출해 산동과 요서 지역 일부까지 차지했습니다. 본래 마한에게 정착지를 내달라고 요청해 만들어진 백제가 반대로 마한을 거의 흡수하고 가야와 왜국까지 모아 남방의 맹주로 행세하고 있습니다. 지난 근초고왕에 이르러서는 불미스러운 일까지 당했지 않습니까?"

"잘 알고 있다."

담덕이 무겁게 답했다.

평소 항상 쾌활한 담덕이지만 할아버지 고국원왕이 원통히 전사한 이야기 앞에서는 침통했다. 이 일은 고구려에게 잊을 수 없는 치욕으로 백제에 대한 강한 원한으로 남아있다. 아버지 고국양왕도 태자 때부터 담덕에게 항상 그 이야기를 하며 복수를 다짐했다.

"다행한 일은 반도 남쪽에 있는 신라가 백제와 사이가 좋지 않다는 점입니다. 신라는 가야나 왜국과 달리 백제에 종속되기를 거부하고 오히려 우리 고구려에 손을 내밀었습니다. 올해 1월에 신라 매금(왕)의 조카이며 이찬 대서지의 아들인 실성을 볼모로 보내오지 않았습니까? 왕족을 직접 볼모로 보낼 만큼 절실히 도움을 요청하는 것이니 신라와 연합해 우선 백제 세력을 꺾어야 합니다."

고구려는 평원 한복판에 위치한 나라다. 동서남북으로 모두 탁 트인 대륙국가라서 국세가 강성해 팽창할 때는 좋으나 국세가 약해지면 지킬 곳이 너무 많아 힘들어진다. 을지언은 전술 외에 국가 간의 전략과 외교도 담덕에게 가르쳤다.

오랫동안 외교정책을 수립해온 대대로라든가 국상(國相)이 있지만 이들은 너무 단조로운 외교를 주장했다. 선 태왕 때부터 해오던 대로 남쪽 백제와는 가급적 충돌하지 않고 북쪽 거란족은 달래면서 주로 서쪽의 패자인 서토세력과 싸워 영토를 획득하자는 논리였다.

을지언은 이들과 달랐다. 실리를 위해서는 까짓 명분이나 수단을 가릴 필요가 없다는 재빠른 외교를 강조했다. 나쁘게 말하면 그저 상대 국가를 이용하는 방법이다.

담덕은 제위에 오르자 그때까지 대립해오던 북방 선비족의 나라 후연에 조공을 보냈다. 이는 서로 북방의 종주권을 다투던 두 나라 사이에서는 파격적인 일이다. 신하들의 반발이 있었으나 담덕은 전혀 개의치 않았다.

잠시 명분을 포기하고 후연과 화친한 담덕은 그때부터 군대를 모아 각지를 질풍노도처럼 휩쓸고 다녔다.

제위 바로 첫해에 후연의 원군을 얻어 일시적으로 백제에 빼앗겼던 평양(지금의 평양으로 추정)을 수복하는데 성공했다. 이어서 이듬해가 되자 바로 신라에 볼모를 요구했다. 백제와 본격적으로 전쟁을 벌이기 위해서는 신라의 후방지원이 필요했고 실성(훗날 신라의 실성왕)은 든든한 보증이었다.

양국 간에 화친약조가 맺어지자 백제는 가야, 왜국과 연합해서 대대적으로 신라를 공격하기 위한 준비를 했다. 유일하게 항거하는 신라를 굴복시키고 난 후에 북방의 패자 고구려와 존망을 건 일전을 치르기 위해서다.

"백제! 이들을 결코 놓아둘 수 없어! 그래서 짐은 단숨에 관미성을 치고 내친 김에 그들의 도성인 한성(漢城)을 치고 싶다!"

담덕의 눈에 노기가 서렸다. 아직 어린 나이지만 굳건한 결의였다.

"급할수록 돌아가라는 말이 있습니다. 이대로 만일 폐하께서 그렇게 병력을 움직이신다면 백제는 관미성을 거점으로 이곳 하북과 산동에 있는 3만여 정예 병력으로 평양성(요양)을 공격할 것입니다. 자칫하면 도리어 우리가 당할 수도 있습니다."

고구려가 이곳 백제의 대륙거점을 공격한 건 도성의 안전을 지키기 위해서다. 자칫 단순하게 신라를 돕기 위해 한반도 쪽으로 대군을 몰고 가면 사방에서 호시탐탐 노리는 적국들은 결코 그 기회를 놓치지 않을 것이다. 고구려는 새로 떠오르는 강국이기에 적이 많았다.

"눈에 보이는 병사를 움직여 적병을 죽이는 것이 전술이라면, 국가 간 힘의 균형과 정세를 이용해 이익을 취하는 것이 전략입니다. 우선 우리가 4만 대군을 모아 열 개 성을 빼앗아 백제 대륙기지를 고립시켰으니 분명 누군가 움직일 겁니다."

"확신인가?"

"그렇습니다."

이쯤 되면 한 두 수가 아니다. 마치 열 수 앞을 내다보고 움직이는 것처럼 을지언은 차분하지만 단호하게 대답했다.

"후훗. 이거 좀이 쑤시는데? 그래도 기다리는 보람은 있겠어."

잠시 태왕처럼 굴던 담덕은 다시 쾌활한 소년의 모습으로 돌아오며 자리에서 벌떡 일어섰다.

"좋다! 기다리겠다. 어디서 누가 올지 모르지만 이번에 움직이는 자는 반드시 짐이 응징한다! 각오하는 게 좋을 거다!"

"좋으실 대로 하십시오. 태왕께서는 하늘의 아들입니다. 누가 감히 폐하에 대적하겠습니까."

"하늘의 아들이라. 하하! 그렇지. 나는 고구려를 이끄는 천손(天孫)이다. 그렇지 않나, 그림자군사!"

그림자군사(影軍師).

진중(陣中)에 있는 모두가 을지언을 무르는 말이었다. 늘 섬은 두선으로 얼굴을 가리고 감정을 드러내지 않은 채 병법만을 참견하는 의문의 노인은 이 말을 남기고 담덕의 숙소를 나섰다.

"오래 기다리게 되진 않을 겁니다."

과연 그 말 대로였다.

병사를 지휘해서 타버린 석현성 내부를 수리하고 주둔군을 배치하는 동안 전령을 통해 북방에서 급보가 날아들었다.

"비려(稗麗)의 거란족이 변방을 급습해 노략질을 벌이고 백성을 붙잡아 가고 있습니다!"

비려는 고구려에서 먼 북쪽지역 염수(鹽水)를 근거지로 삼는 거란의 일파다. 아마도 고구려군이 백제를 치기위해 대군을 동원해 남서쪽을 향하자 북방은 신경 쓸 틈이 없을 거라 판단한 모양이었다.

"그것 참 좋은 소식이로군! 기다리고 있었다."

성에 머무는 닷새 동안 공문서를 작성하고 백제 주민의 처우를 정하는 등 자질구레한 정사에 치이던 담덕은 뛸 듯이 기뻐했다. 민생을 돌보는 일에도 뛰어난 능력이 있긴 하지만 천성적으로 활달한 담덕은 사냥이나 전쟁 같이 대담하고 화끈한 일을 좋아했다.

"이번에는 북쪽을 치겠다!"

일부 주둔군을 남기고 고구려 대군은 그대로 북쪽으로 향했다. 화려한 출정에 비해 아직 한 달도 채 걸리지 않은 전투가 완승으로 끝난 터라 고구려군은 전혀 부상이나 피로에 시달리지 않았다.

경쾌한 기병을 주력으로 한 고구려군이 기운차게 북쪽으로 말머리를 돌려 대륙을 달렸다.

"쳐라!"

"부숴라! 빼앗아라!"

푸른 풀이 듬성듬성 나 있는 초원 가까운 고구려 마을에 한 무리의 말과 사람이 들이닥쳤다.

가죽을 이어서 만든 조잡한 갑옷에 거친 베로 만든 지저분한 옷을 걸친 이들은 거란족이었다. 추수 때가 되자 방금 곡식을 거둬들인 마을을 습격해 곡식과 사람을 약탈하려는 의도였다.

"꺄아아아!"

"거란 놈이다! 도적놈이 왔다!"

날카로운 여자의 비명과 위험을 알리는 숨찬 남자의 목소리가 마을에 울려 퍼졌지만 이미 늦었다. 약탈을 위해 잘 훈련된 거란족은 전형적인 기마민족이다.

게다가 숫자가 적은 것도 아니다. 이들은 숫자로 무려 1천기에 달했다. 웬만한 인근 고구려 수비병으로는 대적하지도 못할 숫자였다.

― 부웅! 휘익!

선두 수십 명이 말을 달려 한손으로 기름적신 횃불을 들고 아무 집에나 던져 넣었다. 흙과 짚으로 지은 초가집들은 마침 추수를 마치고 쌓아놓은 짚단을 쌓아놓고 있어 쉽게 불이 붙었다.

— 화르르! 후우우.

뜨거운 열기와 함께 검은 연기가 하늘높이 올라가면 제 아무리 냉정한 사람도 절망감에 휩싸인다.

"빌어먹을 거란 놈들아!"

마을 장정들이 모여 손에 창과 칼을 들고 나왔다. 여자와 아이들은 달아나고, 노인들은 모든 걸 포기했지만 젊은 남자들은 마을을 지켜야 했다. 설령 그것이 아무런 가망 없는 저항이라 할지라도 해야 했다.

"우하하!"

"이것들이 넘벼? 좋아! 넘벼봐라!"

도적떼라 말하긴 하지만 사실 거란족은 모두가 숙련된 군대이고 하나하나가 정예기병이다.

무장을 갖추고 훈련을 받은 창수라도 대열을 이루지 못하고 준비가 없다면 도저히 기병을 당하지 못한다. 그럼에도 싸움은 시작되었다.

술 냄새를 풍기는 거란족 기병이 스쳐지나가며 기창을 휘둘렀다. 찌르는 섬광과도 같이 창날이 칼을 든 고구려 남자의 가슴을 뚫었다.

"으윽!"

긴장으로 인해 터질듯 뛰던 심장이 파열되며 뜨겁고 붉은 선혈이 분수처럼 뿜어져 나왔다. 남자는 뒤로 쓰러지며 남아있는 기력을 다해 꿈틀거렸지만 그걸로 끝이었다. 한 번 잃은 목숨은 돌아오지 않는다.

"끼랴! 끼랴!"

다른 거란 기병은 알 수 없는 괴성을 지르며 올가미를 던져 창을 든 남자의 목에 걸었다.

"허억! 우우!"

순식간에 교수형을 당하는 죄인처럼 목에 밧줄에 걸린 남자는 입에 거품을 물며 창을 떨어뜨렸다.

두 손으로 올가미를 움켜쥐며 풀어보려는 남자를 조롱하듯 거란기병은 말을 달려 밧줄을 확 조였다. 그러자 몸 전체가 질질 끌리며 목을 조인 남자는 더 이상 숨 쉬지 못했다.

"더 덤벼봐! 덤벼 보라고!"

그나마 대항하던 마을 장정들은 간단히 무너졌다. 한 시진도 되기 전 모두가 시체로 변해 뒹굴었다.

"이봐! 너무 죽이지 마! 끌고 가서 노예로 부려야지!"

이들이 살육에 맛을 들이기 전에 거란 지휘관이 미리 주의를 주었다.

"차라리 값나가는 걸 하나라도 더 빼앗아. 그게 이득일 거다."

거란족에게 있어 고구려는 같은 기마민족의 한 갈래로서 강하고 커다란 국가를 세운 부러운 존재다. 그렇다고 존경하고 삼가는 일은 없다. 척박한 땅에 자리 잡은 이들이 살아가는 방법은 상대가 누구든 죽이고 빼앗는 길 뿐이기 때문이다.

― 쿠르릉. 쿠다당.

불타는 집과 무너지는 흙담이 겹쳐졌다. 그 안에서 각종 장신구와 패물, 양식과 쇠붙이같이 값나가는 건 모조리 빼앗았다.

"여자들과 아이도 놓치지 마라! 얼마 못 갔을 거다!"

일단 마을을 제압하자 이번엔 다른 것에 욕심을 내는 거란기병이 멀리 달아나는 고구려 여인들을 노렸다. 아이 손을 잡거나 갓난아이를 업고 가는지라 그 속도는 느리기 짝이 없었다. 날랜 거란기병에겐 그만큼 쉬운 사냥감도 없다.

"엄마! 무서워!"

두려움에 숨소리조차 내지 못하고 도망치는 여자들에 비해 아이들은 순진하게 바로 공포심을 드러냈다. 뛰는 동안에 이미 울부짖는 아이들이 있는가 하면 주저앉아버리는 아이들도 있었다.

"어서! 어서 가자! 착하지!"

이런 상황에서도 아이를 달래며 어떻게든 보호하려는 모성도 헛되이, 점점 다가오는 거란기병의 말발굽을 보자 절망감이 엄습했다.

"으아앙!"

"틀렸다. 우린 이제 모두…."

우는 아이를 감싼 여인이 더 이상 말을 잇지 못했다.

바로 앞까지 다가온 거란 기병이 지저분한 수염 사이로 흘리는 웃음이 눈동자에 가득 찼다.

― 쑤우웅!

번개 같은 화살 하나가 달려드는 거란기병의 목에 박혔다.

"뭐야?"

"멈춰라! 모두 말을 돌려!"

선두 한 명이 말에서 떨어지는 걸 본 거란 지휘관이 심상치 않은 상황을 직감했다. 그는 재빨리 모든 거란 기병을 돌리려 했다.

그러나 세상에서 가장 어려운 일 가운데 한 가지가 있다면 그건 전속력으로 달리는 말을 멈추고 돌리는 일이다.

이미 가속도가 붙은 거란 기병들은 멈출 수 없었다. 게다가 잘 짜인 명령계통도 없다. 지휘관의 지시를 몇 몇이 크게 외치는 것만으로는 함성과 말발굽 소리를 뚫고 전달되지 않는다.

― 쑤웅. 쑤웅. 쑤우웅!

최초의 한 발은 단지 시작일 뿐이었다. 이어서 빗발 같은 화살이 날아왔다.

"고구려군이다!"

화살을 맞은 누군가 외쳤다. 어깨와 배에 화살을 맞은 그는 말에서 떨어지기 전 쥐어짜듯 외쳤다.

"고구려군?"

거란기병 모두가 화살이 날아온 방향을 향해 시선을 향했다.

과연 그곳에는 커다란 깃발이 있었다. 하늘을 향해 날아오르는 세발까마귀의 문양이 선명한 적색깃발이 위풍당당하게 휘날리며 다가왔다.

"저건!"

"고구려 태왕이다! 왕당이 직접 왔다!"

거란기병 입장에선 그야말로 눈알이 튀어나올 것만 같았다. 4만 대군을 동원해 평양을 떠나 백제군과 한창 싸우고 있어야 할 담덕이 어떻게 여기에 있단 말인가!

아직 18살 어린 나이에 다부진 체격과 눈이 부실 정도로 아름다운 용모, 거기에 신출귀몰하는 용병술까지 겸비한 고구려 태왕 담덕을 모르는 이는 없다. 그러기에 자기 이름도 쓸 줄 모르는 까막눈조차도 고구려군과 왕당의 깃발문양은 똑똑히 알아보았다.

"후퇴하라! 달아나라!"

지휘관이 곧바로 군령을 내렸다.

그렇지만 모두가 깃발을 보게 되자 새삼 명령도 필요 없었다. 거란 기병은 염라대왕이라도 만난 듯 하얗게 질린 표정이 되어 급히 말고삐를 당겼다.

— 히이잉! 히잉.

너무 세게 당긴 탓에 말이 놀라 날뛸 정도였다. 거란기병은 무질서하게 두 갈래로 갈라지며 왔던 길을 되짚어갔다. 그것만이 그들이 사는 유일한 길이었다.

"놓칠 줄 알고!"

하얀 백마에 타고 고구려군 선두에 있는 담덕이 코웃음 쳤다.

왕당 무사들이 밀집해 있는 고구려군은 그 숫자가 1만여 명에 불과했지만 날랜 기병만으로 구성되어 신속하게 움직였다.

"네 놈들이 감히 내 앞에서 얕은꾀를 썼겠다. 어디 그 대가를 치르게 해주마!"

이럴 때는 굳이 '짐'이란 표현조차 쓰지 않았다. 지기 싫어하는 소년처럼 전장에 선 담덕의 가슴속에는 뜨거운 승리에의 욕망이 타올랐다. 그는 언제나 승리에 굶주렸으며 특유의 천재성과 침착함으로 원하는 승리를 얻었다.

담덕은 스스로 말 위에서 활을 낭겨 적을 향해 쏘았다. 숙련된 고구려 경기병은 달리는 말 위에서도 정확히 활을 쏘아 상대를 맞출 수 있다. 경당에서는 말 흔들림까지도 계산하며 활 쏘는 연습을 어릴 때부터 시킨다.

화살이 날카로운 시위소리를 내며 날아가 뒤돌아 도망치는 적 하나를 떨어뜨렸다. 비록 신궁(神弓)이라 말할 정도의 실력은 아니었지만 평균적인 고구려 무사의 활 실력까지는 되었다.

하긴 활까지도 잘 쏘면 그건 정말 큰일이다. 마치 신이 내린 예술품처럼 잘생긴 용모와 건장한 체구에, 천재적 두뇌까지 갖춘 태왕이다. 거기에 활 쏘기까지 능하면 시조 동명왕이 환생했다고 신녀들이 난리칠 게 분명했다.

"사신(四神)에게 명한다! 주작은 그 날개로 적을 가려라!"

담덕이 명을 내리자 적색 깃발이 올랐다. 흔히 사신수가 태왕을 지킨다는 말이 있는데 이는 담덕이 직접 거느리는 왕당(친위대)의 네 가지 병종(兵種)을 사신에 비유해 부르며 각각 그 사신을 그린 깃발로 분류했기 때문이다.

　붉은 깃발을 앞세운 주작대는 활을 주 무기로 삼은 날렵한 고구려 경기병이다. 숫자로 3천명인 이들이 넓은 왼쪽 평원에서 날개를 펴듯 쭉 펴지며 후퇴하는 거란기병 앞을 가로 막았다. 그리고는 일제히 활을 쏘며 거란기병을 압박했다. 그 일련의 과정은 마치 짐승을 모는 거대한 사냥놀이 같았다.

　"여전하시군요."

　담덕 뒤쪽에 있는 을지언은 여전히 칭찬은 한 마디도 하지 않았다. 군사지만 동시에 병법스승이기도 했기에 누구도 무례하다고 할 수는 없다. 그렇지만 그 점을 감안해도 매정한 스승임에는 틀림없다.

　"쾌활하고 용감한 것도 좋지만 무모한 일이기도 합니다. 폐하는 고구려군의 중심이자 단 하나밖에 없는 태왕입니다. 이렇게 선두에 섰다가 만에 하나 적에게 당하기라도 하면 돌이킬 수 없습니다."

　"언. 그대는 언제나 짐을 나른하게 만드는군. 그럼 젊은 내가 태왕이랍시고 한참 뒤에서 수레에 타서 부채나 휘둘러야 하겠는가. 오십 육십 먹은 노장과 백성들이 앞에서 돌과 화살을 맞고 피 흘리며 싸우고?"

　"마음에는 안 드시겠지만 그게 훨씬 합리적입니다."

　"그런 겁쟁이 같은 방식은 싫다! 이게 짐의 방식이다! 병사들도 좋아하지 않는가? 사기도 드높아진다. 이게 군사가 말하는 대로 아군의 사기를 높이는 방법이 아닌가 말이야."

　"사기가 높아지긴 하겠지요. 적어도 폐하께서 무사하신 한은 말입니다. 그러나 폐하께서 상처라도 입는 날에는 오히려 병사와 장수들이 동요하고 사기가 바닥까지 떨어질 수도 있습니다."

　후퇴하려던 거란족은 고구려 경기병에 막혔다. 상황이 혼전으로 접어들자 한쪽은 기창으로, 한쪽은 칼로 싸웠다.

을지언은 담덕과 말하면서도 눈은 끊임없이 전장을 살폈다. 담덕 역시 잠시도 전장상황에서 눈을 떼지 않았는데 둘 사이에 오가는 이 대화가 마치 바둑이라도 두면서 즐기는 잡담처럼 들렸다.

"언. 자네에게 배운 그 손자병법(孫子兵法)이었나? 거기에 이런 말이 있더군. 지붕에 오르게 한 뒤에 사다리를 치운다. 즉 자기를 사지에 밀어 넣어 결사의 각오로 싸운다는 뜻도 되지. 나는 언제나 그렇게 하고 있다. 항상 이번 전투가 내 마지막 싸움이 될 수 있다는 심정으로 최선을 다하는 거다. 이해하겠나."

"확실히 그런 말이 있지요. 그건 손자병법 제28계입니다."

을지언이 가만히 수긍했다.

"주작은 하늘로 날아가라! 현무는 껍질을 내밀어 적을 막아라!"

담덕이 다음 명령을 내렸다.

문무에 능통한 담덕은 시와 음악에도 능했다. 감성적인 취향 탓에 전술도 시적인 문구를 썼다. 어차피 사전에 약속된 전술이기에 휘하 막리지와 군두들은 그 문구가 어떤 전술형태를 의미하는지 금방 알아들었다.

기창을 주력으로 쓰는 거란기병에 비해 칼로 싸운 고구려 경기병은 약간 손해를 보고 싸웠다. 고구려 기병의 주작 깃발이 슬쩍 왼편으로 다시 빠져나갔다. 거란기병에게 퇴로가 열린 셈이다.

─ 처컥. 처컥. 처컥.

그러나 그건 착각에 불과했다. 주작이 시간을 벌어주는 동안 이번엔 현무가 다가와 단단한 방진을 형성하고 기다렸다. 2천에 달하는 방패와 창날이 반원형으로 빈틈없이 거란 기병을 포위했다.

"제길!"

거란기병이 일제히 속도를 줄였다. 저렇게 단단히 짜인 창수의 방진은 철기가 전속력으로 달려들어도 쉽게 뚫지 못한다. 하물며 갑옷도 변변치 못한 채 혼비백산해 도망치는 거란기병이 정면 돌파한다는 건 어림도 없다.

"오른편! 오른쪽이다!"

다행히 거란기병은 이곳 지리에 밝았다. 탁 트인 왼쪽 평원에는 주작부대가 있고 정면에는 창날 숲을 형성한 현무부대가 있다. 뒤쪽에는 세발까마귀 깃발을 높이 세운 태왕 담덕이 있다.

그러나 오른쪽에 있는 낮은 언덕 지대는 열려있다. 다소 높은 언덕이지만 거란기병이 탄 초원지대의 말은 능히 오르내릴 수 있다.

"오른쪽으로 향해라! 그쪽이 열려있다!"

거란 지휘관이 최후의 명령을 내렸다.

"이대로 병력을 온존시키기만 한다면 훗날 복수할 기회는 얼마든지 있다."

거란기병에게 도망이란 수치가 아니며 패배도 아니다. 적에게 죽지만 않는다면 일단 초원 깊이 달아났다가 다시 상황을 보아 적이 약해지면 들이닥치면 된다. 결국 최후에 웃는 자가 승리자가 아닌가.

거란기병이 일제히 오른쪽으로 향했다. 정면에 있는 현무는 보병이고 대열을 유지해야 하니 거북이처럼 이동이 힘들고 왼편의 주작은 빠르지만 충분히 강하지 못하다. 뒤편 왕당은 태왕을 지켜야하니 공격은 하지 못할 것이다.

혼전이 끝나자 잠시 화살이 날아왔지만 어쩐 일인지 곧 그것도 멈췄다.

"어디 두고 보자!"

거란 입장에선 비록 고구려 백성을 끌고 가는 데는 실패했지만 적지 않은 물건을 약탈했고 마을도 불태웠다. 목적을 반쯤 이룬데다 거란기병이 도망가는 걸 막을 방법은 없으니 별로 아쉬움은 없었다.

바로 그때였다.

"청룡이여! 나아가 짐의 적을 쳐라!"

담덕의 외침과 함께 바로 그 오른쪽 언덕 능선을 타고 맹렬히 돌진하는 기마대가 있었다.

"으아악!"

거란기병 일부가 절망적인 비명을 질렀다.

"고구려 철기(鐵騎)다!"

과연 용병술에 있어 귀신이라 불린 담덕이다. 이제까지의 포진은 그저 거란기병을 이 언덕으로 몰아넣기 위한 전초작업에 불과했다. 도망가는 데 능한 거란기병을 완전히 섬멸하기 위해 최악의 선택을 하도록 유도한 것이다.

― 우르릉! 따각따각!

― 챙. 채앵.

말 전체에 강철 갑옷을 두르고 기수도 두꺼운 강철갑옷으로 몸을 보호한 철기는 가장 귀중한 전력이다. 귀한 철과 말이 들어가고 오랜 기창술 훈련이 필요하기에 가난한 거란이나 북방 소규모 기마부족은 철기를 가질 엄두도 내지 못한다.

그런 철기 약 1천이 언덕 능선을 달려 올라갔다가 그 탄력을 이용해 아래로 내려오면서 전속력으로 거란기병에게 부딪쳐 왔다.

"싸워라! 맞서 싸워라!"

이쯤 되면 거란기병에게 선택의 여지는 거의 없다. 싸워서 죽든가 싸우지 않고 항복하든가 뿐이다. 그러나 이미 싸움은 시작됐고 항복할 시간적 여유조차 없다.

'신(神)이다. 저건 이미 인간이 아닌 군신이다! 그간 말로만 천손이라 했지만 이번 고구려 태왕은 진정으로 하늘의 아들이다!'

거란 지휘관은 자기 목숨이 얼마 남지 않았다는 걸 알면서도 감탄했다.

그의 나이 벌써 육십으로 이곳 고구려 변방에서 역대 고구려왕과 후연 등이 보낸 토벌군과 맞서 싸워왔다. 그렇지만 이번만큼 완벽히 당한 적은 없었다.

'고구려에 진정으로 영웅이 나왔다. 재수 없게도 우리들이 그 영웅의 첫 번째 희생물이 되었으니 누굴 탓하랴. 그저 하늘을 탓할 수밖에.'

푸른 깃발의 고구려 철기가 거란기병을 덮쳤다. 깃발에 그려진 푸른 용이 커다란 입을 벌려 단숨에 아군을 삼키는 것만 같았다.

가벼운 갑옷과 장비를 갖춘 거란기병의 특징은 재빠르게 공격하고 달아나는 기동력이다. 늘 그 능력으로 고구려 변경을 공격해 마을을 털고는 인근 성에서 고구려군이 출동하면 바람처럼 달아났다.

그러나 이런 경기병이 달아날 곳을 잃고 고구려 철기와 정면출동하자 이야기가 달라졌다.

"도대체 어떻게! 어떻게 싸우란 거야!"

삼십대 중반의 거란기병 다부소(多夫蘇)는 처자식이 딸린 몸이다. 하긴 여기 거란기병 가운데 처자식 없는 자가 드물지만 그는 본래 많은 양을 치며 제법 부유하게 살던 몸이다. 노략질을 하지 않아도 먹고 살 수 있는 몸인데도 순전히 호기심으로 따라온 것이 어느새 죽음 문턱을 밟게 되었다.

"이야아!"

그래도 살 길은 싸우는 것밖에 없다. 보병 창에 비해 다소 짧은 기창을 휘두르며 언덕을 내려오는 철기를 향해 마주 부딪쳤다.

─ 쿠르르르! 콰앙!

다가오는 철벽(鐵壁)들. 온통 강철로 덮인 말과 사람이 거란기병보다 훨씬 질 좋은 강철기창을 들고 쇄도했다.

"하아앗!"

힘껏 고함을 지르며 기창을 힘껏 내밀었다. 이래봬도 고이 기른 양 열 마리를 주고 연나라에서 온 상인에게 구입한 기창이다. 날이 다소 무디긴 하지만 찌르지 못하면 쳐서 떨어뜨리기라도 할 것이다.

– 투앙!

다부소의 기창에 가슴을 맞은 고구려 철기는 다소 주춤했지만 멀쩡했다. 과연 제련기술로 유명한 고구려 갑옷이다. 기창에 찰갑이 다소 뜯겨나가며 파고들었지만 끝내 뚫지는 못했다. 더구나 상대가 뒤로 상체를 살짝 트는 바람에 충격도 적었다.

'제길 뭐 이래!'

"후아앗!"

이번엔 고구려 철기병이 기창을 내밀었다. 푸른 술이 달린 그 기창은 청룡의 이빨처럼 살짝 구부러진 채 날카로운 푸른빛을 뿜었다.

– 푸욱.

찌르르 통증이 온 몸에 흘렀다. 이번엔 사슴 모피 다섯 장을 주고 동진 상인에게 산 가죽 갑옷인데 여지없이 뚫렸다.

'그 놈의 사기꾼 녀석! 이거면 고구려 기창도 막는다며.'

이제 와서 헛된 일이지만 다부소는 순간 상대인 고구려 철기보다는 갑옷과 무기를 판 상인을 원망했다. 산업이 열악한 거란 입장에서는 이런 무기를 모두 교역 상인에게 수입해야 한다. 고구려는 절대 이들에게 무기를 팔지 않는다.

"아우!"

다부소의 몸이 부웅 떴다. 그동안 키워줬던 은혜도 잊고 이놈의 말이 주인이 떨어지는 지도 모르고 그저 신나게 앞으로만 달렸다. 까짓 고삐 좀 놓쳤다고 말이다.

'처음부터 상대가 안 돼! 이건 안 돼!'

등부터 땅에 떨어진 다부소의 눈에 비친 건 똑같은 처지에 빠진 거란동료들이었다. 철기와 맞서 싸운 이들은 모두가 예외 없이 중상을 입거나 숨이 끊어져 말에서 떨어졌다.

'철기와 정면으로 싸우다니! 그것도 고구려 철기와! 이건 바보짓이야! 자살 행위라고!'

선택의 여지가 없단 건 알고 있었다. 포위된 상황에서 그나마 열린 오른쪽 언덕을 택한 건 누가 봐도 현명한 선택이었다. 그러나 그게 오히려 고구려 태왕 담덕의 계략이고 보니 아무런 희망도 남지 않았다.

어느새 몸 전체가 흘러나온 피로 흠뻑 젖었다. 그럼에도 비틀거리며 다부소는 일어섰다. 이대로 누워있다간 다가오는 철기 말발굽에 밟혀서 죽고 만다.

이미 놓친 기창은 포기하고 허리춤에서 짧은 단도를 꺼냈다. 살고 싶으면 이것으로라도 싸워야 했다.

– 투두둑. 투둑.

철기 앞에 추풍낙엽처럼 떨어지는 거란기병은 처절하도록 당했다. 경기병이 도망을 포기하고 전력을 다해 철기와 부딪친다면 그 결과는 참혹하다. 오로지 죽고 또 죽는 것만이 남는다.

삽시간에 다부소 주위에 시체가 산처럼 쌓였다. 그러면서도 고구려 철기는 이상하게도 다부소를 무시하듯 공격하지 않고 지나갔다.

"으아아! 이놈들아! 고구려 놈들아!"

미칠 것만 같았다. 모두가 죽어 넘어지고 말조차 휘휘 돌아다니는 전장에서 다부소는 단도를 휘두르며 이미 지나간 고구려 철기를 향했다. 그를 제외한 거란 철기는 이미 전멸했다.

"덤벼! 덤벼! 죽여 봐! 나까지 죽여보라고! 난 하나도 무섭지 않아! 덤벼!"

순간 집에서 아버지를 기다리는 처자식의 모습이 눈에 아른거렸다. 뿌연 눈물이 앞을 가렸지만 다부소는 오히려 고함을 질렀다. 여기서 약한 모습을 보이기는 싫었다. 그건 초원에서 자연과 싸우며 강인하게 사는 거란 남자의 길이 아니다.

함성에 호응하듯 철기 수십 기가 말을 돌려 선회했다. 그리고는 청룡 깃발을 휘날리며 다부소를 노렸다. 그들의 기창 수십 개가 잔인한 맹수 이빨처럼 보였다.

어렸을 때 우연히 길을 대열에서 낙오된 새끼 양에게 늑대 수십 마리가 달려드는 모습을 보았다. 그때 새끼 양은 울부짖었고 늑대들은 한 치의 자비도 없이 사방에서 새끼 양을 덮쳐 그 고기와 피를 다퉜다.

겨우 단도 하나를 빼든 다부소의 몸에 철기 수십 기의 창날이 거의 동시에 꽂혔다.

다부소의 몸이 붕 허공에 떴다. 마치 꼬치에 꿰인 고기처럼 육신이 창대에 매달린 그는 마지막 숨을 몰아쉬며 내뱉었다.

"우리가~ 머지않아 우리가~ 너희를 모두 죽일 거다!"

의식이 멀어지는 때 다부소는 비려를 이끄는 거란 족장을 생각했다. 늘 따뜻하고 기름진 땅을 원하며 부족의 단결을 호소하던 그 위대한 족장이 틀림없이 복수해줄 것이다. 그건 아마도 고구려군에게 재앙이 되겠지.

"그때를~ 기다려라!"

마지막으로 남은 거란기병의 영혼이 단도와 함께 땅에 떨어지며 육신을 벗어났다.

이 선두부대의 전투 하나로 인해 거란군의 사기는 완전히 꺾였다. 태왕 담덕과 함께 온 1만의 병사 말고도 뒤이어 대군이 몰려오고 있다는 말을 듣자 거란군은 오로지 달아나기만 바빴다.

보통은 달아나더라도 이미 약탈한 재물이나 납치한 사람은 데리고 갈

수 있었다. 그러나 이번엔 달랐다.

태왕이 몸소 전력을 다해 추격하자 거란군은 붙잡은 1만여 고구려 백성을 모두 버려두고 달아났다. 도리어 담덕이 보복으로 국경지역 거란족 마을을 공격하자 같은 거란백성 5백 명을 포기하고 내륙 깊숙한 염수 지역으로 달아났다.

결국 담덕은 국경지역을 쳐들어온 거란의 모든 이득을 무위로 돌렸을 뿐 아니라 도리어 타격까지 가한 셈이었다.

이렇게 북쪽을 평정한 담덕은 9월 초순, 다시 평양성으로 돌아왔다.

관미성 공략

읍루
부여
비려(거란)
후연
송화 강
요 하
농안
장춘
연길
고구려
백두산
대통하
평양(국내성)
묘향산
난하
산해관
전월
발해만
하평양
구월산
동 해
마니산
덤현성
백제
관미성
황 해
한 강
신라
백제
낙동강
가야
허
화
이
동진
쪼 강
양

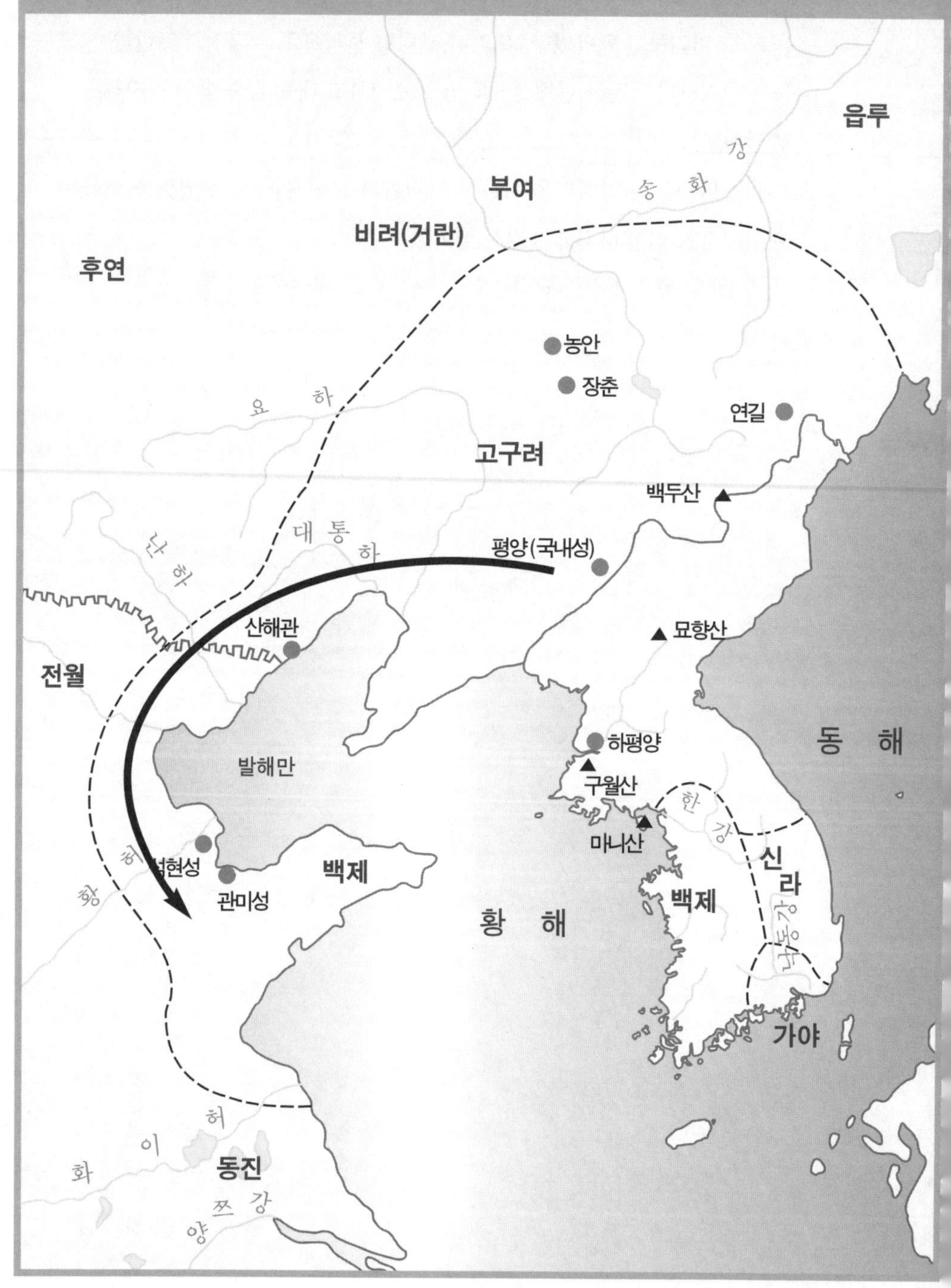

제 2 장

관미성 공략

꽃(華)과 그림자(影)

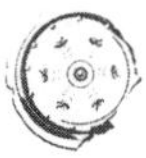

평양성 밖에서 벌어진 떠들썩한 개선행렬은 마치 커다란 축제와 같았
다. 질서정연하게 대열을 맞춘 고구려 병사들이 원정에서 노획한 물건과
사로잡은 포로들을 끌고 오자 늘어선 백성들은 박수와 탄성으로 격려했
다.

물론 전쟁이 좋은 것은 아니다. 하지만 지난 동안 늘 외부의 침입에 불
안해했던 백성들이다. 태자 때부터 유난히 재능이 있던 담덕이 태왕이 된
후로 고구려는 싸움마다 이기고 국세를 크게 떨쳤다. 그러니 모두가 안심
하고 생업에 종사할 수 있을뿐더러 나라 전체가 활력에 넘쳤다.

"어서 오십시오, 폐하."

치렁치렁한 머리카락을 늘어뜨리고 고운 옷을 입은 소녀가 개선행렬을
마치고 궁에 돌아온 담덕을 맞이했다. 날씬한 몸매에 눈처럼 새하얀 피부
를 가지고 옥처럼 맑은 얼굴과 새까만 눈이 돋보였다. 오뚝한 코와 갸름한
얼굴, 앵두 같은 입술은 그 누가 보아도 첫눈에 반할 미모였다.

"여어! 진화(珍華). 그대인가? 볼수록 아름다워지는군. 어서 시집가야지, 안 그러면 평양성 모든 남자들이 그대 때문에 밤에 잠도 못잘 거야."

담덕은 웃으며 농담을 건넸다.

감히 절세의 미녀라고 말해도 좋을 정도였다. 담덕보다 한 살 어린 17살의 이 소녀의 이름은 부여진화(夫餘珍華)로, 왕실을 빼고 고구려에서 가장 지체 높은 가문인 계루부 부여씨의 적손(嫡孫)이다.

"과찬의 말씀을. 폐하야말로 알고 계십니까? 폐하 때문에 요즘 혼기가 찬 고구려 모든 여인들이 혼인을 꺼리고 있다는 것 말입니다."

진화가 희고 고운 손을 내밀어 슬쩍 입을 가리며 웃었다. 그 모습은 기품에 넘치면서도 강하게 남성을 끌어당기는 매력이 있었다.

"그래? 짐은 통 모르겠는데? 어쨌든 아까 개선행렬에 없다 싶더니 궁에 와 있었군. 그런데 신하들은 모두 어디 있는가? 짐이 이렇게 빨리 올 줄 몰랐는가? 아! 그리고 보니…."

뭔가 이상한 낌새를 눈치 챈 담덕의 머리가 재빨리 상황을 파악했다.

'이건 분명히 그 늙은이의 음모다! 아주 이번 기회에 결판을 지으려 하는 모양이야. 이거 곤란한데.'

담덕은 진화에게 다가서 슬쩍 머리를 쓰다듬었다. 진화는 대대로 왕후를 배출한 부여 가문으로 둘은 어릴 때부터 종종 함께 놀던 소꿉친구였다.

"진화. 이렇게 날 맞이해주니 아주 기쁘다. 정말 고마워. 그런데 짐은 잠시 할 일이 있어 가봐야겠다. 나중에 다시 보자."

이렇게 말한 담덕은 진화가 대답할 겨를도 주지 않고 그 자리를 빠져나왔다.

"폐하. 어딜 가십니까?"

늘 태왕을 호위하는 왕당무사가 급히 따라와 물었다.

"개인적인 용무다. 군사 언에게 들러보려고 하니 굳이 따라오지 않아도 된다."

이렇게 대답하고는 발걸음을 재촉했다.

"폐하! 잠시 기다리십시오!"

그러자 과연 담덕의 예상대로 이 일을 꾸민 주동자가 뒤에서 황급히 쫓아왔다.

"역시! 고추가(古鄒加)였군요."

"신 부여명수(夫餘名秀)가 폐하를 뵙습니다!"

짐짓 예를 차리는 상대에게 담덕은 곤란한 표정을 지었다.

부여명수는 고구려 나부 중 가장 세력이 강한 계루부의 수장인 고추가로서 나이 칠십이 넘은 노신(老臣)이다. 소수림왕을 거쳐 고국양왕에 이르기까지 선대왕을 극진히 섬겼고 평소에 청렴결백해서 신하들의 모범이 되는 인물이기도 하다. 따라서 담덕이 결코 함부로 대할 수 없는 사람이다.

"혹시 신의 손녀 진화가 폐하께 무슨 실수라도 저질렀습니까?"

"아니오. 그건 절대 아니오. 궁에 돌아왔는데 신료들은 없고 진화만 있었소. 그래서 몇 마디 말을 나누고 나왔을 뿐인데 짐이 무슨 실수라도 한 것이오?"

"폐하! 정녕 몰라서 그러십니까? 감히 말씀드리지만 일부러 신이 다른 신하들에게 자리를 피해달라고 부탁하고 손녀를 불렀습니다. 바로 과년한 폐하의 혼인문제를 논의하기 위해서입니다."

평소 늘 부드럽고 온화한 어투를 쓰던 부여명수가 오늘따라 언성이 다소 높았다.

다른 신하라면 불경죄에 해당될 수도 있지만 왕을 제외하고는 왕실에서 가장 큰 어른인 고추가이다. 이 정도는 어린 담덕이 무례를 따질 수는 없었다. 더구나 이건 국가 중대사라기보다 태왕의 사적 문제가 아닌가.

"고추가. 늘 말했지만 짐은 아직 혼인하고 싶은 마음이 없다. 그런데 왜 그리 재촉하는가?”

“폐하. 이건 중요한 문제입니다. 예전에 선왕께서 주선한 몇몇 정략혼을 마다하신 건 이해합니다. 그건 신도 반대였으니까요. 하지만 이번엔 다릅니다. 어서 태왕께서 혼인을 해서 국모를 맞아야 나라가 더욱 안정되고 백성이 편안해집니다.”

“그건 짐도 안다. 그런데 왜 하필….”

“폐하! 단도직입적으로 묻겠습니다.”

부여명수의 눈이 담덕을 정면으로 보았다.

“제 손녀가 어딘가 모자랍니까? 아니면 마음에 안 드십니까?”

부여진화가 담덕의 부인이 될 거란 사실은 공공연한 사실이었다. 예물을 교환하거나 약혼을 하지는 않았지만 한때 왕권을 쥐고 수렴첨정도 했던 명문 부여씨로 재색을 겸비한 미녀다. 그런 손녀를 고추가가 앞장서서 태왕에게 이어주려는데 누가 어떤 명분으로 막겠는가?

“아니! 전혀 그렇지 않다. 그럴 리가 있는가?”

비록 담덕이 태왕으로 지위와 용모, 두뇌를 갖춘 기재(奇才)라지만 진화는 한술 더 떠서 경국지색(傾國之色)이라고까지 칭송받았다. 혈통도 나무랄 바 없지만, 특히 시조 동명왕을 모시는 신궁의 신녀를 맡아서 뛰어난 신력(神力)을 보이고 있었다.

또한 당시 고구려 여인들의 필수덕목인 길쌈 솜씨도 뛰어나서 그녀가 짠 베는 가격이 두 배로 매겨질 정도였다.

인기로 따지면 이웃나라의 사신이 특별히 왕후로 모시겠다고 밀명을 받고 온 적도 있으며, 거상이 천금(千金)을 주고 데려가겠다고 제안한 적도 있지만 모두 물리쳤다.

진화가 마음에 두는 남자는 오로지 단 하나 담덕이었다. 그러기에 어떤 혼담도 물리쳤으며 자주 궁에 들러 담덕을 만나고자 했다.

담덕 역시 그런 진화의 마음을 알고 있었다.

"진화는 정말 아름답고도 착한 아이다. 그렇지만 짐에게는 어릴 때부터 함께 놀던 여동생 같은 존재다. 신붓감으로 생각해본 적이 없다."

담덕은 솔직히 털어놓았다.

"혹시 달리 마음에 있는 여인이라도 있으십니까?"

명수가 날카롭게 추궁했다.

"어떨까. 있다면 있고 없다면 없다. 어쨌든 그대에게는 미안하다는 말밖에 못하겠다."

완곡히 거절의 뜻을 표시하는 담덕이지만 부여명수는 의외로 완강했다.

"기다리겠습니다. 폐하께서는 어쩌신지 몰라도 제 손녀는 이미 마음을 정한 듯싶습니다. 아마도 폐하가 아니라면 차라리 평생 혼자 살거나 죽음을 택할 지도 모릅니다."

"허허, 그건 거의 협박이군. 어쨌든 지금은 가볼 데가 있으니 나중에 보세."

슬쩍 받아넘긴 담덕은 부여명수의 인사를 받는 둥 마는 둥 했다.

"으이구. 저 꼬장꼬장한 고추가가 손녀딸을 위해서 신하들에게 부탁까지 했다니. 많이 힘들었나보구나. 그런데 힘든 건 나도 마찬가지야."

담덕은 씁쓸한 표정으로 혼잣말을 했다.

을지언은 왕궁에서 약간 떨어진 작은 집에 살고 있었다.

"언! 나 왔네."

개선행렬 때 입은 갑옷을 벗었지만 태왕이 입는 화려한 관복을 입지는 않았다. 그저 고구려 귀족들이 입는 평범한 옷을 입었는데 그것도 사실 화려하긴 했다.

자주색 바탕에 무늬를 놓은 최고급 비단 저고리에 일곱 색이 어우러진 비단을 덧대어 멋을 낸 것이 고구려가 가진 고도의 기술을 한껏 발휘한 재료였다. 다소 길게 어깨를 덮은 머리에는 꿩 깃털을 단 조우관을 쓴 것이 평소보다 신경 써서 꾸민 차림이었다.

"호오, 태왕 폐하 아니십니까! 어찌된 일입니까? 개선행렬을 마치면 궁에서 신료들을 접견하기로 하시지 않았습니까."

"사정이 좀 생겼다. 고추가가 어쩐지 단단히 작심한 듯싶어서 말이야. 잠시만 여기서 신세 좀 지겠다."

담덕의 군사로서 나라에서 꽤 많은 돈을 받고 있었지만 을지언의 집과 살림은 소박하기 짝이 없었다. 사람 넷이 겨우 앉을 수 있는 장방(欌房)에는 신분 있는 자들이 치는 늘어진 휘장 하나가 없이 네 발 탁자 하나와 소반이 을씨년스럽게 놓였다.

담덕이 성큼성큼 방에 들어가 먼저 앉았다.

"늘 이렇게 누추한 데를 자주 찾으시는군요."

"정말 좀 누추하긴 하군. 옛날부터 달라진 게 하나도 없어. 이래서야 어디 군사로서 품위를 유지할 수나 있겠나. 짐이 주는 재물이 적은가? 아니면 쏨쏨이가 너무 큰가? 원한다면 더 좋은 집과 하인을 내려줄 수도 있네."

선왕이 초빙했고 태자 때부터 담덕을 곁에서 모시며 전장을 누비던 군사가 흔한 노비 한 명 없이 골방에서 담덕을 맞았다.

"그런 건 신의 뜻이 아닙니다."

"그렇겠지. 그건 알고 있소. 그런데…."

담덕은 방에 앉아서 밖을 두리번거리며 누군가를 찾았다.

"그대의 딸 아영(娥影)은 어디에 있는가? 안 보이는데 어디 갔는가?"

아영은 을지언이 고구려에 오기 전 전쟁터에서 주운 아이로 수양딸이 되어 같이 살고 있다. 나이로는 담덕보다 두 살 아래인 16살이지만 여자임에도 다섯 살부터 을지언에게 병법을 배웠다. 병법으로는 담덕에 비해 한참 선배였다.

"지금 부엌에 있을 겁니다. 아영아! 태왕께서 찾아오셨다. 술과 고기를 좀 내오너라!"

"알겠습니다, 아버님."

차분하고 산뜻한 목소리가 돌아왔다. 안채와 떨어진 다른 건물에 있는 부엌이었다. 아궁이쪽에서는 한창 불을 지피고 있던 소녀가 갓 시루에서 만든 음식을 국자로 덜어 맛을 보았다. 느긋이 부엌일을 하는 그 뒤태가 자못 고왔는데 특이하게도 머리카락이 금색(金色)이었다.

"곧 아영이가 음식을 내올 겁니다. 그래, 어쩐 일로 오셨습니까?"

검은 두건을 쓰지 않은 을지언은 그저 어디서나 볼 수 있는 늙은이와 비슷했다. 전쟁터에 있을 때는 누구나 인정하는 어둡고도 강한 위엄을 보이지만 일단 집에 돌아오자 사람이 바뀐 듯했다.

"뭐 짐은 용무 없이 오면 안 되는 사람이오? 태자 때부터 자주 놀러왔지 않소?"

"그때는 주로 바둑을 두러 오셨지요. 병법은 궁에서 배웠지만 바둑에서 자꾸 신에게 패하니, 와서 이길 때까지 두자고 하시지 않았습니까."

을지언은 미소를 지으며 상석에 앉은 담덕을 향했다.

"그때 군사는 한 번도 일부러 져주지 않았지."

"그야 그것 역시 병법수업인데 그런 식으로 사정을 봐줘서는 도움이 안 되니까요. 폐하께서는 심지어 아영과 바둑을 두어도 지지 않았습니까?"

나중에 담덕은 아영과 바둑을 두었는데 늘 한 번 이기면 한 번은 졌다.

"그거야 뭐…."

사실 담덕 스스로도 그 이유를 알 수 없었다. 비록 아영이 병법을 먼저 배웠지만 바둑은 비슷한 시기에 함께 배웠다. 막상 실력은 담덕보다 떨어지는 것 같은데 아영 앞에만 있으면 집중이 잘 되지 않았다.

"짐은 남자이고 태왕이 아닌가. 아녀자와 무슨 진지하게 승부를 하겠는가."

엉겁결에 그렇게 말해버렸다.

"아녀자라고요?"

그런데 그게 마침 아영이 소반에 술과 구운 떡, 양고기를 들고 들어온 참이었다. 아영은 별로 반응이 없이 그저 담덕이 한 말을 반문하며 소반을 탁자에 곱게 놓았다.

살짝 담덕을 보는 눈동자는 푸른색이었다. 그녀는 멀리 서역에서 온 색목인(色目人)이었다. 훤칠하게 키가 컸지만 몸 전체가 크고 이목구비 역시 너무 각진 모습이었다. 현대 기준으로는 금발미인이지만 당시 고구려인 눈으로는 절대 미인이라고는 말하지 못했다.

"아, 아니~ 그게 아니고. 그냥."

"그럼 무슨 뜻이시죠?"

"실수했다. 내가 잘못했다, 아영."

담덕은 이쯤 되자 솔직히 사과했다.

아영은 여전히 아무런 표정변화도 없었다. 그저 사뿐히 인사를 하고는 방을 나섰다.

"휴우~"

담덕이 한숨을 쉬었다.

"여전하군, 아영은."

"불쌍한 아이입니다. 태어나서 바로 전쟁에 휘말려 부모에게 버려진 셈이니 따뜻한 정을 받고 자란 적이 없지요. 게다가 마침 키운 사람이 저 같은 노인이니 말입니다. 그건 그렇고 정말로 오신 목적이 무엇입니까?"

을지언의 눈빛이 날카롭게 담덕을 살폈다.

"두 가지 있다."

"첫 번째는 무엇입니까?"

담덕은 밖으로 나간 아영을 확인하고는 나직이 대답했다.

"관미성을 칠 계략을 논의하고 싶어서다."

"그리고요?"

"둘째는 개인적인 문제니 나중에 말하도록 하지."

"잘 알겠습니다. 우선 드시지요."

을지언은 고기를 놓은 큰 그릇을 앞에 두고 술잔을 담덕 앞에 두고 술병을 들어 따랐다.

"언제 공격하기를 원하십니까?"

잔을 들어 한 잔씩 마신 후 을지언이 물었다.

"바로 다음달. 동맹이 끝난 후에 바로 친다."

담덕이 곧바로 대답했다.

동맹(東盟)은 고구려 모든 부족이 한자리에 모여 국정을 의논하고 시조 동명왕과 생모 하백녀(河伯女)를 제사지내는 제천의식이다. 또한 풍성한 수확을 주신 하늘에 감사하는 농제(農祭)이기도 한데 남녀들이 밤에 모여 서로 노래와 놀이를 즐긴다.

"그때가 좋지 않겠는가? 백제는 이번 짐의 요서정벌에서 혼이 났다가 거란족 침입 때문에 살아났지. 관미성 방비를 강화하고 있다곤 하지만 설마 겨우 세 달 후에 관미성까지 칠거라곤 생각하지 못할 거야."

"군대는 신속함이 우선이지요. 거기다 설마 동맹이 끝나자마자 군을 움직일 거라고 생각하지는 못할 테니 좋은 계략입니다."

술 한 잔을 비우며 을지언이 바로 동의했다.

"위험은 없겠는가? 백제의 달솔 진가모나 진무 장군도 상당한 용병가라고 들었다. 이번에는 당했지만 계속 당하고만 있지는 않을 텐데."

"그게 말입니다."

을지언은 슬쩍 담덕에게 다가오며 목소리를 낮췄다.

"그럴 수 없는 사정이 백제에 생긴 듯합니다."

"사정이라니?"

"첩자가 알아온 바에 따르면 진사왕은 지금 전혀 신하들을 접견하지도 못하고 국정을 다루지도 못한다고 합니다. 그저 궁 안에서 술이나 마시고 여기저기 사냥이나 다니고 있지요."

"아니, 그게 말이 되는가? 요서지역과 관미성은 백제에게 도성 다음으로 중요한 곳인데 그곳을 잃을 위기에서 그런 모습이라니? 미치지 않고는 있을 수 없는 일이지. 어떤 간계가 아닌가?"

"태양이 구름에 가려져 보이지 않게 된다. 손자병법 제27계로 미친 척하며 모든 걸 숨기는 계책이지요. 그렇지만 그건 아닌 듯싶습니다."

"무슨 증거라도 있소?"

"첩자가 함께 알아온 바로는 백제 내부에 정변이 일어난 것 같답니다. 백제 선왕인 침류왕의 아들 아화(阿花)가 자기편 신하들을 모아 국정을 장악한 채 진사왕을 허수아비로 만들었답니다."

"아화가? 상당히 총명하고 패기 넘치는 자라고 들었는데 그 자가 왜?"

담덕도 아화에 대해서 조금은 알고 있었다. 담덕과 같은 나이로 용맹하고도 병법에 능한데다 평소 매사냥을 즐기는 준재(俊才)다.

"바로 그 넘치는 총명함과 패기가 원인이지요. 본래 침류왕이 죽은 후 아들인 아화가 왕이 되어야 했으나 그때 너무 어렸기에 침류왕의 동생인 진사왕이 왕위를 이은 것입니다. 그건 우리 고구려도 마찬가지로 절대로 잘못된 것은 아닙니다. 하지만 야심 넘치는 아화는 불만을 품고 있다가 기회를 노려 정변을 일으킨 것입니다."

을지언은 백제 정세를 설명하며 일부러 백제의 주인을 '왕(王)' 이라 칭했다. 이건 매우 중대한 의미가 있다.

당시 고구려는 명백한 황제국가였다. 담덕은 즉위 직후부터 이미 영락(永樂)이란 독자연호를 썼고 왕 중의 왕이란 뜻의 태왕(太王)이란 명칭을 썼다.

반면 백제는 조금 달랐다. 내부적으로는 스스로 황제를 칭했으나 독자연호를 쓰지 않았으며 중국이나 왜국에 대해 왕(王)이라 칭하는 등 그 호칭이 일관되지 못했다.

물론 고구려 입장에서는 당연히 '백제왕' 일 뿐이다. 또한 신라왕은 '매금' 이라 칭했다. 삼한을 아우르는 천하의 중심에서 태왕은 오로지 한 명이기 때문이다.

"착잡하군, 뭐라 말하기 힘든 일이다."

"폐하, 오히려 이건 고구려에 커다란 기회입니다. 백제는 근래 상당히 강성해져서 아래로는 삼한을 노리고 위로는 대륙을 넘보고 있습니다. 그런데 이렇게 정변이 일어났으니 국론이 분열되고 장병들의 사기가 떨어졌겠지요. 이럴 때라면 아무리 튼튼한 관미성이라 해도 떨어뜨릴 수 있습니다."

"군사 말이 맞다."

"사실은 오늘 폐하께서 말하지 않았다면 신이 먼저 제안하려고 했습니다. 마침 잘 됐지요."

"좋다! 그럼 결정된 셈이니 이제 관미성을 술안주로 한껏 마셔보세!"

"그러지요."

을지언과 담덕이 함께 만족스러운 표정으로 잔을 높이 올렸다.

"그럼 이쯤해서 대답해주시지요. 두 번째는 무엇입니까?"

을지언이 느긋하게 물었다.

"아영을 보고 싶어서다. 하고 싶은 말도 있고."

담덕이 약간 쑥스러운 표정으로 대답했다.

점심때부터 시작된 을지언과의 술자리는 저녁이 다 되어서야 끝났다.

"아영아, 내 대신 궁 앞까지 폐하를 전송하고 오너라."

그다지 취하지 않았지만 을지언은 일부러 아영을 불러서 명했다.

"알겠습니다."

아영은 깍듯이 대답하고는 담덕을 따라 집을 나섰다.

병법가는 중국 춘추전국시대부터 있었는데 을지 가문은 그 가운데서 협객(俠客)에 속한다. 협객이란 일정한 주인이 없이 용병술을 무기로 각국을 떠돌아다니며 그 재능을 사주는 이를 찾는 자다. 검술이나 예악(禮樂)에도 능하며 혁신적인 사상(思想)을 가진 자도 많다.

을지언은 아영에게 어릴 때부터 병법뿐만 아니라 검술도 가르쳤기에 유사시에는 몇 명 정도는 맞서 싸울 수도 있었다. 그러기에 담덕의 호위로도 알맞았다.

"아영. 그대는 나를 어떻게 생각하는가?"

길을 걷는 동안 한 마디도 없는 아영에게 담덕이 불쑥 물었다. 아영은 을지언과 비슷하게 늘 필요한 말만 하고 나서지 않는 성품이었다. 여자로서의 교태나 어리광 같은 건 일체 없었다.

"고구려의 훌륭한 태왕이시지요."

아영이 짧게 대답했다.

비록 말수는 적지만 유난히 영민한 머리를 가진 소녀였다. 그것도 단순히 총명하다는 것과는 그 수준이 다르다. 어릴 때부터 병법을 가르치며 기른 을지언의 말에 따르면 병법에 있어서는 담덕보다 그 실력이 뛰어나다고 했다.

"태왕이 아니라 남자로서 나를 어떻게 생각하느냐는 말이다."

담덕은 질문을 다시 한 번 확인했다.

사실 유난히 눈치가 빠른 아영이다. 담덕이 일부러 '짐' 이 아니라 '나' 란 호칭을 쓰고 있다. 평소에 아영에게 유난히 관심을 보여 왔다는 것도 알고 있다.

"좋은 분이시지요. 지체도 높고 문무를 겸비하신 데다 미남자이시니 더 바랄 것이 있겠습니까? 귀족 가문의 신녀를 비롯해 많은 고구려 여인들이 폐하를 흠모하고 있다고 들었습니다."

칭찬의 말이지만 어쩐지 말 속에는 아무런 감정이 없었다.

"답답하군!"

담덕은 순간 울컥해서 그 자리에 멈춰 섰다.

멀리서 저녁 해가 저물었다. 저녁밥을 짓는 연기가 모락모락 나는 민가들 사이로 난 길에 가끔 지나가는 백성들이 있었다. 그렇지만 날이 어둑어둑해지자 관복도 입지 않은 담덕을 감히 태왕이라 생각하는 이는 없었다. 그저 어디서 귀족자제 한 명이 시비를 거느리고 간다고 생각하고는 신경 쓰지 않았다.

"다른 사람은 상관없다! 내가 묻고 싶은 건 아영 그대의 생각이다."

"그게 무엇이 중요합니까."

담덕이 언성을 높였지만 아영은 여전히 나직한 목소리였다.

"폐하께서는 고구려의 태왕이시며 저 같은 천한 여인이 감히 쳐다볼 수 있는 분이 아닙니다. 우연히 아버님과의 인연으로 만나게 되었을 뿐 그 이상은 아무 것도 없습니다."

"그게 무슨 말인가!"

담덕은 정면으로 아영을 바라보았다. 담덕의 갈색이 도는 검은 눈동자와 아영의 청옥(靑玉)같은 눈동자가 정면으로 마주쳤다.

"고개를 숙이지 마라! 그리고 나를 보아라!"

담덕은 아영이 고개를 숙이며 시선을 피하려 하는 걸 막았다.

"무슨 하명(下命)이라도 있으십니까?"

명에 따르면서도 아영은 여전히 담덕을 태왕으로서 대했다. 그녀의 곱고 긴 금색 머리카락이 어깨너머 출렁거렸다.

"시간이 별로 없다."

태자 때부터 전쟁터에서 수많은 적을 상대했다. 때로는 절망적인 상황을 만나기도 했고 외교에서는 하기 싫은 말도 해야 했다. 그렇지만 지금만큼 말을 꺼내기 어려운 때는 없었다.

"지금까지 미뤄왔지만 더는 어쩔 수 없다. 나는 얼마 지나지 않아 혼인을 해야 한다. 그러기 전에 아영 그대의 마음을 알고 싶다."

"무엇이 그리 궁금하십니까?"

"아영. 나보다 더 총명하다는 그대다. 말을 자꾸 피하려 하는 걸 알고 있다. 그러기에 가장 간단히 말하겠다."

담덕은 진지하게 한 마디를 던졌다.

"나는 아영 그대를 좋아한다. 나와 혼인해서 왕후가 되어줄 수 있겠는가?"

아무런 멋도 없고 직선적인 구혼(求婚)이었다. 그렇지만 담덕의 마음만은 진심이었다.

"폐하…."

이제까지 아무런 동요도 없던 아영의 눈빛이 심하게 흔들렸다.

"그대와 나는 함께 병법을 배운 사이다. 그때부터 쭉 그대를 눈여겨 봐왔다. 그대는 모든 면에서 고구려의 왕후가 되기에 부족함이 없다. 뿐만아니라…."

담덕은 양 손으로 아영의 어깨를 움켜쥐었다.

"내가 너무도 그대를 좋아한다. 아니, 사랑한다!"

아무리 쾌활하고 밝은 성격이지만 이 정도면 담덕으로서는 체면이고 뭐고 전부 던지고 애걸하는 것이나 다름없었다.

"분명 같이 병법을 배운 사이입니다. 그렇지만 소녀는 신분이 너무도 틀립니다. 또한 폐하께는 이미 혼인이 예정된 여인이 있습니다."

"진화 말인가? 그 아이는….."

"일부러 변명하실 필요는 없습니다."

아영의 눈동자가 다시 차갑게 식었다.

"제 이름에 있는 글자 영(影). 이것은 그림자를 뜻합니다. 아버님과 마찬가지로 소녀 역시 평생 드러나지 않고 그림자로 살아야 할 몸입니다. 그러니 부디 그 마음을 돌리십시오."

아영이 몸을 돌려 담덕의 손을 뿌리쳤다.

"아영!"

"진화 아가씨라면 폐하께 정말로 어울리는 왕후감이라 생각합니다. 비천한 여인을 곁에 두어 욕을 보시게 되면 분명 후회하실 겁니다. 소녀는 그저 아버님의 뒤를 이어 그림자 군사로 살게 될 것입니다."

담덕에게서 뒤돌아선 아영의 얼굴에는 슬픈 미소가 감돌았다.

"그럴 수 없다!"

담덕은 고개를 저으며 강하게 부정했다.

"내가, 그리고 짐이 누구보다 원하는 여인은 다른 누구도 아닌 바로 아영 그대이다! 아직 그대는 내 말에 대답하지 않았다! 그러니 기다리겠다. 언제까지고 기다리겠다!"

"폐하."

"돌아가겠다! 언에게 전송해줘서 고맙다고 전해 달라."

담덕은 아영의 말을 더 이상 듣지 않고 그대로 궁으로 걸어갔다. 아영은 말없이 그 뒷모습을 바라볼 뿐이었다.

“폐하.”

멀리 담덕이 궁 쪽으로 완전히 사라진 후에 아영이 천천히 말했다.

“끝까지 말을 하지 않으셨으면 좋았을 것을. 그렇다면 차라리 소녀가 이렇게 괴로워하지 않아도 좋을 것을….”

아영의 눈에서 뜨거운 눈물이 흘러나왔다.

아영 역시 담덕을 좋아했다. 담덕보다 훨씬 더 사모했다.

그렇지만 현명한 아영은 알고 있었다. 무엇이든 마음대로 할 수 있고 그럴 능력이 있는 담덕이지만 결코 그것만은 마음대로 할 수 없다. 만일 그럼에도 억지로 강행한다면 애써 만든 고구려 자체가 붕괴될 지도 모른다는 사실을.

“서둘러라!”

산동반도에서 시작되는 강 하수에서 북동쪽 해안에 있는 관미성(關彌城). 인근지역에서 가을걷이가 끝나자 성에서는 백성을 동원해 여기저기 공사가 한창이었다.

“석축을 보다 높이 쌓아라!”

“이곳이 약간 허술하다! 목책과 돌로 보강하라!”

인근 백성들이 모두 불려와 성 안 장수들의 감독 하에 돌과 나무를 날라 성을 보강했다. 난공불락이라 불리는 든든한 백제의 대륙요새 관미성이지만 대륙전체를 휩쓰는 고구려 태왕 담덕의 위세는 너무도 강했다.

강고하게 단결된 고구려군을 이끌고 패배를 모르는 용병술로 신출귀몰하는 이 태왕이 조만간 관미성을 공격하리란 사실은 모르는 이가 없었다. 다만 그 시기가 문제였는데 내년 여름 정도가 될 거란 소문이 파다했다.

“서둘러야 한다! 이대로는 담덕을 막을 수 없다!”

석현성을 버리고 피신해온 진현시(眞賢施)가 특히 열심히 공사를 독려했다.

"한솔. 매우 열심이십니다. 이러다 몸이라도 상하시면 어떡하시렵니까?"

관미성 성주 구보가 수하를 이끌고 나왔다.

진현시는 백제 품계로는 5품 한솔이다. 관미성을 지키는 성주 구보(邱保)가 6품 나솔이니 오히려 품계로는 더 높았다. 그럼에도 매일 공사현장에 나와 지휘했는데 석현성을 버리고 왔다는 오명을 씻기 위해서였다.

"나솔께서는 아무 걱정 마시오. 나는 원래 석현성을 베고 죽을 목숨이었으니 죽든 살든 여기에 내 뼈를 묻겠소."

진현시는 결코 비겁한 장수가 아니었다. 다만 그는 달솔 진가모와 닮아 용맹보다는 형세를 읽는 지략이 장기였다. 그가 석현성을 버리고 후퇴한 것은 관미성의 중요성을 잘 알기 때문이다.

"석현성은 정말 지킬 수 없었습니까?"

구보가 물었다.

"물론이오. 억지로 지킨다고 해도 결국 아까운 병력과 물자만 소모할 뿐이오. 형세로 보아 이곳 관미성만 지키고 있으면 석현성은 물론이고 잃어버린 나머지 성도 얼마든지 되찾을 수 있소."

"아마 고구려 태왕도 그 사실을 알고 있겠지요?"

"물론이지요. 그러기에 결코 관미성을 놓아둘 리 없소. 조만간 들이칠 거요."

"그게 언제가 될 것 같소."

"모르오. 하지만 이것만은 말할 수 있소. 가급적 빨리 관미성을 더욱 강화하고 폐하께 원군을 재촉해야 하오."

고구려가 태왕(太王)이라 부르며 중국의 황제와 대등한 호칭을 썼다면 백제 역시 같은 의미로 제왕(帝王)이라 칭했다. 그렇지만 약간 차이가 있는 것이 고구려는 영락(永樂)이란 독자연호를 쓴 데 비해 백제는 중국연호를 가져다 썼기에 완벽한 칭제(稱帝)는 아니다.

"후우, 그 이야기만 하면 머리가 아프오. 도대체 본국의 실정은 어떻게 된 것인지. 진사대제께선 이미 모든 일에 흥미를 잃으신 것 같소. 아화 일파가 이미 실권을 전부 탈취했다는 이야기가 있으니 어찌해야 좋을지…."

워낙 민감한 말이라 구보는 곧 말끝을 흐렸다.

분명 지금 백제의 왕은 진사왕이다. 하지만 백제 귀족 사이에는 아화가 곧 왕이 될 거란 예측이 많았다. 아화는 특히 이제까지 백제가 그저 식민지 정도로 생각했던 왜국의 전폭적인 지원을 받고 있다는 소문도 있다.

"어쨌든 우리는 그저 죽기로 이곳 관미성을 지킵시다. 그것 외에는 길이 없소."

진현시가 주먹을 불끈 쥐었다.

"한솔께선 너무 그렇게 걱정할 것 없소."

"무슨 말이오? 나솔께서 아직 고구려 태왕의 실력을 잘 모르시나본데 관미성이 비록 강하다고 하나 고구려군의 사기를 하늘을 찌를 듯하오. 본국의 원군도 없으니 자칫 방심하다 기습이라도 당하면 돌이킬 수 없게 되오."

"싸움은 꼭 병사의 힘만으로 하는 것이 아니지요."

"그건 또 무슨 말이오?"

"비록 본국에서 원군은 보내주지 못했지만 예전부터 백제 장인들이 동진에 가서 애썼던 결과물이 조만간 이곳에 들어오게 되오. 그것만 있다면 설령 고구려군이 십만에 달하더라도 별로 두려울 것이 없소."

"백제 장인들이 동진에서…. 그렇다면 혹시 그것이 완성되었단 말이오?"

진현시의 얼굴이 갑자기 활짝 폈다. 마치 어둠속에서 환한 빛을 본 사람

같았다.

"그렇소. 바로 그것이오. 고구려가 비록 군세에서 앞서고 있다고 하지만 기술에서는 우리 백제가 앞서지요. 그러니 성을 보강하면서 어느 때고 태왕이 오기만 기다립시다. 아마 직접 보게 되면 까무러칠 거요."

구보가 자신만만하게 강조했다.

매(鷹)는 날아오르고

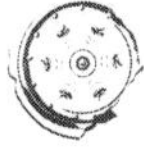

“진격하라!”

“와아아!”

9월 말, 관미성에서 북쪽으로 조금 떨어진 언덕 관미령에 거센 바람이
불었다.

돼지가죽과 개가죽을 이겨 덧댄 옷을 입은 거친 사내들이 각자 말을 타
고 들판을 달렸다. 그 숫자가 천여 명에 달했는데 모두가 꼭두서니로 붉게
염색한 무릎가리개를 했다.

얼핏 북방의 거란족과도 비슷했으나 이들은 모두 세발까마귀 깃발을 단
고구려군이었다. 담덕이 이끌던 고구려 기병처럼 정연하지는 못했지만 대
신 더 날렵한 것이 항상 말을 타고 다니는 사람들 같았다.

“말갈이다!”

“말갈이 쳐들어왔다!”

즉각 관미령 일대 마을이 벌집을 쑤신 듯 난리가 났다. 마을 사람들은 모두 저항을 포기하고 마을을 떠나 도망쳤다.

말갈이란 본래 고구려인으로 태백산 일대에 사는 속말부와 송화강 일대에 있는 백산부, 흑룡강 부근의 흑수부에 나누어 사는 무리들을 이른다. 이들은 일찌감치 한 곳에 정착하여 농경을 주로 삼은 대다수 고구려인과 달리 떠돌아다니며 목축을 주로 하는 무리들이다. 이들을 흔히 외부인들이 천시하여 말갈이라 불렀다.

북방 거란족과 달리 말갈은 약탈을 일삼는 무리들은 아니다. 하지만 고구려는 이들에게 각종 세금과 부역을 면제하거나 가볍게 해주는 대신 중요한 전쟁에 동원했다. 따라서 이들이 관미령을 공격했다는 건 관미성 공격이 머지않았다는 신호다.

"달아나라! 우하하! 아무도 너희를 지켜주지 못할 거다!"

이번에 동원된 백산말갈은 철저히 고구려의 군령에 따라 움직인 병력이었다. 이들은 이미 전에도 관미령을 공격한 적이 있으며 석현성 부근에 있는 작은 성채인 적현성을 함락시킨 일도 있었다.

삽시간에 관미령 부근의 모든 백제 마을에서 사람들이 도망쳐 관미성으로 향했다. 말갈족은 일부러 이들을 마치 사냥감을 몰듯 성 쪽으로 쫓아낼 뿐 일부러 공격하지도 죽이지도 않았다.

"마을이 불탄다!"

"아이고! 내 집이! 내 아끼는 것들이!"

멀리 도망치던 백제 주민 가운데 미련을 두고 마을을 쳐다보던 몇몇이 통곡했다. 비록 사람은 죽이지 않았지만 말갈족은 관미성 인근 마을을 모조리 불태웠다.

"성에서는 뭘 하는 거야! 백제군은 뭘 하는 거냐고!"

"그러게 말이야! 관미성이 아무리 든든하면 뭘 해. 고구려군도 아니고 겨우 말갈무리한테 주변 마을도 지켜주지 못하다니!"

성미 급한 자들이 먼저 분통을 터뜨렸다. 그리고는 원망스럽게 관미성을 쳐다보았지만 소용없었다. 관미성에서는 아무도 나오지 않았다. 다만 어서 성으로 대피하라는 신호만 보낼 뿐이었다.

간단한 가재도구조차 챙기지 못하고 몸만 빠져나온 백제 주민들은 그저 성으로 들어가는 수밖에 없었다. 그 뒤에서 말갈군이 마음껏 위용을 뽐내며 주변 마을을 휘저었다.

"과연 비겁한 백잔 놈들이다!"

"자라새끼처럼 어디 성에 틀어박혀보시지."

"어디 그 성도 우리가 박살내줄까? 우리가 가기만 하면 도망갈 텐데?"

인근 마을을 전부 불태우고 난장판을 만들어도 아무 반응도 없자 이번 백산말갈을 이끌고 온 족장 마삼제(馬三祭)는 기세가 하늘을 찔렀다.

하긴 고구려에서도 이들 말갈을 상당히 대우했다. 전쟁이 벌어져 기병이 부족할 때면 많은 금은을 주며 고용해 군대로 편입시켰고, 불시에 적을 기습해야 할 때도 친히 막리지가 친서를 써 부탁했다.

"태왕 폐하께서 이미 이곳 요서를 휩쓸었다. 남은 것은 고작 저 좁쌀만한 관미성 하나이니 그 누가 저걸 두려워하겠느냐? 모두 나를 따르라! 저 성 앞에서 어디 멋지게 우리들의 위용을 과시해보자!"

승기에 취한 마삼제는 다소 무리한 지휘를 했다. 들판에서의 전투에는 강하지만 공성기나 제대로 된 방패가 없는 말갈 경기병을 이끌고 관미성을 향해 돌진을 준비했다.

"족장, 위험하지 않을까요?"

옆에서 위험을 조언했지만 이미 마삼제의 귀에는 들리지 않았다.

"저 겁쟁이 놈들이 뭐가 위험한가? 기껏 성에서 화살이나 쏘겠지? 그래봤자 그게 몇 발이나 맞겠나? 가서 고구려의 이름을 떨치자!"

말갈 역시 고구려인이다. 비록 목축과 농경이란 생활방식의 차이로 인해 완전히 같은 건 아니지만 분명 같은 고구려인이란 결속력이 강했다. 다만 흑룡강 부근 흑수말갈은 조금 달라서 상황에 따라 어중간한 태도를 취하고 있을 뿐이다.

"저 아무 쓸모없는 돌 벽을 향해 가자! 나를 따르라!"

마삼제가 앞장서서 관미성에 접근했다.

— 우르릉.

붉은 무릎덮개를 걸친 일천여 기마병이 성을 향해 몰려가니 마치 붉은 물결이 파도처럼 해안에 몰아치는 것 같았다.

"겁쟁이 백잔 놈은 듣거라! 우리는 그저 먼저 왔을 뿐이다! 머지않아 태왕께서 오셔서 이 성을 조개껍질처럼 부숴버릴 것이니 그때까지만 기다려라!"

마삼제를 시작으로 말갈기병들이 갖은 욕설을 성에 대고 퍼부었다. 화살이 닿을락 말락 한 거리까지만 왔기에 성에서 활을 쏜다 해도 별 피해는 없을 터였다.

그런데 이상했다. 관미성을 지키는 수비병은 물론이고 장수들까지도 아무런 동요가 없었다. 오히려 뭔가를 감추고 있는 듯 그들의 얼굴에 묘한 비웃음이 흘렀다. 몇몇은 힐끔 자기들 뒤를 돌아보며 뭔가를 잔뜩 기대하는 표정이었다.

"뭐지?"

평원에 사는 기마민족은 시력이 좋다. 까마득히 먼 곳에 있는 매와 비둘기를 식별할 수 있을 정도다. 순간 백제 병사들의 표정을 본 마삼제는 불길한 느낌을 받았다.

'더 이상 여기 있을 필요는 없겠지.'

슬슬 그가 철수를 지시하며 말갈기병을 물리려는 때 관미성 쪽에서 우렁찬 외침이 들렸다.

"발사(發射)!"

육중한 굉음이 허공을 가르고 귀를 찔렀다.

— 쿠르릉! 씨잉! 씨이잉!

"뭐, 뭐냐! 이게."

깎아지른 듯한 해안절벽 위에 축조된 관미성 뒤편에서 들려온 이 기묘한 소리는 곧 그 정체를 드러냈다.

순간 하늘이 검게 물들었다. 마치 구름이 낀 것처럼 온통 하늘을 덮으며 날아오른 돌과 화염구가 말갈기병의 머리 위를 덮었다.

소리조차 지르지 못했다. 모두가 믿어지지 않는 눈으로 그저 머리 위를 볼 뿐이었다. 본래 화살조차 닿기 어려운 거리에 서 있었지만 거대한 돌은 말갈기병이 있는 사방을 융단으로 덮듯 날아왔다.

마치 밤중에 호랑이 앞에 서면 이럴까. 너무도 엄청난 것을 보았기에 움직이지도 못하는 모두의 눈에는 절망과 공포가 짙게 드리워졌다.

그래도 그것을 이겨낸 누군가 크게 외쳤다.

"태왕 폐하! 부디 복수를!"

그것이 모두의 마음이었다.

— 쿠르릉! 쿠릉! 콰앙!

지축이 흔들리는 듯 땅이 흔들리는 가운데 말이든 사람이든 찍어 누르는 거대한 돌무더기 속에서 핏빛으로 물들었다.

그날 관미령에는 피의 강이 흘렀다.

백제의 수도 한성(漢城).

아리수(한강)를 끼고 있는 이곳은 따뜻하고도 늘 적당한 비가 내려 비옥한 땅이다. 한반도의 패자로 등극해서 남으로는 왜국을 경영하고, 가야와 마한을 세력권에 넣은 백제의 위용을 상징하듯 화려한 궁궐이 위치했다.

금과 은으로 잔뜩 장식을 해놓은 것이 대륙에 진출해 무역을 통해 거대한 부를 축적한 나라다웠다.

그런 한성별궁(漢城別宮) 상공에 지금 사나운 매 한 마리가 날갯짓을 하며 날아올랐다. 먹이를 노리는 움직임은 아니었다. 그저 불어오는 가을바람을 타고 유유히 비행을 즐기는 몸짓이었다.

— 휘이익! 휘익!

작은 휘파람 소리가 울렸다.

그러자 매가 휘파람소리에 응해 크게 원을 그리며 상공을 선회했다.

궁궐 한쪽에 마련된 조그만 후원(後園)에는 수풀이 우거진 가운데 갖가지 기화요초가 피어났다. 조그만 호수도 있었고 그 호수 안에는 앙증맞은 징검다리와 흐르는 물을 따라 돌아가는 수차(水車)가 있었다.

그 후원에 자그만 체구의 소년이 거북모양 바위에 앉아 휘파람을 불었다. 귀를 살짝 덮은 짧은 머리에 동그란 얼굴이 너무도 귀여운 소년은 바위에 살짝 걸치듯 앉아 한 손을 턱에 괴었다.

그 모습은 마치 중국 상인들이 파는 귀여운 소녀인형 같았다.

"전하."

이때 후원에 들어온 시종이 소년에게 말을 전했다.

"진무(眞武) 장군께서 오셨습니다."

"외삼촌이? 들라 이르시오."

외모와 달리 소년은 지체 높은 왕족 말투를 썼다.

"아화 전하!"

다부진 몸매의 중년 장수가 성큼성큼 다가와 고개를 숙여 예를 표했다.

"외삼촌이시군요."

가볍게 대답하면서 소년은 먼 하늘을 쳐다보았다. 그 눈동자는 흑요석처럼 검은 색이지만 어쩐지 핏빛을 띠는 듯했다.

"무슨 일이십니까?"

"관미성에서 거듭 원군을 요청해왔습니다."

"그건 숙부에게 온 것이요? 아니면 나에게 온 것이요?"

이 소년이 바로 현 백제 최고의 실력자 아화(阿花)였다. 현 백제왕 진사제의 조카로서 고구려 태왕 담덕과 같은 18살에 야심만만하고 지략에 능한 영웅이다.

다만 외모는 매우 대조적이다. 담덕이 키가 크고 건장한 장수 같다면, 아화는 자그맣고도 귀여운 몸매에 얼굴은 꽃과 같이 아름다웠다. 더구나 그 천진난만한 얼굴은 누구든 껴안아주고 싶을 정도였다.

"숙부에게 온 것이라면 나와는 상관없는 일이니까요."

"아화 전하. 둘 다입니다. 두 명이 두 통의 서신을 가지고 왔는데 하나는 금실로 묶은 서신이고 하나는 은실로 묶은 서신이었습니다."

진무는 충실히 보고했다.

"그래서요?"

"은실로 묶은 서신은 폐하께 갔지만 금실로 묶은 서신은 전하께 왔습니다. 받으십시오."

"후훗. 그런가요?"

아화는 머리 위에 나는 매를 한 번 쳐다보고는 슬쩍 미소 지었다. 그런데 그 미소는 귀여운 외모와는 전혀 다르게 차갑고 냉혹했다.

"이제야 모두가 상황을 눈치 채고 있군요. 이미 진사제는 허수아비에 지나지 않는다는 걸."

"전하, 아무래도 그런 말씀은 조금…."

진무가 곤란한 기색을 보이며 서신을 바쳤다.

"어차피 지금 우리는 어디에도 병사를 움직일 형편이 못되지요? 그러니 모처럼 이지만 이 서신은 버려야겠군요."

아화는 서신을 대강 읽다가 바로 호수에 던져버렸다.

"전하! 하지만 이대로는 분명 관미성마저 떨어질 게 분명합니다. 고구려 태왕 담덕은 이미 그 용맹을 사방에 뽐내고 있습니다. 고구려군의 사기는 높은데 백제군의 사기는 낮습니다."

"지금으로서는 내가 제왕이 되느냐 못되느냐가 걸렸으니 원군은 보낼 수 없어요. 대신 지금쯤 동진에 파견했던 백제 기술자들이 특별히 제작한 발석차(發石車) 백 대를 가지고 관미성에 들어갔을 테니 쉽지는 않을 테지요."

"하지만 모를 일입니다. 담덕도 그렇지만 그가 태자 때부터 얻은 군사 을지언은 둘도 없는 기재입니다. 을지언에게 배운 용병술이 오죽이나 뛰어나면 폐하께서도 응전을 포기하셨겠습니까?"

"어차피 하려고 해도 못했겠지요."

아화가 슬쩍 비웃음을 흘렸다.

"숙부의 왕위는 본래 내가 앉아야 할 자리였어요. 아버님이 죽을 때 내가 연소하다는 이유로 그 자리를 차지해버렸지요. 그렇지만 날 너무 얕봤어요. 이미 조정의 모든 병권과 신하들이 내 말을 듣고 있으니 숙부는 말이 백제의 제왕이지, 술 마시고 사냥하는 것 외에는 아무 것도 하지 못해요."

"그렇다면 더 이상 뭘 기다리십니까?"

진무가 조심스럽게 앞으로 나서며 낮게 속삭였다.

"차라리 이쯤에서 밀어내고 전하께서 제위에 오르십시오. 그것만이 백제를 구할 수 있는 길입니다. 왜국에도 이미 손을 써뒀으니 그들도 도울 겁니다."

"후훗. 물론 곧 해야지요. 하지만 아직은 아니에요."

아화가 다시 높게 휘파람을 불었다. 그러자 상공을 맴돌던 매가 호응하

며 벼락같이 아래로 내려가서는 토끼 한 마리를 발톱으로 움켜쥐고 올라
왔다.

"수고했다. 내려와라!"

아화의 말에 길이 잘 든 매가 아화 앞으로 내려와 토끼를 내려놓았다.
이미 매의 양 발톱에 치명상을 입은 토끼는 꿈틀거리기만 할 뿐 도망가지
못했다.

"아직까지는 병관좌평인 달솔 진가모가 숙부를 두둔하고 있어요. 하지
만 곧 왜국 사신이 오면 적당한 구실을 만들 수 있지요. 그때 비로소 내가
백제의 제왕이 될 것이며 나아가 고구려 태왕 담덕과 자웅을 겨룰 것이에
요."

아화가 새하얀 손등을 내밀자 매가 그 위에 얌전히 올라앉았다. 하늘을
나는 맹금(猛禽) 가운데 사납기 그지없는 매가 아화에게 꼼짝없이 순종하
는 모습이 신기했다. 아화는 평소 매사냥을 즐겼으며 그 솜씨는 백제 내에
서 누구도 따를 자가 없었다.

"용병술이나 계략이라면 나 역시 누구에게 지지 않아요. 그때 담덕은 이
토끼처럼 꼼짝없이 나에게 잡힐 것이니 두고 보세요. 후후후."

인형 같이 아름다운 소년의 웃음 속에 피와 죽음의 냄새가 짙게 깔렸다.

"관미성에 발석차 수백 대가 있다고?"

동맹을 맞아 준비에 한창인 평양성 왕궁에서 담덕은 말갈 전령의 보고
를 받았다.

발석차는 중국 삼국시대에 주로 쓰인 공성기로 포차와 비슷하지만 더
멀리 돌을 날리는 기구다. 원래는 구식 공성기로 멀리 날아가기는 하지만
정확도가 떨어지기에 요즘은 잘 쓰지 않는다.

"예, 폐하. 거기다 단순한 발석차가 아니었습니다. 엄청나게 큰 돌을 그

렇게 멀리 날릴 수 있는 발석차는 여태까지 없었습니다. 관미령에 갔던 저희 말갈기병 반수가 죽고 다쳤습니다."

"그렇다면 요즘 동진에서 쓰고 있다는 신식 발석차겠군. 백제가 기술에 뛰어나다고 하던데 사실이야. 거기다 발상도 재미있군. 원래 성을 공격해야 할 공성기를 이용해 반대로 성을 지킨다. 게다가 공성기로 몰려오는 기병을 상대한다. 백제에도 짐과 비슷한 생각을 하는 자가 있는 모양이야. 하하하!"

한 방 맞았다는 느낌을 감추며 담덕은 일부러 크게 웃었다.

"어떻게 생각하나, 언. 백제에도 인물이 있는 모양이야. 그게 누굴까?"

말갈을 움직여 우선 관미성 주변을 공격한다는 건 군사 을지언이 제안한 계략이다. 그런데 그것이 도리어 크게 당했다.

"진사왕이 비록 용맹하긴 하나, 정공법을 고집하는 자입니다. 따라서 그의 계략일 리는 없지요. 관미성을 지키는 성주 나솔 구보나 한솔 진현시 역시 한참 모자라는 자입니다. 백제에 이런 정도의 병법을 쓸 인물이라면 두 명 밖에 없습니다."

"그게 누구인가?"

"한 명은 장군 진무(眞武)입니다. 대대로 백제 왕후를 배출한 진씨 가문의 명장입니다. 손자병법에 능해 계략을 잘 쓰는 인물이지요."

"손자병법은 좋은 병서지. 하지만 그건 짐도 익혔다. 또 한 명은?"

"전에 말씀드린 적이 있는 백제의 현 실력자 아화입니다. 무섭도록 총명하고 냉혹해서 따르는 자는 출세하지만 저항하는 자는 모두 모략을 써서 제거했습니다. 한성의 모든 백제 신료들이 아화의 말 한 마디에 벌벌 떨고 있다고 합니다."

"그가 병법으로도 그런 재능이 있었나? 전혀 몰랐다."

"재미있는 우연이지요. 같은 나이인데 폐하께서는 순조롭게 고구려의 태왕이 되셨지만 아화는 어리다는 이유로 숙부에게 왕위를 빼앗겼습니다. 야심이 크다고 하니 왕위를 되찾으면 폐하와 크게 일전을 벌이게 될 겁니다."

을지언은 말해놓고는 슬쩍 담덕의 표정을 살폈다. 속을 떠보는 듯한 행동이다.

"아화라. 만난 적은 없지만 어쩌면 평생을 건 숙적(宿敵)이 될 수도 있지. 그러나 짐은 전혀 겁나지 않는다. 오히려 재미있지. 바둑도 만만한 상대가 있어야 둘 맛이 나지 않나?"

담덕은 시련이나 실패를 두려워하는 성격이 아니다. 오히려 그 실패를 정면으로 뚫고나가 승리하는 쾌감을 즐겼다.

"어쨌든 전초전(前哨戰)은 이걸로 일단 치른 셈이다. 짐이 한 수 당했다고 쳐주지. 하지만 다음은 어떨까?"

담덕은 슬쩍 손으로 머리카락을 쓸어 올리며 장담했다.

"진무든 아화든 잔재주를 부려봐야 아직은 새장 속의 새다. 한성 왕궁에서 자기들끼리 권력투쟁이나 하라고 해. 짐은 그 틈에 관미성을 차지해버릴 것이다."

"그 발석차가 두렵지는 않으십니까?"

"발석차? 기계가 아무리 뛰어나도 사람을 이길 수는 없어. 왜냐하면 그 기계를 움직이는 건 결국 사람이니까."

담덕의 결심은 이미 굳어졌다.

과연 동맹이 끝난 10월 중순, 태왕이 선두에선 고구려군 4만이 관미성을 향해 밀려들었다. 이에 맞서 관미성에서는 성주 구보와 진현시가 결사의 각오로 성을 지켰다.

대륙에 남은 백제의 마지막 보루 관미성을 둘러싼 치열한 전투의 시작이었다.

공성전

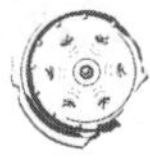

"앞으로!"

포차에 탄 고구려 좌위 뇌조태(雷造泰)가 기세 좋게 외쳤다.

그는 포차를 전문으로 다루는 특수병사다. 관미성 공격 명령을 내리는 건 백두 이상 지휘관이지만 정작 무거운 포차를 다루고 움직이는 건 말단 병사다.

공성기는 정밀하고 복잡한 기계이기에 평소 훈련받지 못한 병사는 제대로 다룰 수 없다. 좌위란 직위는 옛날에는 좌식자(坐食者)라고도 불렀는데 다른 일에 종사하지 않고 항상 군영일을 하는 자다.

─ 삐걱. 삐걱. 쿠르릉.

황소 세 마리가 끄는 수레에 달린 포차(抛車)가 무거운 몸체를 이끌고 전진했다. 나무바퀴가 삐걱거리는 소리가 흥겹게 들렸다. 그는 이미 몇 번이나 이 공성기로 많은 성을 공격했다.

"관미성에 너무 가까이 가지는 마라! 성에는 발석차가 있다!"

백두가 미리 일러준 대로 고구려 포차와 노포를 비롯해 돌을 날리고 화살을 발사하는 공성기들은 평소 성을 공격할 때보다 조금 더 먼 거리에 멈췄다.

"발사준비!"

포차에는 지휘하는 뇌조태 휘하에 병사 네 명이 딸렸다. 이들은 포차에 쏠 돌을 나르고 위급할 때는 무기를 들고 포차를 보호한다.

이들이 뇌조태의 명에 따라 포차 발사대가 뒤로 당겼다. 고정된 발사대 뒤에는 돌을 넣을 수 있는 고정대가 있다.

"장전!"

포차 뒤에는 작은 수레가 딸렸는데 그 안에는 발사할 바위가 잔뜩 들어 있었다. 건장한 병사 두 명이 수레에서 무거운 돌을 들어 포차에 장전했다.

고구려군이 이번 관미성 공격에 동원한 공성기는 모두 3백대에 이르렀다. 고구려 남쪽에 있는 공성기 전부를 동원했다. 자칫 한성에 있는 백제 주력군이 북진하게 되면 곤란해 질 수도 있을 정도였다.

"겨냥!"

다른 건 몰라도 겨냥만은 뇌조태가 직접 했다. 포차에서 쏜 돌이 정확히 목표에 맞아 위력을 내는 데 가장 중요한 것이 겨냥이다. 발사대 끈을 조절해 탄력을 조절하고 위치는 틀어 방향을 정한다. 뇌조태는 이 부분에 특히 자신이 있었다.

포차 뒤에는 크고 강한 쇠뇌를 쏘는 노포도 장전을 끝내고 대기했다. 더불어 한참 떨어진 옆에는 성문을 깨는 파성추(破城錐)와 성벽을 오르는 사다리 운제(雲梯)도 대기했다.

"이봐! 어서들 해! 우리가 어서 성에 갈 수 있도록 말이야."

"관미성 따위가 난공불락이라고 누가 그랬어? 그래봐야 온벽 하나 무너뜨리면 모두 끝이지.”

서로 외치는 공성부대는 모두 사기충천했다.

고구려군 가운데 공성부대는 조금 특별했다. 다른 부대는 담덕이 사신수로 분류해서 깃발을 하사하고 직접 지휘한 데 비해 공성부대는 막리지 해사우가 지휘했다. 아무래도 공성기는 정밀한 조작과 배치가 더 중요하기에 세심한 성격의 해사우가 더 어울린다는 담덕의 결정이다.

“발사!”

멀리서 군두의 목소리가 울리자 공성기 발사를 알리는 신호 깃발이 오르고 북소리가 울렸다. 그러자 백두들이 다시 명을 받아 공성기 좌위에게 전했다.

“쏴라!”

이제 오로지 돌을 날리는 일 뿐이다. 대기한 병사가 검을 들어 한껏 뒤로 젖혀진 발사대를 고정한 끈을 말뚝에서 단숨에 잘랐다.

— 티잉! 씨이잉!

발사대가 앞으로 힘차게 향하고 그 안에 담긴 바위가 관미성을 향해 거의 직선에 가깝게 날았다.

발석차는 긴 포물선을 그리며 바위를 날리지만 개량형인 포차는 화살과 비슷하게 날아가 목표를 파괴한다.

— 씨잉! 씨잉! 씨이잉!

돌을 날린 건 뇌조태의 포차만이 아니다. 신호에 따라 한꺼번에 발사된 노포와 포차들이 일제히 발사무기를 날렸다.

— 콰르릉! 쿠쿵!

관미성은 깎아지른 해안절벽을 타고 육지 쪽으로는 단 두 방면이 열려 있는 산성(山城)이다. 평지에 쌓은 평성(坪城)과 달리 언덕능선을 타고 강한 성벽을 쌓아올렸기에 누구도 함부로 다가서지 못했다. 그 성벽이 돌과 화살을 맞아 크게 흔들렸다.

"와아아!"

공성부대에서 환호성을 올렸다. 기세 좋게 공격신호를 가했음에도 상대가 아직 아무런 반응이 없었다. 성벽 위를 지키는 몇몇 백제 병사들이 몰려든 고구려 병사를 보고 동요할 뿐이었다.

"저 놈들! 지금 간담이 서늘할 게야."

뇌조태는 낄낄 웃으며 다음 장전을 명했다. 하지만 가슴 한 구석에 약간의 불안감이 스며들었다.

'관미성에도 강한 발석차가 있다고 했지? 말갈군이 된통 당했다던데. 도대체 어떤 종류지? 발석차라면 이 포차보다 훨씬 구식무기인데 어째서 그걸 백제가 쓰는 걸까? 급한 김에 그냥 아무것이나 쓴 것일까?

평생 포차를 비롯한 공성기를 다뤄본 몸이라 여러 가지 기술적인 의문이 들었다.

'예전에 들은 일이 있어. 백제 장인들이 공성기를 연구하기 위해 멀리 동진에 갔다고 했어. 그런데 하필 어째서….'

그러나 뇌조태는 여기까지 밖에 생각하지 못했다. 다음 발사준비를 갖추는 그 때 난데없이 관미성에서 들려온 무서운 소리 때문이었다.

— 콰르릉! 투앙! 투앙!

성에서도 드디어 발석차를 이용해 돌을 쏘았다. 거기다 이건 평범한 발석차가 아니다. 소리만 들어도 알 수 있었다.

"적의 반격이다!"

"으악! 돌이 날아온다!"

성에 발석차가 있다는 건 모두 알고 있었다. 다만 그것이 얼마나 있으며 어느 정도 위력인지는 몰랐다. 그런데 그것이 고구려군 공성기를 향해 정면으로 대항할 줄이야!

"모두 엎드려!"

이럴 때는 지시를 기다릴 필요도 없다. 뇌조태는 냉큼 외치고는 포차 뒤로 몸을 날리고는 납작 엎드렸다. 하늘 전체를 덮으며 날아오는 돌무더기에 그나마 이게 살 확률이 높은 방법이다.

― 펑! 콰앙! 우지직!

일대의 땅 전체가 흔들렸다. 엄청난 돌이 사람과 기계를 가리지 않고 내리눌렀다. 단단한 나무와 철로 만든 공성기는 박살이 나며 흩어졌고 사람은 뼈와 살점이 으스러져 죽었다.

순식간에 공성부대 주변은 피 냄새가 진동했다. 온통 선혈이 묻은 공성기와 나무 조각이 사방에 널렸다.

다행히 뇌조태가 숨은 포차에는 바위에 맞지 않았다. 바로 옆 땅에 떨어진 바위가 허둥대던 병사 두 명을 짓이기며 약간 굴러갔다.

"살려~ 줘."

가느다란 신음이 들렸다. 하지만 이미 팔 다리가 떨어져나간 그들은 가망이 없었다.

"제기랄! 이 망할 백잔 놈들!"

울컥 분이 치민 뇌조태가 잽싸게 포차 아래서 빠져나왔다. 모든 공성기가 그렇지만 발석차 역시 한 번 쏘고 나면 장전시간이 걸린다.

"장전!"

다시 백두의 고함소리가 공성부대에 떨어지고 깃발이 올랐다.

예기치 못한 공격에 공성기 다수가 부서지고 병사들이 죽었지만 이 정도로 꺾일 고구려군이 아니다. 담덕 휘하에서 크게 기세가 오른 고구려군은 훨씬 어려운 싸움에서도 용기를 잃지 않았다.

'저 발석차는 보통 것과 다르다. 정확하기도 하거니와 날리는 바위가 상당히 크다. 역시 백제 기술은 뛰어나다.'

잠시 뇌조태는 솔직히 감탄했다.

살아남은 병사 한 명과 함께 돌을 나르고 다시 포차를 조절했다. 굉음에 놀란 황소들이 몸부림을 치는 것을 간신히 진정시키고 겨냥했다.

"부상자는 뒤로 옮겨서 치료하라!"

군두의 함성에 따라 뒤쪽에 있던 인부들이 급히 사상자를 들것에 담아 옮겼다. 고구려군에는 항상 군을 따라다니는 군의(軍醫)가 있었고 그 의술은 상당해서 중국에서도 배워갈 정도였다.

"발사!"

다시 백두의 함성이 떨어지자 뇌조태가 버럭 고함을 지르며 직접 발사대 밧줄을 끊었다.

"우리가 이긴다! 우리에겐 태왕 폐하가 계시다!"

"와아!"

그와 동시에 저쪽 옆에 있던 파성추와 운제 부대가 밀물같이 관미성에 몰려들었다.

"공성(攻城)이란 가장 하책이라고 했던가?"

관미성이 비교적 잘 보이는 관미령에 올라선 담덕이 쓴웃음을 지었다.

말갈족이 이미 한바탕 쓸고 지나간 터라 관미령에는 고구려군 외에 아무도 없었다. 민가라든가 복병이 숨어있기 좋은 수풀도 전부 제거해버렸다.

갈색준마를 탄 담덕 뒤에는 변함없이 군사 을지언이 있고 막리지 해사우와 왕당무사들이 정연하게 늘어섰다. 붉은 천에 검은 먹으로 그려진 세발까마귀 문양과 왕당(王幢)이라 쓰인 깃발이 휘날려 이곳이 태왕의 본진(本陣)임을 알려주었다.

"싸우기 전에 이기는 것이 가장 상책(上策)이고, 계략을 써 상대를 속여

이기는 것이 그 다음이지요. 그 군대를 끌어내 싸우는 것이 중책(中策)이라면 단단히 버티고 있는 성을 공격하는 게 가장 하책(下策)이지요. 손자병법에 따르면 그렇습니다."

을지언이 병법 강의를 하듯 일러주었다.

"몰라서 물을 폐하가 아니지요. 눈앞의 피해가 너무 커 보입니까?"

을지언은 능히 담덕의 마음을 읽었다. 호쾌하게 병사를 몰고 다니며 사냥과 전쟁을 즐기는 담덕은 의외로 감성적인 성격이다. 음악과 미술에도 제법 조예가 있고 시를 짓는 것도 좋아했다.

"각오는 했다. 그렇지만 막상 이렇게 보고 있으니 속이 쓰리다."

말갈기병이 당했다는 말을 듣고 담덕은 며칠 동안 궁에 칩거하며 치밀한 작전계획을 세웠다. 을지언 앞에서 펼치는 이 관미성 공략은 마치 제자가 스승에게 성과를 보이는 것과 같다.

"분명 일곱 방면이라 하셨지요?"

을지언이 슬쩍 물었다.

"맞다. 관미성은 나중에는 오히려 훨씬 더 많은 희생을 치러야만 빼앗을 수 있다. 백제왕실이 복잡한 지금이 가장 적기다. 그런데 백제도 바보는 아니어서 저렇게 공성기를 마련해두고 있으니 이쪽도 각오를 단단히 하고 달려들어야지."

관미성을 향해 달려드는 부대는 무려 3만에 이르렀다. 관미성을 지키는 병력은 석현성에서 온 병력을 합쳐도 3천을 넘지 못하니 열배가 넘는 차이다.

관미성에서 발석차가 쏜 돌덩이로 인해 주춤했던 고구려 공성부대가 공격을 재개했다. 동시에 파성추와 운제를 앞세운 부대가 성문을 부수고 성벽에 오르기 위해 달려들었다.

— 콰릉! 콰르릉!

그러자 관미성의 발석차는 파성추와 운제를 향해 바위를 쏘았다. 든든한 성벽은 노포나 포차에 아직 견딜 만하다.

— 콰앙! 와지끈.

기세 좋게 접근했던 공성추가 바위에 깔려 주저앉았다. 운제는 태반이 부서졌다. 그것들을 나르던 병사들은 비명을 지르며 선혈을 뿌렸다. 멀리서 대강 보아도 발석차가 쏘아대는 바위의 양과 정확성은 대단했다.

"현무는 앞으로! 그 뒤에서 궁수들은 불화살을 날려라!"

담덕이 지시하자 그대로 깃발과 소리로 신호가 전달됐다. 깃발을 주로 낮에 쓰고 소리는 밤에 쓰지만 지금은 워낙 많은 부대를 지휘하기에 둘을 함께 썼다.

관미성 성벽을 세 방면으로 나누어 한 쪽에서 포차와 노포가, 다른 곳에서 파성추와 운제가 달려들었고 이번엔 남은 한쪽에서 창수들이 다가왔다.

— 철컥. 철컥.

창수들은 크고 두꺼운 나무방패를 높이 들어 진형을 구축하고 그 뒤에 몸을 숨겼다. 보병 궁수들이 그 뒤에서 활을 들고 화살 통에서 화살을 뽑았다. 뒤쪽에 작은 실처럼 구멍을 파고 그 안에 기름을 부어 불을 붙이자 일자로 작은 불꽃이 일었다. 역시 기름에 적신 솜을 매단 화살을 그 불꽃에 잠시 집어넣자 불이 붙어 타올랐다.

"장전! 발사!"

— 쓰웅. 쓰웅.

백두의 지시에 따라 불화살이 관미성 성벽을 넘어서 포물선을 그리며 날았다.

"으아악!"

성벽 위를 지키던 백제병사 일부가 불화살에 맞아 화상을 입고 성벽에서 떨어졌다.

그러나 불화살이 노리는 건 화공(火攻)이다. 성 안에서는 미리 젖은 흙과 이불로 대비한 듯 전혀 불길이 올라오지 않았다. 연기조차 없었다.

"아직까지 공격이 별로 효과가 없습니다."

"그리 쉽게 함락되지는 않겠지."

담덕은 날카로운 눈으로 계속 관미성을 노려보았다.

"겨우 세 방면이야. 게다가 이곳 우리 군사는 3만이지만 이 좁은 성벽 앞에는 1만도 채 들어설 수 없지. 그럼 나머지는? 게다가 공성에는 별 쓸모도 없는 기마대는 어디로 갔을까? 궁금하지 않나? 언."

"바로 그 점이 폐하가 노리는 점이군요."

"그래. 바로 그 점이다. 관미성은 그 자체로 난공불락이지만 엄밀히 말하면 급소가 있다. 발석차가 아니라 더한 것이 있더라도 잃어버리고 나면 절대 얻을 수 없는 약점이 있어."

"그래서 그걸 찌르실 생각이십니까?"

"아니, 벌써 찌르고 있다."

담덕이 딱 잘라 말했다.

"그것이 성공하면 나머지 네 방면의 공격이 시작된다. 물론 그래도 금방 성이 떨어지진 않겠지. 하지만 오래 견디진 못할 걸."

"과연 폐하께선 재능을 타고 나셨군요. 소신이 제대로 보았습니다."

"그래봤자 소용없어. 입에 발린 말이잖나."

담덕이 장난스럽게 을지언을 향해 툭 던졌다.

"그게 무슨 말씀입니까?"

"전부터 늘 그렇게 말하면서도 항상 강조했었지. 자네 딸 아영이 그 재능에서 짐보다 뛰어나다고."

"후후. 폐하, 그건 사실입니다."

"아영은 여자이고 또한 병사를 지휘할 수 없는 위치다. 그러니 태자로서 지난 몇 년을 전장에서 지낸 짐보다 낫다는 데는 동의하기 힘들어."

"길고 짧은 건 대봐야 알겠지요. 단 대볼 기회가 없을 것 같으니 부정하지는 못하겠습니다."

"뭐, 그건 어쨌든 좋아, 그런데 언."

담덕은 이쯤에서 전혀 어울리지 않는 말을 하나 했다.

"이건 너무 이른 말이긴 하네만 관미성을 떨어뜨리고 나면 스승으로서 제자에게 상 하나를 주면 어떻겠는가?"

"상~ 이라니요?"

"자네 딸을 짐에게 주게."

"예?"

어지간해서 놀라지 않는 을지언이 갑자기 흠칫 놀라서 반문했다.

"중요한 전투 중에 이 무슨 사적인 말씀을 하십니까?"

"말했듯이 이 공성전은 오래 걸리긴 해도 결국 짐이 이길 거다. 이건 마치 물이 위에서 아래로 흐르는 것과 같아서 당연해. 그렇지만 어째 아영의 문제만큼은 뜻대로 되지 않아. 그래서 이렇게 떼라도 써보고 싶다."

담덕은 매우 솔직히 말했는데 그 다음 말은 왕당무사 전부가 놀랄 언사였다.

"어떤가? 언, 자네가 내 장인이 되어 주지 않겠는가?"

"폐하!"

거침없다 못해 당돌하기까지 한 태왕의 말에 막리지 해사우가 담덕을 부르며 돌처럼 뻣뻣이 굳어버렸다. 잘못하면 가장 중요한 고구려 태왕의 혼사가 비명과 선혈이 흐르는 전쟁터 한복판에서 결정될 판이었다.

"아무리 폐하의 의중이 그러하더라도 여기는 전장입니다. 이런 곳에서 그런 이야기를 하는 건 너무도 불길합니다."

태연히 전쟁터에서 혼사를 논의하는 담덕의 언행은 너무도 거침없어 두려울 정도였다. 굳이 미신을 믿지 않는 일반백성조차 혼사에는 길흉을 따지고 때로는 점쟁이를 찾아가 궁합을 본다. 그런데 담덕은 그런 일에는 너무도 무심했다.

"불길은 무슨!"

하지만 담덕의 타고난 자신감은 그런 것을 전혀 신경 쓰지 않았다.

"나라에 이득이 되는 왕후를 얻으면 그것이 길이고 나라를 해치는 왕후를 얻으면 그것이 바로 흉이다! 다른 게 뭐가 필요한가? 게다가 짐은 바로 동명성왕의 적손이다! 하늘이 돕고 있으니 그 무슨 흉함이 있더라도 짐을 해하진 못한다."

최근 불교가 조금씩 들어와 퍼지고 있긴 하지만 고구려 백성 대다수가 믿는 건 시조 추모를 모시는 천손신앙이다. 가뭄이 들거나 우환이 있으면 신녀를 찾아가 빌고 하늘에 제사를 지낸다.

담덕은 이런 국조신앙까지 교묘히 이용했다. 평소에는 태왕은 곧 천손이라는 점을 내세우지 않았지만 이럴 때는 그걸 이용해 신하들을 무마하곤 했다.

"과연 폐하께서는 천손이십니다."

하지만 을지언의 언변은 그런 담덕보다 한 수 위였다.

"하지만 바로 그 점 때문에 제 미천한 딸아이를 폐하에게 보낼 수 없습니다. 고귀한 핏줄은 또한 고귀한 핏줄과 어울립니다. 그러니 이 이야기는 이쯤에서 거두십시오."

"언, 그대도 참 너무하는군."

담덕은 을지언이 보기 좋게 자기가 쏜 화살을 피한 것에 낙심했다.

"짐은 태자가 된 후로 고구려를 위해 최선을 다하고 있다. 12살부터 전쟁터에서 이렇게 늘 피와 죽음을 보며 창과 화살 무더기에서 시체를 보며 살았다. 수많은 병사를 이끌고 나가서 항상 승리했다. 그런데 막상 부인될 사람 하나를 내 맘대로 얻지 못한단 말인가."

마지막 말은 거의 탄식에 가까웠다.

"글쎄요."

을지언은 미묘하게 담덕의 말을 받았다. 담덕보다는 관미성을 처다보는 상태로 대답이 돌아왔다.

"상당히 오래 걸릴 듯합니다. 결국은 끝까지 견디는 자가 이기겠지요."

아마도 그런 관미성이 언제 떨어질 지를 말하는 것 같았다. 하지만 동시에 담덕이 품은 연심(戀心)에 대한 대답 같기도 했다.

"이거 어떻게 되는 거야?"

"고구려군이 관미성을 떨어뜨리면 백제는 이곳에서 끝장나는 건가?"

관미성에서 약간 남쪽에 위치한 곳에 있는 적진포(赤鎭浦)에는 불안감이 짙게 감돌았다.

대륙국가인 고구려가 수군(水軍)에 별 관심이 없던 반면, 백제는 당당한 해상왕국이었다. 수도 한성에서 아리수(한강)를 통해 빠져나온 커다란 배가 값진 물건을 잔뜩 싣고 바다를 건너 이곳에 도착하면 기다리던 각 상단(商團)이 값을 흥정해서 가져갔다.

근초고왕 때 급속히 세력을 확장한 백제가 이곳 요서, 진평지역을 영유하면서 부를 쌓고 급속히 강국으로 부상한 데는 바로 이런 해상무역의 힘이 있고, 그 중심에는 이 포구가 있다.

이 포구에는 배를 만들고 부리는 노련한 장인과 뱃사람들이 무리를 지어 살면서 커다란 집단을 형성했다. 그 세력과 힘은 백제왕실도 중히 여겼다. 이곳에서 만드는 배는 상선이자 군선(軍船)이며 수군의 핵심세력이 된다. 곧 이곳이 대륙백제를 지탱해주는 핵심이다.

엄밀히 말해 이곳 뱃사람은 어느 나라 사람도 아니다. 이 포구에서 맡은 건 그저 교역 품을 실어 나르거나 병력을 실어 나르는 일이다. 선원들을 그저 돈을 받고 배를 제공하는 것일 뿐 상업과 전투에는 일절 개입하지 않았다.

그렇지만 어쨌든 지금은 백제의 보호아래 있다. 그런데 태왕 담덕이 즉위한 뒤 요서, 진평지역은 고구려 세력권에 들어갔다. 그나마 관미성 가까이 있어 백제의 보호를 받는 이 포구는 아직 보호받았지만 그것도 더 이상은 기대할 수 없었다.

"요즘은 백제 본국에서 물품도 제때에 제대로 안 와. 원군은 고사하고 오가는 상인조차 뜸하다네. 계속 이래서야 어디 먹고 살겠나?"

"단순히 먹고사는 문제만이 아닐세. 고구려군이 관미성을 떨어뜨리고 나면 우리들을 모조리 없애버릴 지도 모를 일이야. 백제에 협력했다고 말이야."

포구에서 그나마 약간 있는 화물을 하역하는 인부들을 보며 뱃사람들이 모여 수군거렸다.

"백제왕은 누차 이곳이 중요하다고 하지 않았나? 관미성과 함께 백제를 부흥시키는 요지(要地)라고 말이야. 그런데 어째서 이렇게 내버려두는 거지?"

"그게 말일세. 아화가 진사제에게 실권을 빼앗고는 왕실을 장악했다고 하더군. 백제왕이 되려는 거지."

"그러면 어서 냉큼 해버리지 않고. 어서 죽여 버리든 폐위시키든 하고 왕이 되면 안 되나?"

"아직은 병관좌평 진가모가 진사제를 지지하고 있어 그럴 수는 없는 모양이야. 그렇지만 이미 대세가 아화에게 넘어갔으니 결국 시간문제일세."

상인들은 정보가 빠르다. 정보가 늦으면 물건을 구할 수도 없고, 이재도

취할 수 없으니 당연한 일이다.

"그러는 동안에 관미성이 떨어지고 이곳마저 고구려에 넘어가면 어쩌려고?"

"그야 어쩌겠나? 어차피 왕권을 두고 다투는 자들이 그것 외에 뭐가 관심 있겠어?"

"후회할 텐데?"

"후회하겠지. 그렇지만 이것 역시 하늘의 뜻인지 모르지. 고구려 태왕 담덕에게는 천운이 따른다고 하지 않는가? 싸우는 때마다 이기고, 가는 곳마다 백성들이 따른다네. 우리야 어디에 소속되지 않는 사람들이니 고구려에서 따지면 그리 답할 수밖에. 어차피 누가 패자(覇者)가 되던 우리를 필요로 할 걸세. 한반도와 왜국, 중원을 오가는 무역로는 엄청난 이익을 벌어주니까."

이들이 여기까지 말했을 때였다.

"큰일이다!"

"고구려 대군이 여기로 몰려온다!"

급한 고함소리가 여기저기서 울리더니 갑자기 포구 전체가 혼란에 빠졌다. 과연 지축을 흔드는 듯한 말발굽소리가 저 멀리서 먼지를 일으키며 다가왔다.

"어, 어째서? 관미성이 벌써 함락된 건가?"

"그럴 리가 없어. 아직 공격이 개시된 지 하루가 지났을 뿐이야. 관미성 동쪽에 있는 배들에게도 아무런 소식이 없어."

"그럼 어째서 온 거지?"

"설마 저번 관미령 주변 마을처럼 우리 포구도 전부 불사르려고?"

혼란에 빠진 인부들이 화물을 내려놓고 넋을 잃었다. 상인들도 어쩔 줄 모르고 저마다 상황을 짐작해볼 뿐이었다.

동쪽으로 바다를 접한 꽤 넓은 포구였음에도 다가온 고구려군 병력은 육지 쪽을 완전히 둘러싸 포구를 봉쇄했다. 주작 깃발을 휘날리며 다가온 경기가 선두에서 섰고 뒤쪽에는 청룡 깃발을 내세운 철기가 대열을 맞추어 대기했다.

이미 여러 차례 전투를 거치며 거란기병을 비롯해 백제군을 무참히 짓밟아 명성을 올린 태왕의 직속기마대였다. 늠름한 모습으로 앞장선 그들 앞에서 지휘를 맡은 장수 한 명이 나와 외쳤다.

"나는 태왕 폐하의 군대를 지휘하는 대사자 고순치(高舜治)다! 폐하의 명을 가지고 왔으니 포구의 책임자는 즉시 나와 명을 받들라! 그렇지 않으면 이 포구를 즉각 잿더미로 만들겠다!"

단순한 협박이 아니었다. 이미 경기들은 불화살을 쏠 준비를 마쳤다. 철기는 혹시라도 있을지 모를 포구의 저항을 즉각 분쇄하기 위해 돌격 준비를 갖췄다. 물샐 틈 없는 방비였다.

곧 포구 중심에 있는 커다란 저택에서 풍채 좋은 남자가 하인 몇 명을 나왔다.

"제가 바로 이 포구의 책임자 하평(河平)이라고 합니다. 고구려 태왕께서 찾으시다니 무슨 일이십니까?"

하평은 포구를 둘러싼 천여 명 기마대 앞에서도 조금도 눌리지 않고 고개를 숙여 예를 표했다.

중국 후한(後漢) 말부터 시작된 하씨 집안은 산동지역을 중심으로 크게 장사를 하는 거상(巨商)집안이다. 그 본가는 하운장이라 부르는데 하평은 그곳에서 갈라져 나온 사람으로 이 포구를 지배하는 상인이다.

"태왕께서는 그간 너희들이 백잔 세력과 연합해 감히 고구려의 영역에 발을 들여놓으며 갖가지 방자한 짓을 해온 것을 알고 있다. 지난 몇몇 전쟁에서 너희들이 배로 백잔 병사들을 실어 나르고 병량과 물자를 운송하지 않았느냐? 태왕께서는 이제 그 죄를 엄중히 물으려 하신다!"

고순치는 당장이라도 모두 죽일 것처럼 눈을 부라렸다. 그는 실제로 성질이 급해서 군령을 듣지 않는 자나 전투에서 도망가는 병사를 즉석에서 베어 죽이는 것으로 유명했다.

"저희는 삼한(三韓)사람으로 이제까지 백제왕의 보호를 받으며 살았습니다. 그러니 어찌 백제에 따르지 않을 수 있겠습니까."

하평은 과연 상인답게 언변이 뛰어났다. 추상같이 몰아붙이는 고순치의 말을 받아넘기면서도 일부러 자기들을 '백제인'이 아니라 '삼한인'이란 칭했다. 삼한인이란 고구려, 백제, 신라를 포함한 모두를 일컫는 말이니 소속되어 있지 않음을 가리킨 것이었다.

"하하! 가소롭구나! 너희는 상인이 아니냐? 보호만 받았다면 모를까, 막대한 돈까지 받았겠지. 그걸 변명이라고 하느냐? 여봐라! 도부수(刀斧手)는 어디 있느냐? 냉큼 이놈의 목을 베고 이 포구를 다 태워버려라!"

고순치가 일부러 잔뜩 과장해서 겁을 주었다.

"대사자 나으리."

하평은 도리어 그런 고순치에게 빙긋 웃어보였다.

"여기서 제 목을 베고 포구를 태워버리는 건 아주 쉬운 일입니다. 저희는 그저 상인일뿐이고 이곳에 있는 건 빈 배와 뱃사람뿐이니 그 누가 태왕께 반항하겠습니까? 심지어 저희를 모두 산채로 묻어버리신다 해도 어쩔 수 없습니다. 하지만 그래서는 너무도 손해가 아닌지요?"

"손해? 허허, 하평이라고 했나? 거 말 한 번 잘하는 구나. 어디 계속 말해 보거라."

"아까부터 말씀드렸다시피 저희는 어디에도 소속되지 않은 상인과 뱃사람일 뿐입니다. 보호를 해주고 돈을 주는 자를 위해 움직입니다. 그런 저희를 괘씸하다고 없애면 정작 태왕 폐하와 고구려에는 아무 이득도 되지 않습니다. 꽃을 꺾기는 쉬워도 다시 피게 하기는 어려운 법 아니겠습니까?"

하평은 다가온 도부수의 굵은 도끼날을 보면서도 넉살좋게 고순치를 설득했다.

"흐음, 네 말도 일리가 있구나. 그럼 하나 물어보자. 너희를 죽이지 않으면 고구려에 무슨 이득이 있느냐?"

"한반도를 중심으로 왜국과 멀리 북방과 서토까지 각 나라의 물품을 취급하여 이익을 얻는 일은 아무나 하지 못합니다. 또한 그 나라를 뱃길로 이어 순조롭게 항해하며 병사와 군수물자를 실어서 나르는 일 역시 아무나 하지 못하지요. 만일 태왕 폐하께서 저희를 보호해주신다면 이 모든 것을 바치겠습니다."

"결국 백잔에게 해주었던 일을 똑같이 해주겠단 말이시? 돈도 받고?"

"그야 상인이 아무런 이익도 없이 움직일 수야 없지 않습니까? 약간은 깎아드릴 수도 있습니다."

"하하! 너희들은 본래 백잔 편이 아니었느냐? 이렇게 쉽게 배신한단 말이냐?"

"별로 배신이라고 할 것도 없습니다. 저희는 그저 이익을 주는 쪽을 섬깁니다. 백제가 더 이상 저희를 보호해주지 못한다면 그저 말을 갈아탈 뿐입니다."

"대단한 녀석이로구나. 사실 태왕 폐하의 뜻도 그러하다. 너희들이 이후로 고구려군에 전력을 다해 협력한다면 이전과 같이 살게 해주겠다. 그렇지만 조금이라도 불순한 기색을 보이거나 반항한다면 한 놈도 남김없이 죽여 후환의 씨를 뽑겠다는 말씀이셨다! 알겠느냐?"

"소인 하평이 어찌 태왕 폐하의 뜻을 거스르겠습니까?"

하평은 짐짓 신하의 예를 취했다.

"그럼 지금부터 당장 해야 할 일이 있다."

어차피 고순치는 처음부터 사람을 죽이거나 포구를 불태우란 명을 받지 않았다. 담덕이 지시한 것은 그저 한 가지로 포구에 가서 있는 대로 겁을 주고는 협력 약속을 받아오라는 것뿐이다. 그는 훌륭히 명령을 수행했다.

"무엇입니까?"

"어차피 백잔으로부터 더 이상 원군도 물자도 오지 않아서 한동안 한가했을 것이다. 태왕 폐하께서 너희들에게 일거리를 주셨다. 그것도 잔뜩 말이다!"

"일거리라면?"

고순치는 눈앞의 이 상인이 평생을 전쟁터에서 살아온 자기보다 노련하다는 사실을 깨닫고 미리 못 박았다.

"이제부터 말해주지. 그런데 그 전에 말해둘 게 있으니 이번에는 어디까지나 너희들의 충성심을 시험해보려는 것이다. 따라서 감히 돈을 요구하다가는 목이 성치 못할 것이다!"

우직한 고순치로서는 헛바닥이 창칼보다 더 무서운 상인을 부리는 일은 무척 힘들었다. 혹시나 돈을 달라고 하거나 협상을 하자고 할까 더럭 겁이 난 그가 황급히 말했다.

"이것 참. 어쩔 수 없군요. 이번에는 그렇게 해드리지요. 하지만 다음에는 반드시 몇 푼이라도 쳐주셔야 합니다. 우리도 공기만 마시며 일할 수는 없는 일 아닙니까?"

어느새 입장이 바뀐 듯 하평이 크게 인심 쓰듯 대답했다.

그러자 새삼 목을 치러왔던 도부수가 고개를 숙이며 웃음을 터뜨렸다. 전쟁터에서 호랑이처럼 용맹하던 상관 고순치가 돈 문제가 되자 일개 상인 앞에서 쩔쩔 매는 꼴이 못내 우스웠던 것이다.

“돌격! 성문을 부숴라!”

공성 사흘째 날을 맞아 고구려군은 더욱 거세게 공격했다.

파성추 부대를 지휘하는 백두 우형기(宇兄起)는 짙게 피어오르는 흙먼지를 뒤집어쓰며 목청껏 외쳤다.

“앞으로!”

“와아아!”

굵은 통나무 끝에 쇠로 날카로운 송곳처럼 만든 도구를 매단 수레가 파성추다. 떨어지는 돌을 미끄러뜨리기 위한 삼각형 지붕이 있고 안에는 불을 끄기 위한 물도 준비되어 있다.

이것을 힘껏 끌고 밀며 한 무리의 고구려 병사들이 돌격했다.

대략 백 명을 지휘하는 우형기는 관등으로는 말객신분이다. 때문에 직접 공성기를 조작할 필요는 없었지만 일부러 앞장서서 파성추 안에 들어가서 힘껏 밀었다.

“빨리! 더 빨리! 영차! 영차!”

어느 전쟁이나 사람이 죽기 마련이지만 특히 성을 공격하는 공성부대는 피해가 크다. 단단히 방비된 성을 향해 직접 부딪쳐가는 일이기 때문이다.

― 끼릭! 끼리릭!

수레를 지탱하는 바퀴가 요란한 소리를 내며 성문을 향해 굴렀다.

“고구려 놈들이 온다! 쏴라!”

관미성 성벽에서 궁수들이 집중적으로 활을 쏘았다.

― 쉬잇! 쉬잇!

파성추를 스쳐 지나가는 화살들이 섬뜩한 소리를 냈다.

두툼한 나무판 지붕에는 물에 적신 소가죽을 덧댔고 갑옷과 투구로 몸을 보호했지만 안심할 수 없다. 저 화살 가운데 섞여 있는 강한 쇠뇌가 지붕을 뚫고 들어와 재수 없이 목이나 눈에 맞으면 그걸로 끝이다.

지붕에 나 있는 작은 구멍으로 우형기는 바깥 상황을 살폈다.

다행히 화살 무더기 한 떼가 지나간 후에도 우형기의 부대는 전혀 다치지 않았다.

"부딪친다!"

파성추 앞 철촉이 육중한 성문을 정면으로 두드렸다.

— 콰아앙!

엄청난 충격이 파성추 전체를 진동시켰다. 성문 쪽도 굵은 나무를 비롯해 갖가지 재료로 보강되어 있기에 한 번에 박살나진 않는다. 심지어 벌써 사흘째 파성추가 두드렸어도 열릴 기미가 보이지 않는다.

"뒤로!"

그렇지만 실망해서는 안 된다. 어차피 성문이 열려야만 성이 떨어지는 건 아니다. 옆에서 운제를 펴고 성벽을 기어오르는 부대가 먼저 해낼 수도 있다. 그들이 성벽을 장악하고 성문을 열어버려도 상황은 끝난다. 혹은 거듭된 공격에 사기가 떨어진 백제군이 항복할 수도 있다. 하여간 공격은 계속되어야 한다.

"부어라!"

"앗 뜨거! 뜨거워!"

운제 사다리 하나가 뒤집히며 그 위에 올라간 고구려 병사가 비명을 지르며 허공을 맴돌았다. 성벽을 지키는 백제병사가 부은 끓는 물을 온 몸에 뒤집어쓴 그는 벌겋게 익어버린 몸으로 애처롭게 땅에 떨어져 꿈틀거렸다.

"우아악!"

성 수비병들이 통나무와 돌을 마구 던지자 주변 운제를 타고 들어가던 병사들이 우수수 떨어졌다. 부서진 사다리와 함께 땅에 떨어진 자들은 대부분 피를 철철 흘리며 다시 일어나지 못했다.

줄줄이 이어지는 비명에 우형기는 인상을 찌푸렸다. 하지만 그는 백 명을 책임진 자다. 파성추를 뒤로 충분한 거리를 띠우게 하고 다시 명령했다.

"앞으로!"

파성추가 다시 요란한 바퀴 소리를 내며 성문으로 돌진했다.

"악!"

이번엔 재수가 그다지 좋지 않았다. 큰 돌이 떨어져 지붕 한쪽이 부서지며 도중에 옆에서 수레를 밀던 병사 두 명이 맞아 나자빠졌다. 하지만 공성추는 다시 맹렬히 성문을 두드렸다.

— 콰아앙!

이번엔 반응이 있었다. 약간이지만 성문이 뒤로 흔들거렸다.

"뒤로!"

"이거 도대체 언제 부서지는 거야! 이러다 우리가 다 죽겠어!"

한쪽 지붕이 부서진 파성추를 끌던 병사 한 명이 계속되는 공포감을 이기지 못하고 외쳤다.

"닥쳐!"

우형기는 무섭게 눈을 부라리며 고함을 질렀다.

"성이 무너지지 않으면 우리는 이미 죽은 놈만 죽지만 성이 무너지면 성에 있는 백제 놈들은 다 죽어! 누가 더 유리하겠어?"

우형기는 다시 앞장서서 파성추를 밀었다.

"내가 앞장선다! 누가 목숨이 아까우냐? 아까우면 당장 도망가!"

부서진 성문

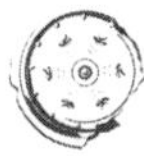

나흘째를 맞은 공성은 아직 별 성과가 없었다. 여전히 성문은 부서지지 않았고 성벽에 걸친 운제는 모두 깨어졌다. 보병궁수들이 날리는 화살에 가끔 성 안에서 불이 붙어도 곧 꺼졌다.

"관미성 발석차의 공격이 눈에 띄게 줄었습니다. 이젠 아무 것도 날아오지 않습니다."

관미령 본진에 말을 탄 채 관미성을 쳐다보는 담덕에게 전령이 보고를 올렸다.

"이번 백제 발석차는 꽤 좋은 무기지만 안타깝게도 날릴 것이 무한정 있는 건 아니야. 지난번 말갈에게 쓰고 다시 우리 편 공성기에 썼으니 꽤 많이 썼지. 보급을 받아야 하는데 그게 과연 쉬울까."

담덕의 표정이 슬쩍 바뀌었다.

"일이 조금씩 풀려가고 있습니까?"

옆에 다가온 을지언이 말을 걸었다.

"풀리고 있지. 이미 관미성 아래 백제포구를 손에 넣었다. 또한 산동반도로 튀어나온 바다 쪽 비사성과 주요 수군거점도 떨어졌다. 이젠 백제가 관미성을 구하고 싶어도 구할 수 없어. 날개가 달려 날아온다면 모를까."

바둑을 둘 때 담덕은 상대와 나란히 붙어서 치열히 싸우는 접전(接戰)을 즐기지 않았다. 항상 그는 미리 여기 저기 포석(布石)을 깔고 나서 최후로 접전을 벌이거나 최소한 접전 중에도 항상 다른 곳에 포석을 깔았다.

"짐은 싸우기 전에 이미 승패를 결정짓기를 원한다. 전투란 그걸 최종적으로 확인하러 가는 것에 불과해."

"그게 바로 태왕 폐하의 방법이지요."

을지언이 바로 동의했다.

"요서출병에서는 상대가 예상하지 못한 대군으로 급소를 쳤습니다. 그 시점에서 승패가 결정됐지요. 비려의 거란족은 도저히 올 수 없다고 생각한 짧은 시간에 북진해서 쳤습니다. 그것만으로도 승리는 확정적이었습니다. 이번 관미성 공략에선 도저히 원군을 보낼 수 없는 백제의 사정을 알고 최대한 빠른 시간에 공격할 뿐더러 뱃길을 통한 어떤 원군도 기대할 수 없게 만들었습니다. 모두가 싸우기 전에 승패는 결정되어 있었습니다."

"원군을 끊는 것뿐일까. 모두 저 곳을 보라!"

담덕은 슬쩍 말을 돌려 관미성 뒤편 바다를 향했다.

"짐이 말한 일곱 방면이란 게 어떤 것인지 보여주지. 육지로 세 방면이면 저 바다로 네 방면이 추가될 거다."

담덕이 손을 들어 가리킨 바다 수평선에는 어느새 검은 그림자들이 속속들이 몰려들었다.

"저건?"

막리지 해사우가 먼저 그 정체를 알아보았다.

"배? 선단이 아닙니까?"

"그래. 선단이다. 그럼 과연 저건 백제군일까? 아니지. 저 깃발들을 잘 보아라. 바로 우리 고구려의 깃발이다!"

담덕이 의기양양하게 말했다.

"그렇다면 저건 수, 수군입니까?"

왕당무사 연무비가 감탄한 나머지 말을 더듬었다.

오랫동안 대륙에 있었고 대륙에서만 싸웠던 고구려는 수군을 가질 필요가 없었고, 실제로 가지지도 않았다. 그런데 담덕은 마치 신통력이라도 쓴 것처럼 없었던 고구려 수군을 하루아침에 만들어버렸다.

"나에게 없다면 빼앗으면 된다. 어차피 백제가 가지고 있던 배와 선원이다. 거기에 우리 고구려군만 태우면 그게 바로 고구려 수군이다. 물론 앞으로 정식으로 육성하겠지만 일단 이것만으로도 관미성은 끝장이야."

이렇게 담덕은 최초로 고구려에 수군을 만들었다.

당시 수군이란 전투에 전혀 관여하지 않는 선원이 모는 배에 병사들이 타고 싸우는 집단에 불과했다. 설령 수군끼리 해상에서 전투를 벌여도 서로 병사만 공격하고 그 선원은 건드리지 않는 게 일반적이었다. 선원은 국가에 소속된 전투원이 아니라 단지 배를 모는 도구로 보았기 때문이다.

훗날 일본의 내전인 원평합전(源平合戰)에서 한쪽이 이런 불문율을 깨고 상대 배의 선원을 활로 공격하자 선원들이 놀라 달아나서 크게 패했다고 한다. 그때 당한 쪽에서는 상대를 향해 선원을 공격하다니 이 무슨 비겁한 행동이냐고 꾸짖었다는 기록이 있다.

일본이 백제를 비롯한 삼국에서 많은 문화를 전수받았다는 사실을 생각해보면 당시 삼국의 전쟁문화 역시 큰 차이가 없을 것이다.

"쏴라!"

관미성 동쪽 바다를 온통 덮을 듯 떠 있는 무수한 배에서 화살이 튀어나갔다. 대부분이 성을 태우기 위한 불화살이었지만 그 안에는 가끔 굉음을 내는 화살도 섞여서 굉장한 소리를 냈다.

― 씨이잉! 쌔애앵!

네 갈래로 나뉜 이 배들은 모두 관미성 남쪽 포구에서 징발한 배들이다. 고순치는 이 징발한 배를 이때까지 별로 할 일이 없던 포구 선원에게 몰게 하고는 역시 할 일이 별로 없던 고구려군 보병 궁수 1만을 태웠다.

해안절벽을 등지고 성벽을 높이 쌓아올린 관미성 육지 쪽에는 도저히 많은 병력이 한꺼번에 진입할 수 없다. 겨우 세 방면에서 공성부대와 궁수들이 화살을 쏘았지만 그것만으로는 어림도 없었다. 높고 튼튼한 성벽 앞에서 죽어가는 고구려군이 자꾸만 늘어나던 참이다.

"쏴라! 계속 불화살을 쏴! 성이 모두 타버릴 때까지 쏘란 말이다!"

포구를 접수하면 즉시 대기한 병력을 태우고 관미성을 바다 쪽에서 포위 공격하라는 것이 태왕 담덕의 명이었다. 때문에 본래 자랑스러운 주작 깃발을 맡은 경기(輕騎)대장이던 고순치는 하루아침에 수군대장이 되었다.

그런데 그것이 의외로 싫지가 않았다. 물살에 출렁거리는 배와 뛰면서 흔들리는 말 등의 감각은 비슷했다. 더구나 탁 트인 평원을 질주했던 그대로 탁 트인 바다를 신나게 가르며 적을 향해 화살을 쏘아대는 것이다. 저절로 신이 났다.

"백제 놈들은 어쩌고 있을까? 매우 당황하고 있겠지? 설마 어제까지 자기편이던 이 수군이 적으로 변할 거라고는 생각하지 못했을 테니."

관미성 북쪽에 있는 주요건물에 불화살이 하나 둘 명중하며 화재를 일으켰다. 검은 연기가 점점 하늘로 솟구치며 갑자기 그쪽에서 인원이 부산스럽게 움직였다.

"과연 예상대로야! 맛이 어떠냐?"

휘하 경기 병력은 모두 육지에 있고 배에 탄 주요병력은 모두 백호(白虎) 깃발을 앞세운 보병 궁수다. 그럼에도 고순치는 자기 배에만은 일부러 주작(朱雀)깃발을 올렸다.

관미성에서는 거의 응전이 없었다. 아무래도 성벽 쪽에 모든 병력을 집중한 까닭에 갑자기 날아오는 바다 쪽 공격에는 속수무책인 듯싶었다.

"하하! 이거 정말 기분 좋은데? 아예 수군이 되고 싶을 정도야! 계속 활을 쏴라!"

고순치는 푸른 바다를 앞두고 후련하게 고함을 질렀다.

고구려 왕실의 일족인 고(高)씨로서 경기병 지휘에는 따를 자가 없다고 일컬어진 자였다. 하지만 무심코 내뱉은 이 말이 나중에 어떤 일을 초래하게 될 지는 전혀 예상하지 못했다.

"불이야!"

"성 동쪽에서 불이 났다."

"바다에 온통 고구려군이다! 고구려 수군이다!"

한편 관미성 안은 벌집을 쑤셔놓은 듯 혼란스러웠다. 오가는 병사와 백성들이 저마다 비명을 지르며 상황을 알렸다.

"당황하지 마라! 모두 자리를 지켜라! 군심을 어지럽히는 자는 참형에 처할 것이다!"

동쪽에 있는 성 본채 건물에는 방어를 지휘하는 진영이 설치되어 있었다. 지난 동안 이곳은 상대적으로 안전했다. 그런데 갑자기 동요하는 병사와 백성을 진정시키느라 진현시는 칼을 뽑아들고 불호령을 내렸다.

관미성은 백제가 대놓고 자랑하는 대륙 최고의 성이다. 지난 요서출병에서 담덕이 깨뜨린 석현성 등이 대부분 육지에 지어진 평성이거나 언덕을 끼고 목책과 돌로 만든 소규모 성이라면 관미성은 거대한 요새(要塞)

다.

이곳이 난공불락인 이유는 육지 쪽에 장정 세 명의 키 보다 높은 성벽이 있는 데다 그 앞은 아무리 빽빽이 달려들어도 한 번에 천 여 명도 들어오지 못할 정도로 좁기 때문이다. 넓은 동쪽 바다방향이 해안절벽으로 서해 전부를 휘어잡고 있는 백제수군이 있다. 설령 백만 대군이 쳐들어온다고 해도 관미성에서는 육지를 잘 지키고 수군이 본국과 주변에서 보내온 원군과 무기, 군량을 공급해주면 지켜낼 수 있다.

"한솔! 이게 어떻게 된 일이오? 고구려가 수군을 가지고 있었단 말이오?"

성벽 쪽에서 방어를 지휘하던 나솔 구보가 급히 본채로 달려와 물었다.

"아무래도 몰래 동원한 것 같소. 예전에 비사성을 쳤을 때 그곳에 있던 수군기지도 함락됐다던데 그런 것이 아니겠소."

"그렇다 해도 우리 백제수군은 뭘 하고 있단 말인가?"

"일단 우리 눈으로 확인해봅시다!"

진현시는 즉각 구보를 이끌고 성 동쪽으로 향했다. 가는 동안 여기저기 불화살이 떨어져 집과 창고 등을 태웠다. 소를 매어놓은 외양간이나 돼지를 기르는 축사가 타오르며 안에 있는 짐승들이 길길이 날뛰었다.

"더 이상은 위험하오!"

조금 더 지나자 불화살이 비 오듯 떨어졌다. 구보가 더 접근하려는 진현시를 만류했다. 둘은 거기서 다가와서 공격하는 고구려 선단을 살폈다.

만일을 대비해 이곳에도 망루를 비롯해 약간의 방어시설은 만들어져 있다. 그러나 병력 한 명이 아쉬운 순간이라 병사며 백성 전부를 성벽 쪽으로 동원했기에 이곳은 병사는커녕 백성도 거의 없었다.

"아니! 저들은!"

진현시가 갑자기 심각한 표정으로 눈을 비비더니 다시 고구려 선단을 관찰했다. 기세 좋게 함성을 지으며 몰려와서 활을 쏘는 그들은 태왕의 고구려군 보병을 나타내는 백호 깃발을 올리고 있다. 그렇지만 그 배와 선원들 모습은 매우 눈에 익었다.

"으음. 역시! 당했소! 우리가 태왕에게 당했소!"

곧 구보도 진현시와 같은 사실을 깨달았다.

"적진포 배요! 저들은 고구려 군사지만 배는 곧 적진포의 백제 배요! 어제까지 우리 백제의 물자와 군사를 실어 나르던 배였소! 그들이 단숨에 적이 되다니! 어찌 이럴 수가 있단 말이오? 내 저들을 그냥! 나중에 전부 물고를 낼 것이오!"

진현시가 벌컥 화를 냈다.

"한솔 진정하시오."

구보는 탄식하듯 하늘을 올려다보지만 그 하늘은 고구려군 불화살로 온통 덮였다.

"한솔도 아실 테지만 저들은 뱃사람과 상인일뿐이었소. 백제가 유리할 때는 백제 편이지만 이제 우리가 아무런 보호도 해주지 않고 돈도 주지 않는데 고구려 편이 되었다고 해서 누가 탓할 수 있겠소!"

"나솔! 이러고 있을 게 아니오! 당장 발석차 전부를 여기로 돌립시다! 그간 많이 소모했지만 아직 두세 발은 쏠 수 있어요. 본국에서 배로 지원해 줄 수도 있으니 일단 저 고구려 선단에 돌비를 쏟아 붓도록 합시다! 그러면 뭔가 길이 열릴 게 아니오?"

진현시가 치를 떨며 제안했다.

백제 장인들이 만들어온 발석차는 훌륭히 기능을 수행했다. 말갈기병 반수를 죽인 걸 비롯해 성 앞에 들어온 고구려 공성부대를 몇 번이고 괴멸시켰다. 그렇지만 그것으로는 성을 지킬 수 없었다.

― 쉬잇! 퍽!

이때 멀리서 날아온 화살 하나가 구보의 왼쪽 어깨를 뚫었다.

"읍!"

구보가 낮게 신음성을 냈다.

"나솔! 괜찮소? 어서 돌아갑시다! 이곳은 위험해요!"

"괜찮소. 이런 화살쯤!"

구보는 찰갑을 살짝 뚫고 박힌 화살을 뽑아냈다. 거리와 갑옷 때문에 살갗을 살짝 뚫었을 뿐 깊이 박히진 않았다. 그래도 화살을 뽑아낸 자리에서 피가 배어나와 옷과 갑옷에 스며들었다.

"발석차는 최대한 아껴야 하오."

구보가 진현시를 말렸다.

"날릴 수 있는 돌이 떨어져간다는 걸 고구려군이 모를 리 없소. 하지만 아직 남아있다면 그건 어디에든 쓸 수 있소. 저 선단에 남은 걸 몇 번 쏘아봐야 배 십여 척이 고작이오."

"어차피 방법이 없소이다! 그럼 그 외에 발석차에 뭘 기대한단 말이오?"

진현시가 답답하다는 듯 물었다.

"물론 있지요."

구보가 고개를 서쪽으로 돌리며 결연히 대답했다.

"예를 들어 저 태왕의 목숨이라든가."

"뭐요?"

"나솔. 지난번 석현성에서 흑치상현이 비록 실패했다지만 그 방법은 옳았소. 지금의 고구려군을 무너뜨리는 방법은 하나 밖에 없소. 저 막강한 군대의 중심에 있는 태왕의 목숨을 빼앗는 것이오. 그러니 우리가 발석차의 돌이 모두 떨어진 척 하고 가만히 있는 것도 하나의 방법이오."

"호오!"

진현시의 눈이 갑자기 번뜩였다.

"마치 호랑이가 먹이를 노리고 도사리는 형국이군요."

"그렇소. 발석차 때문에 아직은 태왕이 거리가 닿지 않는 관미령에 진을 치고 있소. 허나 듣자하니 태왕 담덕은 호승심이 강하고 늘 선두에 서길 좋아하는 인물이라 하오. 언제 불쑥 앞으로 나오게 될 지 어떻게 알겠소?"

"그, 그렇게 되면…."

진현시의 목소리가 떨렸다.

"나 구보의 목숨 따위가 문제가 아니지요. 태왕 담덕을 죽일 수만 있다면 이 전쟁은 무조건 백제가 이기는 거요. 게다가 향후 수십 년간은 아무런 걱정도 없을 거요. 겨우 돌무더기 몇 개로 얻을 수 있는 것 가운데 얼마나 귀중한 것이란 말이오?"

"과연 그렇소!"

진현시도 동의했다.

"우리는 이제부터 완전히 기운을 잃은 척 합시다. 약할 대로 약하게 보이고는 태왕이 나설 때를 노립시다. 그것이 우리가 할 수 있는 최고의 전술이오."

"일부러 약한 척 할 필요는 없을 거요. 어차피 이대로라면 곧 우리 기력이 떨어질 건 자명하오. 하지만 설사 관미성을 내주더라도 태왕 담덕의 목숨과 맞바꿀 수만 있다면 기꺼이 내주겠소!"

그것은 일종의 도박이다. 전세는 이미 돌이킬 수 없게 되었지만 일거에 뒤집을 수 있다면 그것 밖에 없다. 진현시와 구보는 마주보며 의미심장한 미소를 교환했다.

"여봐라! 간밤에는 모두 잘 잤느냐? 식사는 잘 했고? 그럼 오늘 또 시작해보자!"

관미성 공격에 들어간 지 18일째 되는 날, 담덕은 씩씩하게 말을 타고 각

진영을 돌아다니며 외쳤다.

전쟁터에서는 태왕이라고 별다른 생활을 하는 것이 아니다. 본영 깃발이 세워진 막사에서 병사들이 먹는 것과 같은 식사를 하고는 같은 이불을 덮고 잤다. 조금도 특별한 것이 없음에도 유난히 활기차게 지휘하는 담덕의 심성은 타고났다고 밖에 볼 수 없다.

“태왕 폐하!”

“오오! 태왕 폐하!”

막 아침식사를 마치고 갑옷과 무기를 챙기며 진형을 짜던 병사들이 외쳤다.

전쟁터가 아닌 평소라면 그 얼굴 한 번 쳐다보기도 힘든 고구려 태왕이지만 지금은 마치 물건 팔러 다니는 장사치나 친한 친척처럼 아침부터 군영을 돌아다니며 병사들을 격려했다. 그리고 뭔가 병사들 처우에 문제가 있거나 개선할 점을 누군가 말하면 귀를 기울여 듣고는 담당 관리를 불러 지시했다.

“자아! 이제 조금만 더 밀어붙이면 된다! 백제가 자랑하는 관미성도 별 것 아니지 않느냐? 이미 우리 고구려군이 일곱 방면에서 포위하고 있다. 곧 우리가 이긴다! 기운을 내자!”

고작 18살 나이다. 아직은 혼인을 하지 않았으니 소년이라고도 할 수 있는 나이지만 전쟁터에서 보는 담덕은 노련한 무장이다. 병사들과 직접 소통하며 기운을 불어넣는 태왕 앞에서 감히 어느 병사가 목숨을 아까워하겠는가.

“태왕 폐하!”

“태왕 폐하 만세!”

고구려 병사들은 일제히 가지고 있던 무기 끝을 땅에 쿵쿵 거리는 것으로 태왕에 대한 존경심을 표시했다.

"좋아!"

은색 갑옷을 입고 붉은 술을 투구에 매단 담덕이 환히 미소 지었다.

"그럼 오늘도 시작해보자! 준비가 되는 대로 각 부대들은 위치로 들어가 공격하라!"

"명령을 받들겠습니다!"

태왕의 명을 받은 각 군두들이 예를 올리며 휘하 백두를 불러 세부전술을 지시했다. 그러는 동안 담덕은 바람같이 말을 달려 다른 군영을 돌았다.

야습에 대비하느라 밤에도 빈틈없이 경계를 세웠지만 관미성에서는 한번도 야습을 걸어오지 않았다. 성공가능성도 낮고, 성공한다고 해도 그것으로 전세를 역전할 수는 없다고 판단한 모양이었다.

담덕은 다시 말을 몰아 관미령에 올랐다. 간밤에도 관미성 동쪽 바다를 채우며 봉쇄선을 편 고구려선단이 멀리 보였다.

"언! 어떤가? 이만하면 완벽하지? 관미성은 곧 떨어진다. 아마 앞으로 사흘 안이면 떨어질 거다."

담덕은 관미령에서 무엇인가 골똘히 생각하고 있던 군사 을지언에게 말을 걸었다.

"글쎄요."

을지언은 대답하지 않고 말을 흐렸다.

"이번엔 또 뭐가 마음에 걸리나? 혹시 백제 원군? 말도 마라. 백제 본국에서 보내온 수십 척 정도가 오긴 왔었지. 하지만 수백이 넘는 우리 수군을 보고는 꽁지 빠지게 도망가 버렸어. 걱정할 것도 없다."

"바다 쪽은 걱정할 것이 없습니다. 문제는 성벽 쪽입니다."

"성벽이 뭐 어때서? 망루가 하나씩 파괴되고 수비병도 점점 줄고 있다. 항복하던가 아니면 우리 군이 성벽에 올라가서 점령하게 될 거야."

“폐하.”

을지언이 생각을 다 정리한 듯 검은 두건을 손으로 슬쩍 들어 올리며 담덕을 쳐다보았다. 을지언의 눈동자는 짙은 흑색인데 너무도 어두운 느낌을 주었다. 아마 세상에 검은 색보다 더 검은 것이 있다면 그의 눈일 거라고 담덕은 생각했다.

“지금 고구려군에 있어서 절대로 없앨 수도 감출 수도 없는 치명적인 약점이 있습니다. 그게 뭐라고 생각하십니까?”

“뭐라고? 그런 약점이 있었나? 그게 뭔가? 어째서 진작 짐에게 말해주지 않은 거지?”

“그 약점은 바로 폐하입니다. 누누이 말하지만 폐하가 이끄는 고구려군은 무적(無敵)일지도 모릅니다. 하지만 그건 집단으로서의 군대지요. 막상 폐하 한 사람은 불사신(不死身)도 아니고 그저 피와 살로 된 사람에 불과합니다. 언제 어디서나 폐하를 노리는 적들이 있습니다.”

“충언(忠言)인가? 그래서?”

담덕은 조금 기분 나쁘다는 표정으로 변했다.

“백제 쪽으로 볼 때 관미성은 가망이 없습니다. 시일이 문제일 뿐 결국 내줘야 할 성입니다. 그런데 그냥 내주지는 않을 것입니다. 아마도 최소한 뭔가 해보려 할 것이고, 그럴 때 가장 먼저 목표가 되는 건 폐하입니다. 잘 아시지 않습니까? 지난 석현성 공략 때도 백제 철기 6백이 오로지 폐하 한 명 목숨만을 노렸다는 사실을.”

“언! 그대는 도대체 뭘 말하고 싶은 건가? 결국 진영에 얌전히 있으란 말이라면 소용없다. 짐은 언제나 선두에 선다. 언제나 그러할 것이다.”

“그렇다면 계속 고구려군은 치명적 위험요소를 안고 싸우게 되겠지요.”

“짐은 천손이다! 하늘이 날 돕는데 누가 감히 날 건드린단 말인가?”

“정녕 그렇게 믿으십니까? 천손이라고 하늘이 언제나 돕는다고 말입니까?"

을지언이 무섭게 담덕을 노려보았다. 그 눈초리는 평소와는 다르게 싸늘했다. 담덕은 흠칫 놀라며 반문했다.

"군사는 감히 짐을 모욕하려는가?"

"분명 폐하는 천손입니다. 그러나 그건 백성과 신료들이 열렬히 믿어야 할 뿐, 막상 폐하 스스로는 절대 도취되어선 안 됩니다. 천손이라고 화살이 빗나가는 것도 아니고, 칼이 들어가지 않는 불사신도 아닙니다. 동명태왕께서 나라를 연 후 역대 태왕들이 전부 천손이었으나 그들이 전부 싸울 때마다 이기고 전장에서 다치고 죽지 않았습니까?"

을지언은 누가 누르면 굽히는 성격이 아니었다. 옳은 말이라면 상대가 누구라도 가리지 않는다. 고국양왕이 직접 모셔왔고, 태자의 병법스승이라면 누가 아첨도 하고, 조정에 자기 파벌도 있어야 하는데 그런 것이 일체 없는 이유가 여기에 있었다.

"흥! 알고 있다. 그런 것쯤."

담덕은 을지언의 눈동자에서 고개를 돌렸다.

담덕은 감성적인 성격이지만 그렇다고 사리를 분별하지 못하는 사람이 아니다. 더구나 을지언에게 병법을 배워온 지 벌써 6년이다. 군사의 말이 입에는 쓰지만 분명 좋은 약이란 걸 알면서도 투정을 부리는 것이다.

그런 면에서 아직 담덕은 을지언에게만은 어리광부리는 소년 같은 면이 존재했다.

"조심하도록 하지. 그리면 되겠는가."

그렇게 툭 말을 던지더니 다시 말을 몰아 기병 진영으로 향했다.

"역시 폐하는 아직 어리십니다."

뒤에 남은 을지언이 담덕의 뒷모습에 대고 말했다.

"더구나 고집도 세지요. 바로 제 딸 아영과 꼭 닮았습니다. 그러기에 신이 두 사람을 맺어주지 못하는 것입니다."

　－ 콰아앙! 우지직!

　파성추가 다시 성문을 직격했다. 벌써 열흘 넘게 두드린 성문은 부서지고 불에 그슬린 자국 투성이였다.

　"거의 되었다! 다시 한 번!"

　우형기는 핏발이 선 눈으로 고래고래 고함을 질렀다.

　비록 우세하다고 해도 아직 관미성은 온전했다. 계속되는 공격으로 인해 지쳐가는 고구려군은 벌써 꽤 사상자를 냈다.

　우형기 휘하에서도 벌써 15명이나 사상자가 나왔다. 여태 치렀던 어떤 공성전보다 피해가 컸다. 더구나 수리해 가지고온 파성추 지붕은 매번 부서졌다. 이번에도 마찬가지였다.

　－ 우지끈! 와작!

　바위 두 개가 파성추 지붕을 부수며 옆으로 굴러 떨어졌다.

　"백두님! 위험합니다!"

　"상관없어! 계속 공격해!"

　처음에는 파성추 지붕이 부서지면 안전한 곳에 들어가 몸을 숨기며 지휘했지만 그런 조심성도 사라졌다. 어디가 부서지건 말건 앞장서서 파성추를 밀고 당겼다.

　－ 쉿!

　성벽위에서 백제 수비병이 쏜 화살 하나가 어깨를 스쳤다. 이어서 또 한 발이 넓적다리에 박혔다.

　"으윽!"

　두툼한 갑옷이 거의 뚫릴 뻔했다. 살갗을 찌르고 들어간 화살촉이 뜨뜻한 느낌을 주었다.

"괜찮아! 끄떡없어!"

나중에는 허리에 찬 환두대도(換頭大刀)를 빼들고 미친 듯이 고함을 지르며 병사들을 독려했다.

"제길! 저 놈의 성문이 먼저 부서지나 내가 먼저 죽나 어디 해 보자! 어서 공격해! 어서!"

"준비! 발사!"

― 쉬이잇! 쉬잇!

뒤쪽에서 창수들이 가린 방패 안에서 보병궁수들이 활을 쏘아 엄호했다.

"아아악!"

성벽에서 활을 쏘던 백제 수비병 몇몇이 화살을 맞고 성벽에서 굴러 떨어졌다. 워낙 높은 성벽이라 떨어지는 순간 거의가 목숨이 끊어졌다.

"지켜라! 성벽을 지켜!"

백제군 쪽도 필사적이었다. 성벽 위에서 지휘하는 구보는 즉각 빈자리에 새로운 수비병을 집어넣었다. 그들은 시체를 치우고 고구려군을 향해 화살과 통나무, 뜨거운 물을 퍼부었다.

"앗. 뜨. 뜨거워!"

"커억!"

백제군 시체와 고구려군 시체가 뒤엉킨 성벽 밑은 아수라장이었다. 미처 시체를 치우거나 할 틈도 없이 그 위를 파성추 수레바퀴가 짓뭉개고 돌진했다.

― 콰앙!

피 냄새가 자욱한 성문에 다시 쇠뭉치가 충돌했다. 그러자 그토록 단단해보였던 성문이 부서져 흔들거렸다.

"성문이 부서졌다!"

우형기는 가슴이 뻥 뚫리는 것만 같았다. 드디어 난공불락이라던 관미성 성문을 자기 손으로 열었다는 쾌감에 하늘을 날 듯했다.

"백두 우형기가 성문을 깨뜨렸다!"

마치 전공을 보고하듯 목청껏 외쳤다. 그 소리가 멀리 있는 태왕에게 들릴 것만 같았다.

그러나 기쁨도 잠시였다. 무너지듯 열린 관미성 성문을 바라보던 우형기의 눈에 그 안에서 대기하던 백제군 궁수들이 비쳤다.

"쏴라!"

백제 장수의 외침과 함께 화살이 빗발치듯 날아왔다. 선두에 섰던 우형기는 환두대도를 빼든 채 날아오는 화살을 온 몸으로 받았다.

"우읍!"

뭐라고 외치려고 했으나 이미 목에 화살이 꽂혀 핏물이 입가에 넘어와 말이 나오지 않았다. 구역질과 함께 붉은 선혈이 땅에 쏟아졌다.

"백두님!"

뒤에서 수하들이 외치는 소리가 들린 것도 한 순간이었다. 우형기의 몸이 털썩 무릎을 꿇었다. 18일 동안 하루도 빼놓지 않고 미친 듯이 성벽 아래를 뛰어다니던 그의 몸이 열린 성문과 함께 땅바닥에 쓰러졌다.

그는 쓰러지면서 마음속으로 부르짖었다.

'나는~ 이 우형기는 임무를 다했다! 다른 놈들도 임무를 다해라! 안 그러면 내가 죽은 혼이라도 네 놈들을 그냥 두지 않겠다!'

별(星)이 떨어지다

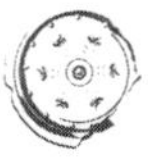

"저건! 성공했느냐?"

"공성대 백두 우형기가 성문을 깨뜨렸습니다!"

관미령에서 전선을 살펴보던 담덕에게 급보가 날아들었다. 이미 눈으로 상황을 확인하고는 있지만 너무 멀어서 잘 보이지 않기에 전령을 통한 보고도 겸하고 있다.

"현무는 즉각 성문 안으로 전진하라! 궁수들은 이를 지원하라! 파성추는 뒤로 물러나고, 운제는 일제히 성벽에 오르라! 적은 깨진 성문을 방어하는 데 총력을 다 할 것이니 성벽 수비가 약해질 것이다!"

담덕의 기민한 판단과 명령이 즉각 떨어졌다.

그토록 완강하게 저항하며 좀처럼 떨어질 것 같지 않던 관미성이 이제 슬슬 한계를 드러냈다. 이때야 말로 온 힘을 다해 몰아붙여야 한다.

"모든 병력을 전부 투입하십시오."

담덕 옆에 있는 을지언이 조언했다. 그 역시 면밀히 관미성 상황을 살펴던 참이었다.

"동쪽 수군에게도 총공격을 명해야 합니다. 비록 절벽이라지만 갈고리가 달린 밧줄로 기어오를 수 있습니다. 준비는 갖추고 있으니 동쪽에서도 공격에 나설 수 있습니다. 그렇게 되면 적은 모든 방면에 집중할 수 없으니 혼란에 빠질 것이며 우리가 이길 것입니다."

"좋아! 군사가 평소에 그렇게 가르쳤었지!"

담덕은 곧바로 을지언의 조언을 받아들여 군령을 내렸다. 막리지와 각 참좌를 통해 명을 전달받은 기수(旗手)가 분주히 깃발신호를 올렸다. 신호는 따로 북과 징을 통해서도 전해졌다.

― 둥! 둥! 둥!

― 채앵! 챙! 채앵!

총공격을 알리는 신호. 그것이 오자 고구려 병사들이 저절로 흥분했다. 이제까지 집요한 공격을 교대로 펼쳐왔기에 사상자는 좀 있었지만 피로는 그리 크지 않았다. 그런데 이제는 성문이 돌파되고 모두 마음껏 돌진하라는 명이 떨어졌다.

그건 승리가 눈앞에 있다는 증거였다. 태왕 담덕이 있는 곳에서 이 신호는 한 번도 틀린 적이 없었다.

"와아아!"

"이겼다! 우리가 이겼다아!"

아직은 그저 돌격중이지만 모두가 이렇게 함성을 지르며 성을 향해 달렸다. 승리의 확신을 지닌 군대는 일체의 공포심도 없고 보통 때의 두 세 배 힘을 발휘한다. 마치 거센 노도와 같은 병사의 물결이 관미성을 향해 몰려왔다.

성 동쪽 바다에서도 마찬가지였다.

명을 받은 고순치가 이끄는 고구려 선단은 일부가 화살로 엄호하는 가운데 일제히 해안선으로 밀려들었다. 배에서 내린 고구려 병사들이 준비한 갈고리 밧줄을 던져 해안절벽에 걸고 오르기 시작했다.

"기운 내라! 성은 곧 떨어진다!"

관미성만 떨어지면 요서 진평 지역에서 고구려는 든든한 요새를 손에 넣게 된다. 백제의 남은 세력이 없는 건 아니지만 크게 위축될 수밖에 없고 무역을 비롯한 상업적 이득은 전부 고구려가 갖게 된다.

전투에 참여한 고구려군도 적지 않은 재물을 나라에서 받게 된다. 따라서 모두 기운이 용솟음쳤다.

"아!"

가끔 갈고리가 미끄러져 떨어지는 병사도 나왔다. 하지만 아무도 겁먹지 않았다. 관미성 동쪽은 이미 타버린 재만 있었고 지키는 병사는 하나도 없었다. 아무도 막지 않는 무인지경을 돌파하는 것이나 다름없었다.

'결국 발석차는 쓸 수 없었나보군.'

순조롭게 펼쳐지는 공격을 보며 고순치가 안도했다.

유일하게 고구려 수군이 우려한 건 백제 발석차였다. 말갈기병을 한 번에 도륙한 그 발석차가 다가선 고구려 수군을 향해 공격을 퍼붓는다면 단숨에 심대한 피해를 입을 수도 있다. 그렇지만 백제군은 그렇게 하지 않았다.

아마도 발석차는 성 중앙에서 약간 서쪽에 있는 듯했다. 성벽에 너무 붙어있으면 고구려 공성기나 불화살에 당할 수 있었고 동쪽에 있으면 성벽 방어에 쓰기 힘들기 때문이다.

'정말로 발사할 돌이 떨어진 모양이야. 그렇다면 안심이지만.'

그러면서도 고순치는 뭔가 이상하다는 생각이 들었다.

'백제군은 바보가 아니다. 우리 고구려군이 같은 상황이라면 한두 발 쏠 정도는 어떤 경우라도 최후 반격을 위해 남겨둘 것이다. 그런데 백제군은 어째서 그러지 않았을까? 설마 우리는 뭔가 속고 있는 게 아닐까?

그때였다.

"와아!"

"태왕께서 앞으로 나오셨다!"

"태왕 폐하 만세!"

갑자기 병사들 사이에 우렁찬 함성이 울려 퍼졌다. 한쪽 진영에서 크게 울리면 그걸 들은 진영이 다시 외쳐서 전달하는 식으로 모든 고구려진영에 퍼졌다.

"뭐라고? 폐하께서!"

고순치는 멀리 관미령을 향해 고개를 돌렸다. 과연 그곳에 있던 붉은 본진깃발과 왕당(王黨)을 뜻하는 세발까마귀 깃발이 동시에 관미성으로 향했다. 그건 태왕이 직접 전진해 공격한다는 뜻이다.

"고 도사님!"

해안절벽을 올라가는 데 성공한 병사 가운데 한 명이 아직 해안가 배에 머물러 있는 고순치에게 외쳤다.

고순치는 관등으로는 대사자지만 직급으로는 도사에 해당한다. 도사는 작은 성을 맡은 성주 급으로 군두 세 명 정도를 거느리는 장군 직급이다.

"뭐냐?"

"백제 발석차가 갑자기 분주히 돌을 날라서 겨냥하고 있습니다! 아무래도 한 번 쏠 정도의 돌은 남아있던 모양입니다!"

"그래? 이쪽 방향이냐?"

의외지만 각오는 하고 있었다. 그것이 이쪽 해안을 노린다면 아마 배 십여 척과 병사 수 백 목숨이 사라질 테지만 감수할 수밖에 없다.

"아닙니다! 성벽 쪽을 겨냥하고 있습니다!"

"뭐야? 어째서? 이쪽을 노리는 편이 보다 나을 텐데?"

한 번 정도 쏘아서는 차라리 배가 났다. 배는 빗맞아도 가라앉는다. 이미 해안을 전부 덮도록 몰려온 고구려 군선이다. 배는 하나만 가라앉아도 그 안의 병사 수십 명이 떼죽음을 당하니 더 좋은 목표다.

"일부러 남은 돌로 육지 쪽을 겨냥했다고? 아차!"

고순치는 순간 가슴이 철렁했다.

'수십 척이 아니라 수백 척 배보다 소중하고 수만 명 병사 목숨보다 소중한 것이 있다! 그걸 백제군이 노리고 있다!'

무너지는 관미성은 희망이 없다. 그 안에 있는 모든 백제군은 잡혀서 노예가 되거나 저항하다가 죽는 수밖에 없다. 하지만 그들이 최소한 길동무로 데려갈 수 있는 가장 귀중한 목숨이 있다면 그건 바로 태왕이다.

"안 돼!"

고순치의 입에서 급박한 외침이 튀어나왔다. 그러나 이미 백제 발석차는 조준을 마치고 명령만 기다리고 있었다.

"준비는 됐나? 한 치의 실수도 있어선 안 된다!"

진현시는 발석차를 조작하는 병사들 뒤에서 삼엄하게 칼을 빼들고 지휘했다.

그들도 이미 성문이 부서지고 고구려군이 물밀듯이 사방에서 들어오는 걸 알고 있다. 이제까지 힘겹게 버티던 관미성은 총공격을 맞아 힘없이 여러 곳에서 동시에 무너졌다.

"알겠나? 우린 지금 위험에 빠졌다. 성문을 지키던 궁수와 보병들은 전멸했고 성벽에는 고구려군이 침투해서 혼전을 벌이고 있다! 동쪽에서는 고구려 수군이 절벽을 오르고 있고 태왕이 직접 앞으로 나섰다!"

진현시는 입술을 힘껏 깨물었다. 붉은 피가 입가를 파고 흐르는 것이 처절하도록 진지했다.

"그렇지만 여기서 도망가는 놈은 용서치 않겠다! 어차피 도망갈 길도 없다. 명에 따르지 않으면 여기서 내 칼에 죽고, 도망간다 해도 고구려군에 잡혀 죽을 뿐이다! 그렇지만 이제야말로 아껴왔던 단 한 발을 쏠 때다!"

진현시의 눈은 뚫어지도록 성벽 중앙의 구보가 지키는 부대의 신호를 기다렸다. 양쪽에서 크게 무너져 운제 사다리를 타고 올라온 고구려군이 점점 백제군을 밀어내는 가운데 구보가 이끄는 중앙 백제 수비병이 아직은 힘겹게 성벽을 지켰다.

— 와르릉!

망루 여러 곳이 한꺼번에 무너졌다. 불타는 망루를 지키던 수비병이 함께 떨어져 박살이 난 시체로 변했다.

"아직 이냐? 도대체 언제냐?"

과연 계획대로 고구려 태왕은 결정적으로 전황이 유리해지자 곧바로 앞으로 전진 했다. 고구려군이 더욱 사기충천해졌지만 그것은 백제군에게 둘도 없는 기회다.

성벽 위에서는 양쪽에서 몰려오는 고구려군과 중앙 성벽을 놓고 백제군이 육박전을 벌였다. 고구려군이 접전에서 즐겨 쓰는 환두대도와 백제군의 창칼이 서로 불꽃을 내며 교차했다.

"나솔! 도대체 뭐하는 거요!"

기다리다 못해 진현시가 고함을 지르는 순간 구보가 파란 깃발을 두 개 올렸다. 조준 방향을 지시하는 것이다

"좋아! 우측으로 두 치 정도 돌려!"

진현시는 즉각 그 신호에 따랐다.

구보 주위에 있는 백제군이 점점 죽어나갔다. 애당초 병력에서 상대가 되지 않던 그들은 이제 패배감과 피로에 점점 밀렸다. 마침내 고구려군 일

부가 백제군을 완전히 밀쳐내고 구보에게까지 밀려들었다.

그저 성벽 아래만을 살피던 구보의 옆구리에 고구려군의 환두대도가 깊이 박혔다. 구보가 옆구리에서 피를 뿜으며 비틀거렸다.

"나솔!"

진현시가 부르짖었다.

그렇지만 구보의 시선은 여전히 아래를 향했고 마침내 확신에 차서 적색 깃발을 치켜들었다. 발사신호였다.

"좋아! 쏴라!"

나솔 구보가 여러 군데에서 날아든 칼에 난도질당하는 것을 보면서 진현시가 명령했다.

— 쿠앙! 투악! 투악!

잔뜩 기회를 노리던 백제 발석차 백여 대가 일제히 마지막 남은 바위와 화염구(火炎球)를 쏘았다. 말갈기병 반수를 죽였던 그 발석차가 오로지 단 한 사람의 목숨을 노리고 허공에 무서운 살의(殺意)를 쏘았다.

왕당 무사를 이끌고 관미성을 향해 나가던 담덕 역시 결코 방심한 건 아니었다.

처음에는 조금씩만 앞으로 나서며 관미성을 살폈다. 하지만 아무런 반응도 없이 무너지는 백제군을 보자 자신감이 솟아나왔다. 담덕은 아직 젊었다. 전장의 흥분에 뜨거운 피가 끓어오르자 그래서 앞으로 말을 몰아 쭉 나온 참이었다.

그러나 바로 그 순간 거대한 울림이 귀를 찔렀다. 반사적으로 담덕은 그것이 이제까지 숨죽이고 있던 발석차 소리라는 걸 깨달았다.

'당했다!'

찌르르 하는 느낌이 폐부를 찔렀다. 방금 전 무시한 을지언의 충고가 귓가를 맴돌았다. 담덕은 성벽 위 하늘을 쳐다보았다.

순간 머릿속이 하얗게 비어버렸다.

온통 하늘을 뒤덮은 육중한 돌과 불덩어리가 그물처럼 펼쳐지며 떠올랐다. 그것이 노리는 것은 너무도 간단했다. 왕당무사들 앞에서 다가온 태왕 담덕의 목숨이다.

'이렇게 죽는 건가?

이미 전쟁터에서 수많은 죽음을 보았다. 그 가운데는 아군도 있고 적군도 있었다. 그렇지만 이번처럼 자기의 죽음을 직감한 적은 없었다.

막 아침이 되기 시작한 하늘이 컴컴해졌다. 맑은 날인데다 아침 햇빛으로 인해 환해야 할 하늘이 발석차에서 쏜 돌이 만든 그림자로 인해 밤처럼 어두워졌다.

담덕은 말을 멈추고 몸을 바로 했다. 고개를 위로 한 채 내려오는 돌을 보며 마치 시를 읊듯 말했다.

"별(星)이 떨어지는구나!"

그것이 날아오는 돌을 말하는지 태왕 스스로의 죽음을 말하는 것인지 의미는 알 수 없었다.

다만 분명한 것이 한 가지 있었다. 담덕이 그 어떤 구차한 동작도 취하지 않고 다가오는 죽음을 받아들이려는 당당한 태도를 유지했다는 사실이다.

"폐하!"

옆에서 익숙한 고함소리가 들리며 누군가 담덕을 몸으로 덮쳤다.

왕당무사 연무비였다. 급히 따라온 그는 달리는 말에서 온 몸을 날리며 담덕을 향해 달려들었다. 마치 모르는 사람이 보면 담덕의 목숨을 노리는 자객이라도 된 듯했다.

그렇지만 실제 그의 의도는 정반대였다. 담덕을 덮쳐 말에서 떨어뜨린 연무비는 그대로 담덕을 안고는 자기 몸으로 그 위를 덮었다. 날아오는 돌을 향해 자기 육신을 던져 태왕을 보호하려는 의도였다.

 ─ 쿠쿵! 쿵! 와르릉!

땅이 한바탕 뒤집히는 듯 진동하며 비명과 굉음이 사방을 뒤흔들었다.

담덕의 시야가 잠시 컴컴해졌다. 말에서 떨어지는 충격으로 인해 허리가 끊어지도록 아팠고 머리가 흐릿했다.

"폐하! 태왕 폐하!"

"무사하십니까? 태왕 폐하!"

그래도 귀는 멀쩡했다. 주위에서 왕당무사들이 혼비백산해서 담덕을 부르는 소리가 들렸다.

마치 이불처럼 담덕을 덮은 사람의 거친 호흡소리도 들렸다. 낮은 신음이 섞인 것으로 보아 약간 다친 듯 했다.

"으으~ 폐하. 무사하십니까?"

"연무비, 그대였군. 짐은 괜찮다."

담덕은 급속히 냉정을 되찾았다. 잠시 공포와 좌절감으로 인해 혼란에 빠졌으나 금방 회복했다.

"다행입니다."

연무비가 힘겹게 몸을 일으켰다. 그런데 굵은 땀방울을 흘리는 것이 매우 힘겹게 보였다.

"어디 다쳤는가? 아!"

담덕은 연무비의 발목 하나가 심하게 부러진 걸 보았다. 돌에 맞은 건 아니었지만 무리하게 몸을 날리느라 그렇게 된 모양이었다.

"무사하셔서서 다행입니다!"

그 외에도 갈비뼈도 부러진 듯싶었다. 고통이 대단한 듯 연무비는 몸을 일으키다가 그대로 쓰러져 혼절했다.

주위에서 역겨운 냄새가 열기와 함께 풍겼다.

"연무비!"

몸을 일으킨 담덕은 연무비가 아직 살아있다는 걸 확인하고는 곧바로 자세를 바로 했다. 그는 고구려 태왕이다. 어떤 상황에서도 위엄을 갖춰야 했다.

"폐하! 무사하셔서 다행입니다!"

"왕당무사들은 모두 폐하를 보호하라!"

왕당무사를 지휘하는 모달 대설교(大薛僑)가 황급히 달려왔다. 비록 전쟁터에서 적을 앞두고 있어 말에서 내리지는 못했다.

"폐하! 이 죄 값은 나중에 받겠습니다!"

대설교는 손을 내 뻗어 담덕을 낚아채듯 들어 올리더니 말 앞쪽에 태웠다.

그는 담덕이 태자시절부터 직접 선발하고 기른 38세의 장수로 완력이 강하거니와 특히 승마술에 능했다. 달리는 말 위에서 활을 쏘아 백발백중하는 건 물론 말 배 뒤에 숨거나 말 위에 서는 등 묘기에 가까운 재주도 부렸다.

"짐을 구해준 건 연무비다. 그가 많이 다쳤으니 어서 후송해서 치료하거라!"

담덕은 감히 태왕의 몸에 손을 댄 죄를 묻기는커녕 연무비를 걱정했다.

"걱정 마십시오! 이미 다른 무사가 구해오고 있습니다!"

대설교는 왕당무사를 이끄는 모달이다. 관등으로는 대형으로 군두 정도에 불과했지만 태왕을 직접 모시고 호위한다는 것 때문에 그 권위와 발언권은 대단했다.

그럼에도 그간 제대로 나서본 적이 없었다. 태왕이 직접 왕당무사를 지휘하는 일이 많아서기도 하지만 군사 을지언이 보이지 않게 그를 견제했기 때문이다. 그럼에도 오늘은 직접 앞으로 나와 담덕을 구했다.

본진인 관미령으로 달리는 말 위에서 담덕은 방금까지 그가 있었던 곳을 돌아보았다.

발석차가 발사한 돌무더기가 떨어진 곳은 말 그대로 참혹함의 극치였다. 말과 사람이 갑옷과 함께 으깨져서 피와 살점이 뒤범벅이 되고 뼈와 내장이 널렸다. 그런 바위 위를 화염구가 일으킨 불덩어리가 태우며 역겨운 냄새를 냈다.

방금 담덕이 있었던 곳은 그 돌무더기에서 아슬아슬하게 벗어난 곳이었다. 연무비가 몸을 날려 구하지 않았다면 담덕 역시 그 돌이나 화염구에 맞아 중상을 입거나 죽었을 것이 분명했다.

그렇지만 기적같이 담덕은 멀쩡했다. 연무비도 상처는 심했지만 생명에는 지장이 없었다.

"천운(天運)인가."

담덕이 고개를 숙이며 낮게 중얼거렸다.

전쟁터에 나서는 장수로서 지략과 용기를 가지고 승리를 원해야 하지만 감히 천운을 바랄 수는 없었다. 전쟁은 냉정하다. 이길 자격이 있고 공포를 극복하고 노력한 자에게 승리를 준다. 이번에 담덕은 명백히 방심했고 그 대가는 죽음이었다. 그럼에도 천운이 그를 살렸다.

자부심 강한 담덕에게 그 사실은 참을 수 없는 수치였다.

"태왕께서는 무사하시다!"

"폐하가 무사하시다!"

급히 사태를 알리는 고함이 고구려군 진영 전체로 퍼져나가며 북소리가 다시 요란히 울렸다.

"폐하!"

을지언이 말을 달려 담덕을 향해 달려왔다.

“무사하셔서 다행입니다!”

평소 신중하기로 유명한 을지언 역시 많이 놀란 듯 검은 두건이 벗겨졌는데도 신경도 쓰지 못했다.

“언. 그대 말이 옳았다.”

대설교의 말에서 내린 담덕이 을지언을 보며 힘없이 미소 지었다.

“짐이 실수했다. 한순간의 방심으로 전군의 사기를 꺾고 다 잡은 승기를 놓칠 뻔했다.”

“폐하, 지금은 그걸 따질 때가 아닙니다.”

을지언이 오히려 담덕을 위로했다. 언제나 담덕이 우쭐할 때면 입바른 소리를 하며 호통을 쳤지만 반대로 우울한 모습을 보이자 격려를 해주었다.

“하늘도 폐하의 죽음을 원치 않는 모양입니다. 고구려군의 사기는 조금도 꺾이지 않았으며 성은 곧 떨어질 것입니다. 안심하십시오.”

을지언은 담덕이 솔직히 ‘잘못했다’ 라고 사과하는 것을 막았다.

어쨌든 담덕은 고구려의 태왕이며 을지언은 그 신하다. 왕은 설령 잘못했더라도 신하에게 용서를 빌어서 체통을 무너뜨리는 행동을 해서는 안 된다. 특히 군령이 우선되는 전쟁터에서는 더욱 그렇다.

“내가 아니 짐이 아무래도 무리한 모양이다.”

담덕은 이런 을지언의 심중을 읽고는 가볍게 웃어보였다.

“폐하, 다른 말이 준비됐습니다!”

왕당무사가 즉각 본영에서 가져온 다른 말을 내놓았다. 아까 탔던 갈색 말이 아닌 백마였다.

“좋다!”

담덕은 기운차게 외치며 백마에 올랐다. 왕당무사들이 재빨리 활을 가져다주고 벗겨진 투구와 헝클어진 갑옷을 매만져주었다.

태왕은 언제나 태양이어야 한다. 전쟁터에서 태왕은 병사들의 든든한 버팀목이자 산 같은 존재여야 한다. 설령 그 본질이 나약한 인간이며 공포에 떨고 번민하고 있더라도 내색을 해선 안 된다.

왜냐하면 싸우는 병사들은 그들이 의지하고 용기를 얻을 강인한 존재를 원하기 때문이다.

"짐은 무사하다! 짐은 천손이니 어찌 누가 해칠 수 있을 것이냐! 가라! 고구려의 용사들이여!"

담덕이 다시 크게 외치며 활을 높이 들었다.

"관미성의 수비는 이미 교란되었다! 발석차는 이미 돌이 다 떨어졌다! 그들이 버틴다면 죽음이 있을 뿐이다! 공격하라! 성을 떨어뜨려라! 하늘이 우리를 돕고 있다!"

태왕 담덕은 천손이다.

실제로는 그로인해 전쟁터에서 날아오는 화살이 빗나가지도 않고, 떨어지는 돌이 멈추지도 않지만 그런 건 상관없었다. 그는 언제나 하늘의 가호를 받는 태왕으로서 병사들 위에 우뚝 서야 한다.

"모든 것은 고구려의 영광과 승리를 위해서."

을지언이 나직이 속삭였다.

그는 담덕의 쓰라린 마음을 알고 있다. 그 말은 실수를 인정할 수도 없고, 두려워도 내색하지 못하는 태왕을 위한 위로의 한 마디였다.

관미성은 결국 이틀 뒤 완전히 고구려군의 손에 떨어졌다. 성주 구보는 전사했으며 진현시는 발석차 병사와 함께 자결했다.

하긴 둘은 살아있어도 결코 용서받을 수 없을 것이었다. 태왕 담덕이 죽을 뻔한 이 상황을 두고 그들을 구명(求命)해줄 자는 아무도 없었다. 오히려 둘은 먼저 죽어서 보다 심한 극형을 면한 셈이었다.

관미성 함락은 백제에게 치명적인 타격을 주었다. 한수(요하강) 북쪽 요서와 남쪽 진평 지역을 완전히 상실했고 교역로를 빼앗긴 것도 문제였지만 이제까지 백제를 섬기던 대륙 토착세력들이 일제히 고구려를 향해 돌아서는 결정적 계기가 되었기 때문이다.

반대로 고구려는 상당한 희생을 치렀지만 관미성 함락을 계기로 만천하에 고구려의 웅비(雄飛)를 알렸다. 이젠 백제와 신라는 물론이고, 중원의 패권을 다투는 후연과 동진에 이르기까지 어느 나라도 감히 고구려를 무시할 수 없게 되었다.

고국원왕 이래로 쇄락한 것처럼 보이던 고구려가 일대 강국으로 단숨에 떠오른 것이다.

『삼국사기』 '고구려 본기'에는 이렇게 전한다.

겨울 10월, 백제의 관미성을 공격하여 점령했다. 그 성은 사면이 절벽이며, 바다로 감싸여 있었다. 왕이 일곱 방면으로 군사를 나누어 공격한 지 20일 만에 함락시켰다.

궁중암투(宮中暗鬪)

"관미성이 결국 떨어졌다고요?"

10월 말, 초겨울 추위가 일찍 찾아온 백제 왕궁 한편에서 아화가 귀여운 눈썹을 살짝 찡그렸다.

"그렇습니다. 고구려 태왕은 일곱 방면에서 스무날에 걸친 집요한 공격을 펼쳤습니다. 때문에 우리가 보내준 발석차도 헛되이 성이 함락되고 말았습니다."

보고하는 진무의 표정은 극히 어두웠다.

진무는 달솔 진가모를 제외하면 자타가 인정하는 백제 최고의 전략가이자 모사(謀師)였다. 관미성이 백제에 있어 얼마나 중요한 성이며 한 번 빼앗기면 탈환하기 얼마나 힘들지 알고 있었다.

"참으로 아까운 일입니다. 난공불락이라 자부하고 있었건만."

"난공불락이라고? 그런 건 없어요!"

아화는 피식하고 차가운 미소를 흘리며 가죽으로 만든 공을 집어 들었다. 방금까지 그는 매사냥 외에 즐기는 놀이인 축국(蹴鞠)을 하던 참이었다.

"그 어떤 성도 결국은 그 안에 있는 사람이 지키는 거예요. 돌 벽이나 기계는 다만 도움을 줄뿐이죠. 매우 아깝고 속이 쓰리긴 하지만 담덕이 우리보다 앞서 나가고 있는 건 인정해야죠."

아화는 작은 키임에도 몸놀림이 매우 민첩했다. 가죽 공을 들어 단숨에 차올리자 공이 빙글 돌며 담장에 부딪쳐 튀어나왔다. 그 공을 이번엔 반대쪽 발로 톡 차올리자 공이 머리에 올라갔다.

그 상태로 아화는 공을 머리위에 잠시 올려놓았다. 마치 열 살도 안 된 천진한 아이가 장난하는 것만 같았다.

"어쨌든 성은 결국 성일뿐이지요. 조만간 다시 찾으면 되지요."

"하지만 문제가 있습니다. 관미성 함락을 계기로 그 일대 토착세력들이 일제히 고구려 쪽에 기울었습니다. 기세가 오른 고구려 태왕은 후연을 등에 업고 감히 우리 백제에 볼모를 요구했습니다."

"뭐? 볼모? 그것들이 백제를 아주 우습게 보는군요."

아화가 불쾌한 목소리를 내뱉었다. 머리 위에서 조금씩 흔들리며 돌던 가죽공이 바닥에 떨어졌다.

"그들이 국서를 보내어 이르길 이미 요서, 진평 지역과 관미성을 얻었으니 단숨에 백제를 정벌하는 것은 쉬운 일이다. 하지만 고구려와 백제는 한 핏줄에서 나온 후예이니 어찌 싸움을 원하겠는가? 진정 평화를 원한다면 백제는 앞으로 절대로 고구려 땅을 건드리지 말 것이며 이에 대한 증표로 볼모를 보내라고 했습니다."

당시 고구려는 형식적이지만 후연에 조공을 보내어 섬기는 형태를 취했다. 때문에 후연과 공동으로 백제에 볼모를 요구했다. 후연 역시 남쪽의 동진과 친하게 지내는 백제 대신 고구려가 요서를 차지하는 편이 나았기에 기꺼이 받아들였다.

"볼모라. 후후후."

아화가 한 손으로 얼굴을 가린 채로 잠시 생각하다가 묘한 웃음을 터뜨렸다.

"까짓 거 주도록 하지요."

"예? 아화 전하! 무슨 말씀입니까? 어찌 우리 백제가 땅을 빼앗고 성을 떨어뜨린 고구려와 거만한 후연 따위에게 인질을 준단 말입니까? 어차피 저들은 더 이상 우리 백제를 어쩔 수 없습니다. 대륙거점을 잠시 포기하면 본국은 절대로 안전합니다!"

진무가 강하게 반박했다. 그렇지만 아화는 유쾌한 듯 손을 내리고 하늘을 향해 계속 웃었다.

"우후후! 아니에요. 보내도록 해요. 기왕이면 아주 좋은 선물을 주지요. 태자와 고위관료 몇 명 정도면 될까요?"

"전하! 어떻게 그런 말씀을?"

진무의 얼굴이 파랗게 질렸다.

어차피 지금 조정은 전부 아화의 손아귀에 있다. 진사제는 이름뿐인 왕이고 아화가 진무에게 지시하면 모든 정책은 그대로 실행된다. 그런데 볼모를 바치라니. 고위관료는 그렇다 치고 태자를 준다는 건 국가에게 있어 최대의 굴욕이다.

"지금 백제가 멸망의 위기를 맞은 것도 아닙니다. 어찌 저들의 허풍에 넘어가신단 말입니까?"

"외삼촌."

아화는 깔깔대며 진무를 불렀다.

"어차피 이건 명분싸움이에요. 저들이 쳐들어올 여력이 없는 건 맞지만 우리를 좀 더 압박할 힘은 있지요. 그러니 아예 태자를 주어서 우리가 그만큼 굴복한다고 생각해서 방심하게 해요. 그러다 준비가 되면 저들의 뒤통수를 치면 될 것 아니에요?"

"물론 우리에게도 시간이 필요합니다. 하지만 그렇게 되면 태자의 목숨이…. 아!"

그제야 진무가 뭔가 깨달았다는 표정이 되어 아화를 보았다. 아화의 눈동자에서 어쩐지 붉은 핏빛이 그치지 않고 뿜어 나오는 것 같았다.

"아시겠어요? 진사제, 그 숙부의 아들인 태자 따위는 나에게 아무런 가치도 없어요. 처단해준다면 오히려 고맙지요. 내 손으로 죽일 수고를 덜게 되니까요. 함께 보낼 고위관료는 누가 좋을까요? 기왕이면 달솔 진가모가 좋겠지만 그게 힘들다면 아직 우리에게 협력하지 않는 관료 몇 명을 선정해 보내도록 해요. 어차피 다음 백제의 주인은 나인데 허수아비 몇 명 주는 것이 무엇이 어렵겠어요? 차라리 군비증강을 위한 시간이나 벌도록 하지요."

"아화 전하."

어린 나이부터 돈과 무력을 이용하고 약점을 잡아 하나씩 신료를 장악한 아화를 보아온 외삼촌 진무다. 하지만 오늘처럼 아화가 무서워 보인 적은 없었다.

"우후후."

아화가 다시 웃음을 흘렸다.

"때가 되었어요. 관미성이 떨어졌으니 누군가 책임을 져야하고 민심이 뒤숭숭하겠지요. 마침 왜국사신도 와 있으니 조만간 꼬투리를 잡아 숙부를 없애도록 합시다. 왜국의 힘은 잘 이용하면 매우 유용해요."

아화의 발이 다시 바닥에 있는 가죽 공을 찼다.

"곧 국상(國喪)을 치를 준비도 해야지요? 외삼촌."

입에 담을 수 없을 만큼 잔인한 말을 내뱉으면서도 미소를 멈추지 않는 소년이 백제왕궁 중심에 서 있다.

"아화 전하, 한 말씀만 드리겠습니다."

태어났을 때부터 진무는 아화의 좋은 외삼촌이고 든든한 후원자였다. 아화가 똑똑하긴 하지만 쌓아온 전공과 중후한 인품의 진무가 없었다면 도저히 조정신료를 장악할 수 없었을 것이다. 진무는 아화에게 있어 수족 정도가 아니라 가장 믿고 의지하는 분신(分身)이었다.

"아무리 그대로 폐하는 전하의 숙부입니다. 굳이 죽여여 하겠습니까? 이대로 뒤에서 실권을 장악할 수도 있고, 아니면 상제(上帝)로 올린 후에 제위에 오를 수도 있습니다. 반드시 피를 보아야 합니까?"

여태까지 진무가 단 한 번도 하지 않던 고언(苦言)이었다.

"외삼촌."

아화의 눈동자가 변했다. 붉은 살기가 뻗쳐 나오던 눈에 갑자기 한없는 쓸쓸함이 드러났다.

"차라리 내가 아무것도 모르는 바보라든가, 무능력하고 어리석은 인간으로 태어났다면 행복했을 거예요. 하지만 보다시피 나는 이렇게 태어나서 자랐어요. 나에게는 커다란 꿈이 있고 꿈을 이룰 능력도 있어요. 그런데 그 모든 걸 발휘할 힘이 없어요."

아화가 고개를 위로 치며 올렸다. 거기에는 아화가 날려 보낸 매가 상공을 날며 먹이를 찾고 있었다.

"하늘을 나는 매에게는 날개가 필요해요. 나에게도 백제의 제왕이라는 날개가 필요해요. 나는 자유롭게 날아오르고 싶어요. 그걸 위해서는 무엇이든지 할 거예요. 아마 숙부가 아니라 아버지라도 죽였을 걸요."

하늘을 보는 아화는 쓸쓸한 눈으로 꿈을 꾸었다. 아직 스무 살도 안 된 소년이 꾸는 그 꿈은 온 백제에 지독한 피바람을 몰고 올 게 분명했다.

"말도 안 되오!"

관미성을 함락시키고 평양성에 들어온 담덕은 돌아오자마자 충격적인 소식을 들었다.

외적의 침입이나 내란은 아니었다. 또한 역모도 아니었다. 그렇지만 그 것보다 더 담덕을 놀라게 했으니, 자신도 모르는 사이에 혼사가 결정되었 다는 사실이다.

궁에 돌아와 연 첫 어전회의로 대소 신하들이 모두 모인 자리다.

승전보를 전하고 논공행상과 간단한 보고를 받은 후였다. 국상(國相)으 로 고구려 내정 전반을 관장하는 대주부 연충생(淵忠生)이 조심스럽게 담 덕에게 혼사일정을 알렸다.

부여진화가 왕후 감으로 뽑혔으며 이미 신궁을 통해 길일을 잡았다는 것이다.

"어떻게 그렇게 중요한 일을 짐이 없는 자리에서! 논의도 없고 허락도 없이 추진해서 결정한단 말이오! 이건 용납할 수 없소!"

여간해서 화를 내지 않는 담덕이 옥좌가 들썩거릴 정도로 분노했다.

"황공하옵니다."

세심한 성격의 연충생은 그 말만을 하고는 입을 굳게 닫았다. 올해 51세 인 국상은 꼼꼼하고 성실하지만 용감하지는 못했다. 마치 누군가 떠밀어 서 억지로 말한 듯한 표정이었다.

"폐하!"

그러자 이번엔 대대로 고용옥(高勇玉)이 나섰다. 대대로는 고구려 최고 관등으로 4대 귀족을 비롯한 모든 귀족세력을 대표한다.

"이미 여러 번 폐하께 국혼을 어서 치르시길 간청 드렸습니다. 하지만 그때마다 폐하께서는 그저 사양하실 뿐 결정하시지 않았습니다. 근래 폐 하께서 전장에서 사시다시피 하여 신경 쓰실 여유가 없으신 듯하여 저희

신료들이 충심으로 결정한 일입니다."

"그러니까 누가 그런 걸 신경 써달라고 했소? 어째서 시키지도 않은 일을 하시오!"

담덕은 적어도 혼사에 관한 한 이 자리 모든 신하들 가운데 아무도 자기 편이 없다는 걸 깨달았다. 담덕이 이렇게 화를 내고 있음에도 모두 우물쭈물하며 한 사람의 눈치만 보았는데 그것은 태왕인 자기가 아니었다.

"고추가!"

담덕은 그 주인공을 쏘아보았다.

"그대요? 짐이 원치 않는 이 혼사를 책임지고 추진한 것이?"

"그렇습니다."

고추가는 순순히 인정했다. 그렇지만 담덕의 노기에도 이 늙은 신하는 전혀 눌리지 않았다.

"왕실 대표인 신과, 귀족 대표인 대대로가 태후마마와 상의했으며 국상을 비롯한 신하들의 논의를 거쳐 모두가 찬성했습니다."

"태후께서?"

담덕은 아차 싶었다.

여간해서는 태왕을 움직일 수 없다는 걸 안 고추가는 담덕의 어머니인 태후를 찾아간 것이다.

태후는 언제나 얌전하고 조용해서 정사에 관여하지 않았다. 고구려의 혼사는 어쨌든 부모의 영향이 크다. 담덕의 어머니까지 찬성했다면 담덕이 반대하더라도 명분이 약해진다.

"어쨌든 짐은 반대요! 어머니께 뭐라고 말씀드렸는지 몰라도 혼사를 치르는 사람은 태왕인 짐이란 말이오!"

머리가 비상한 담덕이지만 이럴 때는 딱히 좋은 계책도 없었다. 전쟁터에서 천군만마를 움직이고 전략과 전술을 펼치는 건 차라리 쉬웠다. 여자

문제 하나를 처리하지 못해서 담덕은 그저 안 된다며 버텼다.

"들으시오! 짐은 하늘에서 내려온 천손의 후예이며 고구려 태왕이오! 혼사문제 하나를 마음대로 처리하지 못한단 말이오? 짐은 결코 이 혼사를 받아들일 수 없소!"

결국 다소 유치하게도 담덕은 태왕의 신성함과 권위를 방패삼아 버티는 수밖에 없었다.

"그럴 수는 없습니다!"

부여명수가 정색을 하고 앞으로 나섰다.

"뭐라고요?"

"지금 다른 모든 것은 태왕 폐하의 뜻대로 할 수 있습니다. 이웃나라와 전쟁을 하거나 백성을 죽이고 살리는 일은 물론이고, 이 자리에서 신에게 죽으라고 하신다면 죽겠습니다. 하지만 단 하나 마음대로 하지 못하는 것이 있으니 바로 국혼(國婚)입니다!"

"어째서? 어째서요. 짐은 고구려의 태왕인데?"

담덕의 대응은 침착한 태왕이 아니라 격정에 울부짖는 소년의 말로 변해버렸다. 오히려 고추가 부여명수는 당당하게 대답했다.

"국혼이란 나라의 근간이 되는 왕후를 정하는 것으로 곧 다음 태왕을 낳을 고귀한 분을 모시는 일입니다. 또한 국모를 모시는 일이기도 합니다. 그것은 고구려의 존망에 관한 일입니다. 태왕은 이 나라 만백성의 위에 있으나 그 태왕 위에 하나가 있으니 그것은 바로 동명성왕께서 만드신 이 고구려라는 나라입니다. 만백성이 태왕을 위해 희생하듯, 태왕께서는 고구려를 위해 희생하셔야 합니다!"

그야말로 피를 토하는 듯한 충언이었다. 경우에 따라서는 죽음까지도 각오한 듯한 기백이 보였다.

담덕은 뭐라고 반박할 수 없었다.

반드시 부여명수의 말이 전부 옳다고 여겨서는 아니다. 그것보다는 신하들 가운데 단 한 사람도 자기편을 들어주지 않는 것에 충격을 받았다.

군사든 내정이든 담덕은 언제나 주도권을 쥐었다. 어떨 때는 욕살 이하 모든 귀족과 신하들이 반대하더라도 과감히 밀고 나가는 추진력도 보여주었다. 그렇지만 지금만큼은 그럴 수도 없었다.

'하다못해 을지언조차 이 문제에서는 내 편이 아니지 않는가?

무력감이 담덕을 엄습했다.

"하지만~ 짐은….."

어느새 담덕의 몸에서 분노가 사라지고 침울함이 감돌았다. 옥좌에 몸을 늘어뜨린 담덕은 고개를 숙이며 이마에 양손을 짚었다.

"폐하의 심정은 잘 알고 있습니다."

부여명수가 이번엔 부드러운 목소리로 담덕을 달랬다.

"소신이 듣자하니 군사 을지언의 딸을 마음에 두신 것 같더군요. 본 적은 없지만 먼 북방에서 태어난 색목인이라 들었습니다. 진귀한 것을 좋아하시는 폐하께서 관심을 가질 만도 하지요. 또한 먼 신라에서 예전에 천축(인도) 왕비를 맞은 경우도 있다고 하니 불가능한 일도 아닙니다."

당시 고구려는 상당히 개방적이고 국제적인 나라였다. 멀리 서역에서 온 재주꾼이 재주를 보이는가 하면 여자가 수레를 타고 당당히 외출을 하고 동서남북에서 온 여러 민족이 이주해서 살았다. 여기에는 고구려야 말로 천하의 중심이란 자신감이 숨어있었다.

"하지만 때가 아닙니다. 이번 국혼이 잘못된다면 그간 잦은 전쟁동원에도 순순히 협력해온 각부 욕살들이 크게 반발할 것이며 민심 역시 동요할 것입니다. 그렇게 되면 그간 폐하께서 일구어낸 모든 것이 수포로 돌아갈 수도 있습니다. 정녕 그것을 원하십니까?"

"후우."

전쟁터에서 아무리 불리한 전황이라도 이처럼 괴롭지는 않았다. 담덕은 옥좌가 마치 바늘방석처럼 느껴졌다.

"알겠다."

담덕은 고개를 들며 천천히 말했다.

"조정의 모든 신하들이 이처럼 나라의 앞날을 걱정하니 어찌 짐이 그를 외면하겠는가? 국혼을 윤허하니 예정대로 추진하라."

전쟁터에서는 상승(常勝)의 영웅이지만 막상 궁궐 안에서 벌어진 암투에서 담덕은 크게 패했다.

태왕의 자리는 영광스럽지만 결코 행복하지만은 않았다.

위엄을 유지하며 말하는 담덕의 마음속에는 겉으로는 차마 보이지 못한 눈물방울이 흘렀다.

슬슬 본격적인 추위가 시작되는 11월 중순이다.

백제 수도 한성에서 남서쪽으로 한참 떨어진 구원(狗原)에선 사냥이 한창이었다.

"이랴! 이랴!"

다부진 체격에 건장한 중년남자가 활을 들고는 말을 달렸다. 그 옆에는 무장한 무사 몇 명이 따라다녔다.

유난히 화려한 옷을 입은 그 남자는 들판을 달리는 사슴을 쫓아 그 목덜미를 쏘았다. 화살이 단숨에 목을 관통하자 사슴은 옆으로 쓰러져 숨을 헐떡거렸다.

"폐하! 과연 훌륭한 활솜씨이십니다!"

"사슴이 단숨에 숨이 끊어졌습니다!"

이 남자가 바로 진사제였다. 턱에 기른 검은 수염이 인상적인데다 온 몸에 걸쳐 품위가 흘러나왔다. 진사제는 그 사람됨이 용맹하며 총명하고 지략이 많았다.

"후우, 사슴은 이렇게 단숨에 쏘아 잡을 수 있지만 그 외에 짐이 할 수 있는 게 뭐가 있을까."

진사제는 말에서 내려 죽은 사슴을 확인했다.

"마음 같아서는 당장이라도 군사를 몰고 담덕과 맞서 우리 백제 땅을 지켜내고 싶다! 그런데 그게 안 돼!"

"폐하!"

진사제는 사슴에 꽂힌 화살을 거칠게 뽑아냈다. 그러자 사슴 목에서 피가 콸콸 쏟아졌다. 진사제를 호위하는 무사들이 말에서 내려 그 앞에 고개를 조아렸다.

"짐이 이곳에 어째서 왔는가? 관미성이 떨어지고 백제가 위기를 맞고 있다. 각 담로(백제의 행정구역)의 귀족들에게 단결해서 고구려의 위협을 막아내자고 호소하기 위함이 아니었던가? 그런데 모두가 짐에게 등을 돌렸다. 유일하게 힘이 되어주던 달솔 진가모는 지병으로 누워있으니 참으로 짐의 꼴이 한심하구나."

구원은 유서 깊은 백제의 사냥터이자 백제를 이루는 모든 세력들이 왕 앞에서 단합을 맹세하는 곳이기도 하다. 진사제는 마지막으로 이곳에 기대를 걸고 열흘이나 머물며 사냥을 하며 귀족들을 불러 접견했다.

하지만 이미 병권을 장악한 진무와 신하들을 뒤에서 조종하는 아화의 준비는 완벽했다. 모든 신하들은 그저 진사제 앞에서 섬기는 시늉만 할뿐 아무런 행동이나 약속도 하지 않았다.

심지어 사정을 뻔히 아는 왜국의 사신이 와서는 진사제에게 국가가 흥망의 위기를 맞았는데 어찌 한가롭게 사냥이나 즐기냐고 힐문하기도 했다. 또한 원래 아화에게 돌아가야 할 제위를 숙부가 차지했으니 부당하다는 말까지 내뱉었다.

"백성들 사이에선 짐이 겁에 질렸다는 말도 있더군. 겨우 18살인 고구려 태왕이 두려워 맞서지 못하고 사냥이나 다닌다고 말이야. 이게 다 무엇 때문이냐? 도대체 짐에게 무슨 권력이 남아있단 말이냐!"

참았던 울분을 터뜨리는 진사제는 마치 상처 입은 호랑이처럼 울부짖었다.

진사제 역시 대단한 인물이다. 그는 고구려의 남진을 미리 예상하고 즉위하는 385년 봄에 15세 이상 되는 장정을 대거 징발하여 장성을 축조했다. 개성부근인 청목령(靑木嶺)부터 북쪽으로 팔곤선(八坤城), 서쪽으로는 황해에 이르는 장성이었다.

또한 때때로 공세를 취해 고구려 성을 빼앗는 등 작년까지만 해도 진사제는 활발하게 군사 활동을 벌였다. 결코 고구려군 기세가 강하다고 해서 겁먹을 사람이 아니다. 그럼에도 아화는 겨우 일 년 만에 진사제를 우리에 가둔 맹수처럼 만들어버렸다.

"폐하, 고정하십시오."

호위무사 몇 명이 할 수 있는 일은 거의 없었다.

"신들이 무능해서 폐하께 이런 욕을 보게 하고 있습니다!"

열 명도 채 안 되는 그들이야 말로 수많은 땅과 풍부한 돈을 가지고 대륙까지 호령하는 백제의 주인이라는 진사제가 동원할 수 있는 병사 전부였다.

― 우르릉. 콰르릉.

그때였다.

땅을 울리는 육중한 소리와 함께 사냥터인 구원 전체에 갑자기 병력이 몰려들었다. 숫자로 약 천여 명에 달하는 대병력이었다.

"저건 뭐냐?"

고구려나 신라군은 아니었다. 황색 깃발이 선명한 백제군이었다. 그런데 모두가 갑옷과 투구로 중무장한 보병과 기병이었다. 통상 사냥에는 단출한 차림으로 오는데 이 병력은 마치 전투라도 치를 것처럼 준비해서 왔다.

"백제군입니다! 안심 하십시오 폐하!"

다소 당황했던 호위무사가 안도하며 보고했다.

"그런가."

그렇지만 진사제는 달랐다. 오히려 진사제는 다가오는 그 군대가 백제군이란 걸 확인하자 마치 모든 걸 포기한 사람처럼 초연해졌다.

"백제군이었나. 그렇다면 짐은 여기서 죽겠군."

진사제가 그 자리에 우뚝 섰다. 그 모습은 실로 늠름했다.

"폐하! 그 무슨 말씀입니까? 백제군인데 어째서 폐하께서….”

호위무사가 강하게 부정하려 했으나 그 말은 곧바로 날아온 호통소리에 묻혀버렸다.

"진사제가 저기에 있다!"

"아니!"

장군 진무였다. 왕실의 외척으로 병권을 쥔 진씨 가문의 실력자가 몸소 병력을 이끌고 나타났다. 그런데 그 첫 말부터 불손하기 짝이 없었다.

"진무 장군! 폐하께 어찌 그런 무례한 망발을 하시오!"

호위무사가 즉각 칼을 빼들었다.

"닥쳐라!"

그러나 진무가 한 번 손을 올리자 몰려온 병사들이 일제히 창과 칼을 뽑아들었다. 이미 진사제와 호위무사는 열 겹 이상 포위되어 버렸다.

"진무. 그대 혼자 왔나."

진사제는 미리 예측한 듯 말했다.

"적어도 아화 그 녀석의 얼굴 정도는 보고 싶었는데 말이야."

원망하는 것이 아니라 마치 진한 육친의 정을 나타내는 것 같았다. 그 모습에 기세등등하던 진무도 잠시 움찔하며 작게 말했다.

"용서하십시오, 폐하. 모두가 백제를 위해서입니다."

"아화는 역시 매사냥꾼이야."

진사제는 혼잣말을 했다.

"짐은 언제든 손수 활을 들어 사냥감을 쏘는데 그 녀석은 이 숙부조차도 자기가 아끼는 매를 시켜서 잡는구나."

혼잣말이 끝나자 진사제는 가슴을 딱 펴고 외쳤다.

"진무. 그대는 아화가 부리는 매이니 어서 이 사냥감을 죽이도록 해라. 짐은 백제의 주인이니 어찌 비굴하게 목숨을 구걸하겠는가?"

진무의 얼굴에 잠시 망설이는 빛이 스쳐갔다. 그러나 곧 진무는 정색을 하고 소리쳤다.

"폭군 진사제는 들으시오! 근래에 고구려가 북방에서 우리 땅을 치고 휩쓸어 백성들이 불안해하고 있소! 그 와중에 백제를 맡은 자가 아무런 일도 하지 않고 있으니 실로 한심한 일이오. 게다가 중요한 왜국사신에게 무례를 범하기까지 했으니 더 이상 백제의 주인이 될 수 없소! 이에 조정의 모든 신료들과 지방 담로를 맡은 귀족들이 뜻을 모아 처분을 정했으니 이는 바로 죽음이오! 얌전히 여기서 자진(自盡)하시오!"

"하하하! 우하하하!"

진무의 말을 듣던 진사제가 미친 듯이 웃었다.

"짐이 태어나서 이토록 웃긴 말은 처음 듣는구나. 앞장서서 짐을 허수아비로 만든 자가 짐에게 무능을 따지는가? 게다가 왜국사신에게 무례? 언제부터 왜국 따위가 감히 백제의 주인에게 무례를 따질 수 있는 위치까지 되었느냐!"

백제와 당시 왜(倭)의 관계는 다소 모호한 측면이 있지만 초기에는 문화를 전해주는 식민지에 가까웠고 중기 이후에는 백제 왕실의 피를 나눈 형제국이었다. 그럼에도 언제나 백제가 형이고 왜가 아우였는데 마치 군신 관계처럼 그 무례를 따져 백제왕을 추궁한다는 건 있을 수 없는 일이다. 즉 이것은 그저 진사제를 죽이기 위한 꼬투리에 불과했다.

"어쨌든 좋다! 아화 그 아이가 숙부를 죽여서라도 제위를 가지고 싶다고 하니 죽어주지! 하지만 죽어서도 두고 볼 것이다! 과연 너희들이 백제를 구할 수 있을 지, 아니면 더한 굴욕을 맛보게 할 지 말이다!"

진사제는 그 자리에서 스스로 차고 있는 칼을 빼어들었다. 손잡이 쪽에서 작게 가지가 갈라져 있는 것이 왕권을 상징하는 칠지도(七支刀)와도 닮은 제왕의 칼이었다.

진사제는 그 칼을 거꾸로 잡고 스스로 목을 찔렀다.

"으윽!"

진사제의 입에서 선혈이 붉게 넘어와 아까 그가 잡은 사슴이 흘린 피 위에 떨어졌다.

"죽여라!"

진사제가 죽는 것을 확인한 진무가 다시 손을 내리자 이번엔 호위무사들을 향해 가차 없이 창칼이 날아들었다. 유일하게 진사제에 충의를 바치는 이들을 살려둘 수는 없었다.

"듣거라! 본래 백제의 제위는 선왕 침류제의 적자이신 아화 전하께 돌아갈 자리였다. 그럼에도 숙부 진사제가 이를 찬탈했으나 이제 하늘이 다시 제자리로 돌아갔다!"

호위무사를 전부 죽이자 진무는 미리 짜놓은 대의명분을 크게 외치는 것으로 모든 임무를 마쳤다.

'왕이 구원에서 사냥하다 10일이 지났는데도 돌아오지 않았다. 11월에 구원행궁(行宮)에서 돌아가셨다.'

백제의 기록에는 오로지 이 한 줄이 전할 뿐이다.

12월이 되면 태왕 담덕과 신녀 진화의 국혼이 치러질 것이란 말이 고구려 전체에 공표되었다. 백성들은 모두 이 경사스러운 일을 입에 올리며 반겼다.

하지만 오로지 한 집은 그러지 못했다. 바로 담덕의 그림자 군사 을지언과 그 수양딸 아영이다.

"섭섭하게 생각할 필요 없다. 설령 가슴이 찢어지더라도 내색하지 말거라."

희미한 등잔불 앞에서 을지언은 아영을 불러 앉혔다. 둘 사이에는 평소와는 다른 미묘한 공기가 흘렀다.

"무엇 때문이었습니까?"

아영은 무표정한 얼굴로 담담하게 물었다.

"비록 그때 조정에 나가진 않으셨지만 아버님께서는 그 이유를 들으셨겠지요."

"굳이 들어야하겠느냐?"

"듣지 않아도 상관은 없습니다. 그러나 듣게 되면 차라리 소녀의 마음이 좀 더 후련해질 듯합니다."

담덕이 아영을 좋아하는 것만큼 사실은 아영 역시 담덕을 좋아했다.

그렇지만 둘 사이를 가로막는 장애는 너무도 많았다. 역대 고구려 태왕 가운데 종종 신분과 귀천을 넘어 왕후를 맞이하는 사람도 있었으나 극소수일 뿐이다. 대부분은 결국 궁중을 둘러싼 4대 귀족과 왕실의 합의하에 국혼을 치르게 된다.

"아마도 태왕께서는 어떻게든 널 붙잡고 싶었을 것이다. 이번 혼사를 끝까지 반대했던 것도 그 때문이겠지. 그렇지만 모든 신하들이 일치해서 올리는 건의는 설령 태왕이라도 거부할 수 없었다."

"단지 그것뿐입니까?"

"물론 네 이야기도 나왔다. 고추가가 사람을 넣어 조사를 한 모양이다. 그 분도 나름대로 고심한 모양이야. 그렇지만 생각해 보거라. 고구려에게 있어 부여시절부터 계승된 고귀한 혈통과 계루부 수장의 손녀이자 신녀의 우두머리로서 신력까지 인정받는 여인이 더 탐나겠느냐? 아니면 이리저리 돌아다니며 병법을 팔러 다니는 을지 가문으로 색목인인 네가 더 탐나겠느냐? 신하들 가운데 늘 태왕 폐하 편을 들던 대대로마저 이번 혼사에 동의했다."

"그렇군요."

여전히 잠잠한 아영은 그러나 잠시 후 고개를 숙이며 심하게 몸을 떨었다. 평소 감정을 철저히 절제하는 훈련을 받았기에 흐느끼고 싶은데 그것조차도 뜻대로 되지 않았다.

"태왕께서는 혼사를 치르더라도 너에게 남아주기를 바랄 것이다. 그러나 아마도 궁중에서 널 그냥 두지 않을 것이다."

"그러니까 소녀가 떠나야 한다는 것입니까?"

"그렇다. 너에게 병법으로서는 더 가르칠 게 없다. 너는 나와 같은 길을 걷게 될 것이다. 여러 나라를 돌아다니며 너를 알아보고 중히 써주는 군주에게 네 능력을 팔거라."

"하지만….."

"익히 말하지 않았느냐? 우리 을지 가문은 누구도 평생 주인으로 섬기지 않는다. 우리에게 부(富)나 영광은 없지만 대신 자유가 있다. 네가 원하기만 한다면 심지어 태왕 폐하조차도 적으로 돌려 맞부딪칠 수 있다. 주저하지 말거라."

"아버님!"

아영이 흠칫 놀라며 고개를 들었다.

"네가 정말로 태왕을 좋아하느냐? 그와 맺어지길 바라느냐?"

을지언이 갑자기 진지하게 물었다.

"예."

한참동안 침묵하던 아영이 슬픈 눈을 하고 대답했다.

"그렇다면 길은 하나뿐이다. 널 탐탁지 않게 생각하는 이들에게 능력을 보여라. 가장 쉬운 길은 전장에서 네 능력으로 태왕 폐하를 이기는 것이다. 그렇게 되면 반대하는 귀족이나 왕실세력도 아무 말 하지 못한다. 차라리 적으로 돌리면 절대 안 될 두려운 존재가 되란 말이다!"

을지언이 힘주어 강조했다.

"정녕 그 방법밖에는 없습니까?"

"적어도 내 머리로는 이 방법밖에는 없다."

"알겠습니다."

을지언은 고구려를 비롯해 인근 모든 나라에서 항상 최고로 그 능력을 인정받는 군사다. 그에게 한 가지 방법 밖에 없다면 그것이 유일한 방법이다.

아영이 을지언에게 고개를 숙여 그 뜻을 받아들였다.

"이걸 받거라."

을지언은 그런 수양딸에게 품속에 가지고 있던 손수건 하나를 넘겨주었다. 고급 비단으로 가장자리가 금실로 수놓인 손수건이었다.

"이건 무엇입니까?"

"태왕께서 이걸 너에게 주라고 하셨다. 무슨 의미인지는 잘 생각해보도록 해라."

을지언은 그 이상 아무 말도 하지 않았다.

서기 392년 12월, 예정대로 태왕 고담덕과 신녀 부여진화의 국혼이 성대하게 치러졌다. 연이은 전쟁승리와 겹쳐 평양성은 열띤 축제 분위기로 변했다. 모두가 환한 얼굴로 태왕의 혼인을 축하했다.

여기에는 정치적 의미도 강했다. 본래 고구려 태왕은 천손으로 하늘에 제사를 지내고 신탁을 전하는 존재이기도 했다. 그런데 나중에 와서는 상징적으로만 신의 위치에 있을 뿐 실제 제사일은 신궁의 신녀에게 맡겼다.

일종의 제정분리였는데 신녀의 우두머리인 부여진화가 태왕과 혼인함으로서 제정이 다시 일치되었다. 이는 태왕이 종교의 힘까지 빌려 더욱 강력하게 통치할 수 있는 힘이 되었다.

그렇지만 고구려 백성 모두에게 축복받는 국혼이 열리는 그 시간, 쓸쓸히 평양성을 빠져나간 소녀가 있었다.

여행자 차림을 하고 남쪽으로 난 길을 걷는 소녀는 손수건을 펼쳐 그 속에 적힌 글귀를 읽었다.

펄펄 나는 꾀꼬리는
암수가 서로 정다운데
외로운 이 내 몸은
누구와 함께 돌아가리

고구려 2대왕인 유리태왕이 지은 황조가(黃鳥歌)였다. 치희와 화희 두 여인 사이에서 갈등하던 태왕이 자기 처지를 한탄하여 부른 노래였다. 이 노래를 빌려 담덕은 아영에게 간절히 자기 마음을 호소했다.

"폐하의 뜻은 잘 알겠습니다."

아영이 작게 중얼거렸다.

"하지만 과연 저희 둘 모두 견뎌낼 수 있을까요? 앞으로 닥칠 그 많은 일들을 말입니다."

담덕과 마찬가지로 아영 역시 궁중에서 펼쳐진 암투에 패했다. 하지만 아직 두 사람은 포기하지 않았으며 그것은 또 다른 험한 길을 예고했다.

한편 백제에서는 진사제가 죽은 후 아화가 정식으로 아신제(阿辛帝)로 즉위했다.

그는 즉위한 다음해인 서기 393년 1월, 외삼촌 진무를 좌장(左將)에 임명했는데 이는 내외병마사로 도성과 지방의 군사를 담당한 요직이었다. 본격적으로 군사를 정비해 고구려에 대해 항전하겠다는 의지를 나타낸 것이다.

드디어 백제의 사나운 매가 날개를 달고 하늘로 솟아올랐다. 이미 하늘에 태양처럼 떠 있는 영웅 담덕을 향한 매의 날갯짓이 시작되었다.

똑같이 아직 어린 18살로서 거대한 두 제국을 이끄는 영웅왕의 대결이 숙명처럼 다가왔으니 그 불꽃은 난하와 요동반도 사이에 있는 강 패수에서 크게 타올랐다.

패수전투

읍루
부여
비려(거란)
후연
송화 강
농안
장춘
연길
요 하
고구려
백두산
대통 하
평양 (국내성)
패수
고구려군
묘향산
산해관
전월
발해만
하평양
동 해
대륙 백제군
구월산
백제
마니산
한 강
석현성
황 해
백제
신라
관미성
가야
동진
양쯔 강

제 3 장

패수浿水 전투

아화의 역습

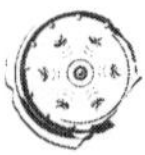

고구려와 백제는 같은 부여에서 갈라져 나온 국가지만 그 군사체제는 상당히 달랐다.

고구려는 끊임없는 중원세력과의 싸움으로 인해 일찌감치 왕을 중심으로 한 대규모 군사동원 체제를 확립했다. 동서남북 각부 욕살이 지역을 대표하면서도 조정에 출사(出仕)해 궁중에 머물렀고 실제 내정은 욕살 아래 처려근지라 불린 지방 영주들이 돌보았다. 이들은 모두 왕명에 따라 일사불란하게 병력을 동원했고 역시 왕명에 따라 병력을 운용했다.

하지만 백제는 달랐다. 국세가 크게 뻗어나가기 전에는 거대한 군사국가와 싸울 필요가 없었고, 왜국은 전통적인 우호국이었다. 마한이나 신라와 치른 소규모 전쟁은 각 호족들의 사병(私兵)이 치렀으며 왕이 이끄는 직할군은 상당히 적었다.

근초고제 이후 중원으로 세력을 확장해 나가면서 백제의 군사제도 역시 고구려와 비슷하게 변했지만 완전히 고구려처럼 되지는 못했다. 백제는 여전히 귀족으로 편입된 각부 호족과 지역 세력의 사병에 상당부분을 의지하는 불완전한 병력동원 체제였다.

아신제(아화) 즉위 당시 백제는 혼란과 공포로 인해 호족과 지역 세력 모두가 크게 동요했다. 관미성까지 함락되자 폭풍과 같이 주변을 휩쓰는 고구려 태왕 담덕에 대한 공포심은 최고조에 달했다.

아화의 능력이 눈부시게 발휘된 건 바로 이러한 혼란기였다. 그는 이때까지의 모든 군사적 실패를 죽은 진사제의 무능과 나태함 탓으로 돌리며 고구려에 대한 전면항전 의지를 명확히 했다.

서기 393년 가을 8월, 좌장으로 승진한 진무를 부른 아화는 결연한 의지로 선언했다.

"관미성은 우리의 북변요새이다. 그 땅을 지금 고구려가 차지하고 있으니 짐이 너무도 애통하다. 그대는 마땅히 여기에 노력을 기울여 땅을 빼앗긴 치욕을 갚아야 할 것이다!"

문무백관을 모이게 한 자리에서 이렇게 말한 것만으로도 이제까지 잔뜩 움츠리고 있던 백제세력들이 활력을 찾았다. 수세에만 몰려있던 백제가 이제 정식으로 고구려에 대해 맞공세를 취하겠다는 선언이기 때문이다.

하지만 정작 나중에 조용히 진무와 아화가 별궁에서 나눈 대화는 좀 달랐다.

"관미성을 얻으려면 어떤 것들이 필요한가요?"

"적어도 3만 이상의 병력과 강력한 수군의 지원이 필요합니다. 또한 태왕 담덕이 보낼 증원 병력을 막을 별도의 교란작전이 필수적입니다."

이곳 한성별궁은 아화가 태어난 곳이다. 진사제가 죽기 바로 전 해에 아화는 이곳에 연못을 파고 기화요초를 심어 마치 선계(仙界)처럼 꾸몄다. 백제왕이 된 이후에도 아화는 주로 이곳에서 머물렀다.

"지금 당장 동원할 수 있는 병력은 1만 정도 밖에 안돼요. 수군 역시 보내려면 준비가 필요해요. 아직은 좌평을 맡고 있는 각부 귀족세력들이 적극적으로 병력을 내놓지 않으니까요."

진무와 아화는 서로가 장단점이 확실했다. 둘 다 병법에 능하고 총명하다. 반면 진무는 군사를 통솔하는 것에 능하지만 내정과 음모에 무지했고 아화는 권력을 이용하는 일에는 천재적이지만 군사를 통솔해본 경험이 없었다.

"그렇다면 출병을 미루시는 것이 좋겠습니다."

"그건 안돼요."

아화는 왕이 되어서도 외삼촌 진무에 대해서만은 하대를 하지 않았다. 그건 병권을 쥐고 자기 수족이 되어준 진무의 공적을 제외하고도 특별한 친밀감을 보여주는 행동이다.

"설사 성을 떨어뜨리지 못하더라도 공격은 신속하게 행해야 해요. 외삼촌께서는 즉각 1만 병력으로 관미성을 치고 석현성과 주변 성채를 위협하도록 하세요."

"황명이라면 당연히 받들겠습니다. 하지만 감히 말씀드리건대 그렇게 해서는 관미성을 떨어뜨리긴 힘들 것입니다."

"그래도 상관없어요. 짐이 노리는 건 실제로 관미성 같은 껍데기가 아니니까요."

"그건 무슨 말씀이십니까?"

진무가 어리둥절해서 반문했다. 신하들 앞에서는 관미성의 중요성을 그토록 강조하며 탈환하라고 하지 않았던가.

"담덕이 한창 기세를 올리고 있다고 하나, 우리 백제는 이미 오래전부터 대륙에서 활동해 왔어요. 이번 공세는 대륙에 있는 백제세력에게 총궐기할 것을 알리는 신호탄이지요. 비록 성을 떨어뜨리지 못하고 패한다고 해도 크게 병력을 잃지만 않으면 우리는 더욱 강성해질 것이고 반대로 고구려는 약해질 것이니 이것이 바로 짐이 노리는 점이지요."

"과연! 대단한 식견이십니다!"

진무가 감탄해서 손바닥을 딱 하고 쳤다.

백제는 지난 근초고왕부터 대륙에 진출해서 그곳에 무려 3만에 달하는 대륙백제군을 형성해 놓았다. 그간 왕실 내부다툼과 본국 백제의 수비적인 태도에 실망한 대륙세력이 움츠러들어 잊혔을 뿐이다.

아화의 지금 전략은 비록 전투에는 패배할 지라도 백제의 의지를 보여줌으로서 그 대륙백제군을 일깨우는 데는 더없이 좋은 방법이었다.

"알겠습니다, 폐하!"

좌장 진무가 아화의 명을 받들었다.

"전력을 다해 폐하의 뜻을 이루도록 노력하겠습니다."

곧바로 한성에서 동원한 백제군 1만이 황해를 건넜다. 고구려 남쪽 변경 전체를 휘저으며 한껏 위세를 떨친 백제군이 관미성을 포위했다.

진무는 병사들의 선두에 서서 날아오는 화살과 돌을 무릅쓰고 용감히 싸웠다. 하지만 관미성 수비병들이 성을 굳게 지킨데다가 비사성에서 출동한 고구려 수군이 군량수송로를 막는 바람에 철수해야 했다.

이듬해인 394년 7월, 진무는 다시 군사를 동원해 고구려를 쳤다. 이번에는 관미성이 아닌 고구려 변경의 다른 성채를 노리는 공격이었다.

고구려 태왕 담덕은 즉각 군사를 출전시켜 응전했다. 수곡성에서 진무가 이끄는 1만 병력은 담덕이 이끄는 고구려군 5천에게 대패하여 퇴각하고 만다.

이렇듯 표면적으로 보면 아화가 지시하고 진무가 앞장서서 싸운 백제군은 연신 패배하기만 했다. 하지만 그럼에도 아화의 전략은 대성공을 거두었다.

대륙까지 건너와 위용을 과시하고 고구려군과 당당히 맞서 싸우는 백제군의 달라진 태도에 이제까지 좌시하던 대륙백제군이 드디어 아신제의 기치 아래 모여들어 충성을 맹세했던 것이다.

옛 대륙백제의 중심지였던 하남 대방 지역의 위례성에 3만 대군이 모였다. 이곳은 대륙에 진출해서 그 세력을 떨치던 근초고왕이 머물며 정사를 보던 유서 깊은 백제성이다.

"드디어 결전의 때가 무르익었다!"

서기 395년, 재위 4년을 맞은 아화는 위례성에 모인 대륙백제군에게 진무를 파견하며 일대작전을 지시했다.

"좌장 진무는 즉시 모든 병력을 이끌고 공격하시오! 고구려왕 담덕의 목을 베어 오시오!"

백제는 해상교역으로 인해 축적한 많은 돈이 있었다. 여기에 병력만 더해지면 대군을 순식간에 움직이는 일이 가능했다.

그해 가을 8월, 총 3만에 달하는 대륙백제 병력이 황하(黃河) 이남에서 수많은 군선을 타고 바다를 건넜다. 그들이 탄 배에는 일제히 황제를 뜻하는 황색(黃色) 기치가 높이 휘날렸다. 서쪽으로부터 일제히 밀려드는 백제 군선들은 꼬리를 물고 고구려가 있는 동쪽으로 향했다.

요동반도 제일 끄트머리에 위치한 고구려의 비사성(대련).

이곳은 만들어진 지 얼마 안 되는 고구려 수군이 세력을 키우는 곳이자 대륙과 반도를 오가는 모든 배를 감시하고 적의 침입을 경계하는 곳이다.

비사성에 산동반도에서 말을 타고 달려온 전령이 급한 보고를 전했을 때 성주인 도사 문사기(文斯紀)는 도저히 그 내용을 믿을 수가 없었다.

"황하 이남에서 온 수많은 군선들이 일제히 패수(浿水)를 향하고 있습니다! 아마도 백제군인 듯싶습니다!"

"뭐라고? 그럴 리가!"

패수는 패하(浿河)라고도 불리며 요하 근방을 흐르는 강이다. 그 지역은 고구려 수도인 평양성과도 가까운 편으로 고구려의 중심부라고 불러도 무방한 곳이다. 그런 곳에 백제군이 수군을 몰고 오다니!

"있을 수 없는 일이다! 있을 수 없는 일이야!"

그렇게 중얼거리면서도 문사기는 비사성에서 제일 높이 설치된 망루로 향했다.

비사성은 지대가 높은 편이며 사방의 모든 바다를 한 눈에 관측할 수 있는 요충지다. 이곳 망루는 항상 감시병을 세워놓고 주변 모든 바다를 감시하는 데 쓰였다.

"백제가 어떻게 올 수 있는가?"

문사기는 연신 고개를 갸웃거렸다.

이 무렵 고구려는 연일 들뜬 분위기였다. 내정은 안정되었고 연신 풍년이 들었다. 북방에서 노략질하던 비려도 조용했다. 해마다 백제군이 공격해오긴 했지만 관미성에서 패하고 수곡성에서 다시 패했다. 태왕 담덕이 즉위한 이래 고구려는 싸우기만 하면 반드시 이긴다는 사실에 나라 전체가 잔뜩 기세가 올랐다.

거기다 작년 394년에는 커다란 경사도 있었다. 담덕과 진화 사이에서 아들이 태어났다. 태어난 아이는 거련(巨連)이란 이름이 붙여졌으니 훗날의 장수왕(長壽王)이다.

"보고가 들어왔다. 서쪽 바다를 집중적으로 살펴라! 무슨 변화가 있느냐?"

문사기는 특별히 시력이 좋아서 선발된 관측병에게 지시했다.

때는 아침이었다. 아직 해가 동쪽 수평선에서 조금 떠오른 정도라서 정확히 살피기 어려웠다. 날씨도 그다지 좋은 편이 아니라서 구름이 낮게 끼었다.

"어쩌면 백제군선이 아니라 대규모 상선단을 보고 착각한 걸 수도 있다. 요즘 해적이 있어서 교역 선들이 무리지어 다닌다던데 그걸 보고 놀라서 괜한 보고를 했을 수도 있지."

문사기는 스스로의 희망사항을 입에 올렸다.

아무리 싸우면 이긴다지만 역시 전쟁이 벌어지는 건 좋은 일이 아니다. 더구나 정말 백제가 대선단을 이끌고 패수로 온다면 이건 보통 일이 아니다.

연이어 계속된 전쟁을 치른 고구려군은 지금 휴식중이고 태왕 담덕도 오랜만에 평양성에서 왕후와 함께 즐거운 시간을 보내며 쉬는 중이다. 전혀 준비가 안 된 상황에서 평양성에서 멀지 않은 패수에 백제대군이 밀려온다. 생각만 해도 아찔했다.

"서, 성주님!"

잠시 후 해가 꽤 높이 솟아올랐을 때 관측병이 떨리는 목소리로 문사기를 불렀다.

"뭐냐?"

"정말로 서쪽에 배가 보입니다! 상선이 아닌 군선입니다! 게다가 백제군이 틀림없습니다!"

"어느 쪽이냐?"

"저 쪽입니다!"

문사기는 허둥지둥 관측병이 가리키는 곳으로 시선을 돌렸다.

그다지 좋은 날씨가 아님에도 멀리 희뿌옇게 비치는 수평선에 수많은 검은 그림자가 몰려있었다. 그들은 마치 까마귀 떼처럼 한 방향을 향해 유유히 움직였다.

"모두가 백제군을 상징하는 황색 깃발을 올리고 있습니다!"

"숫자는? 숫자는 어느 정도냐?"

이젠 문사기의 목소리까지 떨렸다. 정말 백제군이 확실하다면 차라리 그 숫자라도 적기를 바랐다.

"대략 보아서 7, 8백 척은 되는 듯싶습니다! 그것도 아주 큰 배들입니다!"

"그러면 숫자는, 2만에서 3만!"

문사기는 배 숫자로 대략 병력수를 꼽아보고는 소스라치도록 놀랐다. 3만 병력이라니! 그런 대군이 패수를 통해 상륙해 평양성으로 들이친다면!

"큰일이다! 어서 전령을 불러라!"

망루를 내려온 문사기가 즉각 평양성에 보고했다.

"제일 빠른 말을 타고 가서 태왕 폐하께 전하거라! 백제군 3만이 군선을 타고 패수로 향하고 있다고! 나 문사기가 직접 확인했노라고 말이다!"

"알겠습니다!"

성주의 표정과 목소리로 사안의 심각성을 알아차린 전령이 즉각 평양성으로 말을 달렸다.

"백제군이 패수에?"

급히 들어온 막리지 해사우의 보고를 받았을 때 담덕은 평양성에서 진화와 함께 태어난 지 얼마 안 되는 거련을 보고 있었다.

이제 두 살이 된 거련은 깜찍하도록 귀여웠다.

나무로 만든 목각인형과 목각말을 앞에 두고 기어 다니며 궁중을 돌아다녔다. 아무래도 외모에서는 담덕보다는 진화를 닮은 것 같았다.

드물게 용포를 입고 있던 담덕은 오랜만에 긴 휴식을 즐기던 참이었다. 태자 시절부터 시작해서 재위 내내 전쟁을 치렀던 그는 작년에 백제의 침입을 막아낸 이후 잠시 궁에서 쉬었다.

물론 가만히 있었던 건 아니었다. 관미성을 수복하기 위해 자꾸 공격해오는 백제군을 대비해 관미성 주변에 7개의 성채를 새로 쌓거나 보수하도록 명했다. 때문에 백제군은 관미성에 다시는 함부로 올 수 없었다.

"백제군이라니? 어떻게 백제군이 여기까지 올 수 있단 말인가요?"

붉고 가는 비단으로 만든 왕후 옷을 입은 진화가 놀라서 막리지와 담덕을 번갈아 바라보며 반문했다.

비록 아영과의 일은 있었지만 담덕이 혼인한 후 진화에게 극진히 잘해주었기에 둘 사이의 금슬은 매우 좋았다.

진화는 혼인해서 국모가 된 후에도 정치에는 개입하지 않았다. 가끔 신궁에 나가며 신녀로서 제사를 올리는 것 외에는 밖에도 거의 나가지 않을 정도였다.

"아무래도 짐이 너무 오래 쉬었던 모양이다."

담덕은 대답하지 못하는 막리지를 굳이 추궁하지 않았다.

"누가 짐의 갑옷을 가져오너라!"

담덕은 즉시 궁중 안 시종에게 명했다. 담덕은 궁궐 안에서도 언제든 즉시 갑옷을 입을 수 있도록 준비시켜 놓았다.

사태가 벌어진 후에 책임을 묻는 것은 현명한 군주가 취하는 행동이 아니다. 현명한 군주는 일단 사태를 해결하고 나서 책임을 묻는다.

"적 병력이 대충 3만이라고 했나?"

"그렇사옵니다."

"그럼 지금 짐이 끌고 나갈 수 있는 병력은 어느 정도인가? 지금 당장 말이다."

그 자리에서 시종이 급히 대령한 갑옷을 입으며 담덕의 눈이 날카롭게 빛났다. 그의 천재적 머리가 비상하게 돌아가는 순간이었다. 주위에서 부산을 떠는 모습이 신기했는지 기어 다니던 거련이 고개를 들고 아버지의 모습을 빤히 쳐다보았다.

"평양성과 그 주변을 방비하기 위한 정예부대가 있습니다만 숫자는 적에 비해서 적습니다. 경기(輕騎) 2천과 철기(鐵騎) 1천, 그 외에 창수와 궁수, 도부수를 합쳐 4천 정도를 동원할 수 있습니다."

"합이 7천인가? 그 정도면 됐다. 한시가 급하다. 어서 모든 병력을 모아서 평양성 앞에 대기시켜라!"

담덕은 막리지와 함께 온 국상 연충생에게 명했다.

"알겠습니다, 폐하!"

명을 받은 연충생이 즉시 궁을 나갔다.

담덕은 3만 병력을 상대로 감히 7천을 가지고 맞서겠다는 구상을 하고 있는 것이다.

"폐하! 아무리 생각해도 적에 비해 우리 쪽 병력이 너무 적습니다. 다행히 패수와 평양성은 가깝긴 하지만 지척은 아니옵니다. 평양성과 주변 성곽을 단단히 수비하면서 시간을 버는 것이 좋겠습니다. 곧 각부 욕살과 휘하 대모달이 병력을 몰고 올 것이니 그때 결전을 벌이면 이길 것입니다."

막리지 해사우가 나름대로 최선의 방법을 간언했다. 사실 상식적으로 생각해볼 때는 이 방법이 옳았다.

"아니. 그럴 수는 없다."

하지만 담덕은 순순히 그런 상식을 받아들이지 않았다.

"고구려 땅에 감히 적이 들어왔는데 앉아서 수비만 할 수는 없지. 그건 짐의 성격에도 안 맞고, 무엇보다 백성들을 불안하게 만든다. 평양성을 싸움터로 삼는 건 오히려 적이 원하는 바일 것이다. 짐은 곧바로 패수에서 적과 맞서 싸울 것이다!"

"하지만 그건 너무 위험합니다! 배를 타고 패수로 올라온 적의 숫자는 3만인데 겨우 7천을 이끌고 폐하께서 친히 나가셔선 안됩니다. 차라리 신이 7천을 이끌고 나갈 터이니 폐하께서는 여기 게시는 것이 어떻겠습니까?"

"하하! 막리지. 짐이 언제 적이 무서워 꽁무니를 뺀 적이 있었느냐? 병력
은 7천이면 충분하다! 숫자는 적어도 그 안에 청룡, 주작, 현무, 백호가 전
부 있으니 사신수가 짐을 도와 적을 무찌를 것이다. 안 그런가, 진화?"

이제 스무 살이 넘은 담덕은 다소 위엄은 갖췄지만 여전히 젊음이 가득
했다. 이런 상황에서도 진화를 향해 미소 짓는 그 모습은 같이 놀던 어린
시절과 똑같았다.

"그렇습니다. 폐하께서는 하늘의 태양 같은 힘을 가지고 있으니 어찌 하
늘의 가호가 따르지 않겠습니까."

진화는 왕후로서가 아닌, 신녀로서 담덕에게 천천히 다가갔다. 그녀의
하얀 손가락이 담덕의 얼굴을 살짝 쓰다듬었다.

"천손의 후예시여. 언제나 태양은 폐하의 머리 위에 있습니다. 그걸 명
심하십시오."

그저 얌전한 어머니에 불과했던 방금과 달리 신탁을 전하는 신녀로 변
한 진화는 요염(妖艶)했다. 귀와 머리에 달린 장신구가 흔들리며 묘한 소
리를 냈다.

"잘 알겠다."

담덕은 진지하게 전쟁을 앞둔 왕으로서 신녀 진화의 신탁이자 축복을
받아들였다.

"어서 짐의 말을 대령하거라! 곧바로 출정하겠다!"

정오가 된 태양이 하늘에서 내려온 천손의 머리 위에 눈부신 빛을 뿌렸
다. 담덕이 입은 갑옷과 투구가 빛을 받아 반짝이는 가운데 어린 거련의
얼굴 위에도 빛이 비쳤다.

"거련아, 그럼 이 아버지가 잠시 다녀오마. 올 때 선물도 가지고 올 테니
얌전히 놀고 있거라. 어머니 속 썩이지 말고."

담덕은 슬쩍 거련의 머리를 쓰다듬어 주고는 곧바로 궁중을 빠져나왔

다. 그리고는 급히 모여든 왕당(王黨)무사와 함께 군대를 이끌고 패수로
향했다.

"서둘러라! 어서 상륙해라!"

좌장 진무가 배 위에서 하선을 독촉했다.

패수 하구에 정박한 수많은 백제 군선들이 차례로 강변에 배를 대고 병
력을 내렸다.

먼저 접전에 강한 부월수와 창수가 내리고 나면 그 뒤에 인부들이 따라
와 군수물자를 날랐다. 궁수들이 내려 포진하면 경기와 철기가 제일 마지
막으로 내려 전투대형을 갖췄다.

불시에 기습을 당한 패수 인근 고구려 성채들은 아연실색해서 성 안에
서 방비만 단단히 하며 지켜볼 뿐이었다. 감히 나와서 백제군에 맞서 싸울
생각도 하지 못했다.

전시가 아닌 상황에서 패수 인근 작은 성채의 수비병은 모두 합쳐봐야 1
천도 되지 않았다. 그런 상황에서 패수를 메울 듯 몰려온 백제군선의 위용
은 모두를 주눅이 들게 만들었다.

"질서를 지켜라! 대열을 이탈하거나 경거망동하지 마라! 어기면 군율로
다스리겠다!"

상륙하는 백제군 쪽에도 어려움은 있었다. 지형이 다소 생소한 고구려
땅 깊숙한 곳에서 한꺼번에 많은 배가 병력을 내리려다 보니 가끔 군선끼
리 부딪치거나 내린 병력이 헝클어졌다. 대열을 맞추기 위한 장수들의 고
함소리와 배를 조종하는 선원들의 함성이 뒤섞이자 인부들이 내리는 물자
하역도 늦어졌다.

"병력이 너무 많은 것도 문제로구나."

백제는 고구려와 달리 대군을 동원해 원정하는 것에 익숙하지 않았다.

군사동원체제도 다르고, 아직도 각 지방 호족세력이 모아온 병력을 중앙에서 통솔하는 정도다. 그러다보니 일사불란한 통제가 힘들었다.

비록 모두가 백제군대를 상징하는 황색기치를 올렸지만 대부분 황하와 양자강 주변의 잡다한 세력이 제각기 동원한 병력이다. 탁월한 능력을 지닌 근초고왕과 근구수왕은 간신히 통일된 군대의 모습을 만들었지만 이후로는 다시 분열되는 양상이었다.

"모든 병력이 내리려면 꽤 시간이 걸릴 것 같습니다. 저녁 무렵은 되어야 할 듯합니다."

좌장 진무 휘하에서 백제군을 통솔하는 덕솔 양차소(梁次素)가 보고했다.

그는 관등으로 쳐서 3품 은솔에 해당하는 진무에 비해 한 단계 낮은 품계의 장수로서 그간 대륙백제군을 통솔하며 위례성을 지키던 장수였다. 다방면에 뛰어났지만 특히 야전에서 창수와 부월수를 지휘하면 엄청난 전투력을 보였다.

"고구려 태왕도 가만히 있지는 않을 텐데."

첩자를 통해 들은 것과 이제까지 직접 겪어온 경험으로 인해 진무는 점점 담덕이란 인물을 파악해갔다.

비상한 머리와 전략도 무섭지만 무엇보다 넘치는 자신감과 끝없는 활력은 아무리 불리한 전황에서도 고구려 병사의 사기를 높였다. 직접 나서면 패배를 모르는 무적(無敵)의 태왕을 칭송하는 구호가 고구려 병사들 사이에서 자연스럽게 흘러나올 정도였다.

"정보에 따르면 현재 평양성 인근에서 모을 수 있는 병력은 많아야 7천에서 8천에 불과하다고 합니다. 섣불리 나오지는 못할 겁니다."

"아니야. 그건 태왕을 모르고 하는 소리다. 지난번 수곡성 싸움에서 그는 불리한 상황에서도 지체 없이 5천 병력을 동원해 우리 군을 공격했다.

언제 누구를 상대하건 절대로 눌리지 않고 공격하는 것이 태왕이다.”

전략적으로 이미 기선을 제압했으면서도 진무는 무엇엔가 쫓기는 느낌이었다. 그는 언제나 먼저 공격했지만 태왕 담덕은 항상 이를 물리쳤다. 늘 닿을 듯하면서도 아깝게 놓쳐버리는 승리를 이번에야말로 반드시 쟁취하고 싶었다. 또한 반드시 그래야만 했다.

‘아화 폐하를 위해서라도!’

아버지 침류제가 제위에 오른 지 2년도 안 되어 죽자, 아직 12살인 아화는 연소하다는 이유로 제위를 빼앗긴 채, 한성별궁 한 구석에 틀어박혀 생활했다.

어린 나이에 아버지의 죽음과 함께 암살 위협까지 느끼면서 어둡게 살아가던 아화의 마음속에 짙게 드리워진 그림자를 진무는 너무도 잘 알았다.

‘그때 태왕 담덕은 태자로서 눈부시게 전장에서 활약하고 있었다. 같은 나이에 똑같이 걸출한 능력을 지닌 영웅인데 그렇게도 차이가 나는 성장 과정을 거쳤다. 그것이 바로 지금의 담덕과 아화 폐하를 만든 게 아닐까?’

아화가 유독 외삼촌 진무를 의지하고 하대를 하지 않는 것과 마찬가지로 진무 역시 아화를 끔찍이 생각했다. 신하로서 충성을 바치는 것을 넘어 진한 육친의 정이 있었다.

그러기에 진무는 감히 아화를 도와서 병권을 장악하고 같은 북부 귀족이자 외척인 달솔 진가모에게서 실권을 빼앗았다. 따르지 않는 신하들을 협박하고 한때 충성을 바치던 제왕 진사제를 구원행궁에서 자결로 몰아넣었다.

하지만 후회는 없다.

햇빛조차 들지 않는 어두운 별궁 구석에서 파리한 얼굴로 울먹이며 몸부림치던 아화의 모습을 생각하면 그보다 더한 것도 할 수 있었다. 무엇이

든 해주고 싶었다.

아화는 진무에게 특별한 존재였다.

올해 열여섯 살 나이로 내신좌평에 임명된 아화의 이복동생 부여홍이나 아직 열두 살에 불과한 둘째동생 부여훈해에게 진무는 아무런 애정도 없었다. 그 둘은 능력도, 고민도 없었으며 별다른 야심도 없었다. 그저 무난하고 성실한 인물이다.

아화는 그렇지 않았다. 아화에게는 짙은 그림자와 함께 빛나는 총기가 있었으며 강한 야심이 있다.

아버지 침류제가 병으로 죽었을 때 가장 먼저 달려와 울며 시체에 매달린 건 아화였다. 이 후 숙부 진사제가 자기와 남은 아우를 해치려는 의도를 눈치 채고 재빨리 진무에게 매달린 것도 아화였다.

'그때 만일 내가 전하를 베었더라면….'

당시 진무는 이미 진사제의 총애를 받는 달솔 진가모의 밀명을 받은 처지였다. 기회를 봐서 왕권에 위협이 되는 아화와 주변인물을 죽여 버리라는 명이었다.

만일 진무가 명령대로 아화를 죽이고 진사제와 진가모를 도왔다면 지금의 백제는 또 다른 상황을 맞았을지 모른다.

하지만 진무는 아화를 베지 못했고 오히려 아화에 협력해 달솔 진가모를 배신했다. 전통적으로 한성백제를 통솔해온 외척 진씨 가문에서 진가모가 구세력이라면 진무는 신진세력을 대표했다. 병사를 움직이는 장수들을 대부분 진무가 장악하자 명분밖에 없는 고위직을 차지하던 진가모 세력은 전부 제거됐다. 그것이 오늘의 백제와 아신제를 만든 원동력이다.

진무가 양차소와 함께 호위부대를 이끌고 배에서 내릴 무렵에는 벌써 멀리 지평선이 붉게 물들었다.

"평양성 쪽에서 고구려군이 움직입니다!"

이때 멀리서 달려온 정찰 기병이 급히 보고했다. 그들은 제일 먼저 내려 주변에 흩어져 적정을 살피는 임무를 맡았다.

"드디어 왔구나!"

진무는 예상이 전혀 틀리지 않았다는 것에 오히려 전율했다.

"숫자는 7천여 명 정도입니다. 태왕이 직접 선두에 서서 세발까마귀 깃발을 올리며 이리로 오고 있습니다!"

아마도 이 고구려 태왕은 상대가 십만이든 백만이든 상관없이 병력을 몰고 나왔을 것이다. 그러면서도 대책이 없이 나오는 것은 절대 아니다. 그 머릿속에는 어떤 기책(奇策)과 전술(戰術)이 숨어있을 지 모른다.

"내린 병력부터 우선 진을 쳐라! 고구려군이 평양성에서 출진했다! 그 숫자는 7천이며 태왕이 직접 나왔다!"

진무 역시 전쟁터에서 앞장서며 병사를 격려하며 용전(勇戰)하는 무인(武人)이다. 담덕과 다시 한 번 맞서서 자웅을 겨루게 될 그 역시 머릿속에 빈틈없는 전술을 짜놓고 있었다.

"이곳 패하는 선왕 근초고제께서 고구려를 대파한 유서 깊은 곳이다! 이번에도 그리 될 것이다! 고구려군을 무찌르고 우리 모두 평양으로 가자! 가서 고구려의 숨통을 끊자!"

진무는 역사적 사실을 모두에게 상기시켰다. 대륙백제군의 가장 영광스럽던 시절로 고구려 고국원왕을 전사시키기도 했던 평양성 전투까지 언급했다.

진무는 강가를 따라 포진을 지시하며 그 영광이 다시 한 번 백제에 찾아오기를 간절히 기원했다. 그는 진사제가 죽으면서 한 말을 떠올렸다.

'나는 아화 폐하가 부리는 매다. 승리를 만들어 그 영광을 모두 폐하께 바칠 것이다.'

음력 8월은 가을이다. 한창 맹위를 떨친 여름이 가고 조금씩 선선한 바람이 분다. 추수가 끝난 직후로 사람이 활동하기에 참 좋은 날씨다.

또한 피와 살을 튀기며 전쟁을 하기에도 참 좋은 날씨이기도 하다.

— 따각. 따각. 따각.

백제군이 패수에 상륙한 다음날 아침, 고구려 기병 1백여 기가 정찰대열로 천천히 패수에 접근했다.

그들은 담덕이 위력정찰을 보낸 경기(輕騎)들이었다. 무거운 마갑과 찰갑을 두른 철기와 달리 기창도 없이 가벼운 가죽갑옷을 입고 활과 환두대도만을 가진다. 적정을 살피며 때로는 가볍게 공격도 걸어보는 임무를 맡았다.

"아직 아무도 안 보이는 데? 백제군이 아직 여기까지는 나와 있지 않은 건가?"

본래 소형 관등인 백두가 지휘를 맡아야 하지만 담덕이 직접 거느리는 왕당에서 나온 부대인지라 그보다 위 등급인 발위사자가 지휘했다. 왕당은 전체적으로 다른 부대에 비해 관등이 직급보다 한 등급 정도 높았다.

붉은 천으로 갑옷 위 어깨를 덧댄 당주 소천휘(小泉輝)가 주변을 살피며 의문을 품었다.

"아무래도 어제 갓 도착해서 백제군도 포진을 마치지 못한 모양입니다."

사졸 이십 명 정도를 책임진 제형 걸걸태사(傑傑太司)가 마주 대답했다.

"그럴 수도 있겠지. 하지만 방심해선 안 된다. 이곳은 아주 위험한 곳이다."

패수 강가는 매복에 적합한 지형으로 어민들 포구 몇 개를 제외하고는 거의 사람 키만 한 갈대밭으로 덮여 있다. 더구나 사방이 탁 트인 평원이 아니라 곳곳에 낮은 언덕이 있다.

때문에 백제 근초고왕 때 바로 이곳에서 고국원왕이 백제군 매복에 걸려들어 크게 패한 적이 있었다.

언덕에는 대체로 고구려군 보루와 성채가 위치했지만 모든 언덕에 성채가 있는 것도 아니고 비상시가 아니라 수비병도 적었다.

"이거야 원! 갈대 때문에 앞이 보이지 않으니. 그냥 확 불이라도 질러버렸으면 좋겠군."

화끈한 성격의 소천휘는 평소 술과 고기를 즐기며 싸움이든 놀이든 호쾌하게 치렀다. 때문에 혹시라도 모를 적 매복부대가 있는 지 확인하라는 이번 임무는 성격에 잘 맞지 않았다.

"참으십시오. 이곳은 백제 땅이 아니라 우리 고구려 땅 아닙니까? 불을 지르면 우리 고구려 땅이 불타는 것이고 고구려 백성이 죽습니다."

당주 걸걸태사는 평소 그런 성격의 소천휘를 뜯어말리는 역할을 해왔는데 이번에도 마찬가지였다.

"하긴 그렇지. 그럼 계속 정찰해보자. 저기 멀리 백제 군선들이 모여 있으니 너무 가까이는 가지 말라. 모두 활을 들고 적에 대비하라!"

소천휘가 적절한 지시를 내렸다.

경기는 보병에 대해 제법 강하지만 그렇다고 직접 싸워서는 손해다.

경기는 언제나 멀리서 활을 쏘며 놀리듯 빙빙 돈다. 보병이 쫓아가면 도망가고, 도망가면 반대로 쫓아온다. 그렇게 거리를 유지하며 활을 쏘아 조금씩 상대를 죽이면서 체력이 떨어지길 기다린다.

상대적으로 무거운 무장을 하고 발로 뛰는 보병은 쉽게 지친다. 경무장에 말을 탄 경기는 그런 지친 보병이 견디지 못하고 탈진하거나 물러설 때 돌진해서 공격한다. 비겁한 것 같아도 가장 확실하게 이기는 방법이다.

소천휘 휘하 경기들은 정찰이 주목적이기에 백제군에 너무 가까이 접근하지는 않았다. 다만 패수 강가에 드넓게 펼쳐진 갈대밭과 작은 언덕들 사이에 병력이 얼마만큼 있으며 혹시나 매복은 없는지 확인하는 목적이다.

"아직도 없는 듯한데? 이상하다."

멀리 보이는 백제군 포진 외에는 그 앞 갈대밭이 너무 조용했다. 아무런 소리도 없고 바람이 스치는 소리밖에는 없었다.

"백제군은 의외로 강변에 집중해서 포진했을 뿐 병력 대부분을 전개시키지 않은 것 같다. 그렇게 태왕 폐하께 보고해야겠다."

의심하던 소천휘가 이렇게 판단하고 말머리를 돌리기 위해 고삐를 부여잡는 순간, 갑자기 앞장서던 제형 걸걸태사가 외쳤다.

"당주! 여기 백제군이 숨어있습니다!"

"뭐야?"

소천휘가 고삐를 다시 늦추는 순간 주위 갈대숲에서 일제히 인기척이 나며 번쩍이는 금속 날이 사방에서 몰려왔다.

"들켰다! 쳐라!"

"모두 죽여 버려라!"

"와아아!"

한꺼번에 몰려드는 백제군 보병의 숫자는 거의 천여 명에 이르렀다. 그제야 소천휘는 자기들이 속았다는 걸 깨달았다.

"당했다! 복병이 있다! 모두 후퇴하라!"

숫자에서도 상대가 안 되는데다가 이런 상황에서는 싸워봐야 손해다. 복병이 있다는 사실을 파악한 것만 해도 임무는 달성했다. 경기는 말을 타고 있기에 어떤 상황에서도 도망치기는 쉬운 편이다.

"어딜 가!"

하지만 그건 잘못된 판단이었다.

"하아압!"

갈대밭을 헤치며 경기를 포위해서 달려든 백제 보병들이 일제히 긴 금속 날을 내밀었다. 그 날은 고구려 기병을 찌르지 않았다. 도리어 베듯이 후려치며 갑옷과 살 속을 파고들었다.

"으윽!"

"아악!"

찌르는 창날은 빗나가기 쉽고 설사 맞더라도 낮은 곳에서 높은 곳을 찌르는 것이라 위력도 약하다. 그러나 이것은 단순한 창이 아니었다. 끝에 날카로운 날이 세 개 붙은 극(戟)이었다.

마치 갈고리처럼 쓸 수 있는 이 극은 휘둘러서 상대를 벨 뿐 아니라 걸어서 말에서 떨어뜨리는 데 아주 편리했다.

"당겨라!"

"오오!"

사방에서 일제히 덮쳐든 백제 극병(戟兵)들이 고구려 경기병을 추수 때 벼를 베듯 걸어서 베며 말에서 떨어뜨렸다.

불시에 당한 고구려 기병은 그대로 갈대밭에 피를 뿌리며 쓰러졌다. 말에서 머리부터 떨어지면 그것만으로도 목이 부러진다.

중상을 입는 자가 속출했다. 또한 운이 좋아 다치지 않았다 해도 말에서 떨어진 순간부터 기병은 이미 절대적 열세에 놓인다.

"이 놈들이!"

운이 좋은 쪽에 속한 걸걸태사는 말에서 떨어지자 재빨리 환두대도를 빼들고 몸을 날렸다. 방금 자기를 공격한 적병을 찾아 환두대도를 무식하게 휘두르자 피가 쭉 튀어 갈대를 물들였다.

"아악!"

"난 태왕 폐하 직속의 제형이다! 어딜 감히 넘보느냐! 너희들 따위에게…. 읍!"

그러나 그는 말을 채 마치지 못했다. 숫자가 훨씬 많은 백제 극병들이 단숨에 극을 휘둘러 그의 목을 베었다.

마치 수박이 베어지듯 잘라진 머리가 데굴데굴 아래로 굴렀다. 그 부릅뜬 눈과 입술이 갈대 아래쪽 도랑에 박혔다. 머리를 잃은 몸통이 환두대도를 든 채로 앞으로 천천히 넘어졌다.

"걸걸태사!"

그 광경을 본 소천휘는 충격을 받아 눈앞에 캄캄해졌다.

이때까지만 해도 소천휘는 앞을 보호해주는 몇몇 부하 덕택에 무사했다. 하지만 연이어 주위 부하들이 말에서 떨어지며 신음을 내뱉고 죽어가는 가운데 살 길은 보이지 않았다.

"철저히 당한 건가!"

사방을 살폈지만 이미 백제 극병은 고구려 경기병을 깊숙이 끌어들인 후 덮쳤다. 아마도 처음에는 방심하게 하고 돌아가서 잘못된 보고를 하게 만들려는 의도였을 것이다. 그렇지만 들키자 한 사람도 남기지 않고 전멸시키기로 작정한 듯싶었다.

"네 이놈들!"

이미 죽음을 피할 수 없다고 느낀 소천휘가 환두대도를 빼들었다. 그는 언제나 호쾌하게 살았으며 이제 얼마 남지 않은 삶조차도 호쾌하게 죽고자 했다.

"내가 바로 발위사자 소천휘다! 모두 덤벼라! 내 목은 아마 천금의 값어치가 있을 거다! 누가 날 잡겠느냐?"

그는 물러서는 대신 오히려 백제 본진 쪽으로 전력을 다해 말을 몰았다.

피에 젖은 극날 두 개가 양쪽에서 불쑥 나타났다. 소천휘는 허리를 굽혀 하나를 피하고는 나머지 하나를 환두대도로 쳐서 튕겨냈다.

"어림없다!"

계속 말을 달리려는 순간 갑자기 말이 앞으로 푹 고꾸라졌다. 영리한 백제 극병 하나가 달리는 말 다리를 극을 휘둘러 베어버렸다.

"제기랄 백잔 놈들!"

반동으로 인해 말에서 앞으로 쭉 날아간 소천휘가 욕설을 있는 대로 퍼부으며 몸을 일으켰다. 하지만 그 위로 마치 도끼처럼 극날이 위에서 아래로 내려찍었다.

― 퍼퍽!

쓰라린 느낌이 등과 허리를 지나갔다. 화상이라도 입은 것처럼 화끈거리고 뜨거웠다. 진득한 것이 줄줄 갑옷 안을 흘렀다.

"으아아!"

소천휘는 그래도 환두대도를 들고 미친 듯이 날뛰었다. 사방에 보이는 건 온통 백제군뿐이었다.

온 몸으로 한쪽에 달려든 소천휘는 극병 한 명을 덮쳐 쓰러뜨렸다. 그리고는 칼로 그 가슴을 쑤셨다.

"어때? 아프지? 뜨겁지? 너만 아픈 게 아냐! 나도 미칠 듯 아프다고!"

벌겋게 충혈된 눈동자가 앞으로 얼마 남지 않은 목숨이 시시각각 타버리고 있음을 알렸다.

― 까앙!

소천휘는 뭔가가 투구를 세차게 후려치는 느낌과 함께 머리 전체에 현기증을 느꼈다. 다른 백제 극병들이 소천휘를 뒤에서 공격했다.

"으으!"

귀가 얼얼하고 머리가 아파서 견딜 수 없었다. 소천휘는 점점 힘이 빠지는 왼손을 바닥에 짚고 간신히 일어섰다.

"백잔 놈들이~ 극병을 데리고 왔을 줄이야…"

이것은 누구도 알지 못했던 새로운 사실이었다.

전통적으로 백제는 고구려에 비해 기병이 부족했다. 말의 주요산지가 북방에 집중되어 있기도 했고 숙련된 기병을 보유하기는 원래 까다로웠다. 고구려는 북방에 있는 후연이나 거란족과의 싸움으로 인해 자연스럽게 대규모 기병이 만들어졌지만 백제는 대륙에 진출한 지 얼마 되지 않았다.

때문에 이번에 패수에 온 백제군은 약점인 기병의 절대부족을 해소하기 위해 극병을 상당수 보유했다. 이는 진무의 계책인데 극병은 보병이면서도 기병에 상당히 강하기 때문이다. 창수가 수비에 전념하는 반면 극병은 먼저 기습도 할 수 있고 혼전상황에서도 비교적 잘 싸울 수 있다.

"또 다른 새로운 사실을 발견했다. 폐하께~ 이걸 보고해야 하는데….."

소천휘는 마지막 목숨이 끊어지면서도 끝까지 보고할 수 없음을 안타까워했다. 마침내 또 하나의 극이 옆에서 다가와 목을 베자 그의 중얼거림이 멎었다.

정찰을 나온 1백여 고구려 경기병은 단 한 기도 살아나가지 못하고 패수 앞 갈대밭에서 전멸했다. 이것은 철저히 진무의 계략에 놀아난 것이기에 고구려군에게 또 하나의 위험을 더해주었다.

"소천휘 이하 정찰 기병이 돌아오지 않았다고?"

무엇보다 정찰을 중요시한 담덕이 일부러 7천 병력 앞에 세운 정예 경기병이다. 그 1백 명이 단 한 명도 살아 돌아오지 못했다는 건 담덕에게 충격이었다.

"짐이 한 방 먹었군. 진무란 자는 역시 무서운 자다."

선발대의 전멸을 보고받은 담덕은 패수 인근의 가장 높은 언덕인 북쪽 황추령(黃秋領) 요새에 본진을 설치하고는 그 주위에 빈틈없이 철기와 경기, 보병을 배치해 수비태세를 취했다.

"순수견양이라. 손자병법의 제12계지. 적의 작은 허점을 발견하면 큰

이익을 해치지 않는 한 즉각 이용하여 작은 이익이라도 놓치지 않는다. 짐의 경기 1백 명을 즉각 몰살시키다니. 진무 역시 무서운 자였어. 손자병법에 심취했다고 하더니 제법 하는군.”

담덕은 이럴 때 군사 을지언이 옆에 있어주지 않는 것이 아쉬웠다. 을지언은 작년 겨울부터 병을 얻어 자리에 누워있었다.

태의를 보내 치료하게 했지만 별 도움이 없었다. 얼마 전에는 왕후 진화와 함께 거련을 데리고 문병을 갔지만 그때도 자리에서 일어나지 못했다.

‘하다못해 그 옆에 아영이라도 있다면 좀 덜 쓸쓸해 보였을 텐데.’

혼자 병석에 누운 군사의 모습이 너무도 처량해보였다.

태의가 말하기를 죽을병은 아니지만 푹 쉬어서 기력을 회복해야만 일어설 수 있다고 했다. 따라서 을지언은 당분간 담덕을 따라 전장을 다닐 수 없었다.

어쨌든 군사는 옆에 없다. 이제 담덕은 전장에서 혼자서 모든 판단을 내리고 결정해야 한다.

“잠시 여기에 머무른다! 계속 적정을 살펴라!”

평양성을 떠나올 때는 당장이라도 적을 휩쓸어버릴 듯 위풍당당했지만 막상 패수에 도착해서는 지나칠 만큼 신중한 태도를 취했다. 병력이 적다는 사실 외에도 백제군을 지휘하는 진무가 예상보다 더 훌륭한 병법을 구사하고 있기 때문이다.

선발대의 전멸은 충격이지만 소득은 있었다. 백제군이 예전 패수전투 때처럼 매복 작전을 펼치고 있다는 사실을 파악한 것이다. 고구려는 백제 근초고제에게 바로 이곳 패수에서 매복에 걸려 크게 패한 적이 있었다.

마치 시간 끌기에 들어간 듯 담덕은 황추령에서 꿈쩍도 하지 않았는데 그 방어태세는 매우 단단했다. 주야로 병사들을 시켜 패수 인근을 감시하게 했고 수시로 정찰 기병을 내보냈다.

“폐하, 조금만 견디십시오. 대대로께서 몸소 병력을 모아서 곧 지원군을 파견하겠다고 합니다.”

막리지 해사우는 이런 담덕의 태도를 보고는 수비를 굳건히 하면서 원군을 기다릴 생각인 걸로 추측했다.

“지원군? 그야 오면 좋지요. 하지만 짐이 정말로 기다리는 건 그게 아니오.”

담덕은 잠을 자는 시간을 제외하고는 본진 군영에서 늘 갑옷을 입은 채 패수 강변을 노려보았다. 그러다가 조금이라도 움직임이 있으면 즉시 정찰을 보냈다.

“지원군이 아니고 그럼 무엇을 기다리신단 말입니까?”

“적절한 때를 기다리지요. 원군이 아무리 오더라도 때가 오지 않으면 움직이지 않아요.”

“그럼~ 그 때가 온다면 이 병력만으로 적에게 선공(先攻)을 거시겠단 말씀입니까?”

해사우가 다소 놀라서 반문했다.

“물론이지요. 짐이 언제 방어를 하겠다고 했소? 잠시 기다리는 것뿐이오.”

군사 을지언이 없는 때문일까. 다소 신중해지긴 했다. 하지만 여전히 담덕의 과감한 공격의지는 변하지 않았다.

“이봐, 연무비.”

담덕은 옆에 있던 왕당 무사 연무비를 불렀다.

“예, 폐하!”

지난번 관미성에서 담덕을 구한 공로를 비롯해 그동안 치른 전투에서 공훈을 세워 연무비는 어느새 발위사자로 관등이 올라갔다. 다른 곳에서는 사졸 3백여 명을 지휘하는 위치다.

"불안한가? 솔직히 말해보라."

"폐하."

잠시 머뭇거리던 연무비는 결심을 한 듯 입을 열었다.

"감히 솔직히 말씀드리자면 저희 모두가 불안한 것이 사실입니다. 무엇보다 적의 숫자가 너무 많고 우리 군사는 적습니다. 군사께서는 병으로 누워있는데다 정찰나간 경기 백여 기가 전멸당하지 않았습니까? 워낙 기습을 당했기에 지원군도 금방은 오지 못할 것이라 들었습니다."

"그래. 모두가 사실이다. 또한 수도 평양성 백성들이 동요하고 있지. 하지만 짐이 말하건대 그건 별로 중요한 게 아니다."

"예?"

"그대도 잘 보아두어라. 전쟁이란 결국 사람이 치르는 것이다. 전장에선 사람의 마음이란 일단 공포에 질리면 자기편이 아무리 유리해도 패배한다. 반면 불리한 상황이라도 승리한다는 자신감만 있으면 몇 배의 힘을 내기도 한다."

담덕이 검지를 펴서 패수 주변을 가리켰다.

"저곳은 보병이 매복하기에 딱 좋은 곳이다. 때문에 백제군은 저곳의 지형을 믿고 패수 하구를 따라 포진했다. 하지만 동시에 저곳은 넓은 평지로서 매복을 깨고 정면으로 싸우면 거기(車騎) 한 명이 보병 열 명을 상대할 수 있는 지형이기도 하다. 지금은 저곳이 백제군에게 아주 좋은 보금자리지만, 일단 상황이 바뀌면 지옥이나 다름없는 곳으로 변한다. 아마 백제군 진무 장군도 그 점은 알고 있을 것이다."

담덕은 멀리 희미하게 보이는 백제군 본진 깃발을 향하며 장담했다.

"기다리면 적은 반드시 움직인다. 이 싸움은 참지 못하고 먼저 움직이는 쪽이 지게 되어 있다."

마치 무술 고수끼리 싸우는 결투와도 같았다. 팽팽한 기(氣)를 견디지 못하고 먼저 움직이면 상대의 무기가 내 급소를 찌른다. 그러니 아무리 괴롭더라도 참아야 한다.

"막리지는 당주 이하 각 장수들에게 다시 한 번 단단히 명하시오. 적의 어떠한 도발에도 넘어가서 위치를 이탈하지 말라고 말이오. 만일 부득이 적이 가까이 접근하면 활을 쏘아 대응하라고 하시오. 이는 청룡, 주작, 백호, 현무 모두에게 해당되오."

"알겠습니다, 폐하."

인물됨이 성실한 막리지는 곧 태왕의 명을 전달했다. 군령을 알리는 전령과 깃발이 각 진영에 파도처럼 퍼져 나갔다.

한편 불안한 건 백제군도 마찬가지였다.

고구려군과 백제군이 패수에서 대치한 지 사흘이 지났다.

패수 강변을 따라 매복이 있음은 이미 고구려군에게 파악되었다. 담덕이 이끌고 온 고구려군은 날랜 경기와 강력한 철기가 반수 가량 되는 정예 부대였음에도 갑자기 황추령에 올라가 미동도 하지 않았다. 사방으로 정찰 기병이 돌아다녔는데 그들 몇을 잡아봐야 아무런 이득도 없었다.

"언제까지 이렇게 있어야 합니까?"

양차소가 조금씩 초조함을 보이며 총지휘를 맡은 진무에게 물은 건 당연한 일이었다.

"매복이 발각되었다면 차라리 이대로 전진합시다. 우리 병사의 숫자가 많고 사기가 높으니 적이 저항해봐야 충분히 꺾을 수 있습니다."

"그렇게 간단히 볼 일이 아니오."

진무는 침착하게 대답했다.

"태왕이 몰고 온 부대 가운데 기병이 많으니 섣불리 전진하면 안 됩니다. 잘못하면 이 패수 앞 평야에서 보병 위주의 우리 군대가 일격을 당할 수도 있습니다."

"하지만 이대로는 기습의 의미가 없지 않습니까? 태왕이 저리 버티고 있는 가운데 각 지역 고구려 욕살이 지원 병력을 몰고 온다면 상황은 점점 나빠질 뿐입니다. 더구나 이곳은 고구려 땅 깊숙한 곳입니다. 장기전이 되었을 때 군량수송이 온전히 이어진다는 보장도 없습니다."

"하긴 그 점은 덕솔의 말이 맞소."

사실은 진무도 안타까울 뿐 별다른 방법을 세우질 못했다.

"태왕이 평양성을 거의 비어놓다시피 하고 나와서 한판 싸울 줄 알았는데 저리 수비만 하고 있다니요. 거기다 막상 우리가 나설 방법이 전혀 없습니다."

"적어도 정면으로 나서서 공격해서는 의미가 없소. 가만있자. 그렇다면…."

진무는 알려졌듯이 일찍부터 중국에서 전해진 손자병법에 심취했다. 백제는 고구려보다 문화적인 면에서 중국의 선진문물을 보다 적극적으로 받아들였는데 병법도 마찬가지였다.

"병법에 이르기를 적을 맞아 정면에서 정공을 취하면서도 한편으로는 기책을 써야한다고 했소. 우리가 여기서 태왕과 대치하고 있는 게 정공이라면 기책이란 우회공격을 뜻하오. 다행히 우리는 병력이 많으니 이를 나눈다고 해도 여전히 적보다 우위에 있소."

"우회공격이라고요?"

"그렇소. 방금 달솔이 말하지 않았소? 고구려군은 평양성을 비우고 나왔다고 말이오. 그렇다면 평양성은 무방비나 마찬가지이니 우리가 1만 정도만 우회시켜 공격한다 하더라도 쉽게 떨어뜨릴 수 있소!"

생각이 여기까지 이르자 진무가 무릎을 탁 쳤다. 바로 그 공격이 지금 상황에서 가장 알맞은 전략이었다.

"하지만 평양성이 그리 쉽게 떨어지지 않을 수도 있습니다. 그러면 어떻게 합니까?"

양차소가 만일의 경우를 가정했다.

"문제는 평양성의 함락 여부가 아니오. 성이란 결국 껍데기일 뿐이니 중요한 건 그 안의 군대와 백성, 장수가 아니겠소? 평양성이란 고구려군에게 있어 반드시 지켜야할 곳이니 그곳이 공격받는단 사실만 알아도 고구려군은 동요하게 되어 있소. 필경 후퇴하여 평양성을 지키려 할 것이오! 그럼 우리는 후퇴하는 고구려군의 후미를 치면서 전진하면 되는 거요."

"후퇴하지 않고 버틸 수도 있지 않습니까?"

"그럴 때는 일단 평양성을 공격해보다가 여의치 않으면 즉각 돌아오면서 황추령 요새의 퇴로를 차단하시오. 그리고 나서 우리 군이 앞뒤로 협공하면 고구려군은 독안에 든 쥐 꼴이오."

"과연! 훌륭한 계략이십니다!"

"손자병법에 위위구조란 계책이 있소. 강한 적을 공격할 때 적의 약한 후방을 쳐서 적이 후퇴하게 하고 전멸시키는 계략이오. 위나라를 포위해 조나라를 구했다는 춘추전국시대의 고사에서 나온 것이지요. 지금 고구려군에 있어 약한 후방이란 평양성이오."

진무는 역시 아화가 아낄 정도로 훌륭한 장수였다. 병사들에게 신망도 높을뿐더러 몸소 앞에 나가 싸우는 용기와 신중한 전략을 동시에 가지고 있었다.

"덕솔. 그대가 이 임무를 맡아주시오."

진무는 양차소에게 우회임무를 부탁했다.

"야심한 밤을 틈타 패수 앞쪽에 포진한 보병 1만을 이끌고 평양성으로 향하시오. 일단 평양성 공격을 목표로 하지만 상황에 따라선 군대를 되돌려 태왕의 부대를 공격하시오."

“알겠습니다. 이거 정말 재미있는 싸움이 되겠습니다.”

고구려 경기 백 명을 죽인 것 빼고는 사흘 동안 아무 것도 하지 못한 양차소는 움직이고 싶어 좀이 쑤실 지경이었다. 그런 때 이런 좋은 임무를 맡게 되니 너무도 기뻤다.

“기대하겠소.”

“반드시 임무를 성공시키겠습니다, 좌장!”

양차소가 이끄는 백제군 1만이 그날 밤 바로 패수를 남쪽으로 살짝 우회해서 평양성으로 향했다. 도중에 작은 고구려 보루 몇 개가 있었지만 1만에 달하는 백제군을 막을 엄두도 내지 못했다.

“간밤에 백제군 1만여 명이 패수를 우회해서 평양성 쪽으로 향했습니다!”

황추령 본진에 보고가 전해진 것은 다음날 새벽이었다. 이미 양차소가 이끄는 백제군이 패수를 벗어나서 평양성으로 한참 진격할 때였다.

“백제군이 평양성에!”

담덕과 같이 본진에 있던 막리지 해사우가 소스라치게 놀랐다.

“확실한가?”

“확실하옵니다. 도중에 있는 보루가 무너지며 급보를 보냈습니다. 정찰 기병도 같은 보고를 했습니다.”

혹시나 어떤 종류의 기만책이 아닐까 했지만 그건 분명 아니었다.

“태왕 폐하!”

해사우가 즉각 간언했다.

“즉각 후퇴하셔야 합니다. 이대로 내버려두면 평양성이 무너지는 건 시간문제입니다! 평양성이 떨어지면 자칫 나라가 무너질 수도 있습니다. 설령 위기를 넘겨도 큰 욕을 당할 수도 있습니다!”

다소 과장하는 듯했지만 따지고 보면 과장이 아니었다.

북방의 모용선비가 강성했을 때 나타난 영웅 모용황은 당시 고구려 수도 환도성을 함락시키고 태후 주씨와 왕후, 미천왕의 시신을 빼앗아갔다. 이후 한참동안 고구려는 그 때문에 연나라에 볼모와 공물을 바치며 굴욕적인 외교를 해야만 했다.

"자칫하면 이번 백제군에게 두 번째로 치욕을 입을 수도 있습니다!"

막리지가 차마 그 사실을 구체적으로 입에 올리지는 않았지만 다시 치욕이란 말을 상기시켰다.

"폐하!"

그러나 담덕은 그 말을 듣고 있지 않았다.

갑옷을 차려입고 진영을 나선 그는 아직 어두운 서쪽 하늘에 뜬 달을 보았다.

"막리지. 저 달을 한 번 보시오."

담덕이 희미한 미소를 지으며 달을 쳐다보았다.

"저 달이 점점 희미해지고 있소. 그러면 그 뒤에 뜨는 건 무엇이겠소?"

"곧 아침이 될 듯하니 당연히 태양이 뜰 것 아닙니까?"

막리지가 이상하다는 표정으로 대답했다.

"맞소. 바로 그 태양이지. 짐이 말하지 않았소? 백제군이 마침내 견디지 못하고 그 달이 떠 있는 동안 움직였소. 마침내 때가 왔으니 우리 고구려군은 태양이 뜰 때 공격할 것이오!"

"후퇴하시지 않겠단 말입니까?"

"물론이오! 생각해보시오. 3만이었던 백제군이 도리어 순식간에 2만으로 줄었으며 병력을 나누어 우회했다는 건 우리를 정면으로 공격할 생각이 없다는 것이오. 그러니 이제는 우리가 나서야 할 때요! 나아가 적진을 무너뜨리고 단숨에 적 대장의 본진까지 가야겠소!"

"폐하!"

담덕의 말에 연무비는 어쩐지 온 몸이 짜릿해지는 느낌을 받으며 외쳤다.

"정말로 공격하실 셈이십니까?"

"당연하지!"

담덕이 쾌활하게 웃었다. 밝은 웃음 뒤에는 강인한 의지가 풍겨나왔다.

"승리란 놀이는 그렇게 자주 기회를 주지 않아. 지금이 바로 기회야. 여태까지 배운 모든 병법과 경험을 비롯해 짐의 직감까지 그렇게 말하고 있어. 뭐하고 있나? 막리지! 곧바로 병사들을 깨워서 총공격 준비를 시키시오! 우리도 새벽동안 잠시 우회합시다. 이곳에는 최소한의 병력만 남겨놓고 말이오."

"하지만…."

"자기 꾀에 스스로 넘어간다는 말이 있소. 백제 장군 진무는 손자병법을 좋아한다고 하니 위위구조의 책략을 쓴 모양이지만 오히려 자기 목줄을 쥔 꼴이 되었으니 이제 두고 보시오!"

담덕은 자신감에 넘쳐 병력을 집결시켰다.

패수에 있던 3만 백제군 가운데 1만이 남쪽으로 우회해 평양성으로 향하는 동안, 북쪽 황추령에 있던 고구려군 가운데 6천 명이 담덕의 지휘 하에 동쪽으로 우회했다. 1천 명은 요새를 지키며 별도 행동을 지시받았다.

고구려군의 이동이 전부 끝났을 때는 이미 날이 밝아서 슬슬 아침이 되었다. 이동하는 새벽동안 간단한 식사를 하도록 한 뒤라 병사들 모두 배는 든든했다.

또한 도중에 담덕은 속임수를 썼다.

패수 강가에서 고구려군을 주시하는 백제군을 의식해서 병력을 이동시키면서 마치 후퇴하는 것처럼 보이도록 했다. 섣불리 생각한다면 담덕이 평양성으로 향한 백제군에 놀라 서둘러 부대를 빼서 뒤를 쫓는 것으로 보일 수 있다.

'만일 적이 속지 않고 모든 걸 눈치 챈다면?'

담덕의 마음속에 두려움이 없는 건 아니었다. 하지만 일찍이 군사 을지언이 말해준 바를 가슴속에 상기했다.

'전장에서 가장 위험한 것은 잘못된 결단이 아니라 결단 자체를 내리지 못하는 것입니다. 병사가 군령에 절대 복종해야 하듯 지휘관은 자기가 내린 결단을 끝까지 믿어야 합니다. 그렇지 못하면 패배가 기다릴 뿐입니다.'

주사위는 이미 던져졌다. 머리싸움만으로는 결론이 나지 않는다. 서로가 피를 뿌리며 누가 옳았는지를 증명해야만 한다.

담덕은 병력을 동쪽에서 다시 포진시켰다.

왕당무사를 중심으로 오른편에 주작 깃발을 올린 경기(輕騎)를 세웠다. 이들은 각자 물소뿔로 만든 곡궁(曲弓)을 들고 싸리나무 화살을 메겼다.

중앙에 청룡 깃발 철기(鐵騎)가 돌진준비를 갖췄다. 개마무사(介馬武士)라고도 불리는 이들은 이웃나라에 공포의 대상이 된 철갑부대다. 갑옷을 입은 말 위에서 침묵으로 지시를 기다리는 이들은 등자에 발을 단단히 고정시키며 강철 기창을 적에게 향했다.

그 왼편에 현무 깃발 창수(槍手)와 도끼를 든 부월수(斧鉞手)가 대열을 이뤘다. 이들은 어떤 경우에도 대열을 깨지 않도록 강한 담력으로 훈련된 정예병이다.

그 뒤편에는 백호 깃발 궁수(弓手)가 멀리 곡사로 활을 쏘도록 준비했다. 이들은 멀리서 활과 불화살을 날려 아군을 엄호한다.

포진이 모두 끝났을 때 이들 등 뒤로 아침 해가 은은한 빛을 뿌렸다. 지평선을 살짝 가린 언덕 사이로 나온 햇볕이 제법 따스했다.

가을벌판의 갈대밭이 펼쳐진 패수 강가 전체에 햇빛이 천천히 퍼져나갔다. 그때 담덕이 말을 타고 진영 바로 앞에 멈춰서 외쳤다.

"듣거라! 간밤에 백잔의 무리들이 3만 가운데 1만을 빼내어 평양성으로 보냈다고 한다. 이것이 무엇을 뜻하는가? 아는 자는 말해보라!"

아무도 대답하지 않았다. 무거운 침묵이 감돌았다.

"하하하! 어려운가? 어렵게 생각할 것이 없다. 그 의미는 아주 단순하다! 곧 우리가 상대해야할 적이 하룻밤에 1만이나 줄었음을 의미한다! 또한 우리가 쳐나가야 한다는 걸 의미한다!"

담덕의 신묘함은 굳이 그 병법과 두뇌에만 있는 것이 아니다. 그는 소탈하면서도 위엄을 유지하며 병사들 모두에게 반드시 이긴다는 자신감을 준다. 이 상황에서도 마찬가지로 어느새 병사와 장수를 막론하고 담덕이 가진 자신감이 아침햇살과 함께 번져갔다.

"우리는 우리 땅을 지킬 것이며 승리할 것이다! 여기서 우리가 진다면 평양성에 있는 너희들의 가족과 친구가 죽거나 노예가 될 것이며, 이긴다면 반대로 백잔 무리들이 죽거나 노예로 떨어질 것이다! 준비는 이미 갖춰졌다! 감히 짐은 이 한 마디로 명령을 내리노라!"

담덕은 여기서 잠깐 말을 끊고 태양을 바라보았다.

늘 담덕을 따라다니는 세발까마귀는 태양과 함께 있다. 하늘에서 내려온 천손은 곧 태양이며 이는 고구려 백성들의 뿌리 깊은 믿음이기도 하다.

"태양은 나에게 있다!"

"와아앗!"

"우와와!"

즉각 반응이 일어났다. 담덕이 가진 그 찬란함이 신앙의 힘과 함께 병사들 전체로 퍼져나갔다.

"돌격하라! 가서 적을 무찔러라!"

돌격 신호를 거듭 내릴 필요가 없었다. 단 한 번의 북소리로 족했다.

잔뜩 당긴 활줄에 걸린 화살처럼 도사리던 고구려군이 드디어 시위를 떠난 화살처럼 앞으로 달렸다.

병사들은 누가 시키지도 않았는데 담덕의 한 마디를 마치 주문처럼 외쳤다.

"태양은 나에게 있다!"

"태양은~ 나에게 있다아!"

등 뒤에 떠오른 태양을 안은 그들은 진정 하늘의 군대처럼 보였다.

담덕의 속임수는 적중했다.

새벽에 시작해 아침에 끝난 고구려군의 우회 포진을 보고받은 진무는 분명 고구려군이 후퇴한다고 판단했다.

"그럼 그렇지! 태왕 담덕이라 해도 이번엔 별 수 없겠지. 평양성을 구하기 위해 철수하는 것이 분명하다!"

진무 역시 병법에 능한 장수답게 결단이 빨랐다.

원래 패수에 포진한 백제군은 얕은 강 하구를 사이에 두고 앞쪽 갈대밭에 극병 일부를 매복시켜두고 뒤쪽에 주력부대가 숨어있었다. 만에 하나 기병을 중심으로 한 고구려군이 기습을 걸어올 것에 대비하기 위해서였다.

그렇지만 고구려군이 철수한다면 이 포진은 아무런 쓸모가 없다.

"모두 패수 앞쪽으로 전진하라. 가서 후퇴하는 고구려군을 추격해 섬멸하라!"

진무는 즉각 총공격을 위한 전진을 명했다. 갓 새벽잠에서 깨어난 병사들을 다그치며 장수들이 패수를 건넜다.

명령을 받은 백제군은 신이 나서 각 장수마다 전공을 다투며 앞 다퉈 전진했다.

"서둘러라!"

백제군 선두에서 극병 2천 명을 지휘하는 나솔(奈率) 사무태(沙武泰)가 특히 고구려군 추격에 강한 의욕을 보였다.

사씨는 웅진 부근 귀족세력인 남부 귀족이지만 군대에서는 진씨에게, 궁중에서는 목씨에 눌려 별로 목소리를 내지 못했다. 사무태는 이번 기회에 공을 세워 반드시 중앙에서 사씨 가문의 목소리를 내겠다는 의욕에 가득 찼다.

"꾸물거리지 마라! 고구려군은 후퇴하고 있으니 추격하는 게 더 중요하다! 날랜 군사들이 먼저 선두에 서라!"

극 역시 창의 일종이다. 창병이 방어를 하기 위해서는 모여서 최소한 3열 이상 대열을 이루어야 한다. 그렇지만 퇴각하는 적을 급히 추격하는 데 그렇게 대열을 이루어서 가지는 않는다. 어느 정도는 진형을 무너뜨리며 가는 게 일반적이다.

선두에서 말을 타고 달리는 사무태가 이끄는 백제 극병이 황색 깃발이 휘날리도록 달려서 갈대밭을 헤쳤다. 고구려군이 도망친다고 생각한 병사들의 사기는 매우 높아서 아침을 제대로 먹지 못했어도 활기찬 몸놀림을 보였다.

"어라?"

다른 백제군보다 상당히 앞서나간 그는 갑자기 고삐를 당겼다.

"고구려군이 어째서?"

정보가 맞는다면 아군에게 등을 보이고 철수해야할 고구려군이 반대로 백제군을 향해 다가왔다. 그것도 아침을 맞은 벌판이 떠나가도록 함성을 지르며 달려들었다.

'뭔가 잘못됐다!'

순간적으로 사무태는 상황이 예사롭지 않다는 걸 눈치 챘다.

"아!"

막 떠오르는 아침 해가 고구려군의 등 뒤에서 빛을 뿌렸다. 그 빛을 정면으로 받은 백제군은 눈이 부셔서 한 팔로 눈을 가렸다.

"태양은 나에게 있다아!"

고구려군의 함성이 다시 들릴 무렵 사무태는 머리 위쪽에서 가득 뜬 검은 그림자를 보았다. 마치 까마귀 떼 같은 그것은 고구려군이 쏜 화살이었다.

"방어! 방어 태세로!"

사무태는 말을 돌려 자기 부대 뒤로 돌아가며 이것이 차라리 꿈이었으면 좋겠다고 생각했다.

─ 우우웅.

공중을 울리는 고구려군 화살소리가 고막을 때렸다.

"방패! 방패를 들어라!"

병사 백 명을 지휘하는 백제군 문독(文督)이 급한 함성을 지르는 가운데 화살이 먼저 백제군 사이에 빗발처럼 떨어졌다.

─ 픽! 퍼버벅! 푸푹!

재수 좋게 명을 듣고 방패를 위로 내밀어 화살을 막은 병사도 있었지만 대부분은 급하게 달려오느라 제대로 명령을 듣지 못했다. 때문에 화살이 날아오는 지도 모르고 가던 병사들이 고스란히 화살 비를 맞았다.

"아악!"

"이게 뭐야?"

"고구려군이다! 공격당한다!"

선두에 섰던 날랜 극병들이 가장 먼저 화살의 제물이 되었다. 눈에 화살을 맞고 뒹구는 자도 있었고, 온 몸에 화살 3개가 박혀 절명한 자도 있었다.

"하구려 놈들이…."

사무태의 갑옷에도 화살이 가볍게 스쳐지나갔다. 다행히 상처는 없었지만 사무태는 정신이 퍼뜩 들었다.

"빨리 방어진형을 갖춰라! 늦으면 곧 고구려군이 밀어닥친다!"

이런 상황에서 지휘관의 한 마디가 극히 중요하다. 자칫하면 2천 병력이 반시진도 안 되는 사이에 전부 시체로 변할 수도 있다.

"과연 무엇이 먼저 올까? 창병일까? 부월수일까? 아니면 혹시 고구려 철기인가!"

어떤 것이든 무서웠지만 가장 피하고 싶은 것이 있다면 그건 철기였다. 사무태는 방패를 들고 전열(戰列)을 만드는 휘하병력을 보며 제발 철기만은 오지 않길 희망했다.

아직 뜨거운 피가 흐르는 시체와 죽지 않고 뒹구는 동료를 밟으며 남은 백제군이 그 자리에 방패를 세우고 극을 들어 세웠다. 꼭 지휘관의 명령을 들어서가 아니다. 살기 위해서는 당연히 그렇게 해야 한다.

─ 우르르릉. 쿠릉.

적 화살이 한바탕 쓸고 지나간 후 이번에는 땅을 울리는 커다란 진동음이 들렸다.

"이, 이건…."

땅에 박아놓은 백제군 황색 깃발의 깃대가 지진이라도 맞은 것처럼 부르르 흔들렸다. 움푹 팬 땅에 고인 백제군 핏물에 규칙적으로 파문이 일었다.

"제길!"

사무태가 어금니를 악물었다. 그가 걱정하던 최악의 상황이 왔다.

"앞으로!"

지휘를 맡은 당주의 고함 속에 푸른 용이 눈을 떴다.

청룡 깃발이 바람을 받아 잔뜩 펄럭이는 가운데 고구려 철기 1천 명이 일제히 적을 향해 돌진했다.

쇠로 비늘처럼 이어 만든 찰갑이 은색으로 빛났다. 단단히 든 기창이 말과 함께 바람을 가르며 적을 향했다.

가장 효율적으로 적진을 분쇄하기 위해 쐐기모양 진형으로 구축된 철기가 백제 보병을 덮쳤다.

"비켜라! 안 그러면 죽는다!"

고구려 철기 맨 앞에 선 명림선후(明臨善候)가 무섭게 고함을 질렀다. 적에게 겁을 주기 위해서였지만 거짓말은 아니다. 전속력으로 돌진하는 철기 앞에 있다간 정말로 죽는다.

철기는 한 기의 갑옷과 마갑을 만드는 데 굉장히 많은 철이 들어가고 훈련도 많이 받아야 하기에 숫자를 많이 갖추지 못한다. 다른 병종은 키우기가 비교적 쉽지만 철기는 한 번 없어지면 갖추기가 힘들다. 때문에 철기는 어느 나라든 최정예 병사로 이루어진다.

고구려도 마찬가지다. 명림선후는 선대의 대 재상 명림답부의 후손으로 소형 관등이지만 좌식자(직업무사)였다. 평시에도 일체 다른 일을 하지 않고 말을 타고 무예를 닦았다. 그만큼 단련된 무술과 강인한 정신을 갖췄다.

"창날 올려!"

바로 눈앞에서 백제보병이 갓 만든 허술한 대열로 방패를 세우고 창날을 내밀었다.

비록 갑옷을 입긴 했지만 날카로운 창날 숲에 뛰어드는 건 용기가 필요하다. 저 날이 갑옷을 뚫고 박히면 철기라도 죽는 건 마찬가지다.

그렇지만 명림선후는 전혀 겁내지 않았다.

"간다!"

그가 내민 강철 기창이 백제보병의 창날과 교차하며 마침내 강철로 덮인 말과 사람이 방패를 넘어 백제군 병사와 충돌했다.

─ 투앙.

둔탁한 소리와 가벼운 충격이 전해졌다.

"으아악!"

백제군 창대가 부러지며 창병이 말발굽에 채였다. 채인 창병은 뼈가 부러지는 소리가 나며 몸에서 피가 철철 흘렀다.

"에잇!"

그 뒤쪽을 받치던 백제군 극병이 재빨리 아래에서 극날을 내밀어 명림선후를 후려치려고 했다.

"어딜!"

명림선후는 그 보병의 얼굴을 발로 걸어찼다. 등자에 걸친 그의 발에는 쇠못이 박힌 신발을 신겨져 있었는데 바로 이런 목적을 위해서였다.

"우욱!"

뺨에 쇠못이 박혀서 볼 살이 찢어진 백제병사가 얼굴을 움켜쥐며 쓰러졌다. 엄청난 고통에 소리조차 내지 못하고 몸만 꿈틀거린 그 병사의 몸을 옆에서 달려온 다른 철기의 말발굽이 밟고 지나갔다.

─ 우드득. 드득.

가죽 갑옷 안에 있는 온 몸의 뼈가 부서지는 소리를 냈다. 창대가 부러지고 방패가 바닥에 떨어져 찌그러졌다. 철기가 휩쓸고 간 곳에는 부러진 무기와 갑옷과 함께 죽어가는 육신이 널브러졌다.

"대열을 뚫었다!"

고구려 철기는 미처 방비태세를 갖추지 못한 백제 창병과 극병 중앙을 가르며 대열을 엉망으로 만들었다. 청룡 깃발을 등에 꽂은 철기가 사무태의 백제창병 대열을 넘어 살짝 말을 돌렸다.

"대열을 뚫은 철기는 옆으로 돌아 다시 본진으로 돌아오라!"

고구려군 1천 명 철기를 지휘하는 대사자 모두루(牟頭婁)가 징을 울려 명령을 전했다. 그것은 미리 약속된 작전이기도 했다.

철기는 부서진 백제군 대열을 옆 눈으로 확인하며 물고기 떼처럼 몰려 반원형으로 패수 앞 평야를 돌았다.

"화살이다!"

대열이 깨진 백제군을 기다리는 건 화살을 재고는 혼전상황이 끝나기만을 기다린 고구려군 궁수였다.

뒤쪽에 치켜든 백호 깃발처럼 이들은 먹이를 향해 날카로운 어금니를 드러냈다.

회심의 일격

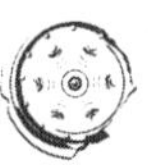

"이 녀석들아! 대열 유지해! 방패 들어!"

사무태는 미친 듯이 휘하 극병 진영을 뛰어다니며 전열을 수습했다.

하지만 일단 철기에 대열이 돌파 당하자 극병들이 슬슬 겁을 먹었다. 그 결과로 대열에 합류하지 않고 갈팡질팡하는 자들이 많이 발생했다.

"어서 막아!"

사무태가 안타깝게 소리친 것도 소용없이 혼란에 빠진 병사들은 방패조차 내던지고 우왕좌왕했다. 그 위로 다시 고구려군이 뿌린 화살비가 쏟아졌다. 다시 수많은 백제병사들이 피를 뿜으며 고슴도치처럼 변해 죽어갔다.

"우리 군은? 도대체 뭐하는 거야?"

사무태는 화가 머리끝까지 나서 전령을 불러 지시했다.

"진무 좌장께서는 도내체 뭘 보고 계시는 건가? 어서 가서 지금 보고 있는 걸 알려라! 사무태 이하 1천 극병이 고구려군 철기에게 여기서 죽기를 바라지 않는다면 즉각 지원병을 보내달라고 해!"

사무태는 야심 못지않게 능력도 있는 지휘관이다. 앞서 달려온 소천휘 이하 1백 고구려 경기를 전멸시킨 것도 바로 그가 이끄는 이 부대였다. 그런데 지금은 속절없이 당하면서 아무런 대책도 없었다.

"또 화살이 온다!"

동쪽에서 날아온 화살에 더해 이번엔 약간 북쪽에서 화살 한 무리가 날아들었다. 그쪽 방향에서는 고구려 경기 2천이 진출해서 교대로 활을 쏘았다.

"망할! 왜 우리만 맞아야 하는 거야?"

"나솔님! 이대로 방어만 해야 합니까? 차라리 앞으로 쳐서 나가는 게 어떻습니까?"

간신히 돌파된 휘하 극병 대열을 수습하려는 문독들은 연신 날아오는 화살에 신경이 날카로울 대로 날카로워졌다.

사무태의 극병 반수가 이미 죽거나 크게 다쳤다. 간신히 살아남은 병사는 차라리 이렇게 제자리에서 죽느니 돌격하기를 원했다.

"안 돼! 전부 죽고 싶은 거냐? 여기서 방어하면서 서서히 물러선다! 우리 군은 전부 2만이다. 앞으로 나선 우리가 저 공격을 전부 받아낼 필요는 없어."

사무태는 적절한 판단을 내렸다. 실제로 고구려 경기들은 견디지 못한 사무태가 돌격해올 경우 곧바로 섬멸할 수 있도록 옆구리에서 대기하며 활을 쏘는 것이다. 마치 숨어서 먹잇감을 기다리는 맹수처럼.

— 피잉! 피이잉!

기다린 보람은 있었다. 이제까지 침묵하던 백제군 진영에서 궁수들이 화살을 쏘았다. 사무태의 극병들은 자기들 머리 위를 지나 고구려군으로 향하는 화살을 보는 것만으로도 잔뜩 위축됐던 사기가 조금씩 되살아났다.

― 부우우! 부우우!

날카로운 피리소리가 백제군 전체에 신호를 보냈다. 본진 병력이 합세했음을 알리는 뿔피리신호다.

"아군이 도착했다!"

자칫 완전히 무너질 뻔하던 사무태의 극병이 완전히 수습됐다. 그러자 사무태는 도리어 후퇴명령을 내렸다.

"뒤로! 후퇴하라! 대열을 재정비한다!"

비록 좌장 진무의 군령을 받지는 않았다. 그렇지만 이 상황에서 보다 효과적으로 싸울 수 있는 방법은 그것이라 믿었다. 결과적으로 이 판단은 옳았으며 백제군 전체에게 매우 귀중한 결단이 되었다.

"고구려 놈들이 죽고 싶어 환장했구나! 앞으로! 가서 적을 섬멸하라!"

사무태의 극병 오른편에서 앞으로 나온 건 나솔 국매려(國梅麗)가 지휘하는 창병 2천 명이었다. 국매려는 용맹하기로 이름난 양자강 출신 백제 무장으로 6척을 넘는 키에 몸집도 아주 컸다.

"와아아!"

국매려의 명에 따라 백제 창병 2천 명이 피에 물든 갈대를 헤치고 함성을 올리며 앞으로 달렸다.

백제군 궁수 3천 명이 뒤에서 아낌없이 화살을 퍼부어 지원을 해주었다. 고구려군과 백제군이 서로 지지 않고 화살을 교환했지만 숫자로 보면 백제군이 다소 우세했다.

― 투두둑! 타닥타닥.

화살이 떨어지는 소리를 들으며 백제군 창병이 앞으로 달렸다. 돌격을 위해서 무거운 방패는 버리고 창 하나만을 든 그들의 몸을 지켜주는 건 가죽갑옷과 무쇠투구 뿐이다.

백제군의 사기는 높았다. 숫자로 봤을 때 아군은 많고 적군은 적으니 결국 이길 것이란 단순한 생각이 아직 변하기 않았다.

옆에서 화살을 맞아 푹푹 쓰러지는 동료 병사를 아랑곳하지 않고 백제 창병은 고구려군 진영을 향해 달려 나갔다.

"목표는 세발까마귀 깃발이다! 태왕 담덕의 목을 베자!"

기왕 공격하는 것이라면 상대 핵심을 노린다. 국매려는 따로 진무에게 지시를 받지 않았음에도 태왕이 있는 곳을 향했다.

'나솔 국매려가 앞으로 나섰구나.'

진무는 고구려 철기의 돌격과 사무태가 이끄는 극병 부대가 뒤로 물러선 사실을 확인했다.

이미 그가 이끄는 본진 부대 1만 명이 패수를 건넌 다음이었다. 고구려군의 움직임이 이상하다는 사실을 눈치 챈 진무는 상황을 좀 더 지켜보며 대응하기로 하고 우선 전열의 창병을 전진시켜 대응했다.

창병이 기병 수비를 잘하고 주로 수비를 맡는 게 사실이지만 공격을 하지 못하는 건 아니다. 창병은 공격에도 상당한 쓸모가 있는데 바로 긴 창을 이용해 적에게 달려들어 혼전을 유도하는 목적이다.

기병이 부족한 백제군은 어떻게든 고구려군이 기병을 자유롭게 쓰지 못하도록 해야 한다. 그러면서 병력의 우위를 최대한 활용하려면 접근전이 가장 유리하다.

'고구려군이 후퇴할 줄 알았는데 도리어 공격을 걸어왔다. 도대체 어떤 목적일까. 후퇴하기 전에 일단 공격을 걸어 의도를 숨기는 것일 수도 있다. 하지만 그렇게 보기엔 공격의 규모가 너무 크다. 거기다 태왕의 왕당 부대를 뜻하는 세발까마귀 깃발이 맨 앞에 나섰다.'

백제와 고구려는 모두가 부여에서 갈라져 나온 만큼 비슷한 점이 많았

다. 서로가 부여국의 후예란 자부심도 있으며 동시에 전투를 앞두고는 동
성묘(주몽을 모신 사당)에 가서 전승을 기원하는 제사를 지냈다.

때문에 고구려와 백제는 전쟁을 치르기 전에 서로 승리를 바라며 동성
묘에 제사를 지내는 웃지 못 할 일도 벌어졌다.

하지만 서로 확연히 다른 점이 있으니 바로 고구려의 세발까마귀 문양
이다. 백제는 제왕을 상징하는 것으로 봉황이나 용을 주로 썼는데 고구려
는 독특하게도 세발까마귀를 내세웠다. 담덕이 사신수를 병종별로 나누어
배치하고도 그 중앙에 위치한 왕당부대 깃발에 세발까마귀 문양을 쓴 건
이런 이유였다.

'만일 여기서 고구려군이 전혀 후퇴하려는 생각이 없이 정면으로 우리
군을 치려고 일부러 유인한 거라면? 그럼 어떻게 되지?'

진무는 자기 계책이 처음부터 담덕에게 간파되었을 경우를 상상해보았
다. 만일 그런 것이라면 그 피해는 미처 말할 수가 없다. 최악의 경우 상상
하기도 끔찍한 일이 벌어질 것이다.

"전령을 불러라!"

아마도 알아서 하겠지만 마음을 놓을 수는 없었다. 진무는 즉시 전령에
게 명했다.

"이 길로 곧장 덕술 양차소에게 찾아가 전하라. 즉시 회군하여 고구려군
의 후미를 공격하라고. 아군이 위기에 처해있으니 서두르라고 전해라!"

"알겠습니다!"

즉시 대답하고 출발하면서도 전령은 어쩐지 말이 이해되지 않는다는 표
정이었다. 아직까지는 특별히 백제군이 불리하지도 않고 병력도 훨씬 많
았다. 위기에 처했다고 보기는 어려웠다.

하지만 진무는 크게 전체 전황을 보며 그 위기를 깨달았다.

'과연 용병에 능하다고 알려진 담덕이다! 우리 군은 완전히 그 유리함을

잃었다. 반면에 고구려군은 유리한 조건에 섰으니 그 기세를 쉽게 이겨내긴 힘들지 모른다.'

때마침 동쪽에서 뜨는 아침햇살을 등에 업고 공격하는 고구려군의 눈부신 모습이 눈에 들어왔다.

'그렇다면 나는 어떻게 해야 할까. 어떻게 하면 적의 기세를 꺾고 백제군을 이기게 할 수 있을까.'

결단을 미루는 것이 위험하다는 것을 진무도 알고 있었다. 하지만 바로 방법이 떠오르지 않았다. 오로지 하나가 있다면 양차소의 회군한 병력과 합세해 적을 앞뒤에서 협공하는 것뿐이다.

전쟁의 승패를 보는 관점은 사람마다 다르다.

선두에서 피와 살을 뿌리며 싸우는 병사는 자기가 한 명이라도 더 많은 적을 죽이면 이길 것으로 생각한다. 그들을 일선에서 지휘하는 각 부대 지휘관은 자기 부대가 적 부대를 격파하고 전투불능으로 만들면 이길 것으로 판단한다.

하지만 총지휘하는 장수에게 있어선 상대 장수의 의도를 읽고 그에 얼마나 재빨리 대응할 수 있느냐가 승패를 가른다.

'어떻게 해야 할까.'

함성이 오가고 북소리와 깃발이 요란스럽게 군령을 전하는 가운데 공중에서 서로가 쏜 화살이 교차됐다.

"고구려 창수들도 앞으로 달려옵니다!"

전황을 전하는 병사의 고함소리가 들렸다.

태왕 담덕 진영을 향해 달려가는 국매려의 창병에 대항해 고구려군에서 창병들이 대열을 지어 마주 달렸다. 마침내 그 양편이 서로 패수 앞 벌판에서 정면으로 충돌했다.

— 챙! 채챙! 챙!

양군의 창날이 서로 교차하며 굉음을 냈다.

고구려군 창수 염치(廉齒)는 대열 선두에서 마주 달려오는 백제군 창날을 받아냈다.

"이야앗!"

힘을 주어 휘두르는 그의 창날에 백제 병사 창날이 견디지 못하고 밀려났다.

흔히 보병의 접전이라고 하면 양군 병사가 서로 앞 뒤 없이 섞여서 몸을 서로 부딪치고 공중을 날며 발차기를 하는 걸 연상한다. 그러나 실제 보병의 접전을 그렇지 않다. 양쪽이 서로 느슨한 대열을 맞춘 채 서로 창날로 상대 창날을 걷어내고 찌른다. 때로는 위에서 아래로 내려찍고 베기도 한다.

"하압!"

기합을 넣어 다시 창날을 찌르는 염치의 손에 푹 하고 들어가는 감각이 왔다. 갑옷을 뚫고 살에 박히는 느낌이다.

"아앗! 아파!"

어깻죽지를 찔린 백제병사가 고통에 눈물을 찔끔 흘리면서도 몸부림치며 창날을 돌려 염치의 얼굴을 노렸다.

"어딜!"

염치는 고개를 옆으로 숙여 창날을 피했다. 슬쩍 뺨에 가느다란 느낌이 스쳤다. 살짝 베인 듯 얼굴이 화끈거렸다.

옆에서 다른 백제 병사 창날이 염치의 목 언저리에 닿았다.

"죽어버려!"

염치는 퉤하고 침을 뱉으며 뒤로 몸을 물렸다. 그 서슬에 창날이 뽑혀나왔다.

― 따각! 따다닥!

옆에서는 창대가 서로 젖히는 소리가 요란했다. 창병끼리 창대를 밀어 젖히려는 시도다. 창대의 숲이 반대편 창대의 숲을 향해 헤집기 위해 애쓰는 시도가 계속 이어졌다.

백제 창병이 숫자가 두 배나 많았지만 고구려 창병은 달려오는 기세가 강했다. 때문에 부분적으로 백제 창병이 만든 전열이 무너졌다.

특히 염치가 위치한 고구려 창수 중앙부분은 크게 돌출되어 백제군을 밀고 나갔다.

"와하하! 허약한 백잔 놈들! 너희들이 어찌 우리 고구려 병사를 당하겠느냐!"

세 명을 해치운 염치가 고함을 질러 힘을 과시했다.

그렇지만 백제 창병은 오히려 이 상황을 이용해 고구려 창병을 양쪽에서 포위했다. 숫자가 적은 만큼 적 대열을 무너뜨렸지만 후속병력이 뒤를 받쳐주지 못했다.

양쪽에서 백제 창병의 창날이 다가오자 염치는 큰소리로 불평을 외쳤다.

"세 명이나 해치웠는데 또 얼마나 죽여야 하는 거냐? 죽고 싶은 놈은 덤벼봐라!"

염치는 창을 크게 휘둘러 오른쪽 창날을 튕겼다. 그리고 바로 뒤쪽으로 살짝 창날을 뺐다가 오른쪽으로 깊이 찔렀다.

"으윽!"

이번엔 염치의 창날이 적병을 찌르는 느낌과 동시에 등 뒤에 찌르르하는 통증이 엄습했다.

왼편에서 온 백제군의 창이 염치의 등을 찌른 것이다.

"네 명 째다!"

하지만 염치는 돌아보지 않았다. 그는 크게 숫자를 외치며 오른쪽 앞으로 달려 나갔다. 대열을 살짝 이탈한 셈이다. 그 서슬에 등에 박힌 창이 빠져나가며 살점을 찢었다.

"너희들은 듣지 못했느냐?"

창날이 빠진 염치의 등 뒤에서 핏물이 솟아나왔다. 그럼에도 염치는 자기가 찌른 창날을 더 깊이 박아 넣어 상대의 숨통을 끊었다.

"태양은 나에게 있다! 너희가 날 감히 어쩌겠느냐!"

상대 몸에서 튄 피와 스스로 흘린 피가 염치의 갑옷을 붉게 물들였다.

이때 뒤쪽에서 본진의 신호음과 깃발이 올랐다. 후퇴신호였다.

"후퇴하라! 뒤로 물러서라!"

말객들이 흥분해서 물러서지 않으려는 고구려 창수에게 군령을 전했다.

"아직 싸울 수 있어! 벌써 후퇴하는 거냐?"

등을 찔린 염치는 힘이 조금씩 빠져나가고 있음에도 큰소리쳤다. 하지만 전체적으로 볼 때 고구려 창병이 밀리고 있는 게 사실이었다.

"제길!"

염치는 창을 휘휘 저어 앞쪽에서 달려드는 백제 창병을 대충 걷어내고는 뒤쪽으로 대열에 합류했다.

고구려 창수가 만든 그 대열은 비록 뒤로 후퇴했지만 여전히 창을 들고 전투 대형을 유지했다. 때문에 백제 창병도 함부로 달려들지 못하고 대열을 이루어 뒤쫓을 뿐이었다.

"도대체 왜 후퇴하느냔 말이야!"

당장 등에서 피를 줄줄 흘리면서도 큰소리치는 염치를 동료 창수들이 존경의 눈으로 바라보았다. 염치처럼 용감한 자가 그렇게 흔하지는 않다. 부상을 입으면 누구나 공포심이 생기는 법이다.

"주작이 옆에 있다! 기운을 내라!"

뒤에서 말을 타고 당주가 소리를 지르며 격려했다.

과연 주작 깃발을 세우고 다니는 고구려 경기들이 백제 창병에게 활을 쏘며 견제했다. 방패를 버리고 온 백제 창병은 경기가 쏘는 화살을 갑옷 하나로 모조리 받아낼 수밖에 없었다.

— 씨잉.

— 푹. 푸푹.

화살에 맞은 백제창병들이 하나둘씩 옆에서 푹푹 쓰러졌다.

"흔들리지 마라! 앞의 고구려 창병들을 주시해!"

백제군 입장에서 피해 자체는 그다지 크지 않다. 하지만 거의 저항하지 못하고 쓰러지는 창병들이 흔들리면 자칫 대열이 무너진다. 그걸 경계하는 것이다.

"잠시만 버텨라! 곧 진무 좌장께서 우릴 도와줄 거다!"

백제군도 나름대로 전술이 있고 자신감이 있다. 어느새 좌장 진무가 이끄는 본대 1만 명이 패수 강변을 벗어나 앞으로 전진해왔다.

아직은 그래도 상대적으로 뒤쪽에 있지만 그 위압감은 즉각 전체 전황에 영향을 미쳤다.

이미 한시진이 흘렀다. 아침이 되자마자 격렬히 싸운 양쪽 선두병력들은 벌써 기력이 떨어져갔다. 이미 패수 앞 평야에는 말과 사람이 움직이면서 만든 도랑이 생겼고 그 도랑에는 물 대신 피가 고여서 흘렀다.

고구려군은 거의 여유병력이 없다. 7백 명 정도인 왕당무사를 제외하면 나머지는 병력은 모두 전면에 나서 백제군과 상대했고 그러기에 잠시나마 백제군이 심한 열세에 몰렸다.

그렇지만 이제 진무의 1만 병력이 언제든지 가담할 수 있는 위치까지 옴으로 인해 지친 고구려 보병군은 언제든 아직 기력이 남은 백제 보병을 상대해야 했다.

국매려가 이끄는 백제 창병 2천이 고구려 창병 1천을 밀어내며 전진을 계속했다. 전속력으로 돌격해야 했지만 멀리 옆쪽에서 여전히 활로 견제하는 고구려 경기의 존재가 걸려 과감히 공격을 걸 수가 없었다.

'어떻게 해야 할까?'

진무는 드디어 이제까지 미뤄온 결단을 내려야했다.

'여기서 1만 본대를 공격에 투입하면 왼편에 있는 고구려 경기를 제압하며 고구려군을 완전히 밀어붙일 수 있다. 거기다 양차소가 1만 병력으로 뒤를 막아 양쪽에서 둘러싸는 데 성공한다면!'

그 결과는 최고였다 완전히 포위된 고구려군 괴멸은 물론이고 태왕 담덕을 죽이거나 사로잡을 수도 있다.

'하지만 아직도 고구려군의 의도를 알 수 없다. 무엇인가 숨겨진 것이 있어.'

진무는 멀리 고구려군 본진 깊숙한 곳에 펄럭이는 세발까마귀 깃발을 쳐다보았다. 그곳에 있을 태왕 담덕도 지금의 전황을 보고 있을 것이다.

'그는 도대체 무슨 생각을 하고 있을까?'

수많은 싸움을 치렀으면서도 직접 나선 싸움에서 단 한 번도 패하지 않은 젊은 태왕이다. 이렇게 가깝게 접근한 건 처음이었다.

'눌려선 안 된다. 그도 결국은 사람일 뿐이다. 이번에는 그도 별 방법이 없을 거다.'

결단을 미루는 건 가장 위험한 일이다. 진무는 드디어 최후까지 참아왔던 결단을 내렸다.

"전군 일제히 전진하라! 양쪽으로 크게 고구려군을 포위하라!"

백제군 진영에 연이어 신호 깃발이 올랐다.

패수에 온 백제군 가운데서도 진무가 통솔하는 병력은 최정예병사였다.

또한 휘하 장수중에는 전성기 대륙을 종횡무진으로 휩쓴 근초고제와 근구수제 휘하에서 경험을 쌓은 역전의 노장들이 많았다.

명령이 떨어지자 1만 백제군이 양 날개를 만들며 전개했다. 신속하고도 정교한 움직임이 각 부대 지휘관의 노련한 능력을 보여 주었다.

'자! 이 좌장 진무는 마지막 패를 던졌다. 담덕이여! 이제 그대가 패를 내보일 차례다!'

진무는 마음속으로 이렇게 외쳤다.

"후훗. 진무가 그렇게 심취했다는 손자병법 가운데 연환계(連環計)라는 게 있지."

진무가 이끄는 백제 본진이 일제히 패수 강가 갈대밭을 벗어나 공세로 나서자 담덕은 회심의 미소를 지었다.

"연환계라고 하셨습니까?"

왕당무사 연무비가 물었다.

"여러 계책을 연결해 써서 어느 것이 하나를 간파했다고 착각하게 만들어 다른 계책을 쓰는 거다. 진무는 짐이 후퇴하는 척 하면서 공격하는 것을 유일한 계책이라고 생각할 거야. 설사 의심한다고 해도 그 뒤에 이런 계책을 준비할 줄은 몰랐겠지."

"아! 그래서 바로 이렇게 하신 겁니까?"

연무비가 감탄한 표정으로 담덕을 바라보았다.

지금 담덕과 그가 이끄는 왕당무사는 세발까마귀 깃발이 있는 동쪽 본진에 있지 않았다. 본진에 휘날리는 세발까마귀 깃발은 막리지 해사우가 지키고 있었다. 담덕과 왕당무사는 그 오른편에서 활을 쏘며 견제하는 경기 속에 섞여 조용히 숨어 있었다.

거기다 가장 중요한 전력인 철기가 한차례 돌격을 마치고 말을 돌려 경기 뒤쪽으로 돌아왔다.

순식간에 북쪽에 견제병력처럼 있던 기병 전력이 경기 2천에 철기 1천과 왕당무사 7백 명까지 합쳐서 고구려군 전체병력의 반을 넘어섰다.

즉, 백제군 2만이 전력으로 격파하려는 동쪽 고구려군은 껍데기이자 미끼에 불과했다. 이것이 바로 담덕이 가장 노리고 있는 기회였다.

철기는 보통 단 한 번 돌격에 모든 것을 건다. 적진이 돌파되면 그것으로 이기는 것이고 돌파되지 않으면 패한다.

이번 패수전투에서는 워낙 병력이 열세였다. 이중삼중으로 쳐진 백제군의 진영은 기병에 절대로 불리한 패수강가의 습지를 이용해 매복과 포진을 했다. 그러기에 철기로 일단 적진을 돌파했음에도 병력을 물릴 수밖에 없었다.

하지만 담덕은 그런 후퇴조차도 전략적으로 이용했으니 이렇게 노출된 적진의 옆구리를 덮치는 회심의 일격이었다.

"듣거라! 짐은 이번 돌격에 모든 걸 걸겠다! 이번 돌진에서 철저히 적을 격멸하라!"

모두에게 엄숙히 선언한 담덕이 명을 내렸다.

"청룡은 나아가 적을 치거라! 목표는 진무가 있는 적 본진이다!"

"알겠습니다!"

대열을 가다듬은 철기를 대표해 모두루가 군례를 올렸다. 그는 조상대대로 고구려의 중요관직을 역임한 명문으로 고구려군 최정예부대인 철기를 훌륭히 이끌고 있다.

"가자! 이번에야 말로 후퇴는 없다! 오로지 적을 무찌를 뿐이다!"

1천 고구려 철기가 모두루의 지휘 하에 한 덩어리가 되어 일제히 말을 달렸다.

— 우르릉! 따각따각!

다시 말발굽소리가 땅을 울렸다. 피에 젖은 강철기창을 든 철기가 완전히 평야로 나온 백제군을 향해 전속력으로 말을 달렸다.

"주작은 활을 쏘아라!"

뒤에 남은 경기도 가만있지 않았다. 지원을 위해 일제히 화살을 쏘았다. 화살 2천여 개가 하늘을 덮으며 백제군을 옆에서 덮쳤다. 그것은 마치 주작의 날카로운 발톱처럼 보였다.

"깃발을 올려라! 철기에 이어 우리도 모두 돌격한다!"

"와아아!"

"태왕 폐하가 여기 계시다!"

이제까지 숨겨왔던 세발까마귀 깃발이 담덕 뒤에서 힘차게 올라갔다.

담덕도 드디어 준비한 마지막 승부수를 던졌다. 이제 머리싸움은 끝났다. 이후로는 오로지 피와 죽음이 승패를 말해줄 차례다.

백제군 전부가 앞으로 나가는 가운데 제일 먼저 큰 피해를 입었던 사무태의 극병 5백여 명은 제일 뒤쪽에서 휴식을 취했다. 본진 바로 옆쪽이라서 화살도 거의 날아오지 않았고 조용한 곳이다.

그런데 이곳 사무태가 위치한 본진에 요란한 땅울림이 들렸다. 이건 중무장한 기병이 몰려올 때나 들리는 특유의 울림이었다.

"저건?"

"철기다! 고구려 철기가 여기 왔다아!"

사무태가 눈을 돌려 소리가 들린 곳을 쳐다보기도 전에 공포에 질린 병사들의 외침이 귀를 울렸다.

"뭐라고? 어떻게 철기가 여기에 왔단 말이냐?"

순간 사무태의 정신이 아득해졌다.

그 유명한 고구려철기를 하루에 두 번이나 상대해야 한다는 건 재앙이다. 더구나 이미 1천명으로 줄어버린 사무태의 극병은 좌장 진무가 있는 본진을 옆에서 지키는 유일한 부대였다.

"방패! 방패를 들고 방어하라! 적에게 뚫려서는 안 된다!"

정신을 퍼뜩 차리고 방어를 지시하자 휘하 극병들이 옆으로 모여 왼편에서 오는 고구려군을 정면으로 향했다. 강철을 붙인 방패를 가지런히 모아 성채처럼 벽을 만들고 가지 세 개가 달린 극창 날을 내밀었다.

겉보기에는 제법 든든해 보이지만 경험 많은 사무태의 눈에서 보면 이들로 고구려 철기를 막는다는 건 기적에 가까웠다.

백제군 전부가 총공세를 개시한 지금, 본진에 진무와 함께 남은 병력은 3천이 채 안되었다. 더구나 이미 평야로 나선 이상 기병 1명이 보병 10명을 상대할 수 있는 지형이다.

고구려군은 보병을 모아 허수아비로 세우고는 그곳에 백제군이 공세를 집중한 순간 측면에 모든 기병 전력을 모아 들이친 것이다.

하늘을 덮으며 다시 화살이 붕 떠올랐다. 고구려 경기가 뿜어내는 이 화살은 여태까지 야금야금 백제보병을 죽여 왔다. 그런데 이번에는 철기의 공격과 함께 오며 마치 죽음을 알리는 신호처럼 보였다.

― 퍼억! 퍼픽! 퍼버벅!

방패가 대부분의 화살을 막아주었지만 개중에는 방패를 뚫거나 사이에 난 빈틈으로 들어가 병사를 쓰러뜨리기도 했다. 가벼운 싸리나무로 만든 이 화살 하나가 대륙에서 숙련된 휘하 극병 한 명의 목숨을 앗아갈 때마다 사무태는 가슴을 저미는 고통을 느꼈다.

'어떻게 키운 병사들인데! 이렇게 잃을 수는 없어!'

하지만 전쟁에서 진다면 어차피 누구도 살아남을 수 없다. 그러기에 사무태는 이곳에서 뼈를 묻을 각오를 했다.

좌장 진무가 있는 본진에는 2천 명 정도의 직속병력만 있다. 그들이 유린당하고 진무가 죽는다면 백제군은 돌이킬 수 없는 패배에 직면하게 된다.

어느새 고구려 철기가 그 위용을 드러냈다. 강철로 덮인 마갑을 입고 사납게 달리는 말과 그 위에서 역시 강철로 온 몸을 두르고 창을 내밀며 달려오는 사람의 덩어리다. 선두에 청룡 깃발이 선명한 그들은 그야말로 강철의 해일을 만들며 밀려들었다.

“막아! 죽어도 막아야한다!”

더 이상은 전술이고 뭐고 없었다. 이제는 그저 몸과 몸이 충돌할 뿐이다. 아무 것도 모르는 무식한 장수마냥 사무태는 칼을 빼들고 목청껏 외쳤다.

“물러서지 마라! 끝까지 싸워라!”

사실 이렇게 말한다고 절망적인 상황에서 순순히 모든 병사가 물러서지 않고 끝까지 싸울 리도 없다. 또한 장수가 매번 전투마다 전술적 지시는 안하고 이런 말만 한다면 장수가 있을 필요도 없다.

그렇지만 지금은 그야말로 절박한 상황이다. 사무태는 이번 단 한 번만이라도 이 말이 효과가 있기를 기원했다.

“비켜라!”

“부딪친다아!”

“아악!”

고구려 철기의 외침과 백제군 극병의 비명이 교차하는 가운데 철기가 방패에 충돌했다.

극창에 찔린 철기 한 명이 뒤쪽으로 붕 날아가 바닥에 처박혔다. 모래먼지가 자욱하게 그 몸을 덮고 이어서 동료의 말발굽에 짓밟혔다.

방패가 이리저리 날아가며 부서진 나뭇조각이 날렸다.

— 째앵! 쨍강!

방패를 부수고 극병 대열에 돌입한 철기의 기창과 백제병사의 극창이
서로 부딪쳤다. 기창이 극창을 뱀처럼 휘감으며 백제병사의 가슴을 찔렀
다.

"크아악!"

가슴에 박힌 창날을 부여잡은 병사가 기창에 꼬치처럼 꽂힌 채 버둥거
렸다. 하지만 기창 날이 맹수의 송곳니처럼 가슴을 찢어발겼다.

"죽어!"

쇠꼬챙이가 달린 철기의 쇠신발이 옆쪽 극병의 머리를 후려갈겼다. 투
구를 뚫고 박힌 병사는 머리가 깨지며 옆으로 나자빠졌다. 그 몸에 깔려
다른 극병도 와르르 쓰러졌다.

물론 백제 극병도 가만히 있지는 않았다. 비록 불시에 당한 습격이지만
기병을 상대하기 위해 단련된 극병이다.

"걸어!"

극창의 갈고리처럼 뻗은 가지 날이 옆에 지나치는 철기 갑옷을 걸어서
넘어뜨렸다. 찰갑솔기에 걸린 극창 날은 바로 이런 목적을 위해 만들어졌
다.

"내려쳐!"

극창 날이 이번엔 도끼처럼 쓰러진 고구려 철기의 목을 내려찍었다. 금
속 날이 박힌 목에서 피가 철철 흐르며 철기병의 숨이 끊어졌다.

— 히히잉! 히잉!

방패에 막히고 창날에 다리가 베인 말들이 울부짖으며 날뛰었다. 말 위
에서 고삐를 움켜쥐며 버티던 철기병이 연신 말에서 떨어졌다.

아직 극병 대열은 무너지지 않았다. 중앙에 약간 뚫리긴 했지만 그곳으
로 빠져나간 철기는 수십 기를 넘지 않았다.

잠시였지만 사무태의 극병은 기적을 만들어냈다. 지치고 크게 다친 채

대열조차 엉성한 극병 1천 명이 정예 고구려 철기 1천의 돌격을 막아냈다.

"힘을 내라! 할 수 있다! 우리가 고구려 철기를 막아냈다아!"

"나솔님! 고구려 철기라 해도 그저 말 탄 녀석일 뿐입니다! 전혀 겁나지 않습니다!"

사무태의 격려에 문독 아래 좌군들이 호기롭게 외쳤다.

완강히 저항하는 극병은 본래 고구려 기병을 상대하기 위해 특별히 동원된 부대인 만큼 기병에 대한 두려움이 적었다.

두 개의 벽이 만들어졌다. 하나는 방패를 세우고 극창 날을 곤두세운 극병이 만든 가시덩굴 같은 벽이고 다른 하나는 온통 철갑을 두르고 파도처럼 몰려오는 인마가 만든 벽이었다. 그 두 개의 벽이 서로 부딪치며 서로를 밀어붙이기 위해 안간힘을 썼다.

가시덩굴에선 방패가 부서지고 극병이 하나 쓰러지면 뒤 열에 대기하던 다른 극병이 앞으로 나오며 그 자리를 메웠다. 이를 넘으려는 강철의 파도역시 한쪽 파도가 부서지면 뒤에서 다른 파도가 밀려 왔다.

"세발까마귀 깃발이다!"

"주작 깃발이 온다! 고구려 경기가 옆에서 온다!"

여기까지가 한계였다. 이 팽팽한 상태를 무너뜨린 건 담덕이 이끄는 왕당무사와 2천 경기였다. 철기에 이어 밀려든 이들이 극병 측면에서 밀려들었다.

그러자 상황이 완전히 바뀌었다. 강력히 대열을 유지하던 극병들이 옆에서 온 경기의 돌격을 받게 되자 더 이상 견디지 못하고 무너지기 시작했다. 문독들이 아무리 악을 쓰며 칼을 빼들고 독전해도 더는 소용없었다.

'이젠 끝이다.'

강인한 성격의 사무태도 이제는 체념하고 말았다.

결코 휘하 극병들이 못 싸운 게 아니었다. 그들은 제몫을 넘어서 충분히 잘했다. 문제는 고구려 태왕 담덕의 전술자체가 너무도 뛰어나 일개 부대의 분전(奮戰)으로 막을 수 있는 게 아니란 점이었다.

"후퇴하라!"

이대로 두면 극병 전체가 몰살당하는 걸 피할 수 없었다. 사무태는 억울해서 눈물까지 찔끔거리면서 전면 후퇴를 명했다.

"뚫렸다!"

"우리 고구려의 청룡이 백제극병을 뚫었도다!"

후퇴명령과 거의 동시에 힘겹게 유지하던 사무태의 극병 대열이 마치 둑이 무너지듯 와르르 허물어졌다.

"고구려의 용사들이여! 계속 돌진하라! 짐이 함께 있다!"

귓가에 매우 특이한 목소리가 들렸다.

한 번도 직접 들어본 없었지만 사무태는 직감적으로 그 목소리의 주인공이 누구인지 짐작했다.

'태왕! 고구려 태왕이 직접 왔구나!'

언제나 전장에 나서 직접 병사를 지휘하고 전투가 시작되면 선두에 서길 좋아한다는 그 담대한 영웅이 바로 옆까지 다가왔다. 날아드는 화살과 창날을 앞에 두고도 마치 즐기듯 돌진해오는 태왕이다.

멀리 한성별궁에서 느긋이 승리를 기다리는 아신제와는 양쪽 왕의 위험이 하늘과 땅 차이다.

'혹시 바로 이런 차이가 오늘의 승패를 가르는 것이 아닐까.'

말을 돌려 본진으로 달리면서 사무태는 여태까지 한 번도 하지 않았던 생각을 했다.

"당했다!"

철기에 이어 몰려드는 경기와 세발까마귀 깃발을 본 진무는 그만 크게 신음했다. 함부로 흔들리는 모습을 보여서는 안 되는 위치임에도 그럴 수밖에 없었다.

진무 역시 병법을 제대로 구사할 줄 아는 장수였다. 때문에 조금 늦기는 했지만 자기가 어떤 실수를 저질렀으며 그게 어떤 치명적인 결과를 가져왔다는 걸 알았다.

'처음에 우리 군사는 3만이었지만 1만을 따로 분리했다. 또한 지금은 본진에 남은 직속병력 2천을 제외한 나머지 모두가 전면에 나서 고구려군을 압박하고 있다. 보병은 기병처럼 빨리 움직일 수 없으니 지금에 와서 후퇴할 수도 없다. 사무태가 거느린 극병 1천이 무너졌으니 이젠 내가 가진 2천명의 창병이 저 고구려 철기와 경기를 전부 상대해야 한다. 결국 내가 병력 열세에 처했단 이야기다.'

소수 병력을 가지고 다수 병력을 이기는 방법은 의외로 간단하다.

전술을 써서 상대의 대다수 병력을 유인해서 어떻게든 우리의 소수 병력으로 막고 그 틈에 우리의 다수 병력이 남은 적 소수 병력을 치면 된다. 비슷한 조건이면 병력이 많은 편이 이기는 게 당연하다.

'연환계였나. 속임수가 하나뿐이라 생각한 내가 속았다!'

이제 와서 후회해봐야 소용없었다. 두 개의 패가 나란히 펼쳐진 순간 담덕의 패가 진무의 패를 훨씬 앞선 것으로 결과가 나왔다.

'할 수 없다! 이젠 여기서 죽는 수밖에!'

진무는 이를 악물었다. 억울하긴 했지만 병법가로서 상대에게 이렇게까지 당했다면 깨끗이 패배를 인정하는 게 나았다.

"전투준비! 태왕 담덕이 직접 여기까지 왔다! 정중히 맞이해주자! 창칼을 들고 닥치는 대로 베면서! 나도 여기서 끝까지 함께 싸우겠다!"

진무는 결코 죽음을 두려워하는 자가 아니다. 그러기에 관미성 싸움을 비롯해 수곡성 싸움 등에서 돌과 화살을 무릅쓰고 앞장서 싸웠다. 병사들도 그런 점을 알고 있기에 진무를 존경하고 진심으로 따랐다.

"알겠습니다!"

"우리들이 반드시 고구려 놈들을 무찌를 테니 걱정 마십시오!"

백제 창병들이 각 문독의 지휘 하에 견고한 방진(方陣)을 구축했다. 사무태의 극병부대를 돌파한 고구려 철기가 멀리서 먼지를 일으키며 돌진해 오는 모습이 보였다.

겁을 먹거나 목숨이 아까워서 떠는 자가 없는 건 아니었다. 그러나 이제 와서 진형을 이룬 상태에서 빠져나와서 제 살 길만 찾으려는 자는 없었다. 죽든 살든 이젠 한 덩어리였다.

"진무 좌장님!"

진무 휘하에 참모역할을 맡은 협표(俠表)가 간절히 부탁했다. 그는 7품 관인 장덕(蔣德)으로서 평소 조용히 주어진 일만 열심히 하는 성실한 장수였다. 그러나 상황이 이렇게 되자 갑자기 돌변했다.

"저희는 당연히 여기서 최후까지 싸울 것입니다. 하지만 진무 좌장님은 이곳에 계시면 안 됩니다."

"그게 무슨 말인가? 장덕."

"시간이 없습니다! 상황이 돌아가는 것으로 보아서 우리가 패할 수도 있습니다. 아니, 우리가 이긴다 해도 진무 좌장님이 여기서 죽는다면 아무런 의미가 없습니다! 그러니 어서 피하십시오! 뒤쪽 패수 강가에 대기한 배에 타고 계시다가 상황이 어려워지면 후퇴하십시오."

"그럴 순 없어! 어떻게 나 혼자서….."

"좌장님!"

고구려 철기가 점점 가까이 다가왔다. 협표는 눈을 부라리며 마치 대들 듯 말했다.

"간단히 말해 좌장께서 여기 계시든 안 계시든 전황에는 아무런 변화도 없습니다! 하지만 좌장께서 목숨을 잃으면 백제란 나라가 위험합니다."

이어서 협표는 결정적인 한 마디를 던졌다.

"좌장님은 폐하께서 진정으로 의지하는 기둥과 같은 분입니다. 여기서 쉽게 잃어서는 안 됩니다. 부디 이번에 패하더라도 우리의 복수를 해주시기를! 어서 가십시오! 어서!"

피를 토하는 듯한 말이었다. 장덕은 평소에는 상상도 하지 못하던 과감함으로 진무에게 달려들어 투구를 벗기더니 자기 투구와 바꿔 썼다.

"이제부터 바로 내가 진무 좌장이다! 여봐라! 내가 이번에 승진했다! 좌장으로 말이다! 대단하지?"

킥킥 거리는 웃음이 터져 나왔다. 바로 눈앞에 시시각각 가까워지는 고구려 철기가 피 냄새를 몰고 왔지만 진무 휘하 창병들은 웃을 여유까지 있었다. 이미 죽음과 삶을 초월한 모습에 진무는 가슴속이 찌르르 했다.

"제길! 다들 어찌도 그리 미련한가! 고맙다! 그럼 부탁한다!"

다 틀렸다고 잠시라도 삶을 포기했던 진무는 크게 용기를 얻었다. 진무는 말머리를 패수로 돌리며 말 엉덩이에 채찍질을 했다.

"저기 장덕 협표가 도망간다! 하지만 나 좌장 진무가 여기 있다! 누가 와서 내 목을 베어가겠느냐!"

뒤에서 협표가 큰소리로 농담을 섞어 독전하는 목소리가 들렸다. 진무의 눈시울이 뜨거워졌다.

'미안하다! 사무태, 국매려, 그리고 협표와 모든 백제 병사들이여! 나 진무는 이번에 고구려 태왕 담덕에게 졌다. 그래서 너희들을 사지(死地)로 내몰았다. 하지만 여기서 너희들과 함께 죽는 건 나에겐 너무도 사치스러운 일이다. 나는 이후로도 모든 굴욕을 견디고 짊어지며 끝까지 싸우겠다. 그리고 최후에는 반드시 이기겠다!'

분함에 가슴이 쓰려서 견딜 수 없었다. 이때까지 당했던 어떤 패배보다

분하고 원통했다.

'이 괴로움조차도 내가 치러야할 죄 값이다. 내가 모자라서 죽인 목숨에 대한 죄 값이다.'

진무는 몇 번이고 그렇게 되뇌며 패수 강가로 말을 달렸다.

"나는 좌장 진무다! 전군에 후퇴신호를 보내라! 그리고 모든 배를 강가에 집결시켜라! 후퇴하는 백제군을 될 수 있는 대로 많이 태우고 가야한다!"

포구에 도착한 진무는 얼른 명을 내려 군선을 모았다. 이것이 지금 그가 할 수 있는 전부였다.

"3만 백제군이 이렇게 패수에서 무너지는구나!"

말에서 내려 배에 오른 진무가 동쪽 하늘을 바라보며 통곡했다. 가슴이 찢어지도록 아팠다.

"밀리지 마라! 앞으로 나가라!"

본진에 남은 막리지 해사우가 주춤거리는 고구려 창병을 격려했다.

초반에 기세 좋게 철기의 지원을 받으며 백제군을 밀어붙인 고구려 창병이지만 지금은 조금씩 밀리며 뒷걸음질을 쳤다.

결코 그들이 겁이 많아서가 아니었다. 초반에 다소 당황했던 중앙의 백제군이 사무태의 극병이 뒤로 물러서며 전열을 가다듬은데다가 본진 병력 1만 명이 가세하면서 양 옆에서 크게 고구려군을 포위했기 때문이다.

"와아아!"

기세를 올리며 백제 창병이 달려들었다. 그러자 고구려 창병도 지지 않고 함성으로 응수했다.

"우와와!"

무수한 창대가 교차하고 창날과 창날이 서로 부딪쳤다. 젖히고 베고 내리치고 찌르는 수많은 창대의 움직임이 눈을 어지럽혔다.

"양쪽 날개를 펼쳐라!"

넓게 달려드는 백제군에 대해 고구려군도 넓게 포진해서 응수했다.

그렇지만 병력의 압도적 열세는 어쩔 수 없어서 백제군이 7, 8열로 만든 창날 숲에 고구려군은 고작 4열 정도만 가지고 응수했다. 한두 번 부딪칠 때는 차이가 없지만 한 차례 사상자가 발생하고 나면 뒤를 메워주는 병력이 전혀 없었다.

하지만 고구려 창병은 전혀 겁먹지 않고 용감히 응전했다.

"하구려 놈들의 대열이 무너진다! 힘을 내라!"

백제군 문독들이 신나게 병사를 격려하며 기세를 올렸다. 과연 고구려 창병이 힘이 빠졌는지 뒤로 조금 물러섰다.

그때였다.

"고구려 철기가 본진까지 왔다!"

"후퇴! 후퇴신호다! 후퇴하라!"

어이없게도 백제보병이 고구려군을 압박하며 승세를 굳혀가는 그 순간 멀리 패수 강가와 본진에서 일제히 뿔피리 소리와 신호 깃발이 올랐다. 백제 문독들은 어안이 벙벙했지만 군령을 따라 병사들에게 전달했다.

"뒤로! 뒤로 물러서라!"

한창 싸우는 도중이라 함부로 등을 보일 수는 없었다. 백제군은 여전히 고구려군을 향해 창을 겨누고 방패를 든 채로 뒷걸음을 쳤다.

"때가 왔다! 쳐라!"

막리지 해사우가 이 기회를 놓칠세라 명령을 내렸다. 그러자 여태까지 아껴왔던 부대 하나가 앞으로 튀어나와 백제군을 향해 질주했다.

"내려쳐라! 모두 찍어버려라!"

바로 고구려군 부월수(斧鉞手)들이었다. 자루가 긴 커다란 도끼를 든 그

들이 일제히 도끼날을 높이 허공에 치켜들고는 무섭게 달려들어 백제군을
향해 사납게 도끼를 내려찍었다.

— 쿵! 쿠웅! 쩍! 쩌억!

이미 뒷걸음질을 시작한 지라 창으로 찌를 수가 없었다. 당황한 백제군
이 방패를 들어 막았으나 도끼는 방패를 날려버리거나 찍어서 부숴버렸
다.

방패를 잡은 손바닥이 찢어지며 방패를 놓치는가 하면 도끼에 투구를
맞고 두개골이 부서져 그대로 주저앉아 죽어버리는 백제 병사가 속출했
다. 창대는 썩은 수숫단처럼 부러지고, 창날은 휘어지거나 깨졌다. 장작을
패듯 가로막는 모든 걸 쪼개는 부월수의 도끼는 창병에게 있어 극도의 공
포를 안겨주었다.

"후퇴! 후퇴!"

문독들은 끊임없이 명령을 외쳤다.

이미 후퇴하라는 명령 때문에 용감했던 자도 겁에 질려있는 상태였다.
이쯤 되자 백제군은 진무(振武), 극로(剋虜) 같은 하급병사들이 먼저 방태
와 창을 버리고는 등을 돌려 달아나기 시작했다.

창병 뒤에 숨어 활을 쏘던 궁수들도 즉각 영향을 받아 활을 들고 뒤로 달
렸다.

"적들이 달아난다!"

열세에 처했던 고구려 창병이 숫자로 몇 배에 달하는 백제 창병을 격파
했다. 이 때문에 잔뜩 고무된 막리지 해사우는 하늘을 우러러보며 외쳤다.

"실로 태왕 폐하의 지략은 하늘에서 내렸도다! 하늘에 계신 고국원 태왕
께서 보신다면 어찌 기뻐하지 않으랴! 선 태왕이시여! 폐하께서 예전에 이
패수에서 당한 패배를 손자께서 갚았습니다!"

가슴에서 우러나오는 해사우의 말이 여러 고구려 장수들의 심금을 울렸

다. 당장 눈앞의 전투에 정신이 없던 그들은 잠시 감격에 취했다.

"막리지께 보고입니다!"

그러나 이들의 상념도 오래가지는 못했다. 동쪽 평양성에서 달려온 정찰병이 급보를 전했다.

"말해보아라."

"평양성을 향해 진군했던 백제군 1만이 급히 되돌아와서 지금 십 리 앞까지 도달했습니다!"

"예상보다 빠르구나. 좋다! 우리는 전력을 다해 그들을 막는다! 태왕 폐하께서 나머지 백제군을 상대하실 시간을 드려야한다!"

백제군의 회군 역시 담덕의 계산 하에 있었다. 담덕은 미리 막리지 해사우에게 그런 경우 어떻게 하라는 명령을 내려두었다.

"부월수 부대는 퇴각하는 백제군을 쫓아가되 깊이 가지 말고 천천히 몰아내라! 나머지 병력은 조금씩 물러나며 동쪽을 향해 가라! 그쪽에서 백제군을 막는다!"

해사우는 비록 담덕처럼 천재적인 지략을 가지진 못했지만 주어진 상황에서 가장 안정적이고 무난한 전술을 구사하는 능력이 있었다. 그래서 담덕도 안심하고 그에게 이런 위험한 임무를 맡긴 것이다.

"허허. 이 세발까마귀 깃발은 그만 내려라! 이제 우리가 더 이상 본진이 아니란 걸 백제군도 알아챘을 거다."

해사우는 아직도 펄럭이고 있는 머리 위 깃발을 쳐다보고는 너털웃음을 한 번 터뜨렸다.

"폐하! 대성공입니다! 이, 이건 정말로…."

담덕 옆에 바짝 붙어 말을 달리는 연무비는 흥분해서 말을 잊을 지경이었다.

"짐이 말하지 않았느냐. 태양이 나에게 있다고."

당연하다는 듯 받아넘기는 담덕이지만 마음속으로는 커다란 희열(喜悅)을 느꼈다. 불리하기 이를 데 없는 싸움을 오로지 자기 병법 하나만으로 이겼다. 그것도 이번에는 군사 을지언의 도움 없이 혼자서 이뤄냈다.

고구려 철기는 오늘 길길이 날뛴다는 표현이 어울릴 정도로 활약했다. 달리고 치고받는 그들 앞에 백제 보병 대열이 번번이 부서지며 빈틈을 만들었다. 그러면 그 틈을 경기가 파고들어 완전히 흐트러뜨려 놓았다. 담덕을 둘러싼 왕당무사는 뼈가 부러지고 무기조차 놓친 채로 어쩔 줄 모르는 패잔병을 말발굽으로 밟고 다녔다.

― 우르릉! 콰앙!

진무의 본진 병력에 철기가 돌진했을 때 마치 우레와 같은 소리가 천지를 진동시켰다. 불꽃이 튀듯 사방으로 선혈이 날리고, 불길이 타오르듯 사람과 무기가 뒤엉켰다.

멀리서 바라볼 때는 그저 전쟁을 그린 한 폭의 그림 같기도 했다. 하지만 어쩌면 아름답게 느낄 수도 있다. 그러나 이건 전쟁이고 현실이었다. 사방에서 코를 찌르는 피 냄새를 맡으며 죽어가는 병사들의 절규가 귓속을 가득 채우면, 그제야 이게 그림이 아니라 수라장(修羅場)이란 걸 깨닫게 된다.

"타앗!"

담덕이 친히 환두대도를 들어 익숙한 솜씨로 백제 보병의 목을 베었다. 반으로 부러진 창을 들고 어떻게든 저항하려던 그 병사는 목을 움켜쥐며 빙글 한 바퀴 돌아 나자빠졌다.

담덕을 호위하는 왕당무사도 칼 손잡이에 둥근 장식이 된 환두대도로 적을 베어 넘기며 말을 달렸다.

점차 전장은 모두가 뒤섞인 혼전상황이 되었다. 고구려 철기가 관통한 백제군 대열이 흩어지며 여기저기서 패잔병이 되어 학살당했다. 대열을 제대로 갖추지 못한 보병은 설령 백 명이 있어도 기병 하나를 당해내지 못한다.

그렇지만 그 와중에서도 협표가 지휘하는 본진 창병의 저항은 대단했다. 근초고제 때부터 백제가 대륙에 길러놓은 역전의 명장과 병사들이다. 이들은 몇 개로 열을 이루어 교대로 나아갔다 물러갔다 하면서도 결코 등을 보이지 않았다. 철기가 돌격해오면 강력하게 앞으로 나오며 버텼고, 경기가 빙빙 돌며 공격하면 교대로 화살을 막고 창을 휘둘러 쫓아버렸다.

"진무는? 백제 좌장 진무는 어디 있느냐?"

반쯤 허물어져가면서도 끝내 완전히 무너지지 않고 버티는 백제 본진 창병의 활약에 조금씩 공격이 둔화되자 담덕은 마침내 몸소 선두에 나갔다. 태왕이 직접 적 창날이 보일 정도까지 나가는 경우는 이번이 처음이었다.

"그대 백제군의 활약은 매우 훌륭하다! 하지만 전세는 기울었다! 순순히 패배를 인정하고 항복하라! 더 이상의 살육은 의미가 없다!"

전세는 확실히 고구려군이 우세했다. 백제군이 아무리 분전해도 시간을 벌 수 있을 뿐이지 전투 그 자체는 이미 승부가 갈렸다.

하지만 죽음을 각오한 적과 이대로 계속 싸우면 아군의 희생이 너무 크다. 담덕은 고구려군의 희생을 줄이고 싶었다.

"오오! 고구려 태왕이 직접 오셨군요! 너무도 황송해서 눈물이 다 나오!"

장덕 협표는 진무에게 받은 좌장의 투구를 벗어서 머리위로 치켜들었다.

"하지만 보다시피 여기에 이미 진무 좌장은 없소! 있는 건 오로지 장덕 협표이나 이렇게 좌장의 투구를 쓰고 있으니 내가 바로 좌장이요! 태왕이

여! 우리는 죽어도 항복하지 않을 것이오! 비록 이번 싸움은 그대가 이겼
으나 나중에는 반드시 우리 백제가 이길 것이기 때문이오!"

"그런가. 그렇다면 할 수 없지. 그대들에게 어울리는 명예로운 죽음을
주도록 하겠다!"

담덕은 진무를 놓쳤다는 게 아쉬웠고 백제군에 이런 용감하고 충성스러
운 장수가 많다는 것에 놀랐다. 그렇지만 아군의 사기를 위해서 그 어떤
내색도 하지 않고 차갑게 대답했다.

"적을 포위하라! 포위한 뒤 박살내라!"

평야에서 3천이 넘는 기병에게 포위된 백제 창병은 둥글게 원형으로 진
형을 짜서 항전했다. 그 주위를 돌며 고구려군은 양떼를 노리는 성난 이리
떼처럼 달려들었다.

"모두 함께 죽어보자! 우리가 일각이라도 더 버틸수록 남은 동료들이 안
전하게 후퇴할 수 있다!"

온통 피 칠갑이 된 형상으로 협표가 병사들을 독려하는 모습이 담덕의
눈에 비쳤다.

'비록 적장이지만 저런 장수는 정말 죽이고 싶지 않다. 할 수만 있다면
내 편으로 삼고 싶다.'

갑자기 이런 마음이 강하게 들었다. 을지언과 같은 정략적 의도가 아니
라 진정으로 저런 장수를 휘하에 두면 든든할 것만 같았다.

"백제군이 모두 후퇴하고 있습니다! 폐하. 우리가 완전히 이겼습니다!"

전황을 살피던 연무비가 환호성을 지르며 보고했다.

"명령을 내려라! 백제군을 무리해서 추격하지 마라! 그들이 물러간다면
그대로 놔두어라. 아직 우리에겐 싸울 적이 또 있다. 힘을 아껴야 한다!"

백제군은 전투에 패했지만 고구려군 역시 체력적으로 지쳐있었다. 더구
나 아직 사무태가 이끄는 우회병력 1만이 남아있다.

"그래. 우리가 이겼다! 하지만 결코 이걸로 끝이 아니다. 끝난 게 아니야."

멀리 패수 강가에서 허겁지겁 후퇴하는 백제군과 그들을 태우는 백제선단을 보면서 담덕이 말했다.

"감히 신성한 고구려 땅에 백잔의 무리들이 들어와서 난동을 부렸다! 이를 철저히 되갚아주어야 한다."

담덕은 벌써 다음 전략을 구상하고 있었다.

협표가 이끄는 창병 2천은 한 시진이 지난 뒤에 전멸했다. 하지만 그들의 희생은 헛되지 않아서 좌장 진무를 비롯해 살아남은 1만 가량의 백제병사들이 패수에서 배를 타고 무사히 후퇴할 수 있었다.

"패수에서 우리 백제군 2만이 패했다고?"

한편 이렇게 되자 불쌍하게 된 건 양차소가 이끌고 평양성으로 향했다가 급히 회군한 나머지 1만 백제군이었다.

"그렇습니다. 패수 앞에는 온통 우리 군의 시체로 덮였습니다. 고구려군은 계략을 써서 우리 본진 병력을 끌어낸 후 태왕이 선두에 서서 기습을 가했습니다. 도저히 막을 수 없었습니다."

듣고 있는 양차소도 당황했지만 소식을 전하는 전령도 침통하기 이를 데 없는 목소리였다.

"퇴각하는 과정에서 장덕 협표는 죽고, 나솔 사무태와 국매려는 중상을 입었습니다. 좌장 진무께서는 간신히 남은 병력을 수습해 배로 퇴각했습니다."

"이럴 수가! 어떻게 이럴 수가 있단 말인가!"

양차소는 서서히 서쪽으로 기우는 태양을 올려다보며 한탄했다.

태왕 담덕의 계략과 약간의 차질로 인해 평양성을 공격하지도 못했고 본대와 함께 고구려군을 협공하지도 못했다.

그렇지만 지금 병력이나 상황으로만 보면 그가 이끄는 백제군 1만은 결코 불리하지 않았다. 이미 패수에 도착해 막리지 해사우가 이끄는 고구려군이 멀리 보일 만큼 전진한 백제군이다. 이들은 비록 급히 회군하긴 했지만 체력도 온존했고 다치거나 죽은 자도 전혀 없었다.

그에 비해 고구려군은 아침부터 힘을 다해 싸워 지친데다 죽고 다친 자도 많았다. 총병력도 어차피 7천명에 불과한 데다 지치고 다친 고구려군이 터럭만큼도 지치지도 다치지도 않은 1만 백제군을 상대로 싸워 이길 수 있을 리가 없다. 이건 양차소가 누구보다 잘 알고 있었다.

'아마 고구려 태왕도 알고 있겠지.'

때문에 백제군 서쪽에 위치한 고구려군은 일부러 싸우지 않고 진형만 형성하고는 얄밉게도 패전을 알리는 백제전령의 통과를 자유롭게 허용했다. 심지어 백제 패잔병이 양차소의 부대 쪽으로 비틀거리며 도망가도 전혀 공격하지 않았다.

지금 전장에는 단 한 발의 화살도 날아들지 않았고 함성 하나 없었다. 오로지 조금씩 부는 바람에 군기와 신호 깃발만 을씨년스럽게 펄럭거렸다.

"대체 이걸 어떻게 해야 한단 말이냐."

눈앞의 고구려군은 미동도 하지 않고 있다. 올 테면 오라는 배짱이다. 정상적인 백제군이라면 다른 전술도 필요 없이 그저 정공법으로 공격하기만 해도 이길 수 있다.

하지만 지금 백제군을 무섭게 짓누르고 사정없이 공격하는 건 눈에 보이는 고구려군이 아니었다. 눈에 보이지 않는 패배감과 공포심이 병사들을 무력하게 만들고 심지어는 겁에 질려 떨게 만들었다.

"뭐? 우리가 패했다고?"

"진무 좌장께서 후퇴하다니!"

"우리가 타고 갈 배도 없단 말이야? 제기랄! 그럼 우린 어떻게 해! 여기서 죽는 거야?"

"군량도 무기도 안 온단 거잖아? 이제 어떻게 하지?"

모든 병사들이 수군거리며 크게 동요했다. 각 문독들이 아무리 호통을 치고 다그쳐도 소용없었다. 퇴로를 끊기고 고립된 데다가 총지휘관이 이미 본국으로 물러났으니 이미 진 전쟁이다. 목표가 사라진 싸움에 목숨을 걸 바보는 없었다.

'지금 이런 상태로 공격을 명해봤자 따르지도 않을 것이다. 무리해서 몰아붙여 싸우게 해도 패할 뿐이다. 그렇지만 나는 항복할 생각이 없다.'

양차소는 여기서 용맹과 지휘능력으로 이름난 명성에 어울리는 비장한 결단을 내렸다.

그는 각 문독을 시켜 병사들에게 명령을 전하기 시작했다.

"들거라! 너희들도 알다시피 이번 싸움은 이미 끝났다. 우리가 여기서 싸운다고 아무런 의미가 없다. 누구도 헛되이 목숨을 버리고 싶지는 않을 것이다. 그러니 여기서 너희들을 자유롭게 해주겠다."

그것은 매우 파격적인 명령이었다.

"두 가지 선택이 있다. 만일 목숨을 중히 여기는 자는 막지 않을 테니 여기서 바로 고구려군에 항복해라. 고구려 태왕은 포용력이 있는 분이니 항복하는 자를 죽이지는 않을 거다."

병사들이 잠시 웅성거렸다. 과연 진정인가? 혹시 속을 떠보려는 게 아닌가 하는 의심이 있었다. 하지만 양차소가 즉각 병사들 대열을 풀도록 지시하고 칼과 창을 내리도록 하자 믿는 눈치였다.

"하지만 나 양차소는 결코 여기서 항복하지 않을 것이다. 돌아갈 배가 없어도, 목숨이 위험해도 상관없다. 난 혼자서라도 결사적으로 후퇴해서 위례성으로 돌아갈 것이다. 만일 나와 생각을 같이 하는 자가 있거든 나를 따르라!"

여기서 반수인 5천여 명이 포로가 되는 길을 택했으며 반은 양차소와 함께 후퇴하겠다고 나섰다.

"다만 마지막으로 부탁이 하나 있다!"

양차소는 여기서 한 가지 계략을 썼다.

그는 항복하는 5천 병사를 잠시 그 자리에 마치 싸울 것처럼 놓아두고는 나머지 5천을 이끌고 재빨리 그 자리에서 남동쪽으로 후퇴했다.

고구려군은 그 속임수에 넘어갔다. 마치 백제군이 우세한 병력을 이용해 지친 고구려군을 꾀어내서 협공하기 위한 것으로 생각해 제자리에서 병력을 움직이지 않았다.

또한 속임수를 설사 알았다고 해도 쫓아갈 수 있는 여력은 없었다. 이미 고구려군은 지칠 대로 지쳐 있었기 때문이다.

양차소가 이끄는 5천명은 이후 패수 강가를 타고 내려가며 아슬아슬한 후퇴 전을 벌였다. 도중에 발생한 작은 싸움과 군량부족으로 인한 탈주병을 뺀 3천명이 위례성으로 돌아가는 데 성공했으니 양차소의 능력도 보통은 아니었다.

어쨌든 배로 패수를 거슬러 올라 평양성을 직격하려던 대륙백제군 3만과 황급히 출격한 7천 고구려군이 벌인 패수 싸움은 이렇게 끝났다. 이 날 싸우다가 죽은 자는 약 3천명이고 약 5천명이 포로가 되었다.

『삼국사기』 '백제 본기'에는 이렇게 전한다.

'가을 8월, 왕이 좌장 진무 등에게 명하여 고구려를 치게 하니, 고구려 왕 담덕이 직접 군사 7천 명을 데리고 패수에 진을 치며 대항했다. 우리 군사가 크게 패하여 사망자가 8천 명이었다.'

기록에는 패수 싸움에서 고구려군이 백제군 8천 명을 참획(斬獲)했다고 적혀 있는데 학계에서 다소 논란이 있으나 일반적으로 이 숫자는 죽은 자와 포로가 된 자를 함께 서술한 것으로 추정하고 있다.

떠오르는 고구려의 태양 담덕과 그 태양을 잡기 위해 사나운 매를 날린 아화의 첫 정면대결은 아화의 패배로 끝났다.

하지만 이 싸움은 단지 시작일 뿐이었다. 앞으로 긴 시간동안 이 둘은 숙명처럼 각지에서 치열하게 충돌하게 된다.

어떤 면에서는 비운(悲運)에 가까웠다. 각기 다른 시대에 태어났다면 시대를 움직이는 영걸(英傑)로서 우뚝 섰을 두 인물이 같은 시대에 적국의 지도자로서 대립했기 때문이다. 그것은 필연적으로 어느 한쪽에게 패배와 굴욕을 강요했다.

비려 정벌

읍루
부여
송화 강
후연
염수
비려(거란)
부산(富山)
농안
장춘
연길
요 하
고구려군
고구려
백두산
대통 하
난 하
평양(국내성)
산해관
묘향산
전월
발해만
동 해
하평양
구월산
마니산
한 강
석현성
백제
신라
관미성
황 해
백제
허 이 화 쪼 강 양
동진
가야

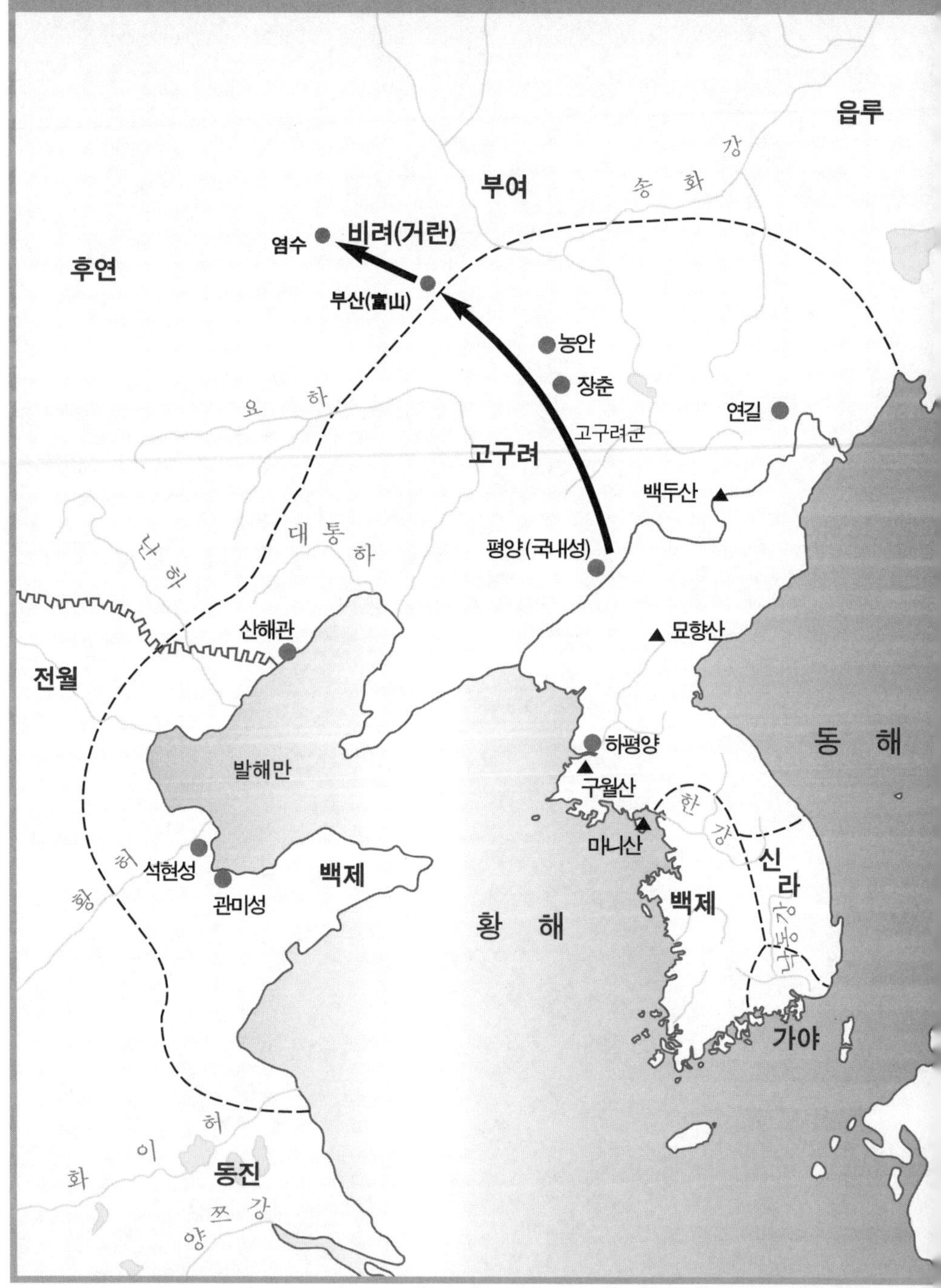

제 4 장

비려稗麗 정벌

제왕과 태왕

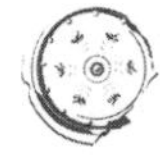

"도대체 왜 안 되는 거야! 왜! 어째서!"

한성별궁 안쪽 정원에서 요란한 소리가 났다.

대륙과 반도에 걸친 대백제의 제왕인 아화가 그곳에서 마구 날뛰고 있었다. 완전히 감정이 폭발한 듯 칼을 뽑아들고는 닥치는 대로 휘둘렀다.

"아이고! 폐하! 이러시면 아니 됩니다! 고정하십시오!"

아화가 한성에 도착한 전령을 통해 패수싸움의 전말을 보고받은 후였다.

별궁 관리를 맡은 내관(內官)이 쩔쩔 매며 말렸지만 소용없었다. 불같이 화를 내며 어검(御劍)까지 빼서 휘두르는 아화는 접근하면 사람까지 베어버릴 기세였다.

"내가 얼마나 참았는데! 내가 왜 담덕에게 그렇게 많이 패했음에도 꾹 참고 웃었는데! 바로 이 한 번을 노려서이었는데 왜 그게 실패했어? 왜! 으흐흐!"

매사냥이나 축국을 즐기던 때의 여유 있는 아화가 아니었다. 어떤 일에도 태연하게 받아들이고 지시하던 냉철한 모습은 온데간데없었다. 단지 여기에는 원하는 것을 얻지 못해 발버둥 치며 울부짖는 철부지 아이가 있었다.

제왕을 상징하는 용포(龍袍)는 마구 헝클어지고 관은 떨어진 채였다. 머리를 마구 헝클어뜨린 아화의 모습은 마치 막 신 내림을 받은 무당(巫堂)과도 같았다.

패수싸움에서 대패한 진무가 한성에 돌아온 날이다. 이날 당연히 참석해야 하는 어전회의에도 나가지 않은 아화는 별궁에 틀어박힌 채 식사도 거르며 이렇게 울분을 발산했다.

너무도 심각해서 내관이 혹시 아화가 미친 게 아닐까하고 어의를 불러 대기시켰을 정도였다.

아마도 곧바로 들려온 목소리가 아니었다면 정말로 아화는 미친 사람취급을 받았을 것이다.

"폐하! 패장 진무가 삼가 죄를 청하기 위해 왔사옵니다!"

본래 어전회의가 참석해 그 자리에서 처벌을 간청하려던 진무는 할 수 없이 별궁으로 왔다. 갑옷조차 벗지 않고 등에는 죄인의 목을 베는 도끼를 메고 온 것이 죽음을 각오했다는 걸 누구든 짐작할 수 있었다.

"외삼촌…."

방금까지 칼을 들고 길길이 날뛰던 아화의 동작이 딱 멎었다. 동시에 아화의 칼이 힘없이 땅에 떨어졌다. 뒤돌아보는 아화의 시선은 마치 혼이 나간 듯 멍했다.

"폐하! 이 모두가 못난 신 진무의 불찰입니다."

누구보다 아화의 마음과 성격을 잘 이해하고 있는 진무였다. 사방에 널린 기화요초의 잔해와 헝클어진 아화의 모습을 보자마자 그는 땅에 엎드렸다.

"소신이 능력이 부족해서 패수에서 3만 정예병을 가지고도 태왕 담덕을 이기지 못했습니다. 그러니 애꿎은 나무와 풀을 자르실 필요 없이 이 자리에서 소신의 목을 잘라주십시오!"

결코 빈 말이 아니었다. 진무는 단단히 각오를 하고 왔으며 말을 마치기 무섭게 등에 멘 도끼를 풀어 양손으로 받들어 아화에게 내밀었다.

고대국가부터 도끼는 처벌 권을 상징한다. 때문에 왕은 전선에 나가는 대장군에게 도끼를 친히 하사해서 군령을 세우라는 표시를 한다. 죄인의 목을 치는 것은 실제로 칼보다는 도끼다.

"내관은 물러가라!"

하지만 아화는 진무가 공손히 내민 도끼를 받지 않았다. 오히려 그 순간 그의 눈동자가 다시 정상으로 돌아왔다.

"예, 예. 하지만 폐하…."

"짐은 결코 미치지 않았다! 그러니 어의도 함께 데리고 돌아가라! 좌장과 긴히 할 말이 있다!"

평소와 같이 냉정하고도 총기가 감도는 눈동자가 날카롭게 내관을 노려보았다. 그러자 내관은 황송하다는 몸짓을 하며 조용히 그 자리를 빠져나갔다.

"외삼촌. 그 도끼, 내려놓으세요."

아화는 조용히 명했다.

"패전했다고 전부 죄를 묻는다면 지금까지 목이 남아날 백제 장군들은 거의 없을 걸요."

"하지만 이번 패배는 다릅니다! 폐하께서 절치부심하며 마련한 회심의 일격이었습니다! 그런 싸움을 실패한 소신은 죽어 마땅합니다! 군율에 의거해 처벌받아야 합니다!"

"휴우."

목숨을 포기하고 온 진무를 향해 아화가 낮은 한숨을 쉬었다.

"외삼촌. 나는 외삼촌을 처벌할 수 없어요. 그러니 도끼를 치우고 일어나세요."

"하지만…."

"정 말을 듣지 않겠다면 그걸로 차라리 내 목을 자르세요. 그게 훨씬 편하겠네요."

"폐하."

그러자 깜짝 놀란 진무가 도끼를 바닥에 놓고는 일어서서 아화를 쳐다보았다.

"어차피 이건 나와 담덕의 싸움이 아니라 고구려와 우리 백제의 싸움이에요. 겨우 한 번 실패했을 뿐이니 다음을 기약하면 되지요. 그뿐이에요."

아화는 떨어진 칼을 주워 칼집에 꽂았다.

"아! 이렇게 한바탕 날뛰고 나니 차라리 후련하네요. 이젠 아무렇지도 않아요."

아화가 다시 살짝 미소를 지었다.

담덕이 언제나 쾌활하게 행동하며 생각한 바를 그대로 말하는 성격이라면, 아화는 표정과 행동을 극도로 아끼며 속으로 모든 감정을 숨기는 성격이다. 하지만 아화는 일이 풀리지 않으면 한순간에 숨겼던 감정을 폭발시킨다. 즉 아이처럼 신경질을 부리는 때가 있었다.

"무엇이 문제였나요?"

"문제라니요?"

"좌장에 비해 담덕이 무엇이 더 뛰어났나요? 어차피 다시 싸워서 복수해야 하니 문제를 철저히 파악해야겠어요."

아화의 냉정함은 이럴 때 빛을 발했다. 비록 진무가 도착하기 전에 잠시 이성을 잃었지만 되돌아온 아화는 다른 범상한 인물과는 전혀 달랐다. 패전은 벌써 지난 이야기고 앞으로 남은 복수전을 위해 냉정하게 사태를 분석하려는 의도다.

"솔직하게 말씀드려도 되겠습니까?"

진무가 아화를 똑바로 쳐다보며 물었다. 감히 제왕의 얼굴을 쳐다보는 건 그 자체만으로 엄청난 무례다. 하지만 이 둘에게 그런 격식은 종종 무시되었다.

"그러세요, 외삼촌."

아까부터 일부러 짐이라는 호칭을 접어둔 아화의 태도가 그에 호응했다.

"우선 태왕 담덕은 지략이 대단했습니다. 하지만 단순히 지략이 뛰어난 정도가 아닙니다. 병사가 따라주지 않으면 소용이 없으니까요. 담덕은 위험을 무릅쓰고 직접 병사와 함께 전장에 왔고 선두에서 말에 올라 돌진했습니다. 소규모 부족국가라면 모를까 그런 왕은 어디에도 없습니다."

"그랬군요."

아화는 담담하게 진무의 말을 경청했다.

"그래서 그 해결책은 무엇이 있지요? 우리가 할 수 있는 한에서 보강을 해서 도전해야지요."

"폐하! 우선 중요한 전투에 패한 신 진무를 좌장에서 해임하시고 다른 적임자를 찾아야 합니다. 우리 백제에는 좋은 장수들이 많이 있습니다."

"그건 안돼요!"

아화는 진무의 말을 단호히 거절했다.

"다른 말이라면 뭐든지 들을 수 있어요. 하지만 외삼촌이 물러난다는 말은 절대 안돼요."

"어째서입니까? 폐하, 논공행상이 공정치 못하면 군율이 서지 못하고,

그러면 제장과 병졸들이 마음으로 따르지 못합니다. 그러니 우선 신을 벌한 뒤에야 다른 계책이 나올 수 있습니다."

진무는 간절히 탄원했다. 사실 그의 말은 너무도 도리에 맞는 말이라 반박할 여지도 없었다. 오히려 아화가 떼를 쓰는 것이나 다름없었다.

"외삼촌."

아화는 매달리듯 진무에게 말했는데 그 말투는 차라리 부탁에 가까웠다.

"다른 신하라면 얼마든지 그렇게 하겠어요. 설령 달솔이나 왕족이라도 상관없어요. 하지만 외삼촌만은 나에게 특별한 존재에요."

"어째서입니까?"

"잘 아시지 않나요?"

아화의 눈이 진무의 눈과 마주치는 순간 둘은 다시 한 번 몇 년 전을 떠올렸다. 왕의 자리를 숙부 진사제에게 빼앗기고 목숨까지 위험했던 어린 아화가 찾아온 진무에게 매달리며 울먹이던 모습이었다.

"물론 나에게는 많은 신하가 있어요. 이 넓은 백제 땅 만큼이나 많은 신하가 있고 그 가운데 외삼촌보다 더 능력이 있는 자도 있을 수 있지요. 하지만 다른 이들은 그저 시류에 따라 언제든 다시 배신할 수 있어요. 그러나 외삼촌은 아니에요. 그러니까 외삼촌만은 언제나 내 곁에 있어줘야 해요. 나는 외삼촌이 필요해요!"

그 때와 같았다. 진무의 눈에는 아무 것도 모른 채로 매달리던 어린 아화와 이제 스무 살이 된 어엿한 아화가 어쩐지 똑같은 모습처럼 겹쳐졌다.

"알겠습니다. 부족하지만 이 진무가 뼈가 부서지고 살이 뭉개지도록 폐하를 옆에서 보필하겠습니다! 그러니 마음을 놓으십시오!"

진무는 자기 주군에게 고개를 숙이며 다시 한 번 충성을 맹세했다.

"좋아요. 마침 병중에 있던 달솔 진가모가 죽었어요. 그러니 이번에 외삼촌이 병관좌평을 맡아주세요."

병관좌평은 군사에 관련한 모든 일을 지휘, 감독하는 지위로 좌장보다 상위 벼슬이다. 국정 모두를 맡은 내신좌평과 함께 지금 백제에서 가장 높은 자리다. 싸움에서 패한 진무를 오히려 승진시킨 것이다.

"폐하! 아무리 그렇다고 해도 그럴 수는 없습니다. 신하들의 반발이 대단할 것입니다."

"반발? 그런 것들 쯤 내가 누르지 못할 것 같아요? 이번에 나도 느낀 바가 있으니 다음에는 내가 직접 병사를 몰고 담덕을 치러 가겠어요. 그러기 위해서는 우선 국내를 안정시켜야겠지요. 누구든 내 명령을 듣지 않는 자는 그 자리에서 물러나면 되요."

아화가 가진 내정의 재능은 상당했다. 내신좌평이 놀랄 정도로 그는 국가재정을 잘 파악했으며 세곡의 입출과 세금을 징수하는 제도를 개선했다. 이미 백제는 근초고제 때부터 축적한 막대한 돈이 있다. 고구려에 몇 번 패배했어도 여전히 그 돈이 백제를 단단히 지탱해 주었다.

"일단 외삼촌은 여기 한성에서 군사를 기르면서 병법가를 수배해주세요. 듣자하니 고구려에서는 담덕을 가르친 그림자 군사 을지언이 병석에 누워있다던데, 우리도 그와 버금가는 좋은 병법가를 영입하도록 해요."

"그리고 보니 한 가지 떠오르는 게 있습니다."

"그게 뭐지요?"

"얼마 전에 그 을지언 휘하에 있던 제자 한 명이 무슨 문제가 있어 고구려를 떠나 백제로 왔다고 합니다. 한 번 만나보시겠습니까?"

"을지언의 제자라고? 혹시 첩자는 아닐지 모르겠네요."

"그럴 수도 있습니다만 담덕보다 오히려 더 먼저 병법을 배운 자로서 대단한 능력을 지녔다고 합니다. 그 말이 사실이라면 우리 백제에게도 좋은 기회가 돌아온 셈입니다."

“일단은 기다려보지요.”

아화는 신중했다. 이 당시 삼국은 서로 상대국에 첩자를 많이 보냈고 그 가운데는 왕궁까지 잠입해 상대국을 교란시키는 자도 꽤 있었기 때문이다.

“계속 그 자를 주시하세요. 때가 오면 불러서 직접 시험해보고 쓰도록 하지요.”

백제는 패수전투의 패전을 신속하게 수습했다.

일부에서는 크게 승리한 고구려가 당장이라도 복수를 위해 군사를 몰고 대륙에 있는 하남 위례성이나 반도 쪽 국경에 밀어닥칠 지도 모른다는 걱정도 제기됐다.

하지만 백제에게는 매우 다행스러운 일이 벌어졌다. 잠시 잠잠하던 고구려 북쪽 비려 거란족이 대군을 몰고 나와 변경을 유린하고 있다는 소식이었다.

“송구스럽습니다, 폐하!”

“신들이 너무도 늦게 왔습니다. 몸 둘 바를 모르겠습니다!”

패배한 백제 신하의 말이 아니었다. 크게 이긴 고구려의 도성 평양성에서도 신하들이 줄줄이 나와 담덕 앞에서 머리를 조아렸다.

갑작스럽게 패수에 들이친 백제군 3만에 대해 태왕이 겨우 병력 7천을 몰고 분전하는 동안 각부 욕살과 대대로가 군사를 부랴부랴 동원했으나 한참 늦어 버렸다. 욕살 휘하 처려근지들이 굼뜬 탓도 있었지만 근본적으로 욕살들이 평소에 방비를 게을리 했기 때문이라고 밖에 말할 수 없었다.

‘이것들이 어디서 전투가 다 끝난 다음에야 꾸물꾸물 기어 나와?

왕궁 옥좌에 앉아 정좌한 채 어전회의를 연 담덕은 속으로 부아가 치밀어서 불편한 얼굴을 한 채로 침묵했다.

크게 승전하긴 했지만 고구려군 병력동원 태세에 심각한 문제가 있다는 증거다. 또한 욕살들이 아직 태왕을 전폭적으로 도우려는 의지가 부족하다는 의심도 들었다.

"신 자추리(紫追鯉)도 면목이 없습니다! 당장이라도 백잔 놈들을 몰아내야 했지만 아쉽게도 시기를 놓치고 말았습니다! 원통합니다!"

심지어는 날랜 기마병만으로 구성된 흑수말갈 족장은 늦게 와서는 시치미를 뗐다. 지난 관미성 전투에서 백산말갈군은 상당한 피해를 입었기에 이번에는 흑룡강 부근의 흑수말갈이 온 것이다.

지금 평양성 외곽에는 무려 4만이 넘는 대군이 모였다. 동서남북 각 부 욕살이 급히 동원한 병사들이다.

이들은 도성에 도착해 엄정히 대열을 이루며 명을 기다렸다. 하지만 이미 전투는 깨끗이 끝났으니 그들은 패수 강변을 다니며 죽은 백제군을 확인해 무기와 갑주를 노획하고 생포한 포로를 관리하는 일이나 하고 있었다.

고구려 욕살들은 넓은 고구려의 각 지역을 책임지는 실질적인 지배자다. 해당 지역에서는 절대적인 지배권을 가지고 있기에 자기 영역이 침범당하지 않는 한 전쟁을 벌이는 걸 절대 반기지 않았다.

전쟁이 벌어지면 태왕이 몸소 병력을 모아 영토를 획득하고 적병을 죽이지만 그 영예와 영토는 대부분 태왕이 차지할 뿐이니 욕살 입장에서는 당연하다. 그렇지만 반대로 고구려 태왕의 입장에서는 각부 욕살들이 태왕에 대한 충성을 게을리 한다고 여길 수밖에 없다. 태왕과 욕살의 갈등 대부분이 바로 이 전쟁 문제로 발생한다.

'여기서 이들에게 호통을 치는 건 쉽다. 하지만 그래봤자 남는 게 없다. 이번 기습은 말 그대로 기습이기에 늦게 왔다고 처벌할 수는 없다. 따지고 보면 내가 다소 무리한 점도 있으니까.'

속을 뻔히 알면서도 담덕은 굳이 이들을 나무라지 않았다. 담덕은 곧 얼굴을 펴며 껄껄 웃었다.

"하하! 괜찮소! 뭐 이번 일은 워낙 불시에 일어난 일이니 경들을 탓할 수는 없소. 오히려 이렇게 빨리 대군을 몰고 와 주었으니 짐의 마음이 든든하오."

담덕은 마음에 없는 말을 하며 신하들의 안색을 살폈다.

대대로 고용옥은 여전히 황송한 얼굴로 삼가는 기색이었으나 나머지 욕살과 말갈족장은 안심하고는 화색이 돌았다.

"과연 태왕 폐하십니다! 자비로우신 폐하의 은혜에 감사드립니다! 그럼 저희는 평양성에서 상황이 수습되는 대로 다시 병력을 돌려보내도록 하겠습니다."

"하하하! 잠깐 기다리시오."

담덕은 쾌활하게 웃으며 농담처럼 가볍게 말을 꺼냈다.

"일부러 멀리서 힘들여 왔는데 그렇게 빨리 돌아갈 필요가 뭐 있겠소?"

"하지만 폐하. 저희 욕살이야 그렇다 치고 각 대모달과 병력들은 슬슬 임지로 돌아가야 하지 않겠습니까?"

"그러니까 굳이 이대로 그 뜨거운 충성심도 보이지 못하고 돌아갈 필요가 있겠소?"

"아니! 그게 무슨 말씀이십니까?"

"그대들의 충성을 짐이 기쁘게 받아들이겠소! 마침 북쪽에서 불측한 비려 무리들이 준동하여 변경을 어지럽히고 있소. 언젠가 짐이 직접 북쪽으로 가서 비려 도적들을 소탕하려 했는데 그렇게 짐과 고구려의 안위를 걱정하는 경들이 기꺼이 동참할 것이라 믿겠소."

"아, 아니 폐하, 하지만 그건….

비려 문제는 욕살들도 잘 알고 있는 골치 아픈 문제였다. 비려는 북쪽 깊숙한 염수(鹽水) 지역을 근거지로 삼는 거란족으로 목축과 수렵을 하며 살고 있다. 많은 유목민족이 그렇듯 추수기를 앞두고 종종 변경을 침입해 노략질을 한다.

유목민족이라 거의 모든 병력이 말을 탄 경기(輕騎)이기에 기동력이 뛰어나다. 소규모 수비병을 보내면 맞서 싸워 이기고 대군을 몰고 가면 본거지 깊숙한 곳으로 달아난다. 앞서 담덕이 한 번 그들을 크게 격파했지만 욕살들의 반대에 부딪쳐 끝까지 쫓아가지는 못했다.

욕살들은 전쟁을 오래 하는 걸 싫어한다. 그들은 기본적으로 자기가 관할하는 땅을 가진 영주며 그 땅에서 나오는 수입으로 부를 축적한다. 전쟁을 오랫동안 하면 수입이 크게 줄어들기 때문이다.

"분명히 경들이 스스로 말했소! 너무 늦게 와서 미안하다고. 당장이라도 적이 있으면 치겠다고 말이오. 그러니 상대만 백제에서 비려로 바꾸면 되는 일 아니오? 마침 병력도 동원됐고 싸울 의지도 확인했으니 북쪽으로 가기만 되오."

"그렇지만 폐하….."

"뭐요?"

말갈족장 자추리가 뭔가 이의를 제기하려고 했다가 담덕의 찌르는 듯한 눈동자와 노기어린 목소리를 접하고는 입을 다물었다.

"앞서 패수에서 앞장서 말을 타고 몸소 칼을 휘두른 짐이 다시 선두에서 나간다는데 뒤늦게 나타나 적병 구경도 못해본 경들이 벌써 피곤하기라도 하오? 아니면 귀찮다는 말이오?"

더 이상 말이 필요 없었다. 태왕을 사지에 놓고 늦게 온 주제에 비려 출정을 반대할 아무런 명분도 없었다. 또한 담덕은 여태까지 직접 나선 싸움에서는 한 번도 패한 적이 없다.

"아니옵니다! 신 자추리, 삼가 폐하의 명을 받들겠습니다! 발칙한 비려 무리를 칠 때 신을 선봉에 세워주십시오!"

그 기세에 압도된 자추리는 아예 선수를 쳐서 과장된 몸짓을 했다.

말갈 역시 고구려의 일원이다. 비록 일찍 문명화된 대다수 고구려인과 달리 수렵과 목축생활을 하기에 '말갈'이란 비칭으로 불리긴 하지만 분명 고구려인으로 세금도 내고 군역도 진다.

"아니옵니다! 신 서부욕살이 선봉에 서겠습니다!"

"북부 욕살 아뢰옵니다! 비려는 신이 책임지는 북부에 인접한 무리로서 일찍이 그 패악질에 분개하고 있었습니다. 신이 선봉에 서는 것이 합당합니다!"

말갈족에 질 수 없다는 경쟁심까지 겹치자 각부 욕살들이 앞 다투어 태도를 바꿨다.

"좋소! 짐이 장담하건대 이번엔 결코 적당히 싸우고 물러나지 않을 것이오. 비려 무리들이 다시는 고구려 땅을 넘보지 못하도록 철저히 격멸할 것이니 경들도 각오를 단단히 하시오!"

담덕은 그제야 진정으로 만족스러운 목소리를 내며 미소를 지었다.

따지고 보면 진화와의 혼인을 계기로 잠시 잠들었던 그의 정복욕이 눈을 뜬 셈이었다. 그것은 고구려에 접한 모든 나라들에게는 재앙과도 같은 일이 될 것이다.

"잘 하셨습니다."

병석에서 겨우 일어난 을지언은 집까지 찾아온 담덕에게 이제까지의 일을 듣고는 간단히 대답했다.

어의가 진료한 바로는 폐에 문제가 있는데 그것이 일시적으로는 나았으나 앞으로 몇 년을 넘기지 못할 거라고 했다.

"패수싸움은 다른 자였다면 분명 무리한 출진이었지만 폐하의 역량으로 충분히 가능한 일이었습니다. 거기서 병사와 장수들에게 믿음을 주는 말솜씨도 훌륭했습니다. 무릇 군사를 지휘하는 자는 그래야 합니다."

"다 이게 그대가 잘 가르친 게 아니겠나? 그러니 어서 자리를 떨치고 짐을 좀 도와주게. 아직 할 일이 많아. 산더미처럼 많다고."

평소 전장에서 그렇게도 을지언과 대립하던 담덕이지만 막상 그가 옆에 없으니 너무도 아쉬웠다.

막리지를 비롯한 다른 장수들은 그저 담덕의 명에 따라 전술을 운용할 뿐 창의성이 부족했다. 그에 비해 을지언은 담덕의 전술을 정면으로 공박하기도 하고, 때로는 전혀 생각하지도 못한 정략수준의 계략도 제안했다.

"신이 없으니 오히려 편하지 않았습니까? 옆에서 잔소리하는 노인 하나가 없어진 것 아닙니까?"

을지언이 피식 웃었다.

담덕이 친히 궁에서 데리고 온 시종들이 옆에서 한 상 가득히 차리고는 술과 음식을 내왔다. 곱게 차려입은 시녀가 직접 담덕 옆에서 먹기 좋게 고기를 잘라서 내 놓았다.

"그런 소리 말게. 이번 비려 출진 건만 해도 언 그대가 말해준 게 아닌가? 여전히 자네는 짐의 소중한 군사야."

"황공한 말씀이시군요."

을지언이 차려진 고기를 한 젓가락 집어 입에 넣고 씹었다. 패수싸움의 전승을 축하하기 위해 잡은 돼지였기에 기름지고도 향긋한 맛이 있었다.

"이번 출진에서 걱정되는 게 있네."

"백제 말씀입니까?"

"맞아. 비록 이번에 크게 무찌르긴 했지만 백제는 여전히 만만치 않아. 게다가 백제왕 아화와 좌장 진무도 병법에 상당한 재능이 있더군. 이번에 패수를 직접 친 것만 봐도 알 수 있지 않나?"

"그들이 대단한 건 사실입니다. 또한 백제가 안심할 수 없는 나라인 것
도 맞지요. 그러니 폐하께서는 이번 정벌을 신속히 끝내셔야 합니다."

시녀가 담덕과 을지언의 잔에 술을 채웠다.

"또다시 대충 마무리 지으란 건가? 그런 식으로는 절대 끝나지 않아!"

"그게 아닙니다. 신이 말하는 건 아주 간단한 방법의 문제입니다."

"무슨 방법 말인가?"

"분명 폐하께서 대군을 몰고 가면 비려 거란족은 본거지 깊숙이 도망칠
것입니다. 그러면서 시간을 벌기 위해 항복을 가장하기도 하고 협상을 하
자는 둥, 공물을 바치겠다는 둥, 여러 수단을 써올 겁니다."

"그러니까 그걸 전부 거절하고 빨리 쳐서 끝내란 건가?"

"아닙니다. 그래서야 고구려는 항복하는 자도 공격하는 나라로 비난받
겠지요. 그래선 안 됩니다."

"그럼 어쩌란 말인가?"

"간단합니다. 곧장 비려 지역 접경으로 향하면서 사신을 보내십시오.
그리고 비려 왕에게 즉각 조공을 바치고 사과하며 해마다 평양성에 입조
하라고 요구하십시오."

"그건 무리 아닌가? 승낙할 리가 없어."

담덕이 고개를 저었다.

"바로 그겁니다."

을지언이 얼굴을 담덕에게 가까이 가져다댔다.

"고구려는 분명 그들 야만족에게 온정을 베풀어 자진해서 귀속하도록
명했습니다. 그런데 그걸 그들이 차버린 셈이니 명분도 서고 동시에 시간
을 전혀 소모할 필요도 없지요. 대답할 기한까지 정해주고 대답이 없으면
그들 땅으로 계속 전진하면 그뿐입니다."

"허허. 언, 자네 참…."

담덕은 술잔을 기울이며 감탄했다. 매사에 공명정대한 걸 좋아하는 담덕으로서는 생각도 못한 다소 치사한 계략이지만 분명 효과는 확실할 것이다. 시간을 오래 끌어서 백제가 다시 준동하게 하는 것보다는 분명 을지언의 계책을 쓰는 편이 좋았다.

"이런 건 짐이 아무리 배워도 그대를 쫓아갈 수 없는 것 같다."

"아직 폐하께서 젊으셔서 그렇습니다."

을지언은 다시 편하게 어깨를 뒤로 벽에 기대며 술을 마셨다.

"술 맛 참 좋군요. 어의가 오래 살려면 술을 끊어야 한다고 말하는데 어차피 얼마 안 남은 삶에서 술까지 못 마시면 무슨 낙으로 살겠습니까?"

약간 취기가 도는 그 말에는 허전함이 감돌았다.

"오래 살아야지, 왜 그러나? 그나저나 아영은 잘 있다고 하나?"

담덕은 슬쩍 지나가는 투로 물었다.

좋아한다고 고백하고 심지어 청혼까지 했으면서도 지켜주지 못하고 떠나게 만든 여인이다. 담덕은 진화와 행복한 부부생활을 하고 거련까지 얻었지만 결코 아영을 잊지 못했다.

"지금 아마도 백제에 있을 겁니다."

"백제? 어째서 백제인가? 하필 우리 고구려의 적국인 그곳에 왜?"

"그건 폐하와 신에게 해당되는 것이지요. 을지 가문은 원래 어느 편도 들지 않으니 아영에겐 아무 상관도 없습니다."

"하긴, 그런가. 아영이 날 원망하고 있다고 해도 아무 할 말이 없다. 그저 용서를 빌 수밖에."

단순히 혼인을 못한 문제가 아니었다. 고추가 부여명수를 비롯해 왕족 모두가 아영의 존재를 알고 나자 노골적으로 압력을 넣었다. 담덕은 격하게 화를 내고 때로는 달래기도 했지만 결국 포기하고 말았다. 진화의 혼인식 날 아영을 떠나보내게 된 건 담덕에게 씻을 수 없는 죄책감으로 남았다.

"폐하."

을지언이 진지하게 물었다.

"만일 제 딸아이가 백제 편에 서서 군사를 몰고 폐하를 공격해 온다면 어쩌시겠습니까?"

"아영이~ 백제군에?"

담덕은 그만 먹은 술이 확 깨는 느낌을 받았다. 퍼뜩 정신이 들며 갑자기 아연해졌다.

"그, 그런 일이 있을 리 없다! 아무리 그래도 그럴 수는 없어!"

"충분히 일어날 수 있는 일입니다. 아까 말했듯이 아영은 고구려인도 아니었고 폐하에 대해 그 어떤 지킬 의리가 있는 것도 아닙니다. 병법가로서 길러졌으니 그 능력을 만일 백제왕이 사준다면 자유롭게 발휘할 수 있습니다."

을지언은 담담하게 상황을 설명했다.

"설마, 그대가 그렇게 만든 건 아니겠지?"

담덕이 날카롭게 을지언을 노려보며 추궁했다.

"물론 직접적으로 신이 백제로 가라고는 하지 않았습니다. 그렇지만 분명 신이 말하긴 했습니다. 설령 폐하와 서로 칼을 겨누는 상황이 되더라도 결코 주저하지 말라고요."

"언!"

담덕이 어느새 자리에서 벌떡 일어났다. 분노에 부들부들 떨며 그의 손이 늘 패용하고 다니는 환두대도의 손잡이로 갔다. 손잡이 끝에 둥근 고리가 달렸는데 고리 안에는 태왕을 뜻하는 세발까마귀 문양이 새겨졌다.

"정녕 그대는 날 배신할 셈인가? 어떻게 아영에게 그런 말을 했단 말인가?"

분위기가 확 바뀌었다. 담덕의 급작스러운 행동에 놀란 시종이 혼비백산해서 구석으로 몸을 피했고 시녀는 비명이 나오려는 입을 자기 손으로 막으며 참았다.

"앉으시지요, 폐하."

하지만 을지언은 태연했다. 술잔을 상 위에 내려놓은 그는 당당히 말했다.

"어차피 얼마 안 남은 신의 목숨 따위 가져가셔도 상관은 없습니다. 하지만 고작 이 늙은이 하나를 베려고 하신다면 굳이 폐하의 검과 손을 더럽힐 필요는 없습니다. 그 전에 딱 한 마디만 드릴 말씀이 있습니다."

"그게 뭔가?"

을지언이 이렇게 나오자 발끈했던 담덕도 점차 차분해지며 칼 손잡이에서 손을 뗐다.

"잠시 귀를 빌려 주십시오."

"비밀스러운 말이로군. 알겠다."

을지언은 아주 가끔 사람이 많은 곳에서 담덕에게 귓속말을 했다. 보통 그것은 병법에 관한 말이었는데 이번에는 아영에 대한 말 같았다.

담덕이 을지언에게 귀를 바짝 가져다댔다.

"아영이 폐하와 싸우는 것. 그것만이 바로 그 아이와 폐하를 이어주는 유일한 길입니다."

을지언의 귓속말이 끝났다.

"뭐야? 그 무슨 황당한 말인가?"

"굳이 번잡한 설명은 드리지 않겠습니다. 유난히 총명하신 폐하시니 그 이유는 시간을 두고 천천히 생각해보시면 알 것입니다."

을지언은 벽에 등을 기댄 채로 천천히 눈을 감았다.

"흐음. 이제 적당히 취기도 오르고 몸도 피곤하군요. 자리를 파해야 할 듯합니다."

더 이상은 목에 칼이 들어와도 대답하지 않겠다는 말이었다. 담덕은 터질 것 같은 의문을 안고는 그 자리를 물러날 수밖에 없었다.

패수싸움이 끝난 바로 다음 달인 9월, 담덕이 이끄는 3만 고구려군이 곧장 비려 지역 접경으로 향했다.

담덕은 정해놓은 대로 비려 거란족장에게 공물을 바치고 사과하며 해마다 조공을 바치라고 강압적으로 말했다.

예측한 대로 불리하면 도망가면 그뿐인 비려 거란족장은 코웃음 치며 도리어 사신을 모욕주어 돌려보냈다. 이 사실은 모든 고구려군 장병을 자극했으며 결과적으로 필승의 의지를 다지는 계기가 되었다.

담덕은 이들 앞에서 비려를 끝까지 쫓아서 섬멸하겠다고 선언했다. 무적을 자랑하는 고구려군의 전설이 펼쳐질 차례였다.

부산(富山)과 염수(鹽水)

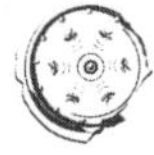

거란족은 북방유목 민족의 하나로 요하 상류인 시라무렌 강 유역에서 여러 부족으로 갈려서 생활했다. 고구려 소수림왕 무렵부터 북쪽에서 크게 무리를 이루었는데 이들이 거주한 곳을 비려라 칭했다.

고구려 북쪽 변방을 괴롭히는 비려 거란족은 강대한 고구려 입장에서 보자면 도적떼에 불과했다. 하지만 거란족 입장에서 고구려는 약탈대상인 동시에 여러 문화를 배울 수 있는 스승이기도 했다.

당시 비려 거란족은 부족단위에서 서서히 국가형태를 갖춰나가는 중이었다. 강대한 고구려에 맞서려면 그럴 수밖에 없었기 때문이다.

고구려를 상대하기 위해 거란부족은 즉각 군사동맹체를 결성했고 그 수장으로 가장 세력이 강한 씨족인 야율타(耶律馱)를 세웠다.

야율타는 후일 거란족을 통일해 요나라를 세운 야율아보기의 먼 조상으로 용맹이 뛰어나고 지략이 있는 인물이었다.

"고구려 태왕 담덕이 대군을 몰고 왔다 이거지?"

　야율타는 직접 경기 1만 병력을 이끌고 고구려 변경으로 향했다. 도중에 고구려 사신이 와서 말도 안 되는 강압적 요구를 해왔으나 그는 피식 웃으며 간단히 무시했다.

　"우리가 근래에 고구려 변경을 공격한 건 사실이나 그건 그 지역 우리 부족이 우발적 충동에서 한 일이다. 사과할 수는 있으나 고구려의 신하가 되라니 가당치도 않을 일이다. 우리는 대대로 말을 타고 소와 양을 키우며 사는 가난한 자들이니 변변히 바칠 공물도 없다. 고구려 태왕은 굳이 이익도 없는 싸움을 일으키려 하지 말라."

　여유 만만한 대답이었다. 지략이 뛰어난 야율타는 이미 사신의 태도와 고구려군의 움직임으로 볼 때 한 판 싸움이 불가피하다는 걸 눈치 채고 있었다.

　대군인 고구려군은 모든 군이 한꺼번에 움직일 수 없었다. 먼저 북부욕살 고안덕(高安德)이 말갈기병 3천을 합친 1만 2천 명으로 선봉에 섰고 그 뒤에 동부욕살 연미후재(淵美侯才)가 7천 명을 이끌었다. 서부욕살 해진경(解津慶)과 남부욕살 고선발(高先拔)이 태왕 담덕과 함께 본대 2만으로 뒤를 따랐다.

　그 밖에도 병량과 물자를 운반하는 치중대 5천 명이 별도로 운영되어 알사 대혁민(大赫敏)이 지휘했으니 처음부터 단단히 준비한 셈이다.

　하지만 야율타도 만만한 인물은 아니었다. 그는 그저 사냥과 비슷한 단순한 전술만 반복하는 거란족으로서는 드물게 전략적 식견을 가지고 있었다.

　"우선 고구려군 선봉을 맞아 싸워보자. 어디 그 실력을 보면 알겠지. 근래 태왕 담덕이 각지에서 용맹을 떨쳤고 지난번에는 우리 거란족 일부를 격파했다는 건 알고 있다. 그렇지만 이번에는 다를 것이다! 나 야율타가 직접 나섰으니까."

야율타는 이미 여러 번 후연이 보낸 수비병이나 고구려 수비병을 격파했다. 단순한 큰소리가 아니라 실적이 있기에 거란족 모두가 그의 말을 믿었다.

야율타가 급히 동원한 1만 거란기병은 고안덕의 1만 2천 명을 비려 땅 조금 안쪽으로 끌어들였다.

고구려군과 비려 거란 양 군이 처음 충돌한 곳은 비려 땅인 부산(富山)이었다.

"앞으로!"

북부욕살 고안덕이 걸걸한 목소리로 이끌고 온 병력에 진격명령을 내렸다.

넓은 평야지역인 부산(富山)은 대규모 병력이 싸우기에 좋은 곳이다. 서쪽으로는 나무가 빽빽한 산이 있지만 동쪽으로 확 트인 평야에는 수풀과 목초가 많다.

그런 동쪽 평야에 보란 듯이 말을 몰고 전투대형을 취한 거란족이 집결했다.

비려 거란족에는 보병이 없다. 단단한 갑옷과 마갑을 갖춘 3백 명 정도의 철기병이 창을 들고 중앙 뒤쪽에 있고 나머지는 전부 가벼운 가죽갑옷에 활을 든 경기병이다. 이들은 마치 뱀이 옆으로 똬리를 틀고 꿈틀거리는 듯한 진형을 이루었다.

"장사진(長蛇陣)인가? 그래봤자 말 탄 야만족이지. 질서가 없어."

고안덕은 처음부터 거란족을 얕보았다. 기껏해야 국경에 와서 짐승가죽이나 양털을 팔거나 여의치 않으면 노략질을 하고 다니는 자들이다. 말을 타고 싸우는 데는 정말 능숙하지만 체계적인 전략도 없고 군대로서의 질서가 부족하다. 그에 비해 고구려군은 훨씬 문명화된 정규군이었다.

– 둥. 둥. 두둥.

북소리와 신호 깃발을 따라 고구려군이 진격했다.

고구려군은 여러 번 실전에서 그 위력을 인정받은 전형적인 야전 진형을 썼다. 정공법을 택한 것이다.

긴 창을 들고 단단한 갑옷을 입은 창병이 방진을 이루어 선두에 섰고 그 뒤에 도끼를 든 부월수가 따랐다. 뒤쪽에는 활을 든 궁수가 화살을 메긴 채로 천천히 대열을 이루어 전진했다.

옆에는 날랜 말갈기병이 양 날개를 이루었다. 말갈은 고구려인이지만 거란족과 마찬가지로 유목생활을 하기에 기마술에 능했다.

다만 고안덕이 이끌고 온 고구려군에는 철기가 없었다. 철기는 행군속도가 느리기에 선봉대로서는 적합하지 않았다. 철기는 담덕이 이끄는 본대에 전부 속해서 뒤따라오게 되어 있었다.

"거란족 가운데도 철기 수백 명이 있습니다. 조심하는 게 좋겠습니다."

고안덕 휘하의 처려근지인 대모달 우병기려(于兵紀呂)가 조심스럽게 보고했다. 우병기려는 신중한 성품의 지장으로 오랫동안 거란족을 상대해본 경험이 있었다.

"철기가 귀한 거란족이 저 정도 철기를 몰고 나왔다면 결전의 각오가 있다고 볼 수도 있습니다. 마침 우리 군에 철기가 없으니 주의해야 합니다."

"그래봤자 야만족이지. 철기라고? 저 철이 다 어디서 난 거겠나? 짐승가죽 팔아 만든 돈으로 우리 고구려나 후연에서 산거야! 겨우 몇 백 철기에 겁먹을 필요는 없다!"

고안덕은 휘하 대모달의 경고를 가볍게 물리쳤다. 고안덕은 정공법만으로 상대인 거란족을 몰아낼 수 있다고 확신했다.

"나도 거란족 따위는 잘 알고 있어. 기껏해야 말을 타고 다니며 활이나 쏘다가 가까이 오면 달아나는 정도지. 귀찮은 파리 떼 같은 녀석들이니 빨리 쫓아버리고 천천히 태왕 폐하를 기다리자고.”

고안덕의 말에도 일리는 있다. 적어도 이제까지의 거란족은 그랬다. 그들은 단지 노략질이 목적일 뿐이지 거창한 전략목표 같은 건 없기에 정규군이 대등한 병력으로 나와 정면으로 마주치게 되면 그저 도망칠 뿐이다.

하지만 이번 거란족은 달랐다. 불행히도 비려 거란족을 총지휘하게 된 야율타는 일찌감치 그런 고구려 전술의 약점을 간파하고 있었다.

─ 쑤웅! 씨잇!

거란족이 일제히 활을 쏘았다. 말을 탄 채 물소뿔로 만든 작지만 강한 위력의 복합궁을 쏘는 건 기마민족이 가진 독특한 장기다.

“막아!”

고구려군 창병이 구령에 따라 방패를 들어 화살을 막았다. 그들은 전부 8열로 구성되어 앞쪽 3열이 창과 함께 방패를 수직으로 세웠고 나머지 뒤쪽 열은 방패를 위로 비껴들었다. 이렇게 되면 직사(直射)는 물론 곡사(曲射)로 날아오는 화살에 대해서도 완벽한 방비를 갖출 수 있다.

─ 퍼벅! 퍼버벅!

고구려군도 쓰는 이 복합궁은 과연 위력이 좋았다. 두터운 나무방패는 겉에 군데군데 철판을 붙였음에도 화살촉이 가끔 뚫고 나올 정도로 깊이 박혔다. 하지만 간혹 방패를 뚫은 화살이 있어도 갑옷이 막아주었다.

“겨눠! 쏘아라!”

고구려군도 당하고 있지만은 않았다. 대기하던 궁수들이 일제히 반격의 화살을 쏘았다. 거기다 말갈기병이 가세해 돌진명령만을 기다렸다.

“가라!”

고안덕이 힘차게 지휘봉을 휘두르자 아군의 화살과 함께 양쪽 날개에 위치한 말갈기병이 힘차게 앞으로 달렸다. 거란족과 마찬가지로 말갈 역시 유목생활로 단련된 승마술과 사격술, 체력을 지니고 있었다. 오른쪽에 배치된 1천 명과 왼쪽에 배치된 2천 명이 한꺼번에 양쪽으로 전개하며 거란족을 포위하려 했다.

방패도 없고 간단한 가죽갑옷을 입은 거란족 경기병 일부가 화살에 맞아 말에서 떨어졌다. 뒤쪽에 있는 철기는 나설 기회조차 갖지 못한 데다 다시 활을 쏠 준비를 하려하자 물밀듯이 말갈기병이 몰려들었다. 말갈기병들은 기창은 없었지만 고구려군의 필수무기인 환두대도를 빼들고 활을 쏘려던 거란족 경기를 도륙했다.

"후퇴! 뒤로 후퇴하라!"

거란족은 형편없이 무너져 후퇴했다. 처음에 잘 정돈된 것처럼 보이던 대열이 마구 헝클어지며 철기는 아예 먼저 뒤로 달아나 보이지도 않았고 경기병 약간이 말갈기병에 맞서 칼을 빼들고 싸우는 사이에 주력부대 모두가 뒤로 꽁무니가 빠지게 도망갔다.

"하하! 거 봐라! 내가 뭐랬나? 이런 놈들이라니까!"

완전히 고안덕의 생각대로 되었다. 아니, 어쩌면 그 이상으로 적은 약했다.

"아이고! 이건 너무 빨리 끝나겠다! 말갈기병은 적을 추격하라! 추격해서 섬멸하라!"

오히려 너무도 빨리 도망가는 바람에 고안덕은 전과가 너무 적은 걸 걱정했다.

창과 방패를 들고 무거운 갑옷을 입은 창수나 도끼를 든 병사는 모두 발이 느리다. 이들은 절대로 말에 탄 가벼운 거란기병을 추격할 수 없다. 때문에 추격은 전적으로 말갈기병에 의지해야 했다.

─ 째앵. 째앵. 째앵.

고안덕의 명령에 따라 말갈기병에게 총공격을 알리는 깃발이 올라가며 징소리가 요란히 추격을 재촉했다.

이런 넓은 평원에서 1만과 1만 2천의 병력이 대치해서 싸웠는데 지금대로라면 겨우 수급(首級) 수십 개와 포로 백여 명이나 잡으면 다행이었다. 이래서는 싸워서 이겼다고 보고하기도 쑥스러웠다. 기왕이면 의기양양하게 전과를 높여 보고하고 싶은 욕심이 머릿속을 채웠다.

하지만 그것이 결정적인 실수였다.

"됐다! 고구려군의 기병과 보병이 분리됐다!"

야율타는 처음부터 고구려군을 정면으로 상대할 생각이 없었다.

그가 이끄는 거란기병은 빠르고 강한 전사(戰士)들이다. 전사는 군사와 다르다. 체계적 훈련이 아닌 생활습관에서 터득한 전투술로 싸우며 불리한 상황에서 도망치는 것을 수치로 여기지 않는다. 반복적인 전술을 펼치는 경우가 많으며 약탈 외에 정치적 목표가 없다.

하지만 고구려군은 군사(軍士)들이다. 군사에게 전투란 명령을 이행하는 행위이자 정치적 목표를 달성하기 위한 수단이다. 전사는 전투에 모든 힘을 쏟지만 군대는 전력소모를 작게 하기 위해 노력한다.

"쫓아오는 말갈기병을 삼면에서 포위해 공격하라! 그들을 먼저 제압한 후에 따라온 보병을 상대한다!"

맥없이 물러나는 것처럼 보였던 거란기병이 즉각 세 개로 나뉘었다. 중앙에는 야율타가 지휘하는 최정예병력 4천이 있었고 양 옆에는 각각 3천 명이 전개했다.

넓게 보면 전사는 일시적으로는 군사를 이길 수 있으나 결국에는 군대에게 제압당한다. 전사에게는 압도적인 체력과 무력이 있지만 군대에게는 조직력과 지략이 있기 때문이다.

말갈기병도 크게 보면 거란기병과 같은 전사들이다. 하지만 그들은 고구려군이라는 군대의 일원으로 지시를 받기에 군대의 힘을 가질 수 있었다.

그러나 여기에 거란족도 야율타라는 뛰어난 전략가의 힘으로 인해 군대로 변모했다. 그것은 고안덕의 고구려군 선봉대에게는 커다란 재앙이었다.

"어떻게 된 거야?"

"거란족이 다시 공격해온다!"

이렇게 되자 완전히 패주한 줄 알고 전속력으로 추격하던 말갈기병이 도리어 당황했다.

전체 숫자로는 고구려군이 비려 거란족을 앞질렀지만, 기병 숫자로 보면 말갈기병 3천이 전부였다. 이들은 삼면에서 공격해오는 거란기병 1만을 정면으로 상대하게 되었다.

복합궁을 쓰는 양쪽 경기병은 접근 전에서 기창이 아니라 칼을 쓴다. 말갈기병은 고구려군이 흔히 쓰는 환두대도를 썼고 거란기병은 날이 휘어있는 만곡도(彎曲刀)를 썼다.

― 챙! 채챙! 채앵!

칼과 칼이 맞부딪히며 불꽃을 튀겼다. 말 위에서 칼을 휘둘러 상대의 갑옷틈사이나 팔 다리를 노리며 베었다. 때로는 사람이 아니라 말을 노려 내려치기도 했다.

접전이 벌어졌다.

말갈기병 역시 용맹한 전사다. 더구나 흑수말갈은 말갈기병 가운데서도 가장 강한 전사들이다. 이들은 싸움을 피할 수 없게 되자 주저 없이 싸웠다.

"하아! 하아앗!"

"이랴! 이랴!"

숫자도 열세고 삼면에서 포위되어 다소 불리한 데도 처음에 말갈기병은 잘 싸웠다. 고구려군으로서 자부심도 높았고 갑옷도 거란기병보다 좋은 걸 입었기 때문이었다. 좀처럼 말갈기병은 대열이 무너지지 않았다.

"시간을 지체해선 안 돼! 고구려 보병이 이들과 합류하면 모든 게 끝이다!"

그런 말갈기병의 분전을 본 야율타는 드디어 아껴왔던 마지막 수단을 썼다.

"철기병! 앞으로!"

본래 유목민족에겐 철기가 없었다. 철기는 전사가 아닌 군사의 일원이기 때문이다. 그렇지만 야율타는 거란족을 군사로 만들며 철기를 키웠다.

지난번에 담덕에게 크게 패했던 거란족은 철기로 키우려 했던 자들이었다. 때문에 그들은 철기가 아님에도 강철 갑옷을 입고 접전에서 칼이 아닌 기창을 썼다. 그런데 이번에는 진짜 철기다.

거란족 3백 철기가 앞으로 달리며 대열을 유지한 말갈기병의 중앙을 향해 돌진했다. 그들은 전부 강철로 만든 길고 날카로운 창을 들었다.

강철 갑옷으로 사람과 말이 전부 덮인 철기가 돌파를 위한 화살촉 모양 진형으로 말갈기병에 육박했다.

― 쿠다당! 콰앙!

수라장 같은 모습이 펼쳐졌다.

창에 찔린 말갈기병이 말에서 떨어지며 공중제비를 돌았다. 말과 사람이 한꺼번에 밀려나며 중심을 잃고 쓰러졌으며 잔뜩 버티던 대열은 썩은 나뭇가지가 부러지듯 힘없이 무너지며 잘려버렸다.

"후퇴! 뒤로 물러서라!"

각지에서 용맹을 떨치던 흑수말갈 족장 자추리도 이 이상 버티는 건 무리라고 판단해 후퇴를 명령했다. 더 이상 싸운다는 건 여기서 전멸하겠다는 것 외에는 아무 의미도 없었다.

그러나 전투에서 대부분의 치명적 피해는 양군이 열심히 싸우는 과정이 아니라 한쪽의 패주과정에서 발생한다.

"추격하라!"

일부러 삼면을 포위해 한쪽으로 도망갈 길을 터준 거란기병은 달아나는 말갈기병을 토끼몰이 하듯이 쫓아가며 마음껏 유린했다.

"으윽!"

"으아악!"

등 뒤에서 칼에 베이고 화살에 찔린 말갈기병이 연이어 말에서 떨어졌다. 흑룡강에서 맹위를 떨치며 고구려군에 속해 각지에서 활약하는 사나운 기병전사 말갈기병이 이렇게 도망가다가 허무하게 계속 죽어나갔다. 담덕이 직접 보면 가슴이 찢어질 노릇이었다.

이날 흑수말갈 기병은 1천 명이 넘는 사상자를 내고 후퇴했다. 그나마 다행인 것은 고구려군 보병이 대모달 우병기려의 결사적 만류로 인해 진격을 멈추고 수비태세를 취해 더 이상의 공격을 허용치 않았다는 점이었다.

승세를 타고 고구려군을 이어서 격파하려던 야율타는 공격을 중지하고 즉각 병력을 후퇴시켰다.

하지만 이건 보통 후퇴와 달랐다. 퇴각하면서도 거란기병은 대승으로 인해 한껏 사기가 올랐다. 또한 이 승리 소식을 듣고는 이제까지 협력을 주저하던 비려 지역 모든 거란족이 야율타 휘하로 속속들이 병력을 보내 왔으니 그 병력은 순식간에 3만에 이르렀다. 고구려 태왕 담덕이 이끌고 온 고구려군과 대등한 숫자였다.

"폐하! 정말로 면목이 없습니다! 소신을 처형해 주십시오!"

부산(富山)에서 본대와 합류한 고안덕은 담덕 앞에서 힘없이 고개를 숙였다.

"짐이 그대를 선봉으로 보낸 건 평소 비려 거란족을 상대해보았으니 쉽게 당하지 않으리라 생각했기 때문이다. 그런데 이리도 쉽게 무너졌단 말인가!"

담덕은 고안덕을 엄히 추궁했지만 처벌하지는 않았다. 고구려 4대 귀족 가운데서도 가장 세력이 큰 북부욕살을 처벌한다는 게 쉬운 일도 아니다. 또한 처벌한다고 당장 잃어버린 병력이 돌아올 리도 없었다.

오히려 담덕은 전투가 벌어진 현장을 가보고는 대모달과 말갈족장 자추리를 불러 상대 야율타가 쓴 전술을 분석하는데 주력했다. 그리고서 낸 결론은 이번 비려 거란족이 생각처럼 만만치 않다는 것이다.

'이거 가볍게 나왔는데 어쩌면 크게 혼이 날 수도 있겠는데.'

담덕이 직접 나선 싸움에서 고구려군은 한 번도 패한 적이 없다. 하지만 담덕이 없는 곳에서 고구려군은 종종 패하곤 했다. 이번에도 그런 경우 가운데 하나라고 치부하면 그만이지만 그러기엔 상대가 쓴 전술이 너무도 훌륭했다.

'어쩌면 나도 이걸 당했다면 패했을지 모른다. 그러니 고안덕에게만 죄가 있는 게 아니다. 미리 철저히 상대를 파악하지 못한 내 탓도 크다.'

담덕은 오히려 패장인 흑수 말갈족장 자추리를 위로했다.

"흑수 말갈은 이번에 불리한 상황에서도 잘 싸웠소. 수고했소."

흑수말갈 기병의 피해는 심각했다. 3천 가운데 1천이 죽었으며 나머지 병력도 중상자가 많았다. 도저히 이대로 전투를 계속할 상황이 아니었다.

"그대들의 충성은 잘 알고 있으나 더 이상은 힘들 것이오. 이번 원정에서는 일단 돌아가서 힘을 비축하도록 하시오."

담덕은 과감히 흑수말갈에게 철수를 명했다.

사실 아무리 상태가 안 좋다고 해도 이번 원정에서는 흑수말갈이 가진 경기 3천이 거의 모든 경기 병력이었다. 그걸 포기한다는 건 7백여 명인 왕당무사만으로 경기를 대체하겠다는 의미다. 3만이 넘는 고구려군 가운데 말에 탄 기마 병력이 1천 철기와 7백 왕당무사만 있는 기형적인 편성이 되어 버렸다.

어쨌든 담덕은 다시 진격했다. 이번엔 스스로 본대를 이끌고 앞장서서 나갔다.

"기운 내라! 짐이 너희들과 함께 있다!"

전초전 패배로 사기가 떨어진 고구려군이지만 담덕이 앞장서게 되자 마치 요술이라도 걸린 듯 분위기가 달라졌다.

여태까지 태왕이 나선 전투에 패배란 없었고 절대적인 병력열세에서도 기적같이 대승을 거둔 패수전투도 있었다. 하물며 대군을 이끌고 준비해서 온 원정이다.

"태양은 나에게 있다. 태양은 나에게 있다!"

패수에서 눈부시게 빛나던 담덕을 기억하는 병사들이 마치 주문처럼 중얼거렸다. 일부 병사는 벌써부터 담덕을 단순한 천손의 후예를 넘어 태양과 같은 존재로 섬기기 시작했다. 단순한 천손신앙을 넘어서 담덕을 군신(軍神)으로 숭배하는 것이다.

이들은 전투가 벌어지게 되면 일제히 이 말을 끊임없이 중얼거리며 싸웠는데 마치 광신도(狂信徒)같았다.

담덕은 양떼를 인도하는 목동처럼 고구려군을 몰고 거란족이 물러난 부산(富山)을 지나 부산(負山)에 도달했다.

"황량한 곳이군."

부산(負山)은 한자 이름대로 매우 척박한 땅과 산지였다. 나무와 풀은 거의 없고 군데군데 모래가 날리며 산은 거의 벌거숭이였다. 하얀 모래흙과 가끔 보이는 새 떼만 있었다. 심지어는 마실 물도 거의 없었다.

"이쯤에서 슬슬 한 번 적이 모습을 보일 만도 한데."

지형을 살핀 담덕이 이렇게 한마디 하기 무섭게 말을 타고 사방을 살피던 척후기병이 보고했다.

"전방에 거란족 기병 수천 기(騎)가 있습니다!"

"역시 왔군."

담덕이 의미심장한 미소를 지었다.

거란족은 비록 초전에는 이겨서 기세가 올랐으나 생각만큼 담덕은 호락호락하지 않았다. 담덕은 오히려 계속 거란 땅 깊숙이 들어오며 무난히 대군을 통솔했다. 앞을 막지 않는다면 어디까지고 들어올 듯했다.

"야율타라나? 그 자의 얼굴이나 한 번 보고 싶군."

거란족이 왔다는 말에 담덕은 오히려 앞으로 말을 달렸다.

"폐하!"

이번에는 담덕에게 성가신 군사 을지언도 없었으니 마음대로였다. 덕분에 태왕의 모습만 살피던 왕당무사들이 다시 당황하며 담덕 주위로 몰려갔다.

"폐하! 제발 옥체를 좀 생각하십시오!"

보다 못한 연무비가 이렇게 외치며 따라갔지만 쾌활한 담덕은 간단히 받아넘겼다.

"연무비! 자네가 있는데 무슨 걱정이겠나? 자네는 떨어지는 돌무더기도 피하게 해주었지 않았는가? 여기서 화살 몇 방 날아오는 거 못 막겠나?"

스무 살이 넘은 나이에 아들까지 있으면서 여전히 천진한 장난기로 미소 짓는 담덕에게 왕당무사들은 보이지 않는 한숨을 쉬었다. 정말 호위하기 힘든 태왕이었다.

"여기까지 올 줄이야."

첫 싸움에 이겼지만 거란족 역시 형편이 좋지만은 않았다.

야율타로서는 긴 원정길에 지친 고구려군이 더 큰 피해를 두려워해 물러가주는 것이 최상이었다. 그게 힘들다면 하다못해 진격속도라도 늦추면서 장기전이 되길 희망했다. 그러다보면 백제나 후연 같은 주변국이 고구려를 위협하게 되고, 결국은 퇴각하게 될 것이다.

그런데 이번 고구려 태왕은 아무런 두려움도 없는 듯 거침없이 대군을 몰고는 앞장서서 전진했다. 초전의 패배 따위는 싹 잊어버린 듯했다.

"이번 태왕은 뭔가 다릅니다."

부장(部將) 목절(木節)이 한 마디 거들었다.

"뒤에서 보급선을 위협하기 위해 갖은 수단을 써보았습니다만 도무지 먹히지 않습니다. 고구려군 후방부대는 착실히 길을 닦으며 단단히 무장한 수레를 끌고 병량을 나릅니다. 마치 식량수레가 무슨 공성기같이 단단해서 화살은 물론이고 불화살을 쏘아도 타지 않습니다. 접근해 공격하자니 수비대가 엄중히 경계하고 있습니다."

후방 치중대(輜重隊)를 노리는 야율타의 계략 역시 훌륭했지만 담덕의 방비는 더 훌륭했다. 일찌감치 거란족이 이런 전법을 쓸 것이라 예상하고는 막리지에게 일러 단단히 방비했다.

"지독하게도 철저하군. 과연 용병에 능하다는 말을 들을 만하다."

야율타는 담덕의 명성이 허명이 아니었음을 확인하고는 씁쓸하게 대답했다. 고구려군은 거의 비정상이라 말할 정도로 보급로 확보와 수송에 신경을 썼다. 본국과의 거리가 길어지자 이미 책정한 치중대 외에 당초에 출정한 4만 가운데 절반인 2만이나 떼어서 후방을 지원하게 했다.

훌륭한 적이라고 칭찬하며 넘어가기에 지금 야율타와 거란족이 놓인 상황이 너무 여유가 없었다.

비려 거란족은 전투에서 불리하면 도망가는 것을 수치로 여기지 않는다. 그래서 무엇에도 구애받지 않고 도망치는 것 같아도 사실은 그렇지 않았다.

"어떻게 할까요? 이대로는 고구려군이 염수(鹽水)까지 이르게 될 듯합니다."

부장 목절이 잔뜩 걱정하는 게 바로 그 점이었다.

비려 거란족의 본거지 염수는 절대로 적에게 내줘서는 안 되는 지역이다. 다른 지역에서야 불리하면 후퇴할 수 있지만 염수에서는 그러지 못한다. 살아가기 위해 가장 중요한 소금이 생산될 뿐 아니라 그곳을 중심으로 주요한 부락인 영(營)이 6백여 개나 위치해있다.

즉 염수는 비려에게 수도(首都) 역할을 하는 곳이다. 이곳을 빼앗기면 야율타를 중심으로 한 비려 거란족의 통합 자체가 와해된다.

"일단 찔러보자."

야율타는 이를 악물며 지시했다.

"가볍게 활로 공격하되 절대 접전까지 가지 마라. 어디까지나 적의 힘을 시험하고 지치게 하는 거다."

야율타의 지시에 따라 거란족 경기가 천천히 달리는 말 위에서 활 쏠 준비를 했다.

"저 자가 담덕인가?"

유난히 눈이 좋은 야율타는 얼마 가지 않아 고구려군 선두에 선 남자 한 명을 발견했다. 말을 타고 화려한 붉은 갑옷을 입은 자가 뒤따라온 기마무사들에 둘러싸여서는 이쪽을 보고 있었다.

"그런 듯합니다. 뒤쪽에 고구려 태왕의 표식인 삼족오(三足烏)깃발이 보입니다."

목절이 그 생각을 확인해주었다.

"담덕! 어디 네가 어디까지 오나보자. 만일 정말로 네가 염수까지 온다면 톡톡히 대가를 치러야 할 거다!"

야율타가 서로 대화를 나누는 것처럼 그쪽을 향해 외쳤다.

그 외침이 끝나자마자 부장 목절의 군령이 떨어졌다.

"사격개시!"

거란기병들이 발 빠르게 앞으로 나가며 활을 쏘았다. 언뜻 보아서는 전력을 다해 싸우려는 듯했지만 그건 아니었다.

"만일 끝까지 온다면 본격적인 싸움은 염수에서 벌어질 거다. 그리고…."

야율타는 주술사처럼 고구려군의 최후를 예언했다.

"그곳은 고구려군과 태왕 담덕의 무덤이 될 거다!"

외침이 마치 저주처럼 하늘 위로 메아리쳤다.

"여기까지 왔으면 안 싸울 수 없겠지."

담덕은 야율타의 생각을 읽고 있는 듯 정확히 염수 앞까지 진격해 그곳에 진을 쳤다.

어려움은 많았다. 기병이 적고 보병이 많은 고구려군은 갈수록 행군속도가 떨어졌다. 그래도 보급이 잘 유지되기에 여기까지 온 것인데 그것 역시 담덕이 3만 가운데 1만을 서부 욕살 휘하에 두어 보급로를 지키게 했기에 가능했다.

"이곳에서 거란족을 격파할 것이다! 주위에 견고하게 목책을 쳐라!"

담덕은 여전히 활기차게 지시했지만 이를 받아들이는 병사들의 활기는 상당히 떨어졌다.

아직 겨울도 아니었는데 찬바람이 불었다. 먼 북방으로 올라온 고구려군은 전원이 기병으로 구성된 적을 상대하기엔 너무 부족했다. 보병만으로 구성된 데다 그 숫자마저 2만으로 줄었다.

패수전투 때와 완전히 바뀐 양상이었다.

"목책을 쳐라!"

군두들이 지시하자 병사들이 주위에서 나무를 베어와 그것으로 두텁고 높은 목책을 만들었다. 염수처럼 탁 트인 평야에서 보병으로 기병을 상대하려면 이 방법 밖에는 없었다.

"기왕 치는 김에 더 단단하고 깊게 쳐라! 이번 싸움의 승패는 목책에 걸려있다."

담덕은 이미 싸움을 어떻게 치러낼 것인지 구상을 끝낸 후였다. 상대인 야율타가 그것에 걸려주기만 하면 충분히 이길 자신이 있었다.

사실 염수까지 오기 전 막리지와 각 욕살들이 더 이상의 진격을 극구 만류했다. 그들은 적당히 체면만 유지하고 돌아가자고 제안했다. 그러나 담덕은 강인한 의지로 진격을 계속했다.

"만일 적이 달로 도망가면 짐은 그 달까지 쫓아갈 것이다!"

담덕은 불사약을 훔쳐 월궁(月宮)으로 도망친 항아(姮娥) 설화까지 인용하며 신하들을 강하게 밀어붙였다.

"하지만 그럴 필요가 없으니 바로 이 염수가 비려 거란족에게는 달과 같은 곳이기 때문이다."

마구잡이인 듯해도 실제로 담덕의 머릿속 전략은 확실했다.

거란족은 소수를 제외하면 전부 경기병이다. 분명 말을 탄 경기는 보병보다 훨씬 기동력이 뛰어나기에 상대하기 어렵다. 그렇지만 무적은 아니다.

경기는 명확히 지켜야 할 곳이 있어 정면으로 싸우게 되면 약점을 드러낸다. 비려에게 목숨을 걸고 지켜야 할 중요한 곳이 있다면 바로 중요한 소금산지이자 야율타 부족의 핵심부락이 있는 이 염수 지역이다.

여러 거란족 주민과 예전에 사로잡은 포로들을 통해 이런 사실을 파악한 담덕은 이곳 싸움에 모든 걸 걸기로 했다.

"폐하! 이렇게 많은 목책으로 도대체 뭘 하시겠다는 겁니까?"

왕당무사 연무비가 호위를 위해 담덕을 따라다니면서 물었다.

본래 왕당무사들은 그 관등이 낮은 편이기에 태왕 담덕을 따라다니며 호위할 뿐 감히 말을 못 붙였다. 이는 왕당무사를 이끄는 대설교가 엄한 탓도 있었다. 하지만 연무비는 달랐는데 지난번 관미성에서 담덕의 목숨을 구해준 덕분에 대설교도 연무비에게는 무례하다고 꾸짖지 못했다.

염수는 거의 평야지만 작은 언덕이 몇 개 있었다. 그 가운데 담덕은 넓고 낮은 언덕 위에 자리를 잡고는 목책으로 빈틈없이 사방을 둘러 마치 성채처럼 만들도록 했다. 그 가운데서도 특히 북쪽 경사진 아래쪽을 향해 목책을 집중적으로 치도록 지시했다.

"오오! 연무비인가? 이건 매우 간단해! 잘 모르겠어?"

"간단하다고요? 저기 북쪽에는 우리보다 많은 3만 거란족이 있습니다! 그리고 우리는 철기 1천 외에는 전부 보병입니다. 설마 이렇게 목책을 친 것만으로 적이 무서워서 가까이 오지 못할 거라고 생각하시는 겁니까?"

"아니, 그 반대야."

"예?"

"오히려 이 목책으로 인해 우리가 겁먹고 있다고 판단하고 공격할 거라 생각한다. 그리고 그게 바로 노리는 바다."

"하지만 목책만으로는 기마대를 완전히 막지 못합니다. 우회해서 공격해올 수도 있고, 불리해지면 달아날 수도 있습니다. 그럴 때 오히려 이 목책은 우리가 행동하는 데 방해가 될 겁니다."

"그래, 바로 그거야."

담덕은 유쾌하다는 듯 연무비의 어깨를 손으로 툭 치며 대답했다.

"병법이란 말이다. 상대가 있으니까 쓸 수 있는 거야. 상대의 심리를 읽고 이를 역이용하는 데서 시작되지. 바로 연무비 자네가 말한 점 때문에 거란족은 더욱 안심하고 공격해 올 수 있어. 그러면 우리는 말이야. 그런 상대의 장점을 무력화시키고, 우리가 가진 장점을 최대한 활용하는 거야.”

“이번 상대는 만만치 않다고 들었습니다. 폐하께서도 아시겠지만 야율타는 거란족에서 제일가는 지략가라 합니다. 그 자가 있기에 거란족은 3부족 7백여 마을이 한 무리가 되어 대군을 만들 수 있었습니다.”

“알지. 북부욕살 고안덕과 흑수말갈 자추리를 패퇴시킬 수 있는 자는 그리 흔하지 않으니까. 그러나 지난 패수싸움에서 백제의 진무 역시 명장이었지만 짐에게는 당하지 못했다. 아직까지 짐이 직접 나서 패한 적이 없으니 이번 한 번 속는 셈치고 믿어보지 않겠나?”

참으로 묘한 태왕이었다. 그 넓은 고구려 땅을 통치하며 천손이란 혈통까지 있는 자가 너무도 명랑하고 부드럽다.

보통 절대군주는 신하가 군주의 능력을 의심하거나 의견을 반대하면 심하게 화를 내며 권위로서 굴복시키려 한다. 그러나 담덕은 편안하게 친구처럼 이야기하면서 저절로 상대를 승복하게 만드니 그건 권위보다 더 효과적이다.

“어차피 여기서 패하면 고구려군은 물론이고 짐도 살아서 돌아가지 못할 거야. 아! 이 말을 언이 들으면 또 한바탕 잔소리를 늘어놓겠군. 그런데도 요즘은 군사의 잔소리가 그리워지니 큰일이야.”

한바탕 너스레를 떤 담덕은 다시 말을 몰며 곳곳의 방책과 병력 배치를 살폈다.

“목책이 설치되고 나면 군두 이상 모든 장수들을 모아라! 짐이 특별히 지시할 것이 있다!”

지난 패수싸움에서 담덕은 최후의 순간까지 자기 머릿속 계략을 드러내지 않았다. 그렇지만 이번에는 반대로 처음부터 작전을 모두에게 설명할 작정이었다. 고구려군이 민첩한 기병 중심이었던 지난번과 달리 이번은 느린 보병 중심이기 때문이다.

"거란족은 반드시 공격해온다. 우리는 여기서 그들과 싸워서 이길 것이다."

담덕의 확고한 결심이 과연 통할 수 있을까? 하지만 연무비는 어느새 다시 한 번 담덕을 믿고 있었다. 그도 어느새 담덕을 믿는 신도가 된 것 같았다.

바람을 가르다

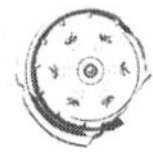

　- 둥. 둥. 두둥.

　- 뿌우우! 뿌우우!

　정오가 될 무렵 멀리 염수가 보이는 곳에 위치한 고구려군 진영에 뿔피리와 북소리가 가득히 울려 퍼졌다.

　"거란족이 공격해온다!"

　단단히 땅에 박아놓은 목책 너머 지평선에 검은 그림자가 하나둘 보이더니 마침내 지평선 모두를 덮듯 많은 기병들이 모습을 드러냈다. 3만에 달하는 거란 경기병이 염수를 탈환하기 위해 움직임을 개시한 것이다.

　"적이 온다! 창수는 진형을 갖춰라!"

　"궁수들은 활 쏠 준비를 하라!"

　군두들이 갑자기 바쁘게 움직이며 명령을 전했다. 그러면 백 명을 책임진 휘하 백두들이 명령에 따라 사졸들을 가다듬고 전투준비를 시켰다.

　"마침내 왔군."

목책에서 약간 뒤쪽에 위치한 백호(白虎) 깃발 아래에 선 궁수(弓手) 수이라(垂里羅)는 입맛을 다시며 활을 준비했다.

평소 돌돌 말아서 보관하던 물소뿔로 만든 각궁을 정반대 방향으로 힘껏 펴서 그 사이에 활줄을 걸었다. 이 지역은 습기가 많아서 애지중지하며 고운 비단주머니에 넣어 보관하던 활이었다.

"허! 너는 이제 활을 펴냐? 게으름도 정도가 있지."

대열을 정돈하며 준비태세를 지시하던 백두 태천지(太天池)가 끌끌 혀를 찼다. 태왕 직속 궁수부대인 백호의 백두라는 직책을 늘 자랑스러워하는 태천지와 수이라는 오랜 친구 사이였다.

"임마, 이건 게으름이 아니야! 궁수 백두 정도나 되면서 아직도 활에 대해 잘 몰라? 이런 습한 곳에서는 활을 가능한 늦게 펴야 탄력이 유지된다고! 아니면 활줄도 늘어지고 활대도 느슨해져."

한 마디 쏘아붙인 수이라는 가벼운 싸리나무로 만든 활대를 어깨에 멘 전통에서 꺼냈다. 일반적으로 쓰는 닭 깃털 대신 구하기 힘든 꿩 깃털로 만든 화살깃털이 특이했다.

"에구! 누가 명궁장인의 자식 아니랄까봐. 어쨌든 잘해봐! 오늘은 특히 우리 궁수의 역할이 중요하다고 태왕 폐하께서 누누이 강조하셨으니까. 자네 같은 명궁이 실력 발휘 좀 해. 잘하면 출세할 수도 있잖아?"

능숙한 솜씨로 재빨리 화살을 꺼내어 재는 그 솜씨를 확인한 태천지가 당부했다.

수이라는 고구려에서 좋은 활과 화살을 만들기로 유명한 장인 수비(垂飛)의 아들이다. 그렇지만 그는 활을 만드는 재능보다는 활을 잘 쏘는 재능을 타고 났기에 18살부터 군에 들어와 궁수로 일했다.

"출세 누가 못해서 안하나? 일부러 안하는 거지. 내 직위가 이미 선인인데 더 올라가서 자네 같이 백두가 되면 활은 쏘지 못하고 지휘만 해야 하잖아? 난 그게 싫어!"

수이라가 퉁명스럽게 말을 되받았다. 그는 활쏘기 자체를 너무도 좋아했다. 때문에 평소에는 사냥을 즐겨서 사슴이나 꿩을 잡았고 전쟁이 나면 이렇게 사람을 잡았다.

"그래도 같은 동네친구인 내 명령 들으면 자존심 상하잖아? 그러니 어서 올라오라고! 하하!"

태천지는 약 올리듯 한 마디 더 하고는 다른 궁수에게 이것저것 명령했다.

"그런 거야 내가 어련히 알아서 하려고! 신경 쓰지 마!"

주위 궁수들은 둘의 이 묘한 관계를 잘 알고 보아온 터라 별로 신경도 쓰지 않았다. 어쨌든 지금은 싸움을 눈앞에 둔 시점이니 신경 쓸 여유도 없었다. 잠시 후면 살아남느냐 아니면 죽느냐가 모두의 손끝에서 결정 나기 때문이다.

"곡사 준비! 겨눠!"

깃발과 신호 소리를 듣고 각 백두가 큰소리로 명령을 하달했다. 궁수들은 일제히 활을 하늘위로 치켜 올렸다. 거리가 멀기에 일단 첫발은 곡사를 지시한 모양이다.

침묵이 흘렀다. 팽팽히 겨눈 활대 너머로 보이는 적의 모습이 점점 커졌다. 지평선을 가득 메우며 말을 달려오는 기병의 위용은 항상 실제 병력수보다 두세 배는 많아 보인다. 그 모습에 압도되지 않으려면 담력도 상당히 필요하다.

어차피 집단이 집단을 노리고 쏘는 것이라 그다지 정확할 필요는 없었다. 일정한 지역 내에만 들어가면 그만인 것이 곡사다. 하지만 자타가 알아주는 명궁 수이라는 곡사로 겨누는 중에도 목표를 확실히 잡았다.

'저기 선두의 붉은 장식을 단 거란 놈.'

사냥을 할 때 언제나 가장 화려한 깃털을 가진 꿩을 먼저 노렸던 그였다. 이번에도 어김없이 눈에 띄는 복장을 한 적을 노렸다.

힘주어 당긴 활줄이 묵직하게 팔꿈치를 압박했다. 남들보다 훨씬 더 뒤로 당긴 활줄은 금방이라도 끊어질 듯 팽팽했다.

"쏘아!"

마침내 거란기병의 말머리가 뚜렷이 구분될 정도까지 왔을 때 백두 태천지의 발사명령이 떨어졌다.

'아주 좋아!'

경쾌한 동작으로 활줄을 놓으면서 수이라는 느낌이 좋았다. 오늘따라 활과 화살이 자기 몸의 일부처럼 마음대로 조절되었다.

─ 쑤우웅! 씨이잇!

귀 언저리에 깃털이 지나가는 감촉과 소리가 생생히 들렸다. 새가 날아오르듯 곡선을 그리며 솟아오른 화살이 떨어지며 노렸던 거란기병의 머리를 정확히 맞췄다.

'맞았어!'

경무장이기에 투구를 쓰지 않은 거란기병에게 머리를 맞추는 화살은 한 발만으로 치명상이다. 수이라의 화살은 거란기병의 머리를 잘 익은 사과처럼 뚫고 박혔다. 생기를 잃은 인형처럼 말에서 떨어진 그 거란기병은 그대로 움직이지 못하고 뒤에서 오는 자기편 말발굽에 채이고 밟혔다.

"한 놈 보냈다!"

수이라는 재빨리 다음 화살을 재고 당겼다. 당장이라도 쏘고 싶었지만 집단에 속한 궁수의 화살은 반드시 백두 이상의 명령이 있어야 쏠 수 있다.

"겨눠! 쏘아!"

비록 정확성이 떨어졌지만 고구려군이 퍼부은 화살 비를 맞은 거란군 선두가 당황하며 갈팡질팡 하는 모습을 보였다. 수이라가 속한 궁수들이 두 번째 화살을 날릴 즈음 거란군 경기들도 일제히 곡사로 화살이 날아온 방향을 향해 쏘았다.

'저 놈들도 만만치 않은 데.'

피해를 입고도 침착하게 응사하는 모습을 본 수이라는 직감적으로 거란족 역시 훌륭한 활솜씨를 가지고 있다는 걸 느꼈다.

"화살막이! 전진!"

궁수를 향해 적 화살이 날아오는 걸 보자 뒤쪽에서 재빨리 궁수 대열 사이로 한 개의 집단이 나오며 커다란 방패를 내밀어 궁수를 보호했다. 수이라 앞쪽에 일순 커다란 방패 벽이 만들어졌다.

― 퍼억! 퍼버벅!

방패가 심하게 흔들렸다. 일부 화살은 방패를 거의 뚫고 화살촉이 앞까지 튀어나왔다.

이들은 같은 백호부대에 속한 부월수들이다. 평소 도끼를 써서 말에서 떨어진 적 철기병을 죽이거나 창병을 상대하지만 이번에는 특별히 방패로 궁수를 보호하는 역할을 맡았다.

궁수 몇 명이 튀어나온 화살촉을 보고 겁을 먹으며 침을 삼키기도 했지만 수이라는 달랐다.

오히려 그는 앞으로 조금 다가가 방금 날아온 화살촉을 살폈다. 보통 화살촉보다 날카롭고 긴 것이 분명 방패로 막을 걸 예상하고 관통력을 높인 화살촉이었다.

"제길! 이놈들이 이런 것까지 쓰고 있었나?"

활에 대해 잘 아는 수이라는 그만 큰 소리로 투덜거렸다.

"수이라, 뭐가 문제인데 그래?"

태천지가 그 소리를 듣고 불쑥 물었다. 아무래도 둘은 친구 사이였다. 군율에 따르면 전투 중에 잡담을 해서는 안 된다.

"놈들이 기다란 화살촉을 쓰고 있어. 저건 고구려에서 거란 놈들에게 팔지 못하도록 금지한 화살촉이라고!"

"뭐? 설마 저 놈들이 우리한테 그걸 샀겠어? 아마 저기 후연이나 동진에게 샀겠지."

"어디서 샀냐가 중요한 게 아니라 그걸 쓸 정도면 대단히 무서운 놈들이란 거야."

"어차피 무서운 놈들이야. 이번 싸움에 임하는 태왕 폐하의 얼굴 본 적 있어? 완전히 노름이라도 하는 사람 같다고. 듣기로는 이미 제장 앞에서 이번 싸움은 승리 아니면 전멸이라고 말했다네."

"승리 아니면 전멸이라. 그 말 들으니 너무 안심이 되는군."

"화살막이! 뒤로!"

일부러 반어법을 써서 말한 수이라의 말이 끝나기 무섭게 부월수 백두의 명령이 떨어졌다. 방패가 뒤로 물러나며 시야가 확보됐다.

"겨눠! 쏘아!"

말 위에서 활을 쏘는 거란기병은 움직이며 화살을 쏠 수 있는 대신 흔들리는 말 위라 장전과 발사가 늦은 편이다. 반면 이쪽은 안정된 지면에 발을 딛고 있으니 더 빠른 사격이 가능했다.

"화살막이! 전진!"

신속하게 화살을 쏘아낸 궁수들이 다시 화살을 장전하는 사이에 다시 방패를 쥔 부월수가 바쁘게 앞으로 나와 화살을 막았다.

미리 훈련한 대로 이렇게 반복하며 화살을 쏘다보니 주변에 적 화살을 맞은 자가 거의 없었다. 반면 방패가 없고 경무장인 거란족은 상당한 피해를 입었다.

"그래! 활이란 원래 이 맛에 쏘는 거지!"

"무슨 맛?"

"너 죽고 나 살자는 거!"

수이라는 다시 불쑥 날아든 친구의 질문에 대답했다.

직접 일선에 나가서 돌진하며 싸우는 창병이나 부월수 등 다른 병종에 비해 궁수 가운데 용감한 자는 적었다. 주로 멀리서 적을 쏘아 죽이는 궁수에겐 용맹함보다는 냉철함이나 세밀함이 더 중요했다. 또한 사람을 죽인다는 죄책감도 훨씬 덜했다.

그런 면에서 역시 궁수란 군인이 아니라 장인의 아들로 태어나 자란 수이라에게 딱 맞는 역할이었다. 이미 몇 차례 전투에서 활을 잘 쏘아서 명궁으로 소문난 수이라가 사졸보다 높은 선인 품계를 받은 건 당연했다.

"그런데 언제까지 이런 식으로 화살만 주고받아야 하지?"

수이라가 화살을 쏘고 나서 물었다. 방패가 적 화살을 막아주는 동안의 간격은 꽤 컸다.

"어느 한쪽이 지칠 때까지야. 둘 중 하나지. 저기 거란족이 피해를 견디며 화살을 쏘다가 지치든가 아니면 우리 쪽 부월수가 지치고 궁수가 활줄을 더 당길 수 없게 되든가."

"체력싸움인가? 이럴 줄 알았으면 아까 밥 좀 더 먹을 걸."

수이라가 농담을 하며 다시 활시위를 당겼을 때 뒤쪽에서 군두의 고함이 들렸다.

"적들이 부대를 나누며 갈라졌다! 창병은 좌우로 오는 적을 막아라!"

역시 이 상황을 견디지 못한 건 거란족이었다.

"도대체 저건 어떻게 된 놈들이야? 저런 방식으로 싸우다니!"

중앙에 몰려 있던 거란경기를 좌우로 나누어 포위진형을 구축한 야율타가 놀라움에 혀를 찼다.

경기병이 보병과 싸우는 방식은 짐승몰이 사냥과 비슷하다. 멀리서 천천히 활을 쏘면서 적이 지치길 기다린다. 적이 돌격해 오면 일단 달아나서 거리를 두며 또 활을 쏜다. 그러다 완전히 지친 보병이 후퇴하거나 대열이 무너지면 사정없이 달려들어 칼과 창으로 쳐서 죽인다.

그런데 지금 고구려군은 궁수를 동원해 경기병보다 빠르게 쏘면서도 방패든 병사를 이용해 피해는 덜 받고 있다. 이러다간 저쪽이 지치기 전에 이쪽이 사기가 꺾일 상황이다.

"윽!"

"이런 제길!"

선두에서 활을 쏘던 거란기병이 연이어 화살을 맞아 말에서 떨어졌다. 똑같이 곡사로 주고받는 화살이지만 방패가 있는 쪽과 없는 쪽 상황은 너무도 달랐다.

'담덕! 어떻게 보아도 보병이 불리한 상황을 용케도 유리한 상황으로 바꿔놓았구나!'

야율타는 점점 가슴이 무거워졌다.

'여기서 꺾일 순 없다! 염수까지는 절대 내줄 수 없어!'

염수는 바다가 없는 내륙 깊숙한 곳에 있는 비려 거란족에게 목숨과도 같은 소금이 나오는 곳이다. 때문에 자연스럽게 이곳을 중심으로 커다란 마을이 생겼고 주변에 소금을 팔아 돈을 벌었다. 야율타에 동조해서 모인 거란족 세 부족은 다른 전술적 의견에 순순히 따랐지만 염수를 잠시 포기하자는 의견에는 강력하게 반대했다.

'아직 적은 지치지 않았다. 그런데 여기서 결전을 벌여야 하다니. 이게 바로 담덕이 노리고 있던 바는 아닐까?'

야율타 역시 이곳에서 싸우게 될 경우 필승이 될 전술을 구상해놓았다. 그렇지만 어쩐지 그마저도 용병의 천재라는 담덕에게 말려들어가는 느낌이었다.

'그래도 할 수밖에 없다. 어차피 전투란 해보지 않고는 모른다. 고구려

군도 내색은 안하지만 지치긴 했을 것이다.'

야율타는 스스로에게 용기를 불어넣기 위해 애썼다. 그는 돌진을 앞두고 크게 고함을 질렀다.

"아아! 아오오오!"

만월을 맞은 늑대가 지르는 것 같은 괴성이었다.

마치 그것이 신호인 것처럼 갑자기 양군의 화살이 멎었다.

잠시 침묵이 흐르며 양군 사이에 북쪽에서 불어온 차가운 바람이 스쳐 갔다. 깃발이 펄럭거리는 소리가 귀에 들려왔다.

야율타는 힘차게 명령했다.

"전군! 일제히 공격하라!"

세 방면으로 나뉜 거란 경기병이 알을 감싸듯 고구려군 목책을 크게 포위하며 말을 달려 나아갔다.

"창수, 앞으로! 적을 막아라!"

고구려군 좌익을 맡은 북부욕살 고안덕은 말 위에서 잔뜩 긴장한 채 명령을 하달했다.

"절대로 대열을 무너뜨리지 마라!"

대모달 우병기려는 군두들에게 새삼스레 말할 필요도 없는 당부를 전했다. 그 역시 말을 타고 고안덕 옆에 머물렀다.

"오오오!"

비록 목책을 세웠지만 모든 고구려군이 그 안에 있는 건 아니었다. 포위를 막기 위해 중앙을 제외한 양 날개 쪽에선 창수들이 목책 밖에 포진했다.

좌익을 맡은 북부 고구려 창수 6천여 명이 아홉 열의 방진을 이루며 앞으로 나갔다. 그들 앞에는 질풍처럼 달려오는 거란 경기병이 있었다.

"방패, 세워!"

군두 휘하 백두의 명에 따라 땅에 박아서 세울 수 있도록 된 타원형 방패가 일제히 땅에 박혔다.

"창날, 내밀어!"

잘 다듬어진 날카로운 강철 날이 무리를 이루어 다가오는 거란 기병을 향했다.

땅울림이 점점 강하게 고구려군을 압박했다. 3만이나 되는 숫자의 말발굽이 일제히 땅을 차며 지면을 달리니 지진이라도 난 듯 지면이 들썩거렸다.

"저 놈들이 정말 들이칠 생각인가?"

비록 부산에서 야율타에게 크게 당했지만 고안덕 역시 병법의 기본을 알았다. 제 아무리 애를 쓴다고 해도 거란 경기병이 고구려 창수가 만든 방진을 뚫을 수는 없다.

"들어올 리가 없습니다. 들어온다고 해도 잠시 건드려보는 정도겠지요. 갑옷도 제대로 갖추지 못한 거란기병은 감히 중무장한 우리 고구려 창수를 돌파할 수 없습니다."

계속 전황을 지켜보는 우병기려가 고안덕에게 딱 잘라 대답했다.

거란군은 기병 전력의 우위를 과시하듯 재빠른 기동으로 보병 중심의 고구려군을 삼면에서 포위했다.

부분적으로 언덕이 있지만 평지에 가까운 지형이라 기병이 움직이기에는 아주 적절한 지형이었다.

"온다!"

선두에 선 백여 명의 경기병이 칼을 휘두르며 고구려군에 돌진했다.

"저, 저런 미친놈들!"

창수 백 명을 지휘하는 백두들이 혀를 차며 대응을 지시했다.

"창대, 박아!"

창대의 뒤쪽 역시 땅에 박을 수 있는 금속 촉이 붙어있었다. 적 방향을 잡고 창대를 뒤쪽으로 힘주어 당겨서 박은 창수들이 양손으로 단단히 창대를 고정시켰다.

달려온 거란 경기병이 일제히 창날 벽에 충돌했다.

― 쿠다당. 투둑.

철기가 충돌할 때와는 사뭇 다른 가벼운 소리가 났다. 불꽃이 튀고 굉음이 울리는 갑옷이 없는 거란 경기병이다. 달려온 말과 사람이 일제히 창날에 찔리며 비명을 질렀다.

"끄아악! 아악!"

몸통에 창날을 넘어 창대 중간까지 깊이 박힌 말이 뒹굴며 마구 날뛰었다. 생명이 끊어지기 전 마지막 몸부림이라 처절하기 짝이 없었다. 창에 찔려 말에서 떨어진 기병 역시 선혈을 질질 흘리며 땅바닥을 뒹굴었다.

"창날, 빼! 후열 앞으로!"

백두들은 신속히 이 혼란을 수습하기 위해 애썼다.

창날에 꽂힌 말과 사람이 죽는 건 상관없지만 그들이 곱게 죽을 리 없다. 몸부림치는 말이 방패를 쓰러뜨리고 사람을 밟는가 하면 시체가 된 기병에 꽂힌 창대가 부러져나갔다. 앞선 전열이 조금씩 혼란에 빠지자 후열에게 전진을 명했다.

전열이 대열을 유지한 채로 간격을 약간 벌리자 후열이 그 사이로 튀어나와 새로운 창날과 방패의 벽을 만들었다. 몇몇 창수는 바닥에 가로놓인 말 시체에 발이 걸려 넘어지기도 했지만 대부분은 신속히 대열을 만들었다.

"거란 놈들! 역시 별 방법이 없나보군. 대모달 자네 예상대로야."

부산에서의 패배로 인해 불안감을 감추지 못하던 고안덕이 점차 안심했다.

"또 적이 모슨 기책(奇策)이라도 쓰려나했는데 별 방법이 보이지 않는군. 그저 숫자가 많을 뿐 아닌가?"

"그렇습니다. 하지만….."

그렇지만 막상 대모달 우병기려는 달랐다. 좌익을 향해 달려든 거란군 뒤쪽을 살피던 그는 점차 심상치 않은 느낌을 받았다.

― 씨잉! 쉬이잇!

목책 뒤쪽에 모인 고구려 궁수들이 곡사로 뒤쪽에 몰린 거란 경기병을 향해 계속 화살을 쏘았다. 물론 거란기병도 지지 않고 쏘았지만 방패로 보호받는 고구려 궁수의 피해는 거의 없었다.

"하지만 뭔가?"

"바로 그 숫자가 문제입니다. 때로는 그게 어떤 기책보다 더 강할 수도 있습니다."

"뭐야? 그건 또 무슨 말인가?"

"또 온다!"

고안덕이 반문하기 무섭게 잠시 잠잠하던 거란 기병이 물밀듯이 밀려들었다. 이번에는 그 숫자가 천여 명에 달했다.

"창날, 내밀어!"

창수를 지휘하는 고구려 백두들은 여전히 침착했다. 그들은 마치 기계처럼 주어진 임무를 완벽히 수행했다. 또한 고구려 창수들도 그에 맞춰 질서 있게 움직였다.

비록 이들은 태왕 담덕이 직접 사신수의 명칭을 하사한 중부(中部) 왕당 소속은 아니었지만 정예함에서는 조금도 뒤지지 않았다.

― 쿠다당! 투툭! 투투둑!

그렇지만 아까보다 열 배나 많은 병력이 해일처럼 몰아닥치자 선두 두 개 열이 순식간에 허물어졌다. 창대에 찔린 말과 사람의 무게를 견디지 못해 창대가 부러지고 창날이 휘는 일까지 있었다.

"창날, 빼! 후열 앞으로!"

아홉 열로 구성된 지라 고구려군도 계속 뒤쪽 창수를 이용해 적을 막으려 했다. 그렇지만 거란기병은 노도처럼 계속 밀려들었다. 서서히 무너지려는 대열이 눈에 보였다.

"이건 말도 안 돼! 어떻게 저런 변변한 갑옷도 없는 야만족에게 우리 북부 창수들이 무너진단 말이냐!"

고안덕이 고함을 지르며 우병기려를 보았지만 그는 이미 옆에 없었다.

"대모달!"

우병기려는 이미 말을 몰아 창수들이 있는 선두로 향했다.

욕살은 귀족이며 문관에 가깝기에 실전경험이 적다. 그렇지만 처려근지를 맡은 대모달 이하 장수들은 다양한 실전경험을 치렀기에 직감적으로 전장의 바람을 느낀다.

그 바람 속에서 무엇인가를 발견한 우병기려의 눈에는 비장함이 감돌았다. 그는 군두들이 있는 곳을 지나치며 외쳤다.

"철기다! 적 철기가 온다! 어서 대열을 갖춰라! 무너지면 안 된다!"

"철기라니요? 대모달님, 도대체 무슨 말을…."

지휘하던 군두들이 어리둥절해서 지나치는 우병기려를 돌아보았다. 거란기병에 철기가 있다는 말은 들었지만 고작해야 3백에 불과하다. 그들 전부가 여기로 올 리가 없다. 그건 중앙을 비워둔다는 이야기가 되기 때문이다.

─ 우르릉! 콰릉!

그러나 불행히도 우병기려의 예측은 정확했다. 경기병이 밀집했던 좌측 날개 뒤쪽에 파묻히듯 숨어있던 거란 철기병 3백 기가 아직 채 혼란을 수습하지 못한 고구려 창수에게 달려들었다.

"철기다! 막아!"

졸지에 기습을 당한 셈이 된 군두와 백두는 그저 이 말 밖에 할 수 없었다.

보통 철기는 전투에서 가장 결정적인 순간에 투입하며 그것도 대부분 중앙에서 이용한다. 그런데 아직 초반에 불과한 이때 기습적으로 철기가 투입될 줄은 누구도 생각하지 못했다.

'아마도 거란족은 어떻게든 목책 밖에서 우리 창수를 제압하고 양 날개 가운데 하나를 집중적으로 무너뜨리려 할 것이다. 욕살과 대모달 이하 장수들은 모두 이 점에 각별히 유의하라! 어느 한쪽이라도 무너지고 이어서 목책 한쪽이 제압당하게 되면 필히 우리는 패한다.'

담덕은 모두를 모은 자리에서 그렇게 단언했다. 그 예상 역시 적중했다.

"옆을 좁혀서 뒤로! 후열, 두텁게!"

전열이 무너지는 상태에서 달려드는 철기를 본 백두들이 극단적인 명령을 내렸다. 넓게 벌린 양 옆의 폭을 포기하고 그쪽 창수를 뒤로 돌려 후열을 두텁게 쌓으려는 명령이다. 이렇게 되면 철기에 맞서 9열이 18열이 될 수도 있고 30열이 될 수도 있다. 충분히 막아볼 만하다.

"우와아!"

"무너진다!"

과연 철기의 돌파력은 훌륭했다. 채 혼란이 수습되지 못한 고구려 창수 전열이 완전히 뚫리고 방진이 허물어졌다. 일단 방진이 깨지자 그 안에 있는 창병들은 다시 대열을 만들지 못한 채로 허둥대며 패잔병이 되었다.

"후열, 앞으로!"

그렇지만 목책까지는 절대 내주지 않겠다는 고구려 창수 후열이 철기를 향해 가지런한 대열로 창날을 내밀었다. 창날과 강철갑옷이 부딪치며 다시 자욱한 피 안개를 뿜었다. 비릿한 피와 땀으로 인해 구역질이 날 정도로 지독한 냄새가 퍼졌다.

일시적으로 후열에 모인 고구려 창수는 거란 철기를 막아내는 데 성공했다. 돌파력을 잃은 거란철기는 주춤했고 창수들에 하나씩 살상 당했다.

하지만 그건 아주 잠시였다.

이때를 기다린 듯 좌익의 거란기병이 총돌격을 감행했다. 그들은 후열에만 밀집한 고구려 창수들을 양 옆에서 포위하며 달려들었다. 앞에서 오는 적만 상대할 수 있는 창수들은 옆에서 들이치는 칼날과 말발굽에 밟혀 비참하게 죽어갔다.

"후퇴하지 마라! 진격신호를 올려라!"

견디다 못한 창수들이 명령도 기다리지 않고 무기를 버리고 목책 안으로 뛰어들었다. 그 광경을 본 우병기려는 도리어 남은 병력 전부에 일제 돌격을 명했다.

"아아! 이제 끝인가!"

고안덕의 충격은 컸다. 두 번이나 야율타의 계략에 넘어가 패한 그는 욕살이란 지위가 부끄러울 정도였다.

"차라리 백제나 후연에게 당했다면 모를까, 저런 거란 놈에게 두 번이나 당하다니! 이 무슨 수치인가?"

아예 살고 싶지도 않을 정도였다.

이때 갑자기 목책안 고구려군 중앙에서 함성이 울렸다.

"와아! 와아! 와아!"

"무슨 일이지?"

얼떨결에 그쪽을 본 고안덕은 목책 안 깊숙이 있던 세발까마귀 깃발이 앞으로 향하는 걸 보았다.

"태왕 폐하께서! 앞으로 나가신다!"

동시에 멀리 보이는 거란군 중앙이 소란스러워지며 수상한 기척이 보였다.

"적 중앙이 무너진다!"

멀리서 누군가 외쳤다. 그제야 고안덕은 어떻게 된 것인지 알 수 있었다.

"폐하! 천손이시여!"

그는 감격에 겨워 한쪽 팔을 쭉 뻗어 위를 가리켰다. 그곳에는 구름 한 점 없는 하늘에 빛나는 태양이 떠 있었다.

"과연 태양은 우리에게 있었습니다!"

고안덕은 전날 담덕이 일러준 전술을 상기했다.

'경기로 이루어진 거란군은 곧 바람(風)이다. 바람은 앞을 막으면 뒤로 사라지고, 잡으려 달려들면 옆으로 비껴간다. 바람은 그 성질이 마치 물과 같으니 수로를 파서 한쪽으로 흐르도록 유도하고는 고인 물이 되면 가른다. 그러면 마치 물이 마르듯 전부 흩어져 없어질 것이니 짐은 이렇게 상대하겠다!'

담덕은 마치 시를 읊듯 이렇게 말했다.

그때 그 의미를 완벽히 알아들은 사람은 얼마 없었지만 막상 상황이 닥치자 그 말은 황홀할 정도로 아름답고도 정확한 비유로 각 장수의 뇌리에 박혔다.

"이게 어떻게 된 일이냐?"

갑자기 뒤쪽에서 들이닥친 고구려군은 거의 승기를 잡았다고 판단한 야율타에게 충격적인 일격이었다.

염수싸움은 겉으로는 2만 고구려군과 3만 거란기병의 싸움이지만 실상은 결국 태왕 담덕과 거란족장 야율타의 머리싸움이었다.

야율타는 대단한 용병술을 보였다.

그는 극단적으로 고구려 좌측에 많은 병력을 포진시키고 대신 중앙에 적은 병력을 두었다. 어차피 고구려군은 느린 보병이 주류이고 방어를 택해서 목책을 친 이상은 공격하러 중앙으로 나올 수 없다. 억지로 나온다면 야율타가 위치한 중앙병력은 기동력을 이용해 잠시 뒤로 물러서면 그만이다.

병력이 적은 고구려군은 양쪽 측면에서 몰려오는 거란기병을 저지하기 힘겨웠다. 더구나 좌측에 밀집한 거란기병이 철기까지 동원할 줄은 몰랐기에 이른 시간에 쉽게 허물어졌다. 여기까지는 완벽히 야율타의 계획대로 되었다.

고구려군은 이대로 좌측으로 목책을 부수고 들이닥칠 거란기병을 두려워해 후퇴하거나 최소한 방어를 하기위해 중앙의 병력을 대거 빼내어 좌측에 돌려야 한다. 그러면 상대적으로 비는 중앙과 우측 거란기병이 총공세를 가해서 간단히 승패를 지어버릴 생각이었다.

그런데 일이 여기서부터 틀어졌다.

담덕은 마치 예상이라도 한 것처럼 철기를 비롯한 고구려 기병 전부를 동원해 거란군을 크게 우회해서 뒤쪽에서부터 중앙을 그대로 들이쳤다.

"맞서 싸워라! 철기라고 해도 어차피 적 숫자는 소수다! 격퇴시킬 수 있다!"

야율타는 스스로도 확신을 가지지 못하면서 명령을 내렸다.

일단은 시간이 필요했다. 아깝더라도 양 측면에서 거의 적을 괴멸시킨 부대를 회군시킬 것인지, 아니면 끝까지 버티며 적을 격멸시킬 것인지 판단할 시간이 필요했다.

야율타는 분명히 알고 있었다. 어설픈 경기병이 철기를 정면으로 싸워서는 절대로 이길 수 없다는 것을.

"돌격! 거란 놈들을 박살내자!"

미리 목책 뒤로 빙 돌아서 거란군 뒤쪽으로 돌아간 철기 1천 명과 왕당무사 7백 명을 이끈 대설교가 바람을 가르듯 거란기병 중앙을 향해 육박했다.

온 몸을 질 좋은 철로 만든 갑옷과 투구로 중무장한 고구려 철기가 파란 청룡(青龍) 깃발을 날리며 달렸다. 대부분이 귀족 가문으로 구성된 철기는 오랜 훈련과 실전을 겪은 최정예군단이다.

— 달깍. 달깍.

경쾌하게 뛰는 말 흔들림에 따라 마갑을 입은 말머리에 덮은 말 투구(馬面)가 진동하며 소리를 냈다. 그 말을 따라 가는 날카로운 강철 기창(騎槍)

이 소름끼칠 만큼 차가운 빛을 뿜었다.

— 피잉! 딱! 따각!

정면으로 날아드는 화살촉이 갑옷에 맞아 찌그러지며 튀어나갔다.

앞장서 돌격하는 철기에게 거란기병이 쏘아대는 화살이 집중되었다. 수적으로 따져보면 다해서 2천을 넘지 못하는 고구려 철기에 비해 거란 경기병은 적다고 해도 거의 5천에 달했다. 두 배가 넘는 거란기병이 가까운 거리에서 직사(直射)로 쏘는 화살은 누구도 무시하지 못할 위력이 있다.

— 찌익! 푸욱!

가끔은 그 화살 가운데 몇 개가 단단한 강철갑옷을 뚫고 살 속에 박히기도 했다. 그러나 이미 위력이 약해진 화살촉은 살갗에 조금 박혔을 뿐으로 용감한 철기들은 그런 것쯤 아랑곳하지 않았다.

이들은 철이 들기 전부터 경당과 태학에서 무예와 학문을 집중적으로 익힌 무사들이다. 고통을 견디고 명예를 지키며 영광을 위해 전진하는 것을 본능처럼 여겼다.

"하아!"

철기가 활을 쏠 수 없을 만큼 가까이 다가오자 거란기병이 일제히 칼을 뽑아 응전했다. 마주 달리는 말 위에서 한쪽은 창을 반듯이 겨누고 한쪽은 칼을 옆으로 휘둘렀다.

— 푸욱! 투캉!

거란족이 휘두르는 칼이 도달하기도 전에 철기의 창날이 살점을 뚫고 뼈를 갈랐다. 창끝에 매달린 시체가 말 위에서 떨어지며 놓친 칼날이 허공을 힘없이 맴돌았다.

— 채앵! 채앵! 챙!

몇몇 칼솜씨 좋은 거란병사가 창을 피하며 철기에게 칼을 내려쳤다. 하지만 빈틈없이 무장한 철기의 갑옷 앞에 칼날은 너무도 무력했다. 찌르든

베든 거란병사의 칼날은 강철갑옷을 뚫지 못했다.

"비켜라! 비켜!"

욕설을 내뱉을 필요조차 없었다.

철기병들은 그저 닥치는 대로 적을 헤치고 떨어뜨리며 밀고 지나갔다. 멈춰서 쓰러진 적을 마저 죽이는 건 그들의 몫이 아니었다. 철기는 그저 속도를 유지하며 적을 끝까지 돌파할 뿐이다. 거란기병이 바람이라면 고구려 철기는 그 바람을 가르는 한줄기 화살이었다.

"막아! 돌파당하지 마라!"

거란 지휘관이 고래고래 고함을 질렀다.

평범한 상황이라면 이렇게 맞서 싸울 필요가 없었다. 경기는 상황이 불리해지면 달아나면 그만이었다. 그러나 이번에는 그게 불가능했다. 전술적으로는 야율타의 본진이 있는 중앙군이 달아나면 전체 군이 무너지기 때문이며, 전략적으로는 염수를 빼앗길 수 없기에 더 달아날 여지가 없다.

"모두 모여! 모여서 적을 상대하라!"

거란기병이 무수히 모이며 철기 앞에 말과 사람의 벽을 두껍게 쌓았다. 실력으로 철기를 당할 수 없다면 하다못해 엄청난 대가를 치르고라도 피와 살의 벽으로 그 돌진을 저지하겠다는 의도였다.

"주저하지 마라! 여기에 고구려와 태왕 폐하의 생사가 걸려있다! 가자!"

그 인마(人馬)의 벽을 보고 주춤하는 철기에게 대설교가 함성을 질러 채찍질했다.

"무얼 주저하느냐? 잊었느냐? 태양은 나에게 있다!"

병사들 사이에서 벌써 신앙이 되어버린 그 문구가 튀어나왔다. 그것은 승리의 믿음이자 신호였고 동시에 환호성까지 섞인 요술(妖術)같은 말이었다.

"태양은 나에게!"

"태양은 나에게 있다!"

투구 속에 감춰진 표정 없는 철기병들이 너나할 것 없이 그 말을 받아서 외쳤다.

그들에게 공포심이 사라졌다. 취기가 도는 것처럼 죽음과 선혈은 사라지고 밝은 태양과 영광만이 머리를 가득 채웠다. 그것은 신앙과도 같았다.

"멈춰! 제발 멈추란 말이야!"

거란기병이 오히려 공포에 질렸다. 그들은 속도를 더 내며 다가오는 철기를 향해 절규했다. 양쪽 모두에게 공평한 죽음이건만 미리 두려움을 느끼는 자와 그렇지 못한 자의 차이는 너무도 컸다.

— 콰앙! 쿠쿠쿵!

우렁찬 진동소리를 내며 철기 선두가 거란기병의 밀집 대형에 충돌했다. 일대에 모래먼지가 자욱하게 일어났다.

"할 수 없군."

점점 나빠지는 전황을 보며 야율타는 탄식했다.

비려 거란족을 위해서 그가 십 년 이상을 들여 닦아놓은 모든 것이 허물어졌다. 거란의 정예 경기병과 일족의 단합된 힘을 위해 그토록 공들여왔건만, 고구려 태왕은 그 모든 노력을 비웃기라도 하듯 단 한 번의 싸움으로 모든 걸 무산시켰다.

'도망칠 수는 없다. 평야라고 해도 뒤에서 철기가 압박해오는 이상 이미 앞뒤로 포위당한 것과 마찬가지다. 좌익이든 우익이든 중앙이 흔들리자 공격할 의지를 잃었다. 반면 고구려군은 사기가 올랐다. 전술적으로도 이미 제압당하고 있다.'

야율타는 고구려군 정면을 쳐다보았다. 약간 위쪽 언덕에 있는 그를 내려다보는 세발까마귀 깃발이 앞쪽에 흩날렸다. 그 아래에 화려한 갑옷을 입은 자가 말 위에서 천천히 이쪽을 가리켰다.

'고구려 태왕 담덕이다. 선두에 나선 것인가. 벌써 이겼다고 생각하는가? 이제 이겼다고 생각하는 거냐?'

야율타의 마음에 강한 분노가 용솟음쳤다.

'저 깃발! 저 태왕! 저것들이 나를 죽이고 있어! 저것들이! 마지막으로 너희들도 같이 데려가주마!'

마침내 야율타는 마지막 군령을 내렸다.

"전군 총돌격! 목표는 세발까마귀 깃발이다! 태왕을 죽여라! 다른 건 제쳐두고 오로지 태왕을 노려라!"

혼란스러워진 거란군이지만 군령전달은 아직 원활했다. 즉시 뿔피리와 깃발을 통해 전군에 돌격 명령이 전달됐다.

하지만 이미 좌익과 우익은 대열이 전부 무너지고 사기가 떨어져 뒤로 우왕좌왕할 뿐이었다. 실제로 일제히 총돌격을 시작한 건 야율타 휘하의 중앙 기병뿐이었다.

야율타도 그들과 함께 말에 채찍질을 하며 담덕을 향해 돌격했다. 삼중으로 쳐진 전면 목책 바로 건너편에 위치한 담덕은 휘하에 기마무사 십여 명만 두고 있었다. 그 주위에 있는 많은 보병들은 양쪽으로 나뉘어져 방비가 허술했다.

"기회다! 담덕의 목을 베자!"

그것을 야율타는 할 수 있다고 믿었다. 그렇지만 그가 알지 못한 것이 있었으니 이미 담덕이 줄곧 그런 '기회'에 노출되며 싸워왔다는 사실이었다.

"청룡의 이빨이 마침내 바람을 몰아왔다!"

거란기병의 총돌격을 확인한 담덕이 즉각 반응했다. 전장에서 유난히 시적으로 말하는 그 말투는 난해했지만 아름다웠다.

담덕은 전쟁터란 종이 위에 전술이란 시를 쓰는 시인(詩人)이었다.

"마침내 최후의 순간이 왔으니 백호는 그 발톱으로 바람을 가르라!"

뒤에 대기하던 궁수들이 일제히 중앙에서 달려오는 거란기병을 향해 직사로 활을 겨누었다.

비록 보병이지만 고구려군이 거란기병에 비해 절대적으로 유리한 것이 바로 궁수였다. 창수 다음으로 많은 숫자인 5천 궁수가 중앙에 모여서 그 많은 화살을 한 지역에 겨누었다.

"발사는 한 번에 하지 말고 다섯 열로 나누어서 하라! 연속적으로 적을 쏘아 넘어뜨려라!"

군두가 궁수 대열을 나누고 백두들이 대열을 만든 궁수에게 차례가 되는 즉시 발사명령을 내렸다.

"쏴라!"

선두의 궁수들이 화살을 쏘았다. 그러자 약간의 시차를 두고 뒤쪽 궁수 대열에 다시 명령이 떨어졌다.

"쏴라!"

마치 파도가 넘실대듯 대열이 꿈틀거리며 다섯 개의 대열이 화살을 쏘았다. 한 번 활을 쏜 궁수는 장전하고 겨냥하는 동안 다른 대열이 화살을 쏘는 식이었다. 5천 궁수들은 1천씩 교대로 장전하며 쉴 새 없이 화살을 날렸다.

'이것, 참 대단한데! 이런 모습은 처음 봐.'

선두에서 수이라는 담덕이 직접 뽑은 명궁들 속에 섞여서 화살을 날렸다. 이들은 각 부대에서 특별히 뽑은 명사수들로 연무비가 지휘했다.

언덕을 전부 덮어버릴 듯 몰려오던 거란기병들이 픽픽 쓰러졌다. 갑옷이 두껍지 않고 투구조차 쓰지 않은 경기는 직사로 쏘는 강력한 화살에 특히 약했다. 거리가 좁혀들자 그런 약점이 여실히 드러났다.

— 씨잉! 씨잉!

물론 거란기병도 당하고만 있지는 않았다. 숙련된 자들은 말을 달리면서도 화살을 날릴 수 있다. 전속력으로 달려오는 말 위에서 등자를 이용해 몸을 고정시킨 거란기병이 빠른 화살을 날렸다.

"악!"

"으윽!"

이번엔 고구려 궁수들 몇 명이 화살에 어깨와 다리를 맞았다. 방패를 가진 부월수나 창수는 전부 양 옆에 있는 거란기병을 막기 위해 나간 상태라서 그들을 보호해주는 건 오로지 목책뿐이었다.

'태왕 폐하께서 스스로를 미끼로 내놓았구나. 위험을 무릅쓰고 도박을 하고 있는 거다.'

활과 활쏘기만 알고 전술에 무지한 수이라조차 위험을 뚜렷이 알 정도로 태왕은 앞에 나아가 지휘했다.

비록 화살이 빗발처럼 끊임없이 발사되어 적을 격멸하고 있었지만 원체 수가 많은 적이 전속력으로 달려왔다. 삼중으로 쳐진 목책이라지만 결국 나무토막에 불과한 장애물 하나를 의지한 채 태왕은 대담하게도 적의 공격에 몸을 노출시켰다.

태왕 담덕은 미천한 선인 궁수인 수이라보다도 앞에서 적을 굽어보았다. 날아오는 화살과 바람을 맞아 조금도 놀라지 않고 선 그 뒷모습이 산처럼 묵직했다.

'태왕 폐하. 설령 하늘이 폐하를 지키지 않더라도 상관없습니다. 그럴 때는 나 수이라가 목숨을 바쳐 지키겠습니다!'

수이라의 마음에 무엇인가가 끓어올랐다. 궁수로서 별로 용맹도 없고 항상 설렁설렁한 수이라지만 태왕의 고결하기까지 한 모습에는 저절로 용기가 솟았다.

"폐하! 이제 그만 뒤로 물러서십시오! 위험합니다!"

방패도 없고 보호도 없이 선 담덕에게 자꾸만 날아오는 거란기병의 화살을 본 연무비가 말을 몰아 다가섰다. 지휘관이 잠시 없어진 명궁부대는 화살을 메긴 채로 명령을 기다렸다.

"아직 멀었어! 적을 완전히 무너뜨려야 한다!"

위험을 즐기는 듯한 담덕의 투구에 화살 한 개가 부딪쳐 금속음을 내며 튕겨나갔다.

거란기병은 허물어지듯 쓰러지면서도 악착같이 다가왔다. 그들은 이미 전투의 승리를 노리지 않았다. 등잔불을 향해 날아드는 나방처럼 오로지 세발까마귀 깃발을 향해 말을 몰고 화살을 쏘았다.

이젠 거리가 뚜렷이 좁혀졌다. 이쪽에서 날리는 화살이 적을 단 한 번에 관통할 수 있는 거리였지만 반대로 적 화살도 점점 강하고 위력적이 되었다.

"앗!"

여기서 의외의 일이 벌어졌다.

자기 부대의 시체를 넘어 목책 바로 앞까지 온 10명 정도의 거란 철기병이 갑자기 일제히 말을 멈추고 늘어서더니 담덕을 향해 화살을 겨눴다.

"철기병!?"

거리가 가깝기에 철기병이라도 빗발치는 고구려 궁수의 화살 속에서 말을 멈추면 살아남지 못한다. 하지만 담덕을 노리는 집중사격을 할 수 있다. 죽음을 각오한 시도였다.

"안 돼!"

위험을 느낀 수이라가 명령도 기다리지 않고 그곳을 향해 순간적으로 화살을 겨누고 쏘았다.

중앙에 있는 대장을 향해서였다. 그러자 그것이 신호가 된 듯 다른 명궁들도 명령 없이 발사했다. 활을 잘 쏘는 만큼 다들 직감적으로 위험을 알아챘던 것이다.

― 씨잉! 퍼버벅!

그들의 화살이 철기병의 단단한 갑옷을 뚫고 박혔다.

수이라가 날린 화살이 가장 위력적이었다. 그가 쏜 화살은 선두에서 활을 쏘려던 철기병의 강철갑옷을 뚫고 말안장과 함께 말 몸속까지 관통했다.

"커억!"

화살에 맞은 철기병이 손을 놓치며 헛되이 허공을 향해 화살을 쏘았다. 다른 철기병도 전부 팔이나 다리를 맞으며 화살을 잘못 쏘았다.

기창을 쓰는 철기에게 활을 쏘게 하면서까지 담덕을 죽이려던 야율타의 계략이 물거품이 되는 순간이었다.

이 날 전투에서 가장 위험했던 순간은 이렇게 지나갔다. 최후의 시도까지 무산된 중앙의 거란기병은 일제히 패주했으며 좌익과 우익 역시 흩어지며 후퇴했다.

거란군은 치명적인 타격을 입고는 고구려군이 염수를 장악하자 며칠 후 항복했다. 그들은 당초에 담덕이 요구했던 조공을 바치기로 약속했다.

관련 기록은 이렇게 전한다.

'영락(永樂) 5년(395), 그해에 왕은 친히 군사를 이끌고 염수(鹽水)까지 가서 그 부락 600~700영(營)을 깨뜨리고 헤아리기 힘들 정도의 우마군양(牛馬群羊)을 노획하여 북풍(北豊) 등지를 거쳐 돌아왔다.'

하지만 이것은 끝이 아니었다.

담덕이 꿈꾸는 광대한 정복사업은 이제 출발선을 넘어 달리기 시작했을 뿐이다. 재기를 노리는 아화의 집념은 언제든 그 앞을 가로막고 파란(波瀾)을 부를 수 있다. 또한 숨은 대륙의 영웅들이 서서히 담덕을 주목하기 시작했다.

영웅들의 싸움은 아직 끝나지 않았다.

〈1권 끝〉